KB261501

떠도는 목소리들

심진경 평론집

떠도는 목소리들

심진경 평론집

자음과모음

두번째 평론집이다. 첫 평론집 『여성, 문학을 가로지르다』를 낸 지 꼭 오 년 만이다. 첫 평론집이 의도적으로 '여성'에 방점을 찍어 페미니즘 문학비평으로서의 정체성을 보여줬다면, 이 평론집은 아직은 다소 낯설고 모호한 '2000년대 문학'과 관련된 여러 가지 테마를 다루었다. 어쩌면 '2000년대 문학' 같은 것은 없을지도 모른다. 왜냐하면 지금 한국문학은 특정 방향으로 몰아갈 수 있는 일정한 경향성이라는 것이 없기 때문이다. 아니, 일정한 범주로 그러모을 수 없다는 것이 2000년대 문학의 특징일는지도 모른다. 그런 까닭에 이 평론집 또한 '무엇에 관한 것이다'라고 똑떨어지게 말할 수 없을 것 같다. 그것은 여성 문학이라고 해서 크게 다르지 않다. 어쩌면 여성 문학의 경우 더 심하다고 할 수 있을지도 모르겠다.

　사실 여성이라는 범주는 더 이상 자명하거나 안정된 주제로 논의되지 않는다. 버틀러의 지적처럼, 안정된 젠더 개념이란(예컨대, 남성 또는 여성과 같은) 더 이상 페미니즘 문학의 정체성 혹은 정치성을 입증하는 데 활용할 수 없게 된 것이다. 다시 말해서 1990년대 중후반에 대거 등장한 여성 작가의 작품에 적용해온 페미니즘적 독법만으로는 더 이상 여성 문학에 관해 이야기할 수 없게 되었다는 것이다. 그래서 젠더와 젠더 정체성의 물화 현상에 대한 비판적 지적이 계속해서 이루어졌지만, 그럼에도 불구하고 이러한 비판이 아직은 새로운 방식의 페미니즘 문학을 만들어내는 데에는 이르지 못한 것 같다. 새로운 종류의 페미니즘 문학이 무엇인지는 정확히 알 수 없지만, 분명한 것은 지금까지의 페미니즘 문학이 '남성적인 것'의 원환(圓環) 안에서 이루어진 남성적인 것과 여성적인 것의 관계를 재현하는 데만 집중했다는 점이다. 그럴 때 여성적인 것이란 여전히 남성적인 것의 요구 안에 갇히게 마련이다. 문제는 '남성적인 것'으로만 구성된 이 체계다. 시스템의 근본적인 변화에 대한 요구가 절실해지는 것은 이 때문이다. 이번 평론집과 직접 관련되지 않는 듯 보이는 이런 얘기를 구구절절 늘어놓는 이유는, 비록 여성 문학을 전면적으로 다루지는 않았지만 이번 평론집에 실린 글 역시 여성 문학에 대한 이러한 생각을 기본적으로 전제하고 있기 때문이다.

결국 보편적으로 공유된 '여성'이라는, 혹은 '남성'이라는 개념이란 허구이며 거짓이다. 마찬가지로 보편적 존재 또한 그러하다. 이미 보편적인 준거 집단이 실종된 지 오래임에도 우리는 무차별적인 보편의 세계로 매일매일 내던져진다. 그래서 우리는 한 번도 본 적이 없는 연예인과 외모 경쟁을 하거나, 모 재벌의 재력에 도달하기 위해 노력해야 하는 지경에 이른다. 그러나 기실 모든 존재는 언제나 보편의 범주 바깥에 존재해왔다. 그런 점에서 안정되고 일관된, 그야말로 보편적 정체성이란 단지 강박적 전제에 불과할는지도 모른다. 이 책에서 다루고 있는 '2000년대 문학'이란 문화적 · 사회적 · 정치적 다양성 속에서 이루어진 불투명하고 불확정적인, 전혀 보편적이지 않은 존재들에 관한 것이다. 보편적 삶의 테두리를 삐져나온 유령 같은 이 존재들을 '떠도는 목소리'라고 불러도 좋으리라.

그들, 어떠한 발원지나 종착지도 거부하는, 시작과 끝이 불분명한, 그래서 시공을 초월한, 그 과정에서 제 육체 안에 여러 개의 목소리를 담게 된, 규정할 수 없는, 그래서 알 수 없는, 내 몸에서 시작되었으나 기어이 내 몸 밖으로 빠져나간 목소리들. 오래된 낡은 스웨터를 입으면서도 거꾸로 그 낡은 스웨터로 자신의 존재를 증명하려는, 즉 자신의 낮은 계급적 지위를 한탄하거나 그에 분노하는 대신 '빈궁 요법'으로 맞서는 이 포스트모던한 나르시시스트들. 이 책은 이들에 대한 애정과 애정 어린 비판 모두를 담았다, 고 생각한다. 판단은 독자의 몫이다.

상상조차 하기 어려운 일이 눈앞에서 벌어져도 눈 한번 질끈 감은 뒤 "그러려니~", "바나나려니~" 하는 주문을 외우면서, 대신 자신의 정신적 착란을 문제 삼는 이 '바나나 공화국'에서 문학은 착란도 현실임을 깨닫게 해야 하지 않을까, 하는 것이 최근의 나의 생각이다. 이 책이 착란의 현실을 일깨우고 있다고 자신 있게 말할 수 있으면 좋으련만, 아무래도 그런 자신감은 다음 책으로 미뤄야겠다.

이 책을 위해 애써주신 분들이 너무 많다. 먼저 부족한 글을 책으로 묶어낼 수 있게 해준 자음과모음 출판사에 감사드린다. 특히 일정에 맞춰 제때 일처리를 하지 못했음에도 인내심을 갖고 기다려주신 편집자 배성은 씨에게는 죄송한 마음을 더해 감사드린다. 계간『자음과모음』편집위원 선생님들께도 모두 감사드린다. 변함없이 애정의 채찍질을 해준 남편 김영찬에게도 고맙다는 말을 전한다. 그리고 촌스럽다는 이유로 일일이 그 이름을 열거하기 어려운, 차마 말할 수 없는 모든 분들께도 진심으로 감사드린다. 기회가 된다면 더 좋은 글로 보답하도록 노력하겠다.

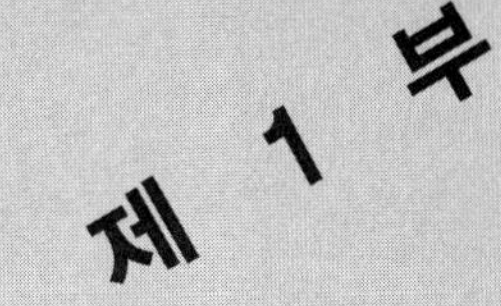
제 1 부

미저러블 개인주의,
단자윤리의 생태학

1. 낯익은 혹은 낯선

2000년대 문학이란 무엇인가, 라는 물음은 아직은 가능하지 않은 듯하다. 왜냐하면 지금의 문학을 그런 식으로 범주화하기에는 아직 그에 걸맞은 뚜렷한 변별적·집합적 특징을 발견할 수 없기 때문이다. 그것은 그 외적인 특징을 근거로 몇 마디로 요약하거나, '새로움'이라는 말로 그럴듯하게 포장할 수 없는 것이다. 그럼에도 불구하고 우리가 지금 이 시점에서 '2000년대 문학'을 조심스럽게 거론해볼 수 있다면, 그것은 전 시기의 문학과 미묘하게 구별되는 하나의 특징 때문이다. 그 일차 지표는 무엇보다 지금의 한국문학이 만들어내고 있는 인물들에 있다. 현재 한국소설에 등장하는 인물들은 언뜻 낯익은 듯하나 실은 그렇지 않다. 겉보기에 익숙한 이들 인물의 이면을 들춰보면, 그 낯익음에 가려 얼핏 뚜렷하게 부각되지는 않아도, 지난 1990년대까지 한국소설에서 활약해온 인물과는 다른 변별적인 특징을 발견할 수 있다. 그것은 낯익음 속의 낯섦이다.

그 낯섦을 지적하기 전에, 그렇다면 1990년대 한국소설의 인물들은 어떻게 살아가고 있었는가를 되돌아볼 필요가 있다. 1990년대 문학의 시작을 알린 장정일의 『아담이 눈뜰 때』의 주인공 '아담'을 오랜만에 불러내 보자. 그는 스스로를 '똥'과 '개'로 비하하고 조롱하는 자기파괴적 존재일 뿐만 아니라, 성숙과 교양이라는 안정적 가치를 거부하는 반(反)성장소설의 주인공이다. 스스로 똥과 개가 될망정 자본주의 사회가 강요하는 그런 삶은 거부하리라는 이 격렬한 제스처는 그 표현의 강렬함과 자기폭발의 비극성 덕에 가히 혁명적이라고 일컬을 만하다. 그리하여 장정일의 '아담'을 비롯하여 이후 1990년대를 관통해왔던 무수한 아담의 아바타들은 반성장을 표명하면서도 영웅이 될 수 있었다. 다시 말해, 그들은 문제적 개인이었다. 비록 그들이 비루한 '벌레'의 포즈를 취한다 하더라도 말이다. 언뜻 상반되어 보일지 모르지만, 신경숙이나 윤대녕의 인물들 또한 장정일의 인물들이 걸었던 길을 포즈만 달리하여 함께 걷는다. 그들은 비록 장정일의 아이들과 같은 격렬한 반성장의 제스처는 없다 하더라도 '문제적' 인물이기는 마찬가지다. 이들은 '내면'을 통해 주체를 구축하고 비참한 현실로부터 자신을 순결한 상태로 보존하려고 하는, 그리하여 자기의 진실성을 의식적으로 정초하는 그 제스처를 통해 문제적 개인의 자의식을 끈질기게 반복하고 있기 때문이다.

이들을 문제적으로 만드는 것은 바로 '~에 대한'이라는 형식으로 구조화되는 의식이다. 그것은 집단에 대한 개인, 무거움에 대한 가

벼움, 고급문화에 대한 하위문화, 혹은 외부에 대한 내면 등등의 끝없
는 대항적 · 대타적(對他的) 의식을 만들어낸다. 그러한 의식은 언뜻
그들이 거부하는 그 이전의 경직된 엄숙주의, 고답적인 규범성과는
사뭇 달라 보이지만, 거꾸로 그들은 그런 대타의식을 통해 그 대립항
과의 의도치 않은 거울관계 속에 자리 잡는다. 그런 의미에서 문제적
개인으로서 그들의 반정립은 정립을 그 역의 방향에서 반복하는, 거
꾸로 선 정립이다.

2000년대 소설의 인물들이 서 있는 자리는 분명 이런 정립/반정
립 구도의 바깥이다. 윤성희 · 박민규 · 김애란 · 표명희 · 김중혁 · 이
기호 등 젊은 작가들의 소설에는 그런 대타의식이 걷혀 있다. 그래서
그들의 소설은 가볍다고도 할 수 있으나, 그런 가운데서도 대타의식이
불러오는 강박과 포즈에서 한결 자유로운 것만큼은 분명하다.

이들 소설의 인물들은 '소속' 없이 떠다니는 존재들이다. 그들은
또한 일류가 아닌 삼류를 자처하지만, 그러한 '소속 없음'과 반사회적
가치 지향이 사회 전체에 대한 강렬한 분노와 반항으로 이어지지는 않
는다. 오히려 그들은 분노하기보다는 체념하고, 격렬하기보다는 조용
하다. 이 이상한 아웃사이더적 개인주의자들은 모든 사회정치적 중력
에서 벗어난 듯하지만 이들의 삶은 결코 해방적이지 않다. 아니, 해방
의 제스처도 없다. 제도권 안으로 진입하려고 노력하지도 않지만, 그
바깥에서 자유롭지도 않은 것이다. 그들은 분명 1990년대의 아담들처
럼 비루한 존재들이기는 하나 자신의 존재조건을 발판으로 문제적 개
인으로서 영웅이 되고자 하는 생각도 품지 않는다. 오히려 2000년대
젊은 소설의 주인공들, 그중에서도 특히 윤성희 · 김애란 · 표명희 소
설[1]의 인물들은 흐릿하거나 희미하게만 존재한다. 그들은 우리 주변에

서 흔히 볼 수 있는 결코 예외적일 수 없는 인물들이며, 그 편재성 때문에 포착되지 못한 익명의 혹은 무명의 존재들이다. 책을 덮고 나서 나중에 그 인물들을 떠올리려고 해도 잘 떠오르지 않는 것도 그 때문이다. 2000년대 소설에 존재하는 이 허구적 주인공들은 어쩌면 무덤덤하게 일상을 살아가는 우리 자신의 모습과 가장 많이 닮아 있는지도 모르겠다. 무덤덤한 일상 속으로 걸어 들어온 이 다수에게 특정한 이름을 아직은 부여할 수는 없을지도 모르지만(혹은 부여할 필요도 없겠지만), 소설 속 그들의 존재 형식을 짚어보는 것은 그럼에도 불구하고 중요하다. 이들 속에 적어도 지금, 2000년대 소설의 한 경계를 윤곽 짓는 소형 지도가 그려지고 있기 때문이다.

2. 비참한 개인주의자들

윤성희·김애란·표명희 소설의 주인공은 '혼자' 에 익숙한 존재들이다. 그들은 밥도 "혼자 쇼핑 온 사람들을 위한 밥집"(「길」)에서 먹고 물건도 혼자 편의점에서 산다. 그곳은 많은 사람들이 드나드는 곳이지만 서로에 대해 "묻지 않는다"(「나는 편의점에 간다」). 이들은 거의 개인주의적 라이프스타일이 '습관' 이 된 "궁핍한 자취생"이자 "적적한 독거

1 이 글에서 분석 대상으로 삼은 텍스트는 다음과 같다. 윤성희, 『레고로 만든 집』(민음사, 2001), 『거기, 당신?』(문학동네, 2004), 「안녕! 물고기자리」(『문학동네』 2004년 가을호) ; 김애란, 「나는 편의점에 간다」(『문학과사회』 2003년 가을호), 「종이 물고기」(『창작과비평』 2004년 봄호), 「달려라, 아비」(『한국문학』 2004년 겨울호) ; 표명희, 「탑소호족 N」(『실천문학』 2003년 가을호), 「고흐의 침실」(『한국문학』 2004년 봄호). 앞으로 이 작품들을 인용할 때는 제목만을 밝히고 필요한 경우에만 작가명을 밝히도록 한다.

녀"이다. 그리고 이러한 익명성을 그들은 '고통'이 아닌 '거대한 관대'로 느낀다. 이러한 삶의 형태는 사실 너무나 익숙한 것인데, 왜냐하면 그것은 이미 그런 개인주의적 라이프스타일이 보편적으로 확산되어 있는 한국사회의 일상적 현실의 한 국면을 반영하고 있기 때문이다. 이 현실이란 "가전(家電)제품 대신 개전품(個電品)을 사용하는" "씽글족이나 코쿤(cocoon)족의 라이프스타일"[2]에서 연상하는 것처럼 그렇게 폼 나고 자유롭지 않다. 그들은 오히려 "무허가 구조물"인 옥탑방이나 누추한 지하방, 더 심한 경우에는 고시원이나 찜질방에 거주하면서 아르바이트로 최소한의 생계비를 벌어 '혼자' 살아간다. 그리고 이들의 이런 생활방식은 어쩔 수 없는 선택인 경우가 대부분이다. 이들은 간혹 영어비디오 번역 같은 전문노동을 하기도 하지만, 대개는 몸으로 때운다. 그리고 대부분 결혼이나 (정규직) 취업과도 거리가 멀어, 다른 사람들과 어떠한 의미 있는 공적·제도적 관계도 맺지 않는다. 그런 점에서 이들은 자의든 타의든 중심에서 소외된 아웃사이더들이자 기존 사회 가치체계의 바깥에 있을 수밖에 없는 개인주의자들이다. 이렇게 보니 언뜻 그 모습은 1990년대 문학의 주인공이었던 개인주의적 자유주의자들과 그리 다르지 않은 것 같기도 하다.

그러나 그런 외적인 유사함의 이면에는 그런 유사함을 보잘것없게 만드는 가장 큰 차이가 숨어 있다. 1990년대 소설을 활보한 자유주의자들의 선택이 그야말로 '자유로운' 선택이었다면, 이들의 삶의 선택은 어찌 보면 '강요된' 선택이다. 이들에게는 지난 시기의 개인주의자들과는 달리 선택할 수 있는 삶의 조건들이 그리 많지 않다. 이들에

2 안정옥, 「문화사회와 탈노동사회」, 『창작과비평』 2002년 겨울호, 403쪽.

게 현실은 전보다 더욱 비참해진 것이다. 이 젊은 소설 속 인물들의 정신구조에 은연중 반영되어 있는 것은 1990년대 후반부터 본격적으로 진행되기 시작한 계급 고착화와 IMF 이후의 빈부격차의 확대, 전반적인 소득 수준의 하락이 불러온 불안의식이다. 일자리를 잃을지도 모른다는 불안감, 지금보다 상황이 더 나아질 수 없다는, 혹은 더 나빠질 수 있다는 절망감은 이제 자신이 거주하는 이 세계 전체에 대한 공포로까지 확장된다. 사회경제적 조건의 열악함은 더 이상 구체적으로 해결 가능한 단기적 문제가 아니라 영구불변의 해결 불가능한 위험으로 각 개인의 실존을 압박하게 된 것이다.

그것은 태생적 한계처럼 존재의 몸에 새겨진다. 그래서 그들은 자기 "몸이 기억하는 그만큼의 공간"(「이 방에 살던 여자는 누구였을까?」)만을 차지할 수밖에 없다고 믿는 숙명론자이기도 하다. "책상의 네 다리는 온전하게 땅에 닿아 있는데", "손을 올려놓기만 하면 균형을 잃고 흔들리"(「어린이 암산왕」)며, "똑바로 걸었는데도 (자기도) 모르게 넘어"(「누군가 문을 두드리다」)진다. 여기에 드리워져 있는 것은 발 딛고 있는 땅이 언제 무너질지 모른다는 공포심이다. 윤성희 소설에 자주 나타나는 이러한 흔들림, 멀미, 떨림, 심지어 지진 등은 변두리 저개발 지역에서 생존해야 하는 개인의 불안감의 우회적 반영이다. 개인주의는 확산되었으나 사회적 불평등은 여전하다. 아니 오히려 사회 불평등조차 개인주의화한다. 이것이 지금 한국사회를 살아가는 익명적 존재들의 현실인 한에서, 이들의 고독하고 우울한 내면은 단순히 개인주의 문화의 단면이라고만은 할 수 없다. 그것은 이들이 처한 사회경제적 조건의 열악함과 직간접적으로 관련되는 것이다.

그리하여 윤성희·김애란·표명희의 소설에서 비참한 현실은 격렬하게 폭로되지 않는다. 그저 조용히, 서서히, 그 모습을 드러낼 뿐이다. 마치 아무렇지도 않은 듯, 너무나 익숙한 모습으로. 그들에게는 지하생활자의 분노도 옥탑방 고양이의 투정도 없다. 이들은 아웃사이더적이고 비정규적인 불안정한 삶을 집단적인 문제로 이슈화하기보다는 자신의 개인적·실존적 조건으로 말없이 받아들인다. 물론 열악하고 불평등한 삶의 조건을 바꾸기 위해 애쓰지도 않는다. 이들은 그저 '세상의 그림자'에 덮인 "그림자를 짊어진 사람들"(「잘가, 또 보자」)로만 존재할 뿐이다. 윤성희의 「이 방에 살던 여자는 누구였을까?」와 「서른세 개의 단추가 달린 코트」에 등장하는 '은오'라는 인물은 "얼굴이 잊혀진" 채 희미하게 존재하는 "그림자들"(「서른세 개」)이라는 점에서는 결국 같은 존재다. 이들은 H나 E, 혹은 X나 Z여도 상관없는 이니셜로만 존재하며 그나마 이니셜로조차 차별화되지 않는 그런 존재들이다. 그러나 그들은 '그림자'라는 점에서는 비슷한 존재일지 몰라도 "헤어지고 나면 서로의 세계가 교차하지 않을 것임을 어렴풋하게 알고 있"(같은 글)을 만큼은 독립적이고 서로 다른 존재들이기도 하다. 오히려, 이들에게 "똑같다는 것"은 '동질감'이 아닌 외로움을 불러일으킨다.

이렇듯 누추한 현실은 스스로를 다른 사람에게서 격리시킨다. 이는 지난 시절 가난이 계급적 동질감과 연대감의 결정적 동기가 되었던 것과는 다르다. 가난은 이들을 세상에서 격리된 한 칸 방에 고립시킨다. 이때 사적인 영역으로서 방은 이중의 의미를 갖게 된다. '사적'이라는 말이 함축하는 뜻 그대로 그것은 일차적으로는 후기자본주의 사회에 만연한 개인주의적인 라이프스타일을 시사하지만, 다른 한편으로 그것은 '박탈된' 상태를 의미한다. 이들의 소설에서 공적이고 제도적인 규제를 받지 않는, 사적인 차원에만 존재하는 인물들이란 무한히 자유로울 수도 있지만 실제적으로는 어떤 권리로부터도 박탈된 존재를 의미하는 것이다.

2000년대 소설을 희미하게 배회하는 개인주의자들이, 역설적이게도 개인적 자율성을 제한당한 존재일 수밖에 없는 것은 이 때문이다. 이들이 처한 조건은 개인주의화가 진행될수록 각각의 개인들이 사회경제적 현실과 조건에 더 강하게 의존할 수밖에 없는 역설적 상황이다. 그것은 때로 태생적이고 본능적인, 이유를 알 수 없는 불안감처럼 보이지만, 사실 그러한 불안감은 근본적으로 허약한 생존의 토대에서 기원한다. 이제 2000년대 소설에서 단자적 개인의 고립감과 불안감은 개별적 사건이라기보다는 하나의 집합적 현상이 된다. 이 각각의 개인들은 각기 서로 고립되어 있는 가운데 평등하게 생존의 위험과 불안에 노출되어 있다는 사실을 매개로, 느슨한 집합적인 형태로 은연중 결합한다. 경제적 생산관계를 중심으로 결합되거나 정치적 이해관계에 따라 묶이지도 않는 이 개별적 존재들에게 기존의 계급적 도식을 적용할 수는 없을지 몰라도, 이들을 계급의 문제와는 무관한 완전히 독창적이고 예외적인 개인으로 볼 수 없는 것도 이 때문이다. 그리하여 우리는 이 시점에서 다시, '계급'의 문제로 돌아가지 않을 수 없다.

3. 계급은 없다?

너무도 당연한 이야기지만, 오늘날 계급의 문제는 더 이상 부르주아/프롤레타리아의 이항대립 구도로 설명되지 않는다. 여기에는 복잡한 현대 사회구조의 변화와 계급구조의 변동이 개입되어 있는 한편으로, 매스미디어에 의해 유포된 새로운 개인주의 이데올로기와 라이프스타일이 계급들 간의 견고한 차이를 끊임없이 흐려놓기 때문이다. 톰슨이 지적하듯이 계급은 이제 어떤 '구조'나 '범주'로 고정시킬 수 없는 유동적 상태이자, 그렇기 때문에 여러 맥락 속에서 조정 가능한 하나의 사회문화적 구성체라고 할 수 있다.[3]

이렇게 보면 경제적 여건이나 직업만큼이나, 라이프스타일의 형식이나 문화적 취향이 우리의 계급적 정체성을 그때그때마다 다르게 조정할 수 있는 것이다. 경제적인 측면에만 한정해보더라도, 경제적인 압박과 맞물려 늘 자신의 재정 상태를 고민해야 하는 중하층계급의 대중은 장기간의 실업과 저임금으로 가난의 상태가 지속될 경우에는 얼마든지 최하층계급으로 전락할 수도 있다. 혹은 다른 측면에서 본다면 이들은, 임금 수준은 최저생계비 수준이어도 문화적 취향만큼은 상류계층을 지향할 수도 있을 것이다. 더욱이 매스미디어에 의해 표층적이나마 문화적 평등에 대한 환상이 광범위하게 유포되고 공유되는 상황을 고려한다면 이러한 계급 정체성의 교차 현상은 지극히 당연해 보이기도 한다. 개인의 계급적 정체성이 점점 더 복합적이고 다양해질 수밖에 없는 것은 이 때문이다.

이런 현상은 지금 젊은 작가들의 소설에 다양한 형태로 나타나는데, 표명희의 「고흐의 침실」은 그 대표적인 경우다. 무엇보다 이 소설에서 이야기가 펼쳐지는 옥탑방은 그처럼 서로 다른 계급적 지표들이 교차하면서 한 곳에 공존하는 것을 보여주는 상징적 공간이다. 소설은

---

3 E. P. 톰슨, 나종일 외 옮김, 『영국 노동계급의 형성』, 창작과비평사, 2000, 7쪽.

젊고 부유한 J와 열 살이나 연상인 가난한 H의, "계급 탓에 비극적일 수밖에 없는 사랑"에 관한 것이다. 작가는 출신 계급과 사회적 지위는 물론 문화적 취향과 성격까지도 다른 두 남녀의 대화로만 소설을 이끌어가는데, 소설의 전면에 드러나는 것은 그런 차이'들'에 민감하게 반응함으로써 끊임없이 자신의 계급 상황에 대해 고민하는 가난한 H의 계급적 자의식이다. 이 탈낭만적 연애담에서 H는 끊임없이 J와 같은 부류의 사람들에 대한 열등감에 시달린다. H에게 비친 J는 "깨끗한 와이셔츠, 고급 바에서 양주를 두 병씩이나 시킬 수 있는 여유, 정연한 생활방식, 그리고 세상을 바라보는 따뜻한 시선"을 갖춘 존재다. 그리하여 계급적으로 어울리지 않는 H에 대한 열정적인 J의 사랑은 오히려 H에게 "질투심, 소유욕, 적대감, 피해의식 같은 것들"을 불러일으킨다. 그렇게 H는 자기와는 다른 계급의 시선을 의식함으로써 비로소 거꾸로 그 자신의 계급적 정체성을 확인한다. 이때 H의 계급적 자의식을 이루는 것은 바로 수치심이다. 수치란 타인의 눈에 비친 자기 자신의 실패 혹은 결핍에 대한 감각인 까닭에[4], 자기에 대한 부정의식과 관련된다. 그것은 자기와는 다른 계급(대개는 상류계급)의 취향과 기준이 거꾸로 자신에게 내면화되어 자기 자신에 대한 부정적 판단기준으로 작용한다는 것을 함축한다. H의 수치심과 열등감을 강화하는 것은 길거리에서 풍선을 팔아 살아가는 처지와 고흐와 에곤 실레라는 고급문화 기호 사이에 애매하게 걸쳐 있는 자기 자신의 분열된 정체성이다. H의 이러한 복합적 정체성은 J와의 정서적인 공감을 불가능하게 만드는 요인이면서, 역설적이게도 다른 한편으로는 세련된 취향의 그

---

4 Rita Felski, *Doing Time*, New York University Press, 2000, p.43.

에 대한 매혹적 이끌림을 만들어내는 것이기도 하다. '고흐의 침실'은 이런 비참한 개인주의자들의 현실과 꿈, 결핍과 충족이 교차하는 (탈)환상적 공간이며, 그들의 내면이 사회적 조건이라는 필터를 거쳐 투영, 굴절, 왜곡되는 공간이다.

2000년대 한국사회의 새로운 인간형이라고 할 법한 궁핍한 개인주의자의 계급적 자의식은 이런 방식으로 나타난다. 이들은 기존의 계급구도로는 포착하기 어려운 구멍 뚫린 정체성의 소유자들이다. 그들이 거주하는 '한 칸짜리 방'과 불규칙하고 불안정한 노동 조건은 분명 한국사회의 총체적 모순을 시사할 만큼 집합적인 성격을 띠지만, 이들이 집단으로서 계급범주에 포섭되지 않는 것은 그들의 개인주의적 라이프스타일 때문이다. 이들의 정체성은 불평등한 삶의 조건이라는 경제적 현실에 의해서만 구성되지 않으며, 주관적인 삶의 형식, 감정 구조, 상징적 관습 등이 섞여들어 복잡하게 뒤얽힌 채로 존재한다. 이들은 그렇게 모순적인 아말감적 존재들이며, 비정체성(nonidentity)의 존재들이다. 탈(脫)소속과 익명성은 이들이 처한 사회경제적 조건에서 기인하는 것이면서도 한편으로는 문화적 상징과 기호체계의 영향을 받은 것이기도 하다. 이들은 현실적으로 우리 사회 곳곳에 편재하는 존재지만, 뿔뿔이 흩어져 존재하면서 아직은 뚜렷한 형체를 갖추지도 않은 비결정적인 집단 현상을 반영하는 존재다. 이들에게는 자신의 열등한 사회적 지위에 대한 계급적 자의식이 있긴 해도, 그것은 현실사회의 구조적 모순에 대한 자각이나 그러한 불평등한 사회를 변혁하고자 하는 의지로 이어지지 않는다. 오히려 그러한 계급적 자의식이 인상적으로, 그리고 굴절되어 표출되는 지점은 사적인 인간관계 속에서의 미묘한 문화적 취향 차이와 정서적 차이에 대한 고립적 · 체념적 반응이다.

　가령 김애란의 「나는 편의점에 간다」에서 기존의 '부르주아/프롤레타리아'의 이분법적 계급론이 전혀 다른 방식으로 소비되는 것 또한 이런 맥락이다. '나'는 자주 가는 편의점 큐마트의 온화한 주인 부부를 보면서 그들과 자신의 관계를 의도적으로 계급적 구도로 도식화한다. "나는 정직하므로 가난하고 그들은 부정직했으므로 풍족하다. 가치란 편의점의 물건과 같아서 그런 식으로도 교환될 수 있는 것이다." '나'는 "그들의 환경을 덜 부러워"하기 위해, 자신의 가난한 현실에 '정직'이라는 가치를, 그들의 부유한 조건에 '부정'이라는 가치를 매기지만, 그렇다고 그것이 큐마트 주인 부부와 '나'의 현실은 아닌 것이다. 더욱이 그것은 '정직=가난', '부정=풍족'이라는 익숙한 원한(ressentiment)의 윤리학을 반복하고 있는 것도 아니다. 그것은 다만 자신의 비참한 처지를 위안하기 위해, 그러한 계급적 도식과 윤리학을 공상적 가공을 통해 허구화하는 의도적인 작위(作爲)의 고안품일 뿐이다. 지난 시절 우리의 현실을 총체적으로 반영하는 것이라 생각했던 이 계급도식은 이들에게는 "편의점의 물건"처럼 교환 가능한 '가치'이자 자기고양과 자기위안을 위한 하나의 '허구'로 비틀려 거리화하는 것이다. 작가는 이런 방식으로 계급이라는 범주를 각기 서로가 서로를 반사하는 허구적 거울 속에서 작동하는 허구적 장치로 탈바꿈시킨다. 우리가 김애란의 소설에서 발견하는 것은 "계급이 없다"는 선언이 아니라, 지금은 계급 또한 유동적으로 구성되고 허구적 장치 속에서 유통될 수 있는 일종의 가치 내지는 관념에 불과한 것이 되었다는 사실이다. 그럼에도 불구하고, 당연히 그렇다고 해서 계급이 소멸되는 것은 아니다. 사회경제적 차원에서 작동하는 계급적 현실은 여전히 각 개인의 정체성을 형성하는 핵심 요인이다. 물론 그것의 규정력은 절대적이거나 항구적이지 않으나, 궁핍한 개인주의자들의 '허구'가 비롯되는 근원은 바로 그곳이 아닌 다른 곳에 있지 않다.

4. 모형, 거짓, 가짜, 허구, 혹은 간접화법

특히 윤성희와 김애란의 소설에서 계급의식은 이렇게 허구적 장치 속에서 허구화된 형태로 작동한다. 이들 소설의 주인공들이 자신이 처한 현실 속에서 탈계급의 환상에 빠져들지 않고 계급적 정체성에 대한 희미한 자기인식을 보여주면서도 절망과 비참의 상태에만 머무르지 않는 것은 거기에서 비롯된다. 그것은 현실에 나름의 방식으로 대처하는 이들의 주관적인 태도와 고유한 어법 때문이다. 말하자면 그것은, 넓은 의미에서의 간접화법이다. 김애란과 윤성희 소설의 유머는 이런 간접화법의 한 예라고 할 수 있다. 자신의 상처조차 가볍게 허구화하는 이들의 태도는 이런 맥락에 있다. 이를테면, "지루하고 답답한 삶의 압력이 강제로 상상력을 분출"[5]시키는 것이다.

　　김애란의 「달려라 아비」의 모티프는, 현실에서는 무책임하고 이기적인 집 나간 아버지에 대한 나름의 상상법이다. '나'는 아버지가 "달리기를 하러 집을 나갔다"고, 그렇게 전 세계를 뜀박질로 돌아다닌다고, "그렇게 믿기로" 한다. 택시기사인 어머니와 여자 단둘이 살아가는 고단한 삶의 이면에는 아버지의 부재라는 상황이 있지만, '나'는

5　김기택, 「시인의 말」, 『소』, 문학과지성사, 2005.

그렇게 부재하는 아버지를 유희적인 공상 속에 옮겨놓고 아무렇지 않은 척 발랄하고 가벼운 터치로 삶을 살아간다. 그런가 하면, 윤성희의 「악수」에서 라디오와 텔레비전 프로에서 제공하는 경품으로 근근이 살아가는 '나'의 우울한 리얼 스토리는, 라디오의 독자 사연에서 '평범한 주부'나 '회사원'과 같은 사람들의 이야기로 둔갑한다. 어차피 상처가 없어지지 않는다면 그것은 재미있는 이야깃거리가 되는 편이 나으며, 그럼으로써 그들은 상처를 견딜 수 있는 것인지도 모른다. 이들의 소설에서 슬픔은 그렇게 가짜와 거짓이라는 프리즘을 통과해서만 비로소 발설되고 이야기된다. 그것은 「거기, 당신?」에서도 마찬가지다. 동업한 친구의 배신으로 "갚아야 할 빚"이 "죽었을 때 탈 수 있는 보험금의 몇 배"가 된 '그'를, 그래서 성냥으로 작은 불을 놓고 다님으로써 외로움과 두려움을 달래야만 하는 '그'를 위로해주는 것은 '그녀'가 만든 '모형 성냥'이다. '그'는 '그녀'에게 모형 성냥을 선물받은 뒤에야 비로소 자신이 "얼마나 외로웠는지에 대해 이야기"할 수 있게 된다. 이들에게 진심이란 진실이 아닌, 모형과 거짓과 가짜를 통해서만 전달된다. 윤성희의 소설에서 그것은 "만우절이 생일인 사람들"(「고독의 의무」)의 운명이자, 진실을 얘기해도 모두 거짓으로 의심받을 수밖에 없는 자의 고독이다. 동시에 그들의 고독은 거짓을 통해서만 위로받을 수 있는 고독이다.

　김애란과 윤성희의 소설에서 외롭고 비참한 현실은 그렇게 허구화 전략을 통해 간접적으로 드러나며, 이들 소설의 주인공은 그런 허구 없이는 자기에 대해 말하지 않는다. 어찌 말하면 허구 자체가 주체를 구성하는 장치가 되어 있다고도 할 수 있겠다. 그 허구화 전략과 장치는 다른 사람과는 변별되는 자기 자신만의 고유한 개인적 방식에 따라 고안된다는 점에서 지극히 사적으로만 작동한다. 하나, 그렇다고 해서 그런 방식을 통해 만들어진 세계가 현실과 전혀 무관한 것은 아니다. 그 점에서 이들에게 허구는 비극적인 현실에서 도피하는 데 활용되는 판타지라고 할 수 없다. 물론 그들의 허구화 전략이 사적인 특징이 기입된, 공유 불가능한 것이기는 하지만 말이다. 오히려 이들이 고안하는 허구는 파편화된 현실의 모순들을 어떻게든 극복하기보다는 개인주의적으로 수용하고 걸러내는 방식이다. 그런 측면에서 이는 다층적이고 파편적인 현재 한국사회의 개인들이 처한 곤경과 모순이 현실적으로 반영된 것이라 할 수 있다.

이 허구화 전략에는 현실에 대한 일종의 체념이 섞여 있지만, 다른 한편 그것은 거꾸로 지금과는 다른 세계를 욕망하게 하는 미학적 장치가 되기도 한다. 그것은 실제 현실과는 다른 자리에서 현실을 새롭게 구성하도록 추동하는 힘이며, 그렇게 구성된 현실은 실제 현실과는 아주 다른 낯선 것으로 등장한다. 특히 윤성희와 김애란의 소설에서, 자신의 비참한 현실에서 동력을 얻는 이 허구가 단순한 자기위안의 제스처로 끝나기보다는 종종 소설이라는 장르의 허구성에 대한 탐색으로 이어지는 것은 이 때문이다. 그런 측면에서 김애란의 「종이 물고기」는 비참한 개인주의자의 허구화 전략이 소설 장르에 대한 탐색 과정과 맞물리고 있어 각별히 주목할 만하다.

「종이 물고기」의 주인공 '그'는 가난하다. 당연히 '그'의 아버지와 어머니도 가난하다. '그'의 부모는 미숙아로 태어난 "아이를 인큐베이터에 넣을 돈"도 없다. 아버지는 국졸에 도장 파는 일을 한다. 어렸을 때 그는 "사방이 신문지로 도배된 방에서" 자란다. 아버지와 어머니가 모두 일하러 나가 "혼자 방 안에 갇혀 시간을 보"내던 그는 어느 날 벽면에 도배된 신문지의 글자를 '제멋대로' 읽기 시작한다. 그것은 이 세상이 규정한 것과는 "다른 방법"이다. 그러나 '그'의 이런 '제멋대로' 방식은 끊임없이 신문지를 더럽히는 '얼룩'으로 상징되는 현실적 한계로 인해 좌절된다. 비참한 현실에서 배태된 허구적 상상력은 다시 그 현실에 의해 꺾이게 되는 셈이다. 이 유년기의 에피소드는 성인이 된 '그'가 "보증금 100에 월 10"을 주고 구한 옥탑방에서 다시 반복된다. 그것이 다만 자신을 둘러싼 "창백한 벽면"에 글자들로 채워진 포스트잇을 붙이는 것으로 바뀌었을 뿐이다. 그러한 작업은 천장을 포함한 다섯 개의 면을 대상으로 일정한 순서에 따라 이루어진다. '자기가 읽은 책의 구절들→자신에 관한 이야기→암호처럼 스치는 생각, 단어, 문장→세상의 소음→한 편의 소설'의 순서로 진행된 이 소설 창작 프로젝트가 완성되는 순간, "그는 그 방 전체가 하나의 종이 비늘이 달린 물고기가 되어 부드럽게 세상을 헤엄쳐 다니는 상상"을 하게 된다. 게다가 "방바닥 여기저기 모래가 흩어져" 있는 것을 보고 그는 자신이 상상 속에서 만들어낸 종이 물고기가 '진짜'라고 믿게 된다. 그러나 방바닥의 모래는 진짜 바닷모래가 아니라 사실은 금 간 벽이 서서히 무너져 내리면서 생긴 시멘트 가루였을 뿐이다. 포스트잇이라는 환상은 그동안 벽의 균열로 상징되는 현실의 비참함을 "모두 가리고 있었"던 것이다. '그'가 진짜라고 믿었던 허구는 한순간 끔찍하고 수치스러운 "한 장의 구겨진 평면"이 되고 만다.

　이 이야기는 언뜻 현실을 은폐하는 허구에 대한 비판인 것처럼 보인다. 아무리 포스트잇으로 가려도 '금 간' 현실은 결국 무너져버리고 말지 않느냐 하는. 그렇다면 허구적 세계의 '종이 물고기'는 단지 현실도피적인 개인의 환상에 불과한 것인가? 진실은 정반대다. 소

설에서 현실은 역설적이게도 '종이 물고기'라는 허구를 통과한 뒤에
야 비로소 그 참혹함을 적나라하게 드러낸다. '그'는 무너진 시멘트
더미에서 "삐까쏘의 「우는 여자」", "역기를 들고 있는 중국 소녀", "비
새는 방을 도배하던 아버지" 등으로 상징되는 현실의 비참함을 결정
적으로 자각하게 되는 것이다. '그'의 누추한 방은 그에게 "싱싱한 등
허리를 파닥거리며 자신을 데리고 어디론가 헤엄쳐갈" 종이 물고기
이기도 하면서 다른 한편으로는 어렸을 적 꿈속에서 "커다란 아가리
를 쩌억 벌리며 자기에게 덤벼드는" 물고기이기도 하다. 자기를 삼켜
버릴지도 모르는 현실은 종이 물고기라는 허구를 통해 일차적으로는
은폐되지만, 그 허구는 다시 거꾸로 참혹한 잔해로서의 현실을 자각
하게 만드는 것이기도 한 셈이다. 현실과 허구의 이 역설적 순환 혹은
뫼비우스의 띠는 개인의 실존적 조건으로서의 '방'을 단순히 도피나
자폐의 은둔지가 아니라 새로운 현실을 발견할 수 있게 하는 '창'이
되게 한다. 「종이 물고기」의 이 서사 전략을 경유해, 우리는 비참한
개인주의자들의 허구화 전략이 단순히 자기위안의 서사 장치나 패배
의식의 소산만은 아니리라는 판단에 이르게 된다. 종이 물고기가 참
혹한 잔해 속에 묻힐지라도, 계속해서 "가쁘게, 그러나 팔딱팔딱", 숨
쉴 수 있는 것이듯 말이다.

  윤성희와 김애란의 소설에서 허구란 욕망이 좌절하는 자리에서
생겨나는 것이지만, 그때의 허구는 현실과 다른 자리에 놓인 것일 수
없다. 그러면서 허구는 욕망의 좌절을 굴절시키고 그것을 긍정적인 방
향으로 비틀어 길을 돌려놓는다. 지금 이 현실과는 다른, 그것을 넘어
서는 다른 현실에 대한 소박한 꿈은 그렇게 생겨난다. 이들의 소설에
서 두드러지는 것은, 그렇게 현실을 통과하면서 바로 그 현실을 비트

는 허구의 전략 속에서 '다른 삶'에 대한 에토스 혹은 새로운 윤리학
이 생성된다는 점이다. 그것은 분명 개인주의적 윤리라고 불러도 좋은
것이지만, 현재 한국사회에 대한 현실감각과 연결되어 있는 것이라는
점에서 우리 시대의 고통스런 집합적 공통감각을 환기하는 것이기도
하다.

5. 생활계획표와 개인용 지도의 윤리학

김애란의 소설도 마찬가지지만, 특히 윤성희의 소설에서 개인윤리는
개인적 가치의 발견과 관련되어 있다. 윤성희 소설에서 그 윤리가 작
동하는 세계는 학벌이나 성별, 나이 등이 초월되는, 기존 가치체계에
서 밀려난 세계다. 그곳은 "줄이 끊어진 배드민턴 채"도 "배드민턴 치
는 데 말곤 다 사용할 수 있"(「그 남자의 책 198쪽」, 126쪽)게 해주는 중고
품과 폐품의 세계이며, "실패한 농담들의 쓰레기장, 감기 걸린 영웅들
의 사물함, 진심을 위한 배지 가게, 그리고 이름을 가져본 적 없는 어
떤 곳들"(「종이 물고기」, 238쪽)이기도 하다. 그 세계는 '스테이크를 할
줄 몰랐던' 요리사가 만든 햄 요리를 스테이크라 '믿고' 먹는 세계이
며, 그래서 싸구려 햄조차도 스테이크로 둔갑할 수 있는 세계다. 그리
하여 그곳은 결코 스테이크일 수 없는 햄의 가치에 대한 인정이 소박
한 '믿음'을 매개로 이루어지는 곳이다. 윤성희와 김애란 소설의 주인
공들이 좁은 단칸방에서도 자기모멸에 빠지지 않을 수 있는 것은 바로
그런 '햄'과 같은 자기 존재의 가치에 대한 긍정 때문이다. 그래서 그
들은 '찜질방'과 같은 곳에서 지내면서도 그런 자신의 처지에 대한 부

정적 자의식과 자기연민에 빠져들기보다는 오히려 그 찜질방에 자기만의 가치를 부여한다. 그리하여 이제 그들은 "개인 사물함에 들어가지 못하는 물건들을 보면 아예 욕심이 생기질 않"게 되었으며, "최신식 가전제품을 보아도 마음이 흔들리지 않았고, 예쁜 옷을 보아도 사고 싶다는 생각이 들지 않"(「유턴지점에 보물지도를 묻다」)는다.

윤성희의 소설에 나타나는 이런 자기긍정의 태도는 어느 지점에서는 윤리적 자기규율의 형태로 발전한다. 「유턴지점에 보물지도를 묻다」에서 볼 수 있듯이, '나'의 청교도적 자기규율은 한편으로는 열악한 삶의 조건으로 인한 어쩔 수 없는 선택이기도 하다. 그러나 거꾸로 할아버지의 재산을 둘러싼 삼촌들의 저급한 싸움에서 자신을 지켜주는 것 또한 그러한 자기규율로서의 절제와 검약의 태도다. 즉 아이러니컬하게도 '나'는 열악한 삶의 조건 덕분에 돈으로 대변되는 세속적 가치와 결별함으로써 자기존중감과 품위를 얻을 수 있게 되는 것이다. 개인의 열등하고 비참한 조건은 이렇게 그 개인의 삶을 윤리적으로 규율하는, 중심적 가치와는 전혀 다른 궤도를 움직이게 하는 삶의 지침서를 작성하게 한다. 그리하여 그들은 이를 통해 심지어 도둑질조차 "전부 훔치지 않는" "일종의 작업원칙"(「만년소년」)에 따라 할 만큼 자기규율에 충실한 존재로 살아간다. 윤성희 소설에서 이러한 자기규율을 구체적으로 표현하는 것은 가령 다음과 같은 '생활계획표'다.

O는 문방구에 가서 두꺼운 도화지를 사왔다. 거기에 동그랗게 원을 그리고 초등학교 다닐 때 만들었던 것처럼 생활계획표를 그렸다. 아침 일곱시에서 열시까지 청소. 한시까지 어린이집 점심. 오후 여섯시까지

취침. 일곱시까지 저녁식사 및 휴식. 열시까지 청소. 열두시까지 편의점 창고에서 취침. 밤 열두시부터 아침 일곱시까지 편의점. 생활계획표를 벽에 붙이고 나니 자신이 대단히 성실한 사람처럼 느껴졌다. (「잘 가, 또 보자」)

정규직이 아닌 비정규직 노동으로 삶을 영위하는 개인들에게, 비정규직이라는 말이 암시하듯이 삶은 자칫 무질서하고 불규칙해지기 쉬운 것이 상식이다. 그러나 위 예문에서 공원 화장실 청소, 어린이집 주방일, 편의점 직원 등의 시간제 노동을 하면서 힘겹게 살아가는 O는 그런 자신의 비정규적 삶을 자기만의 정규적인 생활계획표에 따라 기획한다. 여기서 생활계획표는 열악한 생활조건 속에서도 자기 삶의 균형을 잡아주고 자기규범을 유지시켜주는 개인용 지침서다. 그것은 개인이 스스로에게 부과한 자기규율을 보여주는 것이며, 그런 자기규율을 통해 구현되는, 힘들지만 건강한 삶의 궤도는 개인의 삶에 나름의 질서와 의미, 가치와 중심을 부여하고자 하는 윤리적 규범의 육화이기도 하다. 그것은 지극히 사적이고 주관적인 윤리인 한에서, 또 그런 윤리의 체현 속에서 자기진실성(authenticity)이라는 가치와 공명한다.

그럼에도 불구하고 이 자기규율과 윤리적 규범은 절대적으로 자율적이면서도 배타적인 주체성과 관련되어 있지 않다. 그들은 1990년대 소설의 주인공처럼 "완벽한 단독자의 자유"[6]를 구가할 만큼 자아에 절대적 권위를 부여하지 않는다. 그들의 윤리는 오히려 주체 보존의

6 신수정, 「옥탑방과 지하방의 상상력」, 『푸줏간에 걸린 고기』, 문학동네, 2003, 396쪽.

윤리면서도 동시에 타자(와의 소통)의 윤리다. 이들 또한 단독자이기는 마찬가지지만, 이들은 그 자체로 완결되어 있는 배타적 자기결정의 개체가 아니라 불안정하고 비결정적인 미완의 존재들이다. 그런 까닭에, 이들은 외부와의 철저한 단절을 통해 자신을 완성해가기보다는, 불안정한 상태에서 서로에게 소박하지만 가치 있는 삶의 조건이 되어줌으로써 개별성의 완성을 향해 나아간다. 자기규율을 통한 이들의 자기보존이 단지 주체성의 윤리에서 그치지 않고 타자성의 윤리로 연장되어가는 것은 이 때문이다.

그렇게 이제 각 존재의 개별성은 외부와의 통로가 된다. 윤성희의 소설에서 개인의 단자적 개별성이 역설적이게도 타자와의 소통을 가능하게 하는 것으로 나타나는 것은 이런 까닭에서다. 윤성희의 「계단」에 등장하는 '지도'는 이렇듯 개별적 존재들의 자기진실성이 자기 바깥으로부터 거꾸로 구축될 수 있음을 상징한다. 그 지도는 "태양이 내리쬐는 한낮이면 건물에 나 있는 가는 금까지도 선명하게 보이"(202쪽)는, 다른 지도에서는 찾을 수 없는 '태양연립'이라는 쇠락한 건물까지도 표시되어 있는 지도다. 이 지도로 하여, 아무 곳에도 표시된 적이 없는 희미하고 누추한 개인들의 존재감은 비로소 확인되고 자기 삶의 가치 있는 좌표가 그려진다. 윤성희의 소설에서 인상적인 하나의 상징으로서 이 개인 지도는 단지 자기위안의 자족적 세계를 상징하는 것이 아니다. 오히려 그것은 무수한 익명의 개인들이 그들 나름의 삶을 기획하고 양식화하면서 자기 자신과 다르지 않은 타자와의 관계를 이어주는 촘촘한 연결망이다. 따라서 이 지도는 미저러블 개인주의의 표지이되, 자기의 열악한 조건이 거꾸로 타자와의 소통과 상호 배려의 근거가 되는 타자 지향적 단자 윤리의 출발점이다. 2000년대 젊은 한국소설이 보여주는 익숙하지만 낯선 소설 문법의 미래는, 이 단자 윤리가 지금의 소박함에서 한 차원 더 나아가 어떻게 새로운 정치적·사회문화적 가치와의 연결을 확보하면서 문학의 윤리적 가치를 정초할 것인가에 달려 있다고 할 수 있을 것이다.

뒤로 가는 소설들

1. 프리-모던인가 포스트모던인가

소설이 달라졌다고 한다. 둘러보니 그런 듯도 하다. '소설'이라는 레테르가 붙지 않았다면 과연 이게 소설일까 싶은 작품들이 나오고 있다. 교과서에서는 인물·사건·배경을 소설의 삼요소라 가르쳤지만, 지금 소설은 인물·사건·배경 없이 관념의 조각과 단상만 떠다녀도 자기가 소설이라고 우긴다. 거꾸로 인물·사건·배경 모두를 갖추었지만 소설 같지 않은 소설도 있다. 그리고 통념상 소설이라기보다 오히려 에세이나 콩트, 재담(才談), 일기 등에 더 가까운 작품들이 소설이라는 이름으로 나오고 있다. 그 밖에도 흥미를 돋우는 온갖 잡다한 요소를 끌어들여, 읽을 때는 재미있을지 몰라도 다 읽고 나면 의외로 아무런 의미를 찾을 수 없는 소설들도 부지기수다. 바야흐로 이런 식으로, 의미가 있건 없건 세간의 수다(數多)한 장르는 모두 소설로 향하고 있다. 아니, 소설은 모든 장르를 제 영역으로 끌어당기고 있다. 소설이 지금 위기라는데, 오히려 소설은 이처럼 자신의 영토를 더욱 넓혀나가고 소설과 소설 아닌 것의 경계를 허물면서 다채로운 모습으로 변신하고 있다.

그런데 돌아보면 이런 현상은 비단 오늘만의 일은 아니다. 소설은 애초 다양한 (비)문학적 잡동사니들, 예컨대 편지·일기·고백록·법조문·정치 팸플릿 등의 수사학과 형식을 모방하고 조롱하거나 뒤섞고 교차시키면서 스스로를 단일한 형식이나 내용에 귀속되지 않는 유연하고 유동적인 장르로 만들어왔다. 다른 문학 장르와 달리 유독 소설만이 끊임없이 변화하는, 그래서 불안정하고 불완전한 근대를 대표하는 장르가 될 수 있었던 연원도 바로 거기에 있다. 그러니 소설이야말로 이 세계의 본성과 가장 흡사한, 그리하여 현실의 변화를 더욱 깊이 있고 민감하게 반영할 수 있는 장르였던 것이다. 그렇게 보면 지금 다른 장르들과 몸을 섞으면서 소설과 소설 아닌 것의 경계를 흐려버리는 소위 '새로운' 소설의 등장은 사실 그렇게 낯설거나 새로운 현상이 아닐지도 모른다. 소설은 원래 '무규칙 이종' 장르가 아니었던가. 즉 끊임없이 경계를 허물고 이동하고 뒤섞는 혼종성과 비규범성이야말로 오히려 소설 장르의 독특한 성격으로 작용해오지 않았던가.

그러나 이즈음 소설이 보여주는 변화의 이면에는 그렇게 생각하고 넘겨버릴 수만은 없는, 그와는 차원이 다른 무언가 중요한 문제가 존재한다. 그런 맥락에서 "현자들의 만류에도 불구하고" 최근 발간한 소설집에 '자정의 픽션'이라는 다소 감당하기 힘들어 보이는 제목을 붙인 박형서의 얘기에 우선 주목할 필요가 있다.

내가 생각하는 '자정'이란 가라타니 고진이 그리워하는 '요란했던 근
대' 이후의 시간이다. 동시에 서사문학이라는 대가족 안에서 소설이
태동하던, 태아처럼 웅크린 채 자신의 미래에 대해 홀로 자문해보던
근대 이전의 저 먼 '새벽'을 의미하기도 한다. 좀더 구체적으로 말하자
면 '자정'은 사람들이 저마다의 얕은 꿈을 꾸거나 혹은 잠을 이루지 못
해 고단하게 중얼거리는 시간이다. 어느 쪽이든, 아침은 바로 거기서
시작된다고 믿는다.[1]

문제는 두 가지로 요약된다. 하나는 박형서 자신을 포함한 지금
젊은 작가들의 작품이 새로운 소설의 시대를 열게 될 것이라는 예측,
다른 하나는 그들이 지향하는 미래의 소설이 근대 이전의 유사소설과
근친적 관계라는 암시이다. 어쩌면 소설의 위기와 종언을 운운하는 바
로 이때야말로 새로운 소설의 아침을 열 수 있는 시간이리라는 믿음은
그럴 수 있다손 치더라도, 그 새로운 소설이 (근대)소설로 태동하기
이전의 다양한 허구물의 모양새를 닮았을 것이라는 주장은 쉽게 수긍
하기 어려울지도 모르겠다. 그러나 소설의 새로운 미래를 과거에서 찾
을 수 있다는 믿음은 비단 박형서만의 것이 아니다. 새로움의 근거를
근대 이전의 먼 과거에서 구하는 현상은 지금 젊은 작가들의 소설에서
의외로 어렵지 않게 발견할 수 있다. 일례로 '새로운 소설'의 대표주
자로 각광받는 김애란과 한유주 소설의 화자를 "근대적인 서술자보다
는 구술 연행적인 존재들에 가까운 이야기꾼과 음유시인"[2]으로 각각

---

1 박형서, 「작가의 말」, 『자정의 픽션』, 문학과지성사, 2006, 281쪽.
2 허윤진, 「소노그램 아카이브 시리얼 넘버 6002」, 『세계의 문학』 2006년 겨울호, 67쪽.

규정하고 의미를 부여하는 최근의 논의도 거기에 힘을 보태는 듯하다. 지금 일부 젊은 소설가와 비평가는 의식적이건 그렇지 않건 간에 미래의 소설의 근거를 소설의 과거에서 찾으려고 한다. 그들은 목하, 뒤로 가는 중이다.

　　여기서 우리가 따져보아야 하는 것은 왜 하필 소설의 새로운 변화가 과거의 양식과 공모하게 되는가이다. 문제는 지금 젊은 작가들의 소설이 얼마나 새로운지, 또 왜 새로운지가 아니다. 중요한 것은 소설과 소설 아닌 것의 경계를 허물며 변태해가는 지금의 젊은 소설이 새로운 소설의 가능성으로 이어질지, 아니면 소설을 결국 아무것도 아닌 것으로 만들어버릴지 묻는 일이다. 소설이 과거로 역행하는 현상은 이 지점에서 대체 어떤 의미를 갖는가. 다시 말하자면, 왜 지금 그들에게 ‘새로운’ 소설은 ‘포스트모던(post-modern) 노블’이 아닌 ‘프리모던(pre-modern) 스토리’여야 하는가?

2. 과거로, 탐색 없는 폐쇄적 탐색담

먼저 한유주가 있다.[3] 한유주의 등단작인 「달로」는 ‘달로 간 사람의 이야기’이다. 창작집의 제목이기도 한 ‘달로’는 한유주 소설의 어떤 지향성을 나타내는데, 그런 점에서 ‘달로’라는 제목은 의미심장하다. 그

---

3 이 글에서 다루는 소설은 다음과 같다. 한유주, 『달로』(문학과지성사, 2006); 박형서, 『자정의 픽션』(문학과지성사, 2006); 이기호, 『갈팡질팡하다가 내 이럴 줄 알았지』(문학동네, 2006). 작품을 인용할 때는 면수만을 부기한다.

런데 왜 달일까? 소설 「달로」에서 달은 "사람들을 매혹시킨 가장 오래된 이야기"이자 "기억나지 않는 최초의 순간들"(26쪽)을 상징한다. '달로'라는 표현은 바로 이 태초의 말씀의 순간, 그 음성들, 옛날이야기로 돌아가려는 화자-작가의 의지를 드러내는 것이다. 소설에 따르면 세계의 모든 이야기는 이미 어디선가 들은 "지겨운 이야기들"(13쪽)이며, 인류의 역사는 "구부정한 나선"(15쪽)의 궤적을 그리며 최초의 순간들을 지루하게 반복할 뿐이다. 그리하여 화자는 "슬픈 일들이 무수히 일어"(30쪽)나는 이 세계를 떠나 '달로', 즉 "먼 옛날의 이야기"가 숨어들어 간 세계의 뒷면을 향해 여행을 떠난다. 「달로」가 타락한 비극적 현재를 지우고 기원을 찾아 떠나는 서사시적 탐색담을 연상케 하는 것은 이 때문이다.

> 달로, 달로, 먼 옛날이야기로, 어느 왕들의 무덤은 무수한 바위를 깎아 만들어졌고, 그 안에는 끝이 없는 미로와 바닥이 없는 함정이 있다는, ……그런, 비정한 고대의 시간처럼, 달의 뒷면에는 어느 바다가 있고, 그곳에 발을 담그기 위해서는 비정한 긴긴 시간을 거꾸로 헤엄쳐서, ……, 그는 몸을 세워 일으켰고, 장대를 손에 쥐었다. (……) 그의 장대는 몽상을 걸고, 백일몽을 걸고, 환영을 걸고, 기억나지 않는 꿈들과 희미한 이야기들을 걸고, ……, 허공을 한 아름 휘돌다가, 땅으로 떨어진다.(28쪽)

소설에서 화자가 "비정한 긴긴 시간을 거꾸로 헤엄"치기, 즉 시간 거스르기를 통해 도달하게 되는 곳은 "어느 악사의 하프가, 옛 영웅의 커다란 칼이, 반인반수의 등줄기가"(「죽음의 푸가」, 56쪽) 존재하는 신화와 전설의 세계다. 그러나 신화와 전설은 이미 그 빛을 잃었다. 이제는 어느 누구도 별들의 움직임을 읽으면서 길을 찾아가지 않는다. 우리는 신들의 땅에서 너무나 멀리 벗어난 것이다. 그러니 이제 우리의 귀는 옛날이야기를 듣지 못하게 되었다. 그럼에도 그 태초의 이야기의 유혹을 뿌리치지 못해 듣는다면 결국에는 "공포와 전율과 격렬함"(「세이렌 99」, 93쪽)에 떨다가 미쳐버리거나 죽어버릴는지도 모른다. 다소 난해한 독백들로 채워진 「세이렌 99」는 이런 맥락에서 치명적으로 매혹적인 태초의 옛날이야기인, '세이렌'을 찾아 떠나는 실패한 오디세우스의 탐색담이라 할 수 있다. 뿐만 아니라 '사라진 호수'를 찾아 떠나는 독서의 여정을 다루는 「지옥은 어디일까」 또한 이러한 탐색담의 변형이다.

그런데 왜 한유주 소설의 화자들은 앞으로 똑바로 나아가지 않고 이렇게 뒤로, 거꾸로 거슬러 가려고 하는 것일까? 우선 화자의 진술을 통해 유추하자면, 그것은 이 세계가 죄악으로 가득한 타락한 곳이기 때문이다. "세계의 사진첩"에는 "슬픈 일들"만 가득하다. 히로시마의 원자폭탄, 아우슈비츠의 공포, 어느 시인의 자살, 애인의 죽음, 혹은 아이히만의 후손인 베를린의 스킨헤드족 등등. 「죽음의 푸가」에서 화자는 상상 속에서 자발적인 희생양의 제의를 통해 이 세계의 죄악을 씻어내고자 하지만, 이러한 묵시록적 기록이 죽은 자들을 망각의 강에서 건져 올리지 못할 것임을 안다. 이렇게 "자음의 폭력"(42쪽)이 횡행하는 이 야만스러운 문명세계에 대한 환멸과, 그러한 세계가 이미 변경 불가능한 "견고한 체계"(89쪽)가 되었다는 절망은 한유주 소설의 화자에게 "과거를 향해 움직"(17쪽)이도록, 시간을 거슬러 올라가도록 부추긴다.

우리가 삶을 지속할 수 있는 것은 보통 현재가 미래를 향해 전진한다는 경험적 믿음이 있기 때문이다. 그럴 때 삶은 완성이 아니라 미완성, 고정이 아니라 변화의 상태가 된다. 그리하여 현재는 이 미완의 변화무쌍한 세계 속에서 미지의 시간을 향해 운동한다. 근대적 의미의 소설은 바로 이러한 현재와 접촉함으로써, 형성 중인 미완의 세계와 결합한다. 소설의 현재성과 당대성은 바로 이 순간 획득된다. 그리고 그것은 우리로 하여금 현재의 시간은 물론 아직 다가오지 않은 미래를 불완전하게나마 경험하게 한다. 그러나 한유주 소설의 화자에게 지금 여기는 '흔해빠진 문장'과 '뻔한 이야기'들만 되풀이하는 "화면 안의 똑같은 장면"(96쪽)에 불과하다. 한유주 소설에서 자주 반복되는 '액자'와 '화면'의 이미지는 세계를 정지시키고, 그 순간 시간은 물론 흐르지 않는다. 현재는 미래로부터 단절된다. 한유주 소설의 화자는 바로 그 단절된 시간과 공간에 거주한다.

한유주 소설이 탐색담의 구조를 띠면서도 폐쇄적인 인상을 주는 것은 그 때문이다. 대개 탐색담의 주인공이 세계를 향해 바깥으로 나아간다면, 한유주 소설의 화자는 "어두운 방 한구석", "좁다란 페이지들 안"(「그리고 음악」, 99쪽)에 스스로를 유폐시킨다. 그들에게 세계는 더 이상 모험할 가치가 있는 낯설고 흥미로운 곳이 아니다. 세계는 이미 진부해졌고 지루해졌다. 그리하여 그들은 앞으로, 밖으로 나아가는 대신 뒤로, 안으로 숨어들어 간다. 그리고 닥치는 대로 읽고 본다. 한유주 소설의 화자들은 종종 말과 글, 영화와 사진, 죄와 벌, 전쟁과 죽음 등에 대한 텍스트와 그것에서 촉발된 단상을 통해 지금의 인류와 문명이 어떻게 형성되었는지에 대해 개괄한다. 한유주 소설의 조망적 시점은 그렇게 해서 획득된 것이다. 역설적으로 들릴지도 모르지만 그

것은 자폐적이기 때문에 더욱 얻기 쉬운 관점이다.[4]

　한유주의 소설에서 인물들이 증발되어버리는 것도 그 때문이다. '너와 나', 즉 '우리'가 함께 떠난 베를린에서 "너는 사라졌다"(「베를린 · 북극 · 꿈」, 141쪽). 익명의 화자가 내뱉는 묵시록적 독백으로만 채워진 소설들과는 달리 희미하나마 인물-화자가 등장하고 인물들 간의 갈등과 사건이 일어나는 「그리고 음악」, 「베를린 · 북극 · 꿈」, 「죽음에 이르는 병」, 「지옥은 어디일까」에서조차 결국 모든 인물들은 사라져버리고 발화 주체인 인물-화자만 덩그러니 남는다. 이렇게 보면 한유주의 탐색담은 결국 내면으로의 여정이라고 할 수 있는 것 아닌가?

　그러나 한유주 소설에서 내면은 더는 내면으로서의 가치와 의미를 갖지 못한다.[5] 근대소설에서 내면성은 속물적인 세계에 저항하는 진실한 거점의 역할을 자임했지만, 지금 한유주 소설에서 내면은 더 이상의 변화가 불가능한 폐쇄적인 세계를 단순히 반영하고 반복하는 거울에 불과한 것이 되었다. 이제 내면은 뒤집힌 외면에 불과하게 된 것이다. 한유주 소설의 익명적 화자는 더는 내면이라는 성소(聖所)조차 갖지 못한, 세계에 점령된 자아다. 이때 세계란 물론 한유주 소설의

---

4 한유주 소설이 문명비판적 혹은 문명사적 시각을 보여준다는, 최근 일군의 젊은 비평가들의 평가는 그런 점에서 착시거나 과장이다. 한유주 소설에서 인류 문명에 관한 비판적 소설은 그에 대한 관심이나 나름의 성찰에서 나오는 것이 아니라, 오히려 그런 현실적인 문제에 무관심한, 그와는 상관없이 자폐적인 '자기'에 몰두하는 과정에서 제시되는 상식적이고 감상적인 요약의 수준에 머물기 때문이다.

5 이는 비단 한유주에게만 해당하는 문제는 아닌데, 이에 대해서는 2000년대 소설의 탈내면성에 대한 김영찬의 지적을 참고할 수 있다. 김영찬은 탈내면의 미학의 역설적 가능성에 주목하지만, 거기에는 가능성만큼이나 위험과 문제점도 엄연히 존재한다. 김영희 · 김영찬 · 박형준 · 이장욱(좌담), 「우리 문학의 현장에서 진로를 묻다」, 『창작과비평』 2006년 겨울호 참조.

화자가 극구 부정해마지않는 오염된 현실세계가 아니다. 그것은 닥치는 대로 읽기만 한, 그래서 문장들을 "삼키지도, 내뱉지도 못한 채, 백치가 되고, 벌레가"(197쪽) 된 존재들이 참조하는 텍스트에 의해 매개된 세계이다. 세계는 인터넷, 텔레비전 화면, 활자 등으로 나타나는 파편화된 텍스트 조각들로 환원되고 '나'의 내면은 이제 그것과 구별 불가능한 것이 되어버린다. '나'는 그렇게 세계를 유령화할 뿐만 아니라 스스로를 유령화한다. 그것은 내면적 동기가 더 이상 아무런 무게도 지니지 못하게 될 만큼 외부적 결정이 압도적인 것이 되어버린 세계에서 개인이 택할 수 있는, 매우 세련되지만 역으로 그만큼 손쉬운 선택이다. 세상 밖으로 나가지 못하면서 내면조차 갖지 못한 존재들은 그렇게 유령이 되어 텍스트와 활자들 사이를 유영한다. 과거로 거슬러 올라가는, 이야기의 기원에 대한 탐색 없는 탐색담은 그렇게 시작되는 것이다.

3. 믿거나 말거나, 패설(稗說)

박형서 소설에서도 옛날이야기는 중요한 관심의 대상이다. 박형서의 소설론 혹은 소설로 쓴 창작방법론이라 할 수 있는 「날개」는 한유주의 소설과 마찬가지로 신화와 전설과 로망스의 세계를 흥미로운 상상력의 원천으로 설정한다. 이 소설은 흔한 클리셰(cliché)의 하나인 '상상의 날개'라는 표현에서부터 출발한다. '상상의 날개'라는 메타포는 광고에서 자주 볼 수 있는 카피이자 이미지다. "상상만 하면 돼!"라는 광고 속 카피는 소설 「날개」의 주제이자 소설의 방법론으로 그대로 옮겨간다. 소설은 일종의 액자 형태로 구성되어 있다. 액자 바깥의 화자인 '나'는 2005년 어느 날 심심한 나머지 "눈을 감고 원하는 시간을 헤아"(「날개」, 54쪽)리기 시작한다. 그렇게 해서 상상한 것이 바로 액자 안의 이야기다. 소설은 그렇게 '나'가 실제로 겪거나 들은 이야기를 상상 속에서 가공하여 하나의 허구적인 이야기로 만드는 과정을 제시한다. 그렇게 만들어진 허구 속에서 '나'의 친구 성범수는 "알레한드르라고 불리는 맘씨 좋은 사나이"(70쪽)가 되기도 하고, 친구 K가 죽었을 때 "어린 계집아이를 데리고 영안실에 찾아와 한바탕 곡을"(53쪽) 하면서 난리를 친 '못되게 생긴 노파'는 여자에게 사기를 쳐서 돈을 뜯어내는 뻔뻔한 노파로 분장해 등장한다. 사실 액자 속 이야기의 내용은 그다지 중요하지 않다. 오히려 중요한 것은 그렇게 현실의 경험들이 상상력이라는 일련의 공정을 거쳐 허구로 거듭난다는 바로 그 사실이고, 상상하면 무엇이든 이룰 수 있다는 식의 상상의 권능에 대한 강조이다.

> 그렇게, 나는 170년 후의 미래를 본다. 미래를 본다는 게 이상한가? 뭐가? 그건 그다지 특별한 일이 아니다. 누구라도 원한다면 어느 장소든 어느 시대든 갈 수 있다. 정말로 간절히 원한다면 말이다. 눈을 감고, 팔을 벌리고, 간절히.(54쪽)

상상의 위력을 강조하는 이 구절은 '나'가 현실을 토대로 가공한 허구의 이야기 속에서 그대로 반복된다. 액자 안의 이야기에서 여자가 사랑한 거인의 클론인 아이는 이렇게 이야기한다. "다리가 아파서, 집에 가고 싶다, 엄마한테 가고 싶다 하고 생각했어요. 눈을 감고 그렇게 간절히 생각하는데, 몸이 둥둥 떠오르는 거예요. 그렇게 하늘을 날아서 집으로 왔어요."(75쪽) '눈을 감고, 간절히' 원하기만 한다면 누구라도 어디든 갈 수 있다는 '나'의 전언은 그대로 상상 속 이야기에서 하늘을 나는 거인과 아이의 형상을 통해 구현된다. '상상만 하면' 안 되는 일이 없다는 것이다.

「날개」에서 "정확한 과학적 사실만을 가르치는 여자"(57쪽)는 "신화와 전설과 로망스와 백일몽"(63쪽)은 비현실적이고 아무런 가치 없는 "엉뚱하고 쓸모없는 상상" 혹은 '허무맹랑한 이야기'에 불과할 뿐이라고 항변하지만, 박형서에게는 그와 같은 허황된 거짓말이야말로 소설의 원형이다. 한유주에게 그런 옛날이야기들이 모든 이야기의 기원인 것처럼 말이다. 물론 박형서 소설의 옛날이야기는 한유주 소설에서처럼 진지하게 추구되는 대상은 아니다. 오히려 그에게 옛날이야기들은 '새빨간 거짓말'의 원천이자 모든 것을 자기 영역으로 끌어당기려는 근대소설 초창기의 잡동사니적 모습과 흡사하다. 박형서는 그런 허무맹랑한 이야기야말로 진짜 소설이라고 주장하는 듯하다. 그래서 그의 소설은 점점 더 뻔뻔스러울 정도로 황당해진다. 이 세상에는 망자들이 저승으로 넘어가는 '길'이 있을지도 모른다는 발상에서 출발한 「노란 육교」나, "머리에서 하루 이백만 배럴의 원유에 해당하는 고농축 유분이 흘러나오"(219쪽)는 사람에 대한 상상에서 비롯된 「두유전쟁」은 마치 패관(稗官)이 농담이나 소문처럼 거리에 떠도는 설화나 야담을 주워 모아 이리저리 짜 맞춰낸 '패설'에 가깝다. 그것은 가라타니 고진이 근대소설의 특징으로 지목한 "이야기(허구)이지만 그것

6 가라타니 고진, 조영일 옮김, 『근대문학의 종언』, 도서출판b, 2006, 59쪽.

이 리얼한 것처럼 보이도록 하"[6]는 리얼리즘적 방식을 거부하고, 거꾸로 이야기의 허구성을 강조한다. 그래서 그것은 아직 소설이 되지 못한 소설의 전신(前身)이라고 할 법하지만, 박형서는 그것도 소설이라고, 아니 그것이야말로 소설이라고 주장하는 듯하다.

사정이 그러하니 박형서 소설의 황당한 결말에 당황할 필요는 없다. 두유(頭油) 청년 성범수를 둘러싼 한미 간의 숨 막히는(?) 첩보전과 추격전을 장황하게 다루던 「두유전쟁」은 다음과 같이 끝난다. "그렇게 거대한 불의 아가리는 모두를 깨끗이 삼키고는 하늘나라로 보내 버렸다. 하늘나라에서 난리가 났다."(「두유전쟁」, 260쪽) 소설은 아무런 감흥도 주제의식도 전해주지 않은 채, 그렇게 갑작스럽게 종결된다. 대개 통상적인 삶의 감각에서 벗어나 삶에 대한 새로운 통찰에 이르게 하거나 정서적 여운을 안겨주는 전통적인 단편소설의 기능은 박형서의 소설에서 그런 방식으로 삭제된다. 대신 "세상에 이런 일이!"와 같은 감탄이나 "뻥이야?"와 같은 허탈함만이 남는다. 물론 그것은 작가의 의도다. 그런데 왜?

박형서의 「「사랑손님과 어머니」의 음란성 연구」를 보면 대충 그 의도를 짐작할 수 있다. 제목에서 알 수 있듯이, 이 소설은 대표적인 서정소설로 알려진 주요섭의 「사랑손님과 어머니」를 논문의 형식을 빌려와 "성교를 중심으로 세계의 원리와 끝없는 갱신을 해명하고자 한 알레고리 소설"(164쪽)로 재해석하는 과정을 주요 내용으로 하고 있다. 화자는 소설 초반에 "멋진 문학 작품의 의미가 왜곡되거나 편협한 해석만이 유령처럼 배회"(135쪽)하는 한국문학의 연구 풍토에 짐짓 분노와 우려를 표명하면서, 텍스트의 '진정한 이해'를 위해 형식주의, 구조주의, 기호학, 심지어 영양학까지 동원한다. 그러나 이러한 이론적 논의틀은 구체적인 텍스트 이해 과정에서는 전혀 중요하게 작용하지 않고 또 실제 그것이 중요한 것은 아니다. 대신 화자는 그 자신이 비판하는 "왜곡되거나 편협한 해석" 방법을 또 다른 희화적인 방식으로 의도적으로 활용한다. 예컨대 "남근 중심적 사고에서 벗어나 불알 중심적 사고로 옮겨가야 할 것이다"(150쪽)와 같은 경우가 그렇다. 논의를 진전시키기 위해 화자에게 필요한 것은 "약간의 상상"(155쪽)과 비상식적인 '생활의 지혜'와 속신(俗信)과 논리적 비약일 뿐이다. 어차피 이 소설은 "가상의 인물이 벌이는 가상의 사건에 관한 이야기"(153쪽)일 따름이기 때문이다. 그러니 당연한 말이지만 이 소설을, 부족의 여자를 교환하는 족외혼을 통해 유지되는 부계혈통의 허구성을 까발리고, '사랑손님'으로 상징되는 이방인과의 '달걀 먹기' 놀이를 통해 유지되는 모계가족사회의 음란한 이면을 폭로한 문제작으로 읽는 것은 작가의 의도가 아니다. 중요한 것은 작가가 소설에서 그런 결론이 도출되는 과정의 허구성과 비합리성을 노골적으로 표출함으로써 「사랑손님과 어머니」를 재해석한 자신의 소설조차 그저 농담과 잡담에 불과한 것으로 만들어버린다는 점이다. 자신의 소설조차 '믿거나 말거나' 식의 가담(街談)과 항설(巷說)로 만들면서까지, 작가는 소설의 범주와 경계를 규정하는 기존의 문학적 엄숙주의로부터 벗어나려는 것이다.

박형서의 소설은 그렇게 소설이 소설에 부과된 규범을 조롱하고 희화화하면서, 그리고 그 과정에서 자기 자신마저도 한낱 우스꽝스러운 농담에 불과한 것으로 만들어버리는 광경을 보여준다. "도덕"과 "선량한 욕망"(164쪽)을 소설에서 배제하는 데서 더 나아가, 그럼으로써 그저 황당하고 또 그래서 더욱 흥미로운 패설 혹은 가벼운 읽을거리로 자임하는 듯하다. 박형서의 소설은 그렇게 스스로 문학이 허무맹랑하되 재미있는 오락임을 자처한다. 앞에서 언급한 것처럼 그런 박형서 소설의 근저에 놓인 상상에 대한 강조가, 상투적인 광고 카피와 그것이 설파하는 세계관에서 멀리 있는 것이 아니라는 점을 여기서 다시 덧붙일 필요는 없을 것이다. 문제는 이것을 우리는 과연 소설이라고 부를 수 있을 것인가이다. 그래야만 할 필연성은 대체 어디에 있는 것인가?

4. 이야기, 누군가에게 읽어주는

필연성에 관해서라면 이기호도 할 말이 있을 것이다. 이기호는 자전소설인 「갈팡질팡하다가 내 이럴 줄 알았지」에서 인생이란 게 논리적으로 설명되지 않을 뿐만 아니라 우연으로 점철되어 있는데, 어떻게 소설의 세계는 논리적이고 필연적이어야 하냐고 항변한다. 게다가 세상 일이란 "누가, 무엇을, 언제, 어디에서, 왜, 어떻게……"(275쪽)라는 육하원칙으로는 설명할 수 없는, '그냥'이라고 말할 수밖에 없는 우연적인 사건으로 가득하다. 그런데 왜 소설만은 우연을 배제하고 필연성의 논리를 구축해야 하는가, 라고 그는 반문한다. 그러니 그에게 "근대소설은 우연으로 시작해 필연으로 끝나는 장르"(268쪽)라는 '은사님들의 가르침'은 너무 버겁다. 오히려 그는 우연으로 시작해 우연으로 끝나는 "이전 소설들"의 태도가 훨씬 더 현실적이라고 생각한다. 때문에 그는 인물과 사건을 내적 필연성으로 몰아가려고 낑낑대다가도 어느 순간 "에라이, 뿡"(같은 쪽) 하고 소설을 끝내버린다. '갈팡질팡' 하다가 우연히 소설가의 길에 들어선 그의 자전적인 이야기를 들어보면 그런 것도 같다. 현실이 갈팡질팡하는데 소설만은 왜 필연적이고 합리적이어야 하는가라는 질문은, 그대로 근대소설의 내적 논리에 대한 비판과 맞닿는다. 이기호의 「나쁜 소설」은 바로 이러한 근대소설에 대한 비판을 음독(音讀)에 대한 옹호를 통해 전면에 드러낸 소설이다.

> 소설이라는 게 원래 그랬잖아요. 누군가의 목소리를 타고 흘러나오는 이야기, 들려주는 사람에 따라 끊임없이 변형되고 각색되는 이야기. 그게 소설의 진정한 참맛이잖아요. 이 소설도 읽어주는 사람에 따라, 그의 맘에 따라, 계속 변하고 뒤바뀌고 출렁거려, 누가 진짜 이 소설의 원작자인지 모를 지경까지 흘러가길 원합니다. 나는 그런 것엔 하나도 서운하지 않으니까요.(9~10쪽)

'누군가 누군가에게 소리 내어 읽어주는 이야기'라는 부제를 달고 있는 「나쁜 소설」은 두 가지 점에서 의식적으로 근대소설을 배반한다. 우선 그것은 작가-화자가 음독하기를 권유하는 소설이라는 점에서, 다른 하나는 '각색', 즉 이본(異本)을 만들 수도 있음을 표방하는 소설이라는 점에서 그렇다. 첫번째 문제. 가라타니도 지적하고 있듯이[7], 근대소설은 음성을 없앴을 때 비로소 성립하는 것이다. 근대소설이 성립하기 전에 대부분의 독자들은 전기수(傳奇叟)나 구연자(口演者)가 들려주는 이야기를 귀로 들었지만, 근대 이후의 독자는 철저히 고립되어 말없이 눈으로 책을 읽는다. 설령 도서관처럼 많은 사람과

---

7 가라타니 고진, 앞의 책, 57쪽 참조.

함께 있는 곳이라고 하더라도 우리는 결코 소리 내어 읽어서는 안 된다. 음독이 공동체적—전근대적 독서라고 한다면, 묵독은 개인적—근대적 독서다. 근대소설의 내면성은 바로 이러한 고독한 묵독의 과정과 연동되어 있는 것이다. 이기호가 「나쁜 소설」에서 특히 '윤대녕' 소설을 지목하면서 이탈하고자 하는 것은 바로 이런 근대적 소설 읽기의 관습이다.

그렇다면 왜 윤대녕인가. 윤대녕 소설은 물론 특정한 소설 읽기의 관습과 경험을 통해 현실에서의 무기력한 고립을 부추기는, 근대적 내면성의 소설이 지닌 문제점을 보여주는 상징으로 호출되는 것이다. 화자에 따르면 '윤대녕' 소설을 읽은 독자는 대개 "어떤 몽롱함, 어떤 쓸쓸함과 애잔함"(25쪽)의 감정을 느낀다. 윤대녕 소설을 읽을 때 솟아나는 감정은 다른 사람들과는 공유할 수 없는, 고립된 개인만의 것이다. 그러나 그렇게 비참한 현실과는 무관한 곳에 내면의 성소를 만들거나 그곳에서 위안을 얻는다고 하더라도 결국 우리의 현실은 아무것도 달라지지 않는다. 아니, 실제로 달라지지 않았다고 화자는 말한다. 「나쁜 소설」의 주인공인 '당신' 또한 결국에는 "이 현실이, '윤대녕' 소설에서 그려지는 세계보다 더 소설 같고, 더 사막 같다는 생각"(33쪽) 때문에 '윤대녕' 소설에서 멀어졌다는 것이다. 이처럼 이기호는 화자의 입을 빌려 '고독한 묵독'을 강요하는 내면성의 소설이 그렇게 현실을 외면하게 함으로써 독자로부터 고립되어왔다고 주장한다. 그런 점에서 작가는 "오디오용 소설"(9쪽)을 표방하는 「나쁜 소설」을 통해 스스로 구술적 이야기임을 내세워 근대소설의 고립과 침묵에 대한 자의식적인 저항의 제스처를 보여주고 있는 셈이다.

두번째 문제. 앞의 예문에서도 알 수 있는 것처럼 「나쁜 소설」의 화자는 이 소설이 "들려주는 사람에 따라 끊임없이 변형되고 각색되는 이야기", 그래서 소설의 원작자가 누구인지조차 알 수 없는 이야기가 되기를 바란다. 이런 화자의 발언을 곧이곧대로 받아들이지는 않는다 해도, 소설에 대한 작가의 자의식이 그와 무관하다고는 할 수 없다. 이기호가 소설 속에 의도적으로 가상의 독자를 끌어들여 수시로 말을 건네고 소설의 구성에 능동적으로 개입할 것을 요구하는 것도 그런 맥락이라고 볼 수 있다. 작가는 "그저 당신에게 몇 가지 경우의 수만 던져줄 뿐", 구체적인 소설의 몸, 즉 "골격을 골라, 그 안에 힘줄을 잇고, 신경을 만들고, 살을 붙이고, 피부를 입히"(31쪽)는 일은 독자인 '당신'이 해야 한다는 것이다. 마찬가지로 「누구나 손쉽게 만들어 먹을 수 있는 가정식 야채볶음흙」에서도 화자는 가상의 독자에게 말을 건네면서, "남들이 일방적으로 주입한 상상을, 멍청하게 받아먹"(48~49쪽)지 말고 상상력을 발휘해서 자기 입맛에 맞는 작품을 만들어 읽을 것을 요구한다. 이는 스스로 소설을 근대소설 이전의 구연적 상황으로 되돌리는 것이며, 창조자로서 작가의 전능적 권위와 소유권을 반납하는 제스처다.

실제로 이기호 소설에 자주 등장하는 "어때요"라든가 "제발 ……해주세요"와 같은 동의와 기원의 화법은 화자-구연자가 마치 청중을 앞에 두고 이야기하고 있는 듯한 착각을 불러일으킨다. 그런 이기호 소설의 화법과 구조는 작가와 독자가 더 이상 일방향적인 전달이 아니라, 이야기를 들려주고 들어줌으로써 서로 자리를 바꾸고 상호 소통하는 상황에 놓이게 되는 효과를 유도한다. 「할머니, 이젠 걱정 마세요」는 특히 작가와 독자 혹은 화자와 청자의 그런 자리바꿈이 어떤 방식으로 이루어지는가를 형식적인 장치를 통해 좀더 분명하게 보여준다.

작품에서 소설가인 '나'는 "몹쓸 병에 걸려, 이제는 한 가지 이야기 안에만 머무는 할머니를"(250쪽) 위로해주기 위해 할머니에게 이야기를 들려준다. 그러나 어느 순간 이야기를 듣던 할머니는 자신의 이야기를 '나'의 이야기 위에 포개놓으면서 화자가 되고, 원래 이야기의 화자였던 '나'는 할머니의 이야기 속 등장인물인 '덕용이 아저씨'가 된다. 화자와 청자가 슬그머니 자리바꿈을 하는 동안, '나'는 자기 안에 들어 있는 다른 존재들의 목소리, 예컨대 "할머니의 목소리이기도 했고, 화로와 벽장과 요강이 내는 소리이기도"(253쪽) 한 다양한 목소리를 듣는다. 그렇게 할머니의 이야기 속으로 빠져들어 가던 '나'는 급기야 할머니 이야기 속의 덕용이 아저씨가 되어 그가 들어갔던 장롱과 벽 틈에 들어가 보려다가 다리가 끼어 옴짝달싹하지 못하게 된다. 이야기의 화자였던 '나'는 거꾸로 청자의 이야기에 홀려 자발적으로 그 이야기를 재연해보려다가 "우스꽝스러운 모습"(261쪽)이 된 것이다. 그 순간 이야기를 통해 누군가를 위로하려던 이야기의 주체인 '나'는 위로와 도움을 필요로 하는 대상으로 역전된다.

　이기호 소설의 화자는 그렇게 청자와의 자리바꿈을 통해 작가로서의 권위를 반납하고 자발적으로 독자 혹은 인물의 자리로 걸어 들어간다. 물론 소설의 형식적 층위에서 이루어진 화자와 청자의 그런 이동이 창조자로서 작가의 권위를 전적으로 반납함을 의미한다고는 볼 수 없다. 오히려 작가는 몇몇 소설에서 볼 수 있듯이 수시로 "상상 좀 해라"라고 독자에게 강권하는데, 이는 어느 측면에서 판소리계 소설이나 전(傳) 등에서 흔히 보이는 계몽적 논평을 연상시킨다. 즉 이기호의 소설은 구성의 차원에서는 소설을 독자 지향적인 것으로 열어놓고 있는 듯하지만, 실은 상상력에 대한 계몽적 전언을 전달하고 있는 것이다. 이처럼 이기호의 소설은 독자 지향적인 소통 구조를 취하면서도 작가적 전언을 포기하지 않는다. 문제는 그 전언과 메시지가 단순하고 소박한 차원에 머물러 있다는 것일 텐데, 그런 측면에서 이기호의 소설에서 형식적 차원에서의 일탈이 새로운 인식적 충격의 효과로 이어지는 것이라고는 할 수 없다.[8] 오히려 상상 혹은 허구에 대한 일면 계몽적인 강조와 연결되어 있는 그런 형식적 과거 회귀는, 그렇게 보면 어떤 측면에서 소설가로서의 자기증명을 위한 형식적 노력에 가깝다고 하는 것이 옳다. 그렇다면 지금 그에게 소설-소설가란 무엇이며 그런 자기증명의 요구는 어디에서 비롯되는 것인가?

5. '아직 아닌' 혹은 '더 이상 아닌' 소설

이기호의 소설 「수인(囚人)」에서 소설가는 작가로서의 자기 존재를 증명하기 위해 '곡괭이를 든 노동자'가 된다. '대형자동차 운전면허 소지자', '정보처리기능사', '숙련된 배관기술자', '병아리감별사'가 아닌 소설가는 오로지 육체노동을 통해서만 자신을 증명할 수 있게 된 것이다. 소설가는 이제 극단적으로 실용성과 효용성을 추구하는 우리 사회에서 아무런 의미나 가치도 부여받지 못하는 존재가 되었다. 문제는 소설의 독자가 줄었다는 데 있지 않다. 중요한 것은 소설과 소설가가 더 이상 이 세계와 인간에 대한 의미 있는 질문을 던지지 못할 뿐만

---

8 이에 대해서는 졸고, 「소설의 재구성, 소설을 이야기하는 소설들」, 『문예중앙』 2006 가을호, 55~56쪽 참조.

아니라, 독자들도 소설가에게 그러한 사회적·정신적 역할을 요구하지 않는다는 것이다. 그러니 작가가 자신의 권위를 내세운다는 것은 오늘날 어불성설이라고 할밖에. 따라서 스스로를 노동자로 호명하고 작가의 권위를 반납하는 듯한 제스처를 취하면서 화자와 청자의 자리를 수시로 바꾸며 이동하는 이기호 소설의 자의식에는 바로 이런 상황 인식에서 나올 수밖에 없는 씁쓸한 자조가 숨어 있다.

한유주와 박형서의 경우도 내용과 형태만 다를 뿐 사정은 크게 다르지 않다. 한유주와 박형서에게 이 세계는 더 이상의 새로운 탐색이나 성찰이 불필요한, 낡고 빤한 이야기만이 넘치도록 반복되는 진부한 곳에 불과하다. 한유주가 이야기의 기원을 찾아 떠나고 박형서가 거리를 떠도는 기담을 채록하는 것에서 의미를 찾는 것은 그런 인식 때문이다. 그러나 지금의 현실이 과연 그들이 생각하는 대로 그렇기만 한 것일까? 그것은 현실에 대한 또 하나의 고정관념을 반성 없이 반복함으로써 현실에 대한 무관심, 소설과 현실의 관계 맺음에 대한 근본적인 성찰의 허약함을 은폐하는 데 기여하고 있지는 않은가.

이기호를 포함한 젊은 작가들은 그렇게 자의건 타의건, 근대 이전의 먼 옛날로 가고 있다. 그들의 행보에 우리는 어떤 수식어를 붙여주어야 할까? 그들의 소설은 '아직 아닌' 소설인가, 아니면 '더 이상 아닌' 소설인가? 어찌 됐건 분명한 것은 이들의 소설을 포함한 지금의 많은 젊은 소설들이 비록 형식적으로는 새로워 보이기는 하지만, 의외로 현재 우리의 삶에 실존적·존재론적 물음을 던지거나 인간과 세계에 관한 새로운 인식적 통찰에 이르기보다는, 일면 현실에 대한 통념을 반복하면서 독아론(獨我論)적 물음이나 유희에 몰두하고 있다는 사실이다.

　소설이 소설로서 새롭고 진보적이려면 세계의 진보를 역행해야
한다. 그런 측면에서 이들 소설의 과거 지향성은 언뜻 세계의 진보를
거스르는 것처럼 보일 수도 있다. 그러나 세계가 진부하고 닫힌 체계
에 불과하다는, 그러니 성찰이 불가능한 시대에 문학은 그저 한갓 농
담이나 유희, 잡담이나 사적 기록에 불과하다는 그런 상황에서 작가의
권위를 주장하는 것은 말도 안 된다는 등의 인식은 세계의 뜻에 반(反)
하는 것이 아니라 오히려 지금 문학의 위기를 주장하는 대다수 사람들
의 뜻에 순(順)하는 것처럼 보인다. 밀란 쿤데라의 말처럼, 만약 소설
이 정녕 사라져야 할 것이라면, 어쩌면 그것은 소설의 힘이 다해서가
아니라 소설이 이 세계를 더 이상 자신의 거주지로 삼지 않아서일지도
모른다. 그렇게 보면 지금 소설이 자신의 과거인 ‘이야기’로 역(退)행
하는 것은 새로운 소설을 위한 자극이나 가능성으로 기능하기보다는
아직 끝나지 않은 소설의 가능성을 차단하는 부정적 효과를 가져올 수
도 있다. 소설의 가능성은 아직 고갈되지 않았다.

새로운 거짓말과 진부한 거짓말

1. 허공에서 글쓰기

최근에 눈에 띄는 것은 소설에서 한국적 현실이 거의 재현되지 않고 있다는 사실이다. 겉으로 보기에 문학의 내셔널리티가 조금씩 흐려지고 있는 듯한 경향도 그와 맥락을 같이한다. 물론 아직은 작가의 내셔널리티가 텍스트 독해에 중요한 단서가 되고 있긴 하지만, 배수아를 포함한 몇몇 작가들의 경우 내셔널리티는 지워져 있거나 희미하게만 존재한다. 문학이 기본적으로 유동적이고 변화하는 사회적 현실을 담아낼 수밖에 없다고 본다면, 이즈음의 소설에 나타나는 탈한국적 경향들은 실제로 어떤 이유에서건 국경을 넘나드는 일이 많아진 세계화 시대 한국의 현실을 반영한 것일 터이다.

　한국 혹은 서울은 소재의 차원에서도 더 이상 한국소설에 지배적인 문학적 현실이 아니게 되었다. 그런 일은 물론 예전에도 있었다. 해외여행 자유화 이후 몇몇 작가들이 오지나 조선족 부락을 탐험(?)한 뒤, 자본주의 이전 사회에 대한 향수와 회귀 욕망을 드러내는 작품을 썼던 것이 그 예다. 그러나 그러한 예전의 여행시나 기행소설이 한국의 자본주의적 현실을 비판하고 그를 통해 자신의 본래적 정체성을 재확인하는 다소 낭만적이고 근대적인 기획의 일환으로 받아들여졌다면, 이즈음의 탈한국적 서사들은 세계시장의 재편과 그로 인한 노동이주가 빈번해진 후기자본주의적 상황에 대한 인식과 감각이 반영된 결과라고 볼 수 있다. 더는 단일한 국적과 인종, 젠더를 주장할 수 없게 된 현실 속에서, 경계를 넘는 포스트모던 서사의 출현은 어쩌면 당연한 일일지도 모른다.

　이즈음 한국문학의 또 다른 경향은, 미디어 네트워크에 접속함으로써 시간과 공간의 한계를 넘어 동시적 공존이 가능해진 유비쿼터스적 상황에 대한 민감한 반응이다. 젊은 작가들의 소설을 미니홈피나 블로그와 같은 개인 미디어로 간주하거나 이들의 소설적 경향을 무중력의 글쓰기로 보는 비평적 진단[1]은 이러한 경향을 포착한 예라고 할 수 있을 것이다. 그 같은 문학적 경향이 보여주는 것은 이제 세계를 매체를 통해 걸러진 언어에 의해서만 이해하는(이해할 수밖에 없는) 세대가 등장했다는 사실이다. 그들은 '경험을 경험' 하고 '사유를 사유'

---

1 이광호, 「혼종적 글쓰기, 혹은 무중력 공간의 탄생―2000년대 문학의 다른 이름들」, 『이토록 사소한 정치성』, 문학과지성사, 2006.

하며 ‘상상력을 상상’ 한다. 그리고 텍스트를 텍스트화한다. 지금의 젊은 작가들에게 현실은 완제품이거나 완제품 이후의 세계일 뿐이다. 지금까지는 제품이 만들어지기까지의 과정, 즉 그 과정에서 빚어지는 사회적 · 개인적 갈등은 물론 제품을 만들어내는 사회정치적 조건 등을 소설적 현실로 다루었다면, 젊은 작가들에게 현실은 이미 만들어진 기성품이거나 제품들이 만들어내는 이미지에 불과한 것이 되었다. 이제 현실은 빛을 잃고 창백해졌으며 이미지는 더욱 생생해져서 창백한 현실 위로 짙은 그림자를 드리우게 되었다.

　이 두 가지 문학적 경향은 언뜻 매우 달라 보인다. 그러나 두 경우 모두 경계 넘기를 통해 일국적 상상력에 갇히는 것을 거부하며, 개인에게 더 많은 자아 이미지를 부여함으로써 이들을 다양한 경계에 끼워넣어 사유한다는 점에서 유사하다. 그리하여 이들 소설의 인물들은 단일한 기원이나 정체성을 주장하기보다 세계를 스쳐 지나가듯 여행하면서 유령처럼 희미하게만 존재한다. 강영숙의 장편소설 『리나』(랜덤하우스중앙, 2006)와 한유주의 단편집 『달로』(문학과지성사, 2006)는 이러한 문학적 경향을 대표하는 소설이라고 볼 수 있다. 강영숙 소설의 국외자들이 스스로를 “공중에 떠 있는”(24쪽) 존재로 간주하는 것처럼, 한유주 소설의 비인칭 주어들 또한 현실을 ‘허공에 만들어진 무덤’(「죽음의 푸가」)으로 인식한다. 지금까지 우리의 삶을 견인해왔던 현실적 중력으로부터 벗어나 공중부양하는 이들 소설에서 ‘허공’은 새롭게 발견한 문학적 공간이 되고 있는 것이다. 어쩌면 허공은 모든 곳에 편재하면서 아무 곳에도 없는 무형의 에테르 같은 것일지도 모른다. 그러나 이 허공에서의 글쓰기는 다국적 기업의 논리가 지배하고 미디어를 통해서만 세계를 경험하게 된 후기자본주의적 현실과 무관하지 않다. 바로 그런 까닭에 이때의 '허공'은 무중력의 탈현실적 공간과는 다르다. 이 글은 최근의 몇몇 문학적 경향들이 발견한 '허공'을 새로운 문학적 상상력의 출발점으로 보고 이를 살펴보는 것을 목적으로 한다.

2. 국경 넘기, 국경 되기—강영숙의 『리나』

강영숙의 『리나』는 더럽고 냄새나는 공간들의 순례를 기록한 '악취'와 '땟국'의 서사다. 예컨대 리나가 화공약품 공장에서 강간당할 때 리나의 배 위로 쏟아진 것은 "내장이 뒤집힐 것처럼 독한 냄새가 나는 흰 화공약품"(58쪽)인데, 소설이 끝날 무렵 이 지독한 악취는 매춘과 중노동에 시달린 리나의 몸으로 옮겨간다. "나는 화학 가스에 오염된 몸이랍니다. 내가 낳는 아이들은 대대손손 병신이고 불임이라는데요"(313쪽)라는 리나의 고백은, "세계의 국경이 몸살을 앓고 있"(311쪽)는 현실이 어떻게 리나의 몸을 통해 구현되는가를 잘 보여준다. 결국 리나의 세계여행은 바로 이런 세계의 악취를 자기 몸에 옮겨놓는 과정에 불과한 것이 된다. 리나뿐만이 아니다. 할머니와 봉제공장 언니를 비롯한 소설 속 대부분의 국외자들은 쓰레기 천지의 세계를 여행하면서 점점 쓰레기가 된다. 그들의 몸은 "그야말로 오물 천지"(288쪽)가 되는 것이다.

이들 탈출자들이 세계의 오염을 앓는 것을 지켜보는 과정은 고통스럽다. 대폭발 이후 폐허가 된 공단지대에서 리나는 다른 사람들이 모두 떠난 뒤에도 오염된 공간에 끈질기게 남는다. 사람들이 떠난 빈

자리를 까마귀떼와 파리들이 점령한 음울한 세기말적 풍경 속에서 리나는 환청과 허기, 질병에 시달리면서 점점 미쳐가지만 쉽게 그곳을 떠나지 않는다. 그것은 일차적으로 리나가 사랑한 할머니, 봉제공장 언니, 뼤의 죽음으로 인한 고통과 절망 때문이지만, 역설적이게도 세계의 고통과 오염은 리나의 썩어들어 가는 몸과 피폐해지는 정신을 통해서만 우리에게 전달된다. 다시 말해 리나는 쓰레기 천지의 세계로부터 벗어나지 않고 그 세계에 동화됨으로써 세계의 오염을 증거하는 존재라는 의미를 획득하게 된 것이다. 그렇게 리나는 그 스스로 앓는 세계를 앓는다.[2]

이러한 세계 고통의 전이와 동화가 가능한 것은, 리나가 국경으로 상징되는 중첩적인 지역 안에 존재함으로써 그녀의 정체성을 다중적인 범주들에 걸쳐놓고 있기 때문이다. 리나는 본래적인 기원을 고집하는 대신 그 위에 다른 존재 이미지를 겹쳐놓음으로써 끊임없이 스스로를 낯설고 불안한 타자적 존재로 만든다. 가령, 소설에서 리나는 자주 거울을 들여다보는데, 거울 속에서 매번 확인하는 것은 원래의 자기 모습이 아니라 자기 얼굴에 드리워진 '검은 그림자'와 '깊은 긴 주름'이다. 서사가 전개될수록 리나는 점점 "낯모르는 여자의 얼굴"(128쪽)이 되어간다. 그렇게 리나는 국경 넘기를 거듭하면서 다른 존재들을 자기 안에 쌓아간다. 그리하여 리나는 어떤 단일한 범주에도 귀속되지 않는, 재현하기 어려운 복수적인 존재가 된다. 리나는 죽어가는 할머니를 끝까지 돌볼 정도로 착한 여자인가 하면, 다른 한편으로는 "성격

---

2 그 점에서 강영숙의 『리나』는 이전 단편들의 연장선상에서 볼 수 있다. 그에 대해서는 김영찬, 「불가능의 서사와 동정 없는 휴먼─강영숙과 편혜영의 소설」, 『문학들』 2006년 여름호 참조.

파탄자, 알코올 중독자"(250쪽)이기도 하다. 봉제공장 언니와 육체적 관계를 맺지만 그렇다고 동성애자라고 보기도 어렵다. 그처럼 소설에서 리나는 "깨진 거울을 통하지 않고서는 자신이 누구인지 절대 알 수 없"(89쪽)는, 스스로에게도 낯설고 이질적인 존재로 그려진다.

단일한 성별이나 국적에 귀속되지 않는 리나의 다중적 이미지는 리나처럼 국경을 넘으면서도 결코 자신의 고향을 잊어버리지 않았던 황석영의 '심청'과 비교해볼 때 그 의미가 더욱 분명해진다. 황석영의 『심청』에서 '청이'는 '렌화'가 된 후 처음으로 거울을 통해 자신의 벌거벗은 몸을 보게 되는데, 그때 "거대한 음문"[3]을 가진 렌화는 '청이'를 "예전에 벌써 죽은 귀신"(『심청』상, 42쪽)으로 부정함으로써 본격적인 국경 넘기의 여정을 시작한다. 그러나 이러한 부정은 렌화로서의 삶을 긍정하기 위한 것은 아니다. 물론 소설에서 서술자는 매춘 여성 렌화가 신화적 모성으로 거듭나는 과정을 긍정적으로 평가하지만, 사실 렌화로서의 삶은 심청에게는 결코 체화할 수 없는 낯선 것에 불과하다. 이는 오랜 여정 끝에 죽음의 문턱을 밟게 된 렌화가 심청으로서의 자기정체성을 되찾으려는 소설의 결말 부분에서 매우 분명하게 나타난다.

> 그네는 품속에서 뭔가 꺼내어 기리에게 내밀었다. 그건 오래전에 그네가 고향 황주에 갔다가 절에서 찾아온 자신의 위패였다. 아직도 흐릿하게 심청지신위라는 글씨가 보였다. 청은 간신히 속삭였다. '나 가거든 화장하여 뿌려다우. 그것도 함께 태워버리고……' (『심청』하, 307쪽)

3 황석영, 『심청』상, 문학동네, 2003, 43쪽.

'심청지신위'를 자신과 함께 태워버리라는 렌화의 유언은 결국 오랜 세월 국경을 건너면서 '렌화'로서 살았던 자신의 삶을 부정하는 것으로 해석할 수 있다. 그렇게 볼 때 소설 초반에 렌화에 의해 죽은 사람 취급을 받았던 '청이'는 사실 소설 속에서 한 번도 포기된 적이 없었으며, 따라서 서사의 대부분을 차지하는 렌화로서의 삶은 결국 심청이라는 자신의 본래적 정체성을 되찾기 위한 기나긴 여정에 불과했음을 알 수 있다. 그런 점에서 심청은 철저하게 근대적인 주체라고 할 수 있다. 반면에 리나는 가족들이 있는 P국으로 갈 수 있는 기회조차 자발적으로 포기함으로써 자신의 기원을 삭제한다. 이제 그녀에게는 더 이상 돌아갈(가고 싶은) 고향이 없다. 문자 그대로 끝없는 탈국의 상황에 놓임으로써 스스로를 텅 빈 주체로 만들어버린 리나야말로 진정 세계의 불안과 공포를 구성하는 동시에 그런 불안과 공포를 배출하는 탈근대적 · 탈주체적 존재라고 할 수 있다.

그러나 사실 리나의 탈출 여정과 국경 넘기는 이미 진부해질 대로 진부해진 현실에 불과한, 전혀 새롭지 않은 이야기이다. 우리는 이미 불법체류 노동자들에 관한 구구절절한 사연은 물론, 자본의 유통경로를 따라 남하하는 매춘 여성들이 그려낸 새로운 지도에 관해서도 익히 알고 있다. 따라서 "『리나』를 읽어가는 과정은 클리셰와의 힘겨운 투쟁 과정이었다"[4]는 진술은 전적으로 사실이다. 가령 다음과 같은 구절을 보자.

열린 문틈으로 소파 위에 누워 있는 후배가 보였다. 눈을 꼭 감은 채 입

---

4 이혜령, 「국경과 내면성」, 『문예중앙』 2006년 가을호, 235쪽.

술을 달달 떨고 있었고, 가랑이 사이로 분홍색의 생선살 같은 여자애의 음순이 정면으로 보였다. 뚱보 녀석이 후배의 몸 위에 올라가려고 하는 순간, 리나는 이것이 피할 수 없는 현실임을 직시했다."(260쪽)

적나라하게 드러난 여성의 분홍빛 음순과 그 음순 속으로 자신의 성기를 밀어 넣으려는 남자의 모습이야말로 '피할 수 없는 현실'이다. 그것은 지금 이 시간에도 세계의 모든 국경에서 벌어지고 있는 뻔한 '사건'이며, 이러한 적나라한 사실이야말로 소설『리나』를 뒷받침하는 현실감각인 것이다.

그러나『리나』는 고통스럽지만 이미 상투적인 것이 되어버린 현실을 그대로 재현하는 데 그치지 않는 대신, '국경 넘기'라는 현실을 리나의 육체 위에 허구적으로 구축함으로써 그것을 '국경 되기'라는 문학적 현실로 재구성하고 있다. 리나는 사랑하는 삐와 첫 관계를 맺으면서 그의 국경 탈출담을 자신의 몸으로 듣고 이해하게 되는데, 그 순간 리나는 "머릿속이 환해지면서 비좁은 방 안의 벽들이 다 무너지고 저 먼 하늘로부터 둑처럼 펼쳐진 푸른 국경선이 다가"(140쪽)오는 낯선 경험을 하게 된다. 삐의 탈출담은 그대로 리나의 몸에 '국경선'으로 담게 된 것이다. 그리고 삐의 국경 이야기가 리나의 몸에 받아들여지는 순간, 리나는 생명을 잉태하듯이 몸이 부푸는 환상을 경험한다. 국경을 넘으면서 리나가 보고 들은 국경 이야기는 그렇게 부풀려진 배의 텅 빈 공간만큼 차곡차곡 쌓인다. 그리하여 리나의 몸은 차라리 국경 자체가 된다. 리나는 어떤 공간에서도 "자발적으로 사라지기로, 배경으로도 남지 않기로 결심"(326쪽)하는데, 왜냐하면 리나는 끊임없이 떠돌면서 스스로 공간을 만들어가는 존재이기 때문이다. 그

공간은 아침에 세워졌다 저녁에 붕괴되고, 계속 움직이며 다른 공간
들이 포개져 그 실체조차 불분명한 신기루 같은 곳이다. 그곳은 분명
주어진 현실 속에 위치해 있으면서도 어디에도 없는 '이상한 나라' 인
것이다.

　『리나』에서는 종종 가혹한 노동 착취와 성폭력이 만연한 공간이
어느 순간 한바탕 축제의 장소로 돌변한다. 그곳으로부터 전해지는 이
야기들은 "주인공도 비슷하고 스토리도 다 비슷해서 새로울 게 없"
(110쪽)지만 그럼에도 불구하고 그곳에서는 "매일매일 거짓말"(113쪽)
이 이루어진다. 이 거짓말이야말로 『리나』에서 진부한 현실을 문학적
현실로 재구성하는 방법론인바, 바로 그 순간 비로소 '국경' 은 추방된
존재가 자신을 진부한 존재로 만드는 세계적 조건과 투쟁할 수 있는
새로운 문학적 공간으로 변모하게 된다. 이렇게 슬픔과 기쁨, 공포와
유머, 폭력과 애무가 공존하는 기이한 허구의 공간은 극악무도한 현실
을 '극성맞음' 으로 맞서는 존재가 구축한 새로운 담론과 존재 방식을
가능케 하는 곳이다. 그렇기 때문에 "리나는 또다시 저만치 앞 허공에
푸른 둑처럼 펼쳐져 있는 국경을 향해"(348쪽) 끊임없이 달려갈 수 있
는 것이다.

3. 기억을 기억하는 유령—한유주의 『달로』

한유주야말로 "텍스트밖에는 아무것도 없다" 라는 후기구조주의적 전
언이 가장 잘 어울리는 작가가 아닐까. 작가는 '텍스트 중독' 이라고
할 수 있을 정도로 '문자로 된 텍스트들' , 특히 책을 통해 세계를 이해

하는데, 이 때문에 한유주 소설은 언뜻 '미디어 중독'의 세계에 맞서는 몸부림처럼 읽히기도 한다.[5] 그러나 그것은 마치 김중혁의 '사물'들처럼 세계를 이해하고 해석하기 위해 선택한 물질성과 토템적 가치를 갖는 또 다른 미디어에 다름 아니다. 단지 책이 좀더 개성적이고 고급한 것처럼 보인다는 점에서 다른 미디어와 차별될 뿐이다.

한유주 소설의 인물-서술자는 이러한 미디어로서의 책을 매개로 해서만 간신히 존재하는 희미한 존재들이다. 이들은 고유한 정체성을 갖지 못한 채 이 기억과 저 기억 사이를 떠돈다. 예컨대 비 오는 날 강물에 빠져 죽으면서 두서없이 떠오르는 상념들을 나열한 「죽음의 푸가」는 같은 제목의 시를 쓴 파울 첼란이 겪은 아우슈비츠의 비극과 전후 독일의 폭력적 상황, 그리고 센 강에 투신자살한 그의 경험을 그대로 따라가고 있다. 따라서 이 소설은 파울 첼란의 기억을 기억하고, 그의 텍스트를 텍스트화하는 과정에 다름 아니다.

「베를린, 북극, 꿈」은 어떤가. 이 소설은 언뜻 이제 막 격전지에서 탈출한 테러리스트의 두서없는 단상들로 읽힌다. 그러나 소설의 인물-서술자인 '우리'는 아무런 검문, 검색도 받지 않고 아무런 위험에도 빠지지 않는다. '우리'는 단지 기념관을 방문하거나 사진을 찍고 길거리 공연을 관람하는 등, 일반적인 여행지의 코스를 고스란히 반복한다. 다만 그러한 여행길에 "안전핀, 자동 소총, 격발, 가늠쇠, 붉은 도선"(125쪽)으로 표상되는 다른 누군가의 전쟁의 '기억들'이 개입되면서 익숙한 여행 서사는 낯설고 혼란스러운 국면으로 비약할 뿐이다. 한유주 소설은 이렇듯 수많은 '기억소'가 다양한 방식으로 배치

---

5 정여울, 「이야기하지 않는 세헤라자데의 탄생」, 『문학동네』 2005년 겨울호, 425쪽.

되고 나열됨으로써 이루어진다.

　다시 한 번 말하거니와 한유주 소설에 출몰하는 기억들은 언제나 매개된 기억이다. 그리고 그런 맥락에서 한유주 소설에 자주 등장하는 '액자'(혹은 텔레비전 화면)는 이러한 매개를 위한 소도구 역할을 한다고 할 수 있다. 세계는 언제나 액자화한 채로 전달되며 그렇게 전달된 세계의 기억은 다시 기억된다. 액자는 세계를 바라보는 프레임으로 기능하는데, 그 순간 역동적인 세계는 정지한 채 고정된다. 그리고 "사진과 사진처럼 정지한 순간들"은 인물–서술자에게 찰나적 깨달음을 줌으로써 "세계의 끝이 몸을 일으킬 때"까지 영원히 지속된다. 한유주 소설은 이렇게 영원의 무게를 획득한 순간들의 조각들로 이루어져 있다고 해도 과언이 아니다. 또한 액자 속 사진은 언제나 이미 일어난 순간을 포착한 것이기 때문에 그 틀을 통해 바라보는 세계는 언제나 '이미 지나간 것', 그리하여 '뒤쪽'으로 사라지고 '건너편'으로 넘어간 것으로 인식된다. '진실은 언제나 그 너머에 존재'하는 것이다. 그리하여 한유주 소설에서 현실은 지체되거나 유예된다. 극단적으로 말하면 현실은 존재하지 않는 것이 된다. 한유주 소설에서 현재가 단지 지나간 추억의 흔적을 더듬는 "텅 빈 구멍"(「죽음의 푸가」, 50쪽)에 불과한 것으로 인식되는 것은 이 때문이다. 유령은 바로 그 텅 빈 구멍에서 출몰한다.

　한유주는 비교적 최근작인 「암송」과 「유령을 힐난하다」에서 지금 현실로부터 벗어나 미디어의 세계를 부유하는 존재에게 '유령'이라는 존재의 외피를 부여하는 작업을 한다. 특히 '뼈'의 운명을 다룬 「암송」은 뼈의 탄생, 발달, 소멸이라는, 뼈로 상징되는 인간의 진화론적 운명에 관해 서술한다. 소설에서 뼈는 사람과 동물의 골격에서 점차 기계문명으로 그 의미를 확장해가는데, 그 과정은 곧 인간의 진화라든 가 문명의 발달과 같은 역사적·시간적 변화를 동반한다.

뼈는 떠돌던 인간을 한 곳에 정착하게 만들고 그렇게 정착한 인간 들이 가족과 사회를 이룰 수 있게 한다. 뼈는 일정한 공간과 시간을 만 드는 단단한 구조물인 것이다. 그러나 이제 "단단히 맞물려 있던 뼈들 (은) 헐거워"져서 "유령의 가벼운 몸, 없는 기억, 한없는 시간……" (211쪽)으로 변모한다. 모든 견고한 뼈는 녹아 유령이 되었다. '뼈'의 시대는 가고 '유령'의 시대가 도래한 것이다. 한유주 소설의 탈역사적 성격은 바로 이러한 탈문명적 시각과 진단에 근거하고 있다. 최근작 「유령을 힐난하다」(『창작과 비평』 2006년 가을호)에서 유령은 '삶의 기념 품이 된 잊히지 않은 욕망들'로, 혹은 누군가에게 기억됨으로써만 비 로소 의미를 발하는 존재들로 서술된다. "타인의 기억이 우연의 빗장 을"(127쪽) 푸는 순간에만 비로소 유령의 삶은 시작되는 것이다. 그렇 게 유령은 "사랑을 사랑하고 실패에 실패하며 증오를 증오하고 두려 움을 두려워하고 무서움을 무서워한다."(122쪽) 사랑, 실패, 증오, 두 려움, 무서움, 폭력 등은 몇 차례 기억의 거름망을 통과하면서 점점 추 상화하고 모호해진다. 그리하여 세계는 더 이상 '사실적인 것'으로 다가오지 않는다. 그러니 진부하고 빤할 수밖에. 그렇다면 유령은 더 이상 자신만의 고유한 경험과 기억을 갖지 못하는 상투적인 세계 그 자체, 혹은 그러한 세계에 거주하는 존재라는 부정적 함의만 갖는 것일까. 아니, 유령은 '책'이라는 미디어를 통해서만 세계에 대해 경험하고 진술하는 한유주 소설에 특유한 존재의 또 다른 이름은 아닌가.

한유주 소설에서 진부하고 낡은 세계가 거부되는 것은 분명하다. "한 번 맺은 인연 소중히 간직하겠습니다"(99쪽)라든가 "믿음, 소망, 사랑의 정신으로 최선을 다하겠습니다"(113쪽) 등등의 진심에 호소하는 문장들이 '사채업자의 광고' 문구로 탈바꿈하는 현실에 대한 묘사는 세계의 진부함이 언어를 오염시켰다는 자의식에서 나오는 것이다. 그래서 작가는 의도적으로 문장을 파괴하거나 말줄임표(……)를 사용하여 어휘를 삭제하는 방식으로 언어문법을 교란시킴으로써, 혹은 최소한도로 합의된 서사문법조차 가볍게 위반함으로써 그러한 상투적 세계—언어와 일정한 비판적 거리를 취하고자 한다. 그러나 앞에서 지적한 것처럼 한유주에게 세계는 책이라는 미디어를 통해서만 간신히 "한 줄의 폭력, 한 줄의 평화, 한 줄의 과거로 스크랩"(112쪽)되어 받아들여진다. 그런 점에서 그녀의 소설에서 끊임없이 참조되는 다양한 레퍼런스는 '레토릭'만이 가능한 자기 세대에 대한 절망감의 표현인 동시에, 그녀가 선택한 책이라는 미디어에 대한 무비판적 의존을 보여주는 것으로 해석할 수도 있다. 그 때문에 한유주의 소설은 종종 작가 자신이 그토록 거부하고자 했던 상투적 세계—언어로 회귀하기도 하는 듯하다. 소설에서 자주 발견되는 "말로 표현할 수 없는 고통"[6]처럼 클리셰의 전형과 같은 구절은 물론이거니와, 독서가 취미인 사춘기 소녀의 습작에서 발견될 법한 '생의 뒷면', '죽음', '지옥', '슬픔',

'우울'과 같은 과장된 감상적 어휘 목록은 기억을 기억하고 경험을 경험하는 레토릭 세대의 수사적 거짓말 같다. 그래서일까. "경험은 초라했고 그래서 가진 것이 없"(187쪽)다는 서술자의 고백이, 창조적 상상력의 부재를 경험의 초라함이라는 알리바이를 내세워 변명하는 것처럼 들리는 것은.

4. 새로운 거짓말과 진부한 거짓말

『리나』에서 '거짓말'이 추악하고 고통스러운, 그러나 익숙한 세계 내 현실을 낯선 문학적 정경으로 재구성하는 방법론인 것처럼, 『달로』에서도 '거짓말'은 체험의 직접성을 경험하지 못한 세대의 자기표현의 수사법으로 기능한다. 작가에게 거짓말은 "가상의 세대에 걸맞은 가상의 언어"(110쪽)를 학습하고 그 언어로 소통하는 세대의 글쓰기 방식인 것이다. 이들 모두에게 거짓말은 허구적 장르로서의 '픽션'을 문자 그대로 '허구적으로' 실현할 수 있게 하는 소설적 장치라고 할 수 있다. 허공이란 그렇게 해서 구축된 소설적 공간이다. 이들에게 허공에서의 글쓰기란 진부하거나 텍스트화된 현실을 새롭게 문학적으로 재구성하기 위한 전략적 방법론인바, 그 결과 이들의 소설에서 허공은

---

6 예컨대 다음과 같은 구절은 상투적 표현을 거부하는 글쓰기가 결과적으로는 상투적 표현을 반복할 수밖에 없는 아이로니컬한 상황을 잘 보여준다. "말들의 세계는 언뜻 정교하고, 섬세하게 보였지만, 빈틈이 너무나 많았고, 사람들은, 말로 표현할 수 없다는 표현을 즐겨 쓰고는 했다. 가장 아름다운 것, 가장 지독한 것, 가장 슬프고 아픈 것들은 이루 말할 수 없이 ……했고, 사람들은, 형언할 수 없는 고통에 몸을 떨었다."(209쪽) "말로 표현할 수 없다"는 클리셰에 대한 비판적 의식은 "형언할 수 없는 고통에 몸을 떨었다"에 이르러 탈색되고 만다.

현실과 허구, 참말과 거짓말이 뒤섞인, 기존의 명징하고 친숙한 언어로 포착될 수 없는, 실제의 환영들이 출몰하는, 낯선 감각들의 격전장으로 재현된다. 따라서 이들에게 그만 땅으로 내려오라는 비판은 초점을 벗어난 것이다. 이들에게 허공은 허구적인 동시에 실제적인 공간이기 때문이다.

그러나 강영숙의 허공과 한유주의 허공은 조금 다르다. 강영숙의 『리나』는 매춘과 중노동에 시달리는 국경탈출자에 관한 지극히 현실적인 이야기를 바탕으로 하면서도 통상적인 리얼리티가 지워져 있다. 리나는 '이성애자/단일민족/가족주의'로 상징되는 우리 사회의 리얼리티를 배반하면서도 이와 대척되는 지점에 또 다른 리얼리티를 만들기를 거부한다. 리나는 이성애자이면서 동성애적이고, 자국민에게 애착을 느끼면서도 초국적이다. 게다가 가족을 거부하면서도 '할머니'나 봉제공장 언니, 삐와 가족적 관계를 이루면서 살아간다. 리나는 불행하면서도 행복하고 슬프면서도 기쁘다. 『리나』가 익숙한 탈출자의 외피를 뒤집어쓴 인물을 주인공으로 내세우면서도 낯선 이야기로 읽히는 것은 바로 이러한 인물의 모순적이고 중층적인 성격 때문이다.

반면에 한유주 소설은 문장의 분절과 재조립, 의도적인 어휘의 누락, 의존적 조사의 독립적 활용 등과 같은 언어실험이나, 소설 장르의 기본구성요소로 알려진 인물·사건·배경을 삭제한 채 관념적 독백을 전경화하는 장르 실험을 통해 우리에게 '소설'의 존재와 운명에 대해 다시 생각하게 한다. 어쩌면 기댈 만한 권위 있는 가치와 규범을 갖지 못하는 세대에게, 상충하는 가치들이 공존하는 미디어적 현실은 그 자체로 실제와 허구가 교차하고 진실과 거짓이 이종교배하는 허공일는지도 모른다. 그들은 의식적인 노력 없이도 저절로 유령의 존재론을 체화하고 허공에서의 글쓰기를 습득할 수 있는 조건 가운데 있는 것이다. 그런 점에서 한유주 소설은 블로그 사이를 떠다니면서 짜깁기된 생각들을 재조립하는 세대에게 경계를 가로지르는 다중적 존재론이 이미 일상적 현실 자체가 되어버렸음을 보여주는 징표라고 볼 수 있다.

한유주의 소설은 텍스트를 매개로 다중적 시간과 다층적 공간을 넘나드는, 해체되고 재구성된 관념 조각들을 매개로 유령의 시대를 유령으로 살아가는 자기전략을 보여준다. 그러나 그것은 유령의 시대를 승인하고 반복하는 것일 뿐, 그 시대를 거스르지는 않는다. 어떤 측면에서 한유주에게 허공은 강영숙의 그것처럼 소설적 허구를 통과한 뒤에야 만들어지는 문학적 현실이라기보다는, 조각난 텍스트들의 뒤섞임과 혼종이 일상화되어 있는 포스트모던한 현실의 일면을 그대로 반복 재현한 것에 불과한 것이기 때문이다. 짜깁기가 레토릭이 되는 포스트모던 시대에 한유주 소설이 도달한 득의의 영역이란 바로 그런 현실을 포착한 데 있을 것이다. 그러니 언뜻 낯설어 보이는 한유주 소설이 간혹 블로그에 퍼 담기에 적합한 경구와 잠언의 퍼레이드로 읽히는 것은 어쩌면 당연한 일인지도 모른다. 세계에 대한 새로운 통찰이란 박학으로 얻은 순간적 깨달음만으로는 획득하기 어려운 것이다. 그러니 2000년대 문학의 새로움이란 바로 이런 진부함을 딛고 서는 순간에야 비로소 가능한 것일 게다.

떠도는 목소리들

누가 말하고 있는가가 무슨 문제인가라고 누군가 물었다.
누가 말하고 있는가가 문제가 되는가.

—베케트, 『무에 대한 텍스트』

1. 목소리, 목소리, 목소리

우리는 무수한 목소리들에 둘러싸여 있다. 속삭임과 외침, 쉰 목소리와 달콤한 목소리, 낯익은 목소리와 낯선 목소리 등. 우리는 하루 종일 서로 다른 종류의 온갖 목소리들을 들으면서도 목소리를 낯설어하거나 두려워하지 않는다. 왜냐하면 그 목소리는 언제나 '누군가'의 목소리이기 때문이다. 우리는 누군가의 목소리를 듣기만 해도 그/녀가 누구인지를 안다. 아니, 설령 모르는 사람의 목소리라고 하더라도 목소리는 특정한 육체와 결합함으로써 그/녀에 관한 일정한 정보를 우리에게 제공해준다. 그 누군가의 목소리는 그/녀가 남자인지 여자인지, 어디에 사는지, 직업과 인종과 국적 등은 무엇인지까지도 말해줄는지도 모른다. 목소리는 언뜻 초역사적이고 초사회적인 것처럼 보이지만,

실상 그런 목소리는 없다. 우리가 아는 목소리는 언제나 사회문화적, 역사적 맥락 속에서 형성되는 구조물이다. 게다가 목소리의 어조와 높낮이, 질감 등의 미묘한 차이는 그 목소리를 다른 목소리와 구별시켜준다. 그러니 우리는 아무리 시끄러운 곳에 있어도 우리가 아는 그 누군가의 목소리를 단박에 알아챌 수 있다. 그렇게 목소리는 특정 주체의 일관성을 보증해주는 동일시의 축으로 기능해왔다.

그런 관점에서 인간이라는 주체가 형성되는 과정을 달리 말한다면 육체와 목소리의 결합 과정이라고 할 수도 있을 것이다. 목소리는 일정한 이미지와 그 밖의 요소들, 예컨대 냄새, 촉감 등과 결합하여 '자아'라는 하나의 전체를 만들어낸다. 따로따로 무질서하게 주어진 요소들이 목소리와 결합함으로써 비로소 일관되고 동일한 자아정체성을 형성할 수 있게 되는 것이다.[1] 예컨대 호프만의 소설 『모래 사나이』를 보자. 주인공 나타니엘이 사랑한 올림피아는 소설이 끝날 때까지 모호하고 낯선 존재로 남는다. 그녀는 사람인가, 자동인형인가. 비록 그녀는 아름다운 여인처럼 보이지만 우리는 그녀가 사람이라는 확신을 하지 못한다. 왜냐하면 우리는 소설 어디에서도 그녀의 목소리를 듣지 못했기 때문이다. 또 다른 사례. 진 켈리의 영화 『사랑은 비를 타고』에서 매력적인 목소리의 소유자인 데비 레이놀즈는, 아름답지만 찢어지는 목소리를 가진 여배우 진 하겐에게 목소리를 빌려준다. 추하고 날카로운 진 하겐의 목소리가 그녀의 아름다운 외모와 어울리지 않아 대중에게 어필할 수 없었기 때문이다. 영화에서는 결국 아름다운 외모가 은폐했던 진 하겐의 진짜 모습이 폭로되는데, 그렇게 되는 계

---

1 미셸 시옹, 박선주 역, 『영화의 목소리』, 동문선, 2005, 179쪽.

기가 바로 그녀의 진짜 목소리가 육체에 입혀져 목소리와 육체가 일치되는 순간이라는 점은 흥미롭다. 목소리가 자아 진리의 결절점 역할을 하는 순간이다.

최근의 한국소설에서 흥미로운 것은 바로 그 목소리가 사회적·역사적·심리적 육체로부터 떨어져 나와 소설 안팎을 떠돌고 있다는 사실이다. 즉 그동안 자기정체성의 일관성과 통일성을 담보해주는 알리바이였다고 할 수 있는 목소리는 이제 성적·계급적·지역적·민족적 등등의 정체성의 흔적들이 제거된 채 출몰하기 시작한 것이다. 그것은 예컨대 다음과 같다. 의도적으로 성별 표지를 삭제한 중성적 목소리(배수아), 침묵하는 인물 속에 묻혀버린 목소리(김숨), 혹은 해독 불가능한 비인간적 목소리(김태용), 그리고 목소리와 목소리 사이의 틈에서 새어나오는 바람 소리나 한숨 소리(김연수) 등등. 이 목소리들은 누구의 것인가. 아니, 이 목소리들의 발원지는 어디인가. 어쩌면 이들에게는 누가 말하고 있는지 여부를 따지는 것이 중요하지 않을는지도 모른다. 문제는 지금 소설 속 목소리가 정착지 혹은 발원지로서의 육체로부터 떠나 떠돌고 있다는 사실이며, 그것이 우리에게 보여주는 의미다. 이들 실체 없이 텍스트를 떠도는 유령 같은 목소리들은 흔히 이르듯 주체의 일관성과 자명성이라는 관념에 문제를 제기하는 것이라 볼 수도 있지만, 보다 중요하게는 최근 젊은 작가들을 중심으로 진행되는 한국소설의 변화의 한 양상을 특징적으로 대변해 보여주고 있는 것이기도 하다는 점에서 문제적이다.

2. 육체를 떠난 목소리

먼저 이제는 많이 익숙해진, 그러나 아직도 여전히 낯선 배수아 소설
의 인물들을 불러내 보자. 2000년대 이후 배수아 소설의 인물들은 남
성과 여성이라는 관습적 성차가 삭제된 탈젠더화한 존재로 그려진다.
이러한 성 정체성의 거세는 작가의 말에 따르면, '의도적인' 것이다.
배수아는 『동물원 킨트』에서 작가서문을 대신해 주인공의 성별을 규
정하지 않는 이유를 다음과 같이 이야기한다.

> 성별이 결정되지 않으면 주인공의 사회적 입장, 정서적인 상태, 개별
> 적인 사건에 대한 반응, 작가나 독자가 소설을 접할 때 느끼는 무의식
> 적인 동일시, 그런 점들이 방해받게 되는 것이 사실이다. 더구나 중요
> 하게 평가받고 있는 자의식이 확고해지기 어렵기 때문에 더욱 매력적
> 인 주인공의 전형에서 멀어질 것이다. 결정적으로 말해서 성별이 없는
> 인간이란, 지금 현재 그다지 인상적이지 않다. 그럼에도 불구하고 이
> 글의 그(녀)에게 성별을 규정하지 않은 이유는, 성적 정체성이 자연스
> 럽게 부여하는 모든 정서의 상태를 부정하기를 원했기 때문이다.[2]

대개의 소설에서 '나는' 으로 시작되는 자아의 목소리는 소설 속
등장인물(혹은 서술자)의 것이긴 하지만 동시에 마치 우리 독자의 목
소리인 것처럼 우리 안에서 울릴 수 있도록 배치되고 재구성되는데,
그때 화자의 목소리와 결합하는 육체의 이미지는 우리의 육체에서 발

---

2 배수아, 『동물원 킨트』, 이가서, 2002, 5~6쪽.

견되는 것에 다름 아니다. 소설 속에서 울리는 목소리는 그렇게 독자들의 현실원칙에 근거하여 재구성됨으로써 자신들의 정처를 갖게 된다. 그런데 관습적으로 이분화된 성별체계가 자연스럽게 받아들여지고 있는 현실적 기준으로 볼 때, 이렇게 성적 정체성이 삭제된 배수아 소설의 등장인물들은 쉽게 이해하기 어려운 낯선 존재가 된다. 왜냐하면 우리는 보통 그/녀의 목소리는 역사적으로 성적 특성이 부여된 그/녀의 육체에서 나온 것이라고 생각하기 때문이다. 그러나 이제 배수아의 소설에서 목소리는 다양한 정체성의 표지들이 제거되자마자 누군가의 육체로부터 완전히 분리되어 그 자체로 자족적인 사유의 대상이자 사유의 주체가 되고 있다. 「마짠 방향으로」[3]는 그렇게 정처로서의 육체를 떠난 목소리들로 넘쳐난다. 소설의 다음 구절은 이러한 육체와 목소리의 분리를 상징적으로 보여주는 대목이다.

"누군가가 나를 부르고 있는 거야. 창문을 열어놓은 방에서 들려오는 목소리 같았는데, 도무지 어디에서 들려오는지 알 길이 있어야지. 아, 정말이지 너무 얼떨떨해서 그땐 꿈을 꾸고 있는 것만 같았어. 잘못된 거다, 라고 생각하면서도 나는 같은 장소를 몇 번이나 빙빙 돌면서 그 목소리가 나오는 집을 찾고 있었던 거야. (……) 나는 마침내 길을 잃고 말았어. 그리고 그 목소리까지도 잃고 말았어."(153~154쪽)

출처를 알 수 없는 목소리를 찾아 헤매다가 결국 '나'는 길을 잃고 그 목소리까지 잃고 만다. 소설은 끝까지 이 이야기를 하는 사람이

3 배수아, 『훌』, 문학동네, 2006. 앞으로는 인용문의 쪽수만 밝힌다.

누구인지, '나'를 부르던 그 목소리의 발원지는 어디인지, 길을 잃은 '나'는 어떻게 됐는지에 대해 설명해주지 않는다. 다만 누군가의 목소리를 잃어버린 '나'의 목소리만이 정처를 잃고 텅 빈 마짠의 기억 속에서 울릴 뿐이다. 소설에서는 이렇게 남겨진 목소리들만이 어떠한 기대도 의미도 없이 떠돈다. 그리고 그렇게 정착할 곳을 정하지 못한 채 떠도는 목소리들은 마짠 137번지에 위치한 독신자 아파트먼트의 어떤 방에 의해 기억되고 수집되어 재생된다. 그 '방'은 그렇게 소설 「마짠 방향으로」의 주인공이 된다.

　　방은 집 안에 남겨진 '흔적의 숨결'을 통해 그 방을 거쳐 갔던 사람들을 기억하는데, 그것은 지금은 사라지고 없는 목소리의 주인이 남겨놓은 목소리를 재생시킴으로써 이루어진다. 물론 지금 그 목소리의 정처였던 육체는 더 이상 존재하지 않는다. 다만 그들의 '숨결의 흔적'인 목소리만이 아무도 살지 않는 빈 방을 떠돌 뿐이다. 이때 방이 기억하는 그 목소리들은 '복도에서 울려 퍼지는 텔레비전 소리'나 '일곱시 사십오분'이면 어김없이 터져 나오는 '라디오 소리'와 구분되지 않은 채 뒤섞여 존재한다. 서술자가 방이라는 사실을 기억해두자. 그 때문인지 「마짠 방향으로」에는 언뜻 이해하기 어려운 낯선 구절들도 눈에 띄는데, 예컨대 "맨발은 생각에 잠겼다"와 같은 문장이 그것이다. 물론 이 '맨발'은 지금은 텅 빈 그 방이 기억하는 과거의 어떤 장면이다. 이것은 물론 비유법이 아니다. 그렇지 않겠는가. 방에게는 어쩌면 그 공간을 딛는 발이야말로 가장 쉽게 눈에 띄는 신체 부위일 것이다. 그러니 발이야말로 상대의 기분을 파악하고 이해하기에 가장 적합한 대상이다. 방에게는 말이다. 이러한 방의 탈인간주의적 논법은 그대로 목소리에도 적용된다. 방에게 목소리는 분절 가능한 의미 있는 대상이라기보다는 라디오나 텔레비전 소리 혹은 바람 소리와 크게 구별되지 않는, 단순한 '소리' 내지는 '음향'에 가까운 어떤 것이라고 할 수 있다. 목소리의 중심성은 해체된다. 그렇게 배수아 소설에서 인간의 목소리는 다른 소리들과의 관계 속에서 그 우월성을 상실함으로써 어떤 의미도 생산하지 못하는, 단순한 소음의 수준으로 전락한다. 게다가 소설에서 재생되는 목소리들은 방이 기억하는 한의 것일 뿐이라서 아무런 맥락 없이 단편적으로만 제시된다. 그것은 일종의 답장을 보낼 필요가 없는 독백적 편지 쓰기에 가까운 것이다.

마―짠. 누군가 부르는 소리가 들린다. 그러나 어디서 들려오는지는 정확하지 않다. 거리는 보통 때와 마찬가지로 사람 그림자 하나 없이 조용하다. 마―짠, 마―짠, 젠장(투덜거리면서), 그가 또 파티를 여는군. 똥이나 먹으라지. 손가락으로 유리창을 톡톡 튀기는 듯한 소리가 나고 스피커에서 두 번 절규하는 높은 소리가 나더니 곧 음악이 시작되었다. 두두두두두두둥, 라, 라…… 굉장하다! 최대 볼륨이었다.(161쪽)

소설은 이렇게 '마―짠'이라는, 발원지가 불분명한 모호한 목소리의 울림으로 끝난다. 그렇게 육체를 이탈한, 절규에 가까운 목소리는 곧이어 음악으로 대체된다. "두두두두두두둥, 라, 라……" 어떠한 의미 있는 해석도 거부하는 이 정처 잃은 목소리들은 그렇게 아무런 의미 있는 서사를 이루지도, 서사의 구심적 역할을 하지도 못한 채 무의미하게 흩어져 목하 배수아 소설 안팎을 떠돌고 있다.

3. '풀밭' 위의 목소리

이런 목소리도 있다. "퀠퀠퀠퀠퀠". 김태용의 「풀밭 위의 돼지」(『문학들』 2006년 가을호)에서 퇴행성치매 노인인 '나'는 돼지의 '퀠퀠' 소리를 통해 죽은 아내와 대화하고 심지어 돼지의 삶까지도 추측해본다.

> 돼지에게도 언어가 있을까. 언젠가 풀밭에 누워 그녀에게 물어본 적이 있다. 그녀는 아무런 대답도 하지 않고 피시시, 바람 빠지는 소리를 내며 웃었다. 나는 장난삼아 퀠퀠퀠 퀠퀠, 이라고 돼지 소리를 내보았다. 퀠퀠퀠퀠. 그녀도 나의 농을 받아치며 말했다. 퀠퀠. 퀠. 퀠퀠퀠퀠퀠. 퀠퀠퀠 퀠퀠, 퀠퀠퀠퀠. 퀠. 퀠퀠퀠 퀠퀠 퀠. 퀠퀠퀠. 퀠 퀠퀠퀠퀠 퀠. 퀠퀠. 퀠. 퀘에에퀠. 우리는 한동안 돼지처럼 퀠퀠 거리며 대화를 했다. 대화의 끝에서 나는 말했다. 퀠퀠 퀠퀠 퀠퀠퀠 퀠퀠퀠 퀠퀠퀠퀠.(내가 먼저 죽거든 돼지랑 이야기해.) 그녀도 내 말을 알아들었는지 다음과 같이 대답했다. 퀠.(209쪽)

미셸 시옹에 따르면, 사람의 귀는 들려오는 여러 소리들 중에서 목소리만을 따로 떼어내서 그것을 분석하여 거기서 의미를 추출해내려 노력하며, 목소리의 출처를 알아내고 가능하다면 의미 있는 목소리를 판별하려고 애쓴다. 그것은 목소리가 다른 소리와는 달리 어떤 분절화한 의미를 담고 있다고 상상되기 때문이다. 그것은 인간의 목소리가 다른 어떤 소리들보다 더 우월한 것으로 지각되고 해석되었던 것과 관련이 있다. 그러나 과연 인간의 목소리(음성)는 다른 소리들보다 더 특권적이고 우월하다고 말할 수 있는가. 오히려 이 소설에서 작가는 인간의 목소리가 어떤 의미도 생산하지 못하는, 다른 소리들과 구별되지 않는 그저 단순한 소리의 일종에 불과하다고 말하는 듯하다. 목소리의 우월성에 대한 반론은 철학과 교수인 '나'의 아들의 다음과 같은 진술을 통해서 더욱 분명해진다.

내가 처음 철학적 문제를 접하게 된 것은 일곱 살 때였다. 추운 겨울 날 이불을 뒤집어쓰고 부모님과 동치미 국물에 국수를 말아 먹으면서 나는 왜 이렇게 추운 날 차가운 음식을 먹느냐고 물어본 적이 있다. 어머니는 이한치한이라는 말로 설명을 해주려고 했지만 그 설명이 나에게는 잘 이해가 되지 않았다. 이한치한이라는 말은 내가 의문을 갖던 것과 같은 뜻이 담겨 있을 뿐이고, 단지 언어만 바뀐 것이다. 나는 어른들이 어떤 현상과 단어의 뜻을 알지 못하기 때문에 또 다른 언어로 무지를 숨긴 채 도망치고 있다는 것을 깨달았다. 언어는 현상의 의미나 사건의 진실을 밝혀주는 것이 아닌 오히려 의미와 진실을 은폐시키기 위해 사용하는 도구에 불과할지도 모르겠다는 생각이 들었다. 그것이 최초의 철학적 물음이자 동기였고, 지금도 나는 그 문제에서 벗어나지 못하고 있다.(217~218쪽)

"왜 이렇게 추운 날 차가운 음식을 먹느냐"는 아들의 질문에 어머니는 '이한치한'이라는 역설적 논리로 설명해주려고 노력하지만, 아들은 그 말을 이해하지 못할 뿐만 아니라 거기에는 아무런 의미도 없다고 생각한다. 왜냐하면 그 말은 차가움이 왜 차가움인지를 명확하게 설명해주지 못하기 때문이다. 그러니 아들에게 "언어는 현상의 의미나 사건의 진실을 밝혀주는 것이 아닌 오히려 의미와 진실을 은폐시키기 위해 사용하는 도구에 불과"한 것이다. 대단히 논리적이고 정연한 언어를 통해 결국 아들이 도달한 결론은 언어가 아무런 의미도 우리에게 전해주지 못한다는 사실뿐이다. 그러니 돼지의 '퀠퀠' 소리와 마찬가지로, 인간의 언어 또한 실상 아무런 의미도 생산해낼 수 없는 지극히 자의적이고 우연적인 음성에 불과한 것이라고 말할밖에. 이 지점에서 김형중의 다음과 같은 지적은 주목할 만하다. "김태용 소설의 문장들이 의미를 전하기 위해 고안된 문장들이 아니라, 소리 자체의 즐거움을 위해 고안된 문장들"이며, 그런 점에서 김태용은 "소설의 문장들로부터 의미를 삭제하고 대신 소설을 일련의 소리들로 이루어진 일종의 변주 악곡으로 만든 작가"[4]이다.

그렇다면 이제 인간의 목소리는 아무런 의미도 가치도 없는 리드미컬한 소리의 연속, 혹은 한갓 돼지의 '퀠퀠' 소리와 구별할 수 없는 무의미한 소리에 불과한 것이라 할 수 있을까. 그런데 왜 하필 '퀠퀠'인가. 왜 '꿀꿀'이나 '퀠퀠'이 아닌가. 사실 돼지의 소리('퀠'이든 '퀠'이든 '꿀'이든)는 표기되거나 해석될 수 없다. 왜냐하면 표기되거나 해석되는 바로 그 순간 돼지 소리는 더 이상 돼지 소리가 아닌 것이 되기 때문이다. 그것은 단지 인간의 목소리를 거쳐 나온, 돼지 소리의 모방에 불과한 것이다. 사실 우리는 돼지의 언어도 돼지의 삶도 이해하지 못한다. 그럼에도 불구하고 돼지는 퀠퀠 소리 내고 심지어 인간과 의사소통을 하기도 한다. '나'의 환상 속에서이긴 하지만 말이다. 따라서 아버지와 아들이라는 관습적 가족관계와 언어체계에 대한 거부감에서 비롯된, 인간의 목소리에 대한 거부감은 끝까지 지켜지지 못한

4 김형중, 「퀠퀠퀠퀠퀠 퀠퀠퀠퀠 퀠퀠퀠」, 『한국문학』 2006년 가을호.

다. 오히려 돼지 소리와 같은 비인격적 소리조차 인간적 의미로 해석
하고 인간적 범위 안에서만 이해할 수밖에 없다는 사실을 재삼 확인하
게 된다. 결국 '나' 또한 인간의 언어와 목소리를 벗어날 수는 없다.
결코 언어의 체계 바깥으로 나아갈 수 없다는 사실을 확인하는 순간
'나'는 자신이 풀밭 위의 돼지처럼 결코 풀밭 밖으로 나갈 수 없음을
깨닫는다. 비록 풀밭 위에서의 삶이 비루한 것이라 하더라도 말이다.
이는 '나'가 할아버지의 할아버지 때부터 마련된 "거스를 수 없는 운
명의 소용돌이"를 부정하려고 하지만 결국 할아버지와 마찬가지로
'한 무더기의 똥'을 쏟아내고 죽을 수밖에 없는, 다음과 같은 소설의
결론과도 관련된다.

풀밭 위에서 몸을 굴린다. 한 바퀴 돌아 나의 자세는 그대로다. 좀더
세게 굴린다. 두 바퀴 돌아 나의 자세는 그대로다. 어느 순간 저편으로
굴러갔던 몸은 다시 이편으로 굴러온다. 멈추려고 하지만 의지대로 되
지 않는다. 누군가 내 몸을 굴리고 있다. 풀밭을 벗어나고 싶으나 풀밭
밖에서 누군가 막아서고 있다. 그 존재는 도대체 무엇일까, 생각해보
았다. 생각에 생각을 거듭할수록 그 존재는 실체가 없어졌다. 오로지
거부할 수 없는 힘만 남았다. 내 몸을 굴리고 있는 이상한 힘에 저항하
기 위해 몸을 부르르 떨며 힘을 주었다. 그러자 항문이 오므라들었다
가 열리면서 한 무더기의 물컹한 액체가 쏟아져 나왔다.(223쪽)

'나'는 풀밭 밖으로 나가려고 자신의 몸을 계속 굴리지만 결코 풀
밭 바깥으로 나가지 못한다. 나아가 풀밭 밖에서 자신을 막아서는 '이
상한 힘'에 저항하다가 결국에는 원치 않던 "한 무더기의 물컹한 액

체"를 쏟아내고 만다. 즉 '나'는 아버지 세대에 대한 저항으로 인간의 발성법과 발화법을 거부하고 돼지의 '퀠퀠' 소리를 선택하지만, 결국에는 풀밭으로 상징되는 부권적 상징질서에 순응하고 마는 것이다. 그리고 그 순간 처음에 이성적이고 합리적인 인간의 언어를 비판하기 위해 '나'가 새롭게 습득한 돼지의 '퀠퀠'은 아이러니컬하게도 자기 자신을 조롱하는 부메랑이 되어 돌아온다. '나'는 퀠퀠 소리와 분뇨 냄새, 그리고 비인격적 이미지의 결합으로 구성된 돼지가 됨으로써 인간 중심적이고 목소리 중심적인 사회체제 바깥으로의 탈주를 시도하지만, 결국에는 그마저도 실패할 수밖에 없는 사회 부적응적 소아(小我)에 불과한 존재로 판명된다. 그런 측면에서 소설의 제목 '풀밭 위의 돼지'는 인간 혹은 아버지의 테두리를 벗어나지 못하는 자기 자신을 비하하는 자학의 명명법이라고 읽을 수 있을 것이다.

4. 합창과 침묵

김숨 소설에도 어떤 목소리는 있다. 예컨대 틀니 부딪치는 '떠걱떠걱' 소리나 '침묵'. "관리인은 오후 두시에 방문할 거라고 했다"는 낯선 예언적인 전언이 무의미하게 반복되는 「409호의 유방」[5]을 보자.

그녀의 맞은편에는 남편이 거실 창을 등지고 앉아 있었다. 남편의 이

---

5 김숨, 『침대』, 문학과지성사, 2007. 이 글에서 다루고 있는 김숨 소설은 모두 이 단편집에 수록된 것이다.

마와 광대뼈와 목에서 쌀가루 같은 살비듬이 일었다. 햇빛이 거실 창으로 쏟아져 들어왔다. 남편의 윤곽이 수면 아래로 가라앉듯 그 경계를 잃고 흐려졌다. 구겨진 알루미늄 호일이 찢어지듯, 남편의 입이 쩍 벌어졌다. 진흙 같은 잇몸이 입술 밖으로 흘러내렸다. 플라스틱 재질의 틀니가 불쑥 튀어나왔다.

"그래요, 관리인이 다녀가고 나면요."

떠걱떠걱, 틀니가 부딪쳤다.

"관리인은 오후 두 시에 방문한다고 했어요."

떠걱떠걱 떠걱………!(11쪽)

"걱정이지 뭐예요."

침묵.

"관리인 말이에요."

침묵.

"따뜻한 차를 끓여내야 할까요? 달걀이 있기는 하지만……"

침묵.

"부활절도 아닌데 삶은 달걀을 내놓으면 이상하겠지요."

침묵.

"오후 두 시요."

침묵.

"관리인은 오후 두 시에 방문할 거라고 했어요."(15쪽)

위의 두 인용문은 철거를 앞둔 빌라 409호에 거주하는 노부부의 대화다. 그런데 가만히 보면 위의 대화는 그녀가 일방적으로 하는 혼잣말에 가깝다. 그 대신 남편은 침묵으로 일관하거나 간혹 몸 밖으로 밀려 나온 틀니가 해독 불가능한 '떠걱떠걱' 소리를 낼 뿐이다. 왜냐하면 그는 죽은 자이기 때문이다. 얼굴 윤곽이 경계를 잃고 흐려져서 마침내 흘러내리는 상황은, 짐작한 대로 시신의 부패 과정과 정확히 일치한다. 틀니는 부패한 그의 육체에서 떨어져 나온, 육체라고도 육체가 아니라고도 할 수 없는 모호한 분신이다. 그런 점에서 틀니의 떠걱 소리나 침묵은 더 이상 존재하지 않는 육체에서 떨어져 나와 외곽을 떠도는, 존재한다고도 존재하지 않는다고도 할 수 없는 유령의 목소리라고 할 수 있을 것이다. 결국 그녀는 혼잣말을 하고 있는 셈인데, 그런 까닭에 그녀의 목소리 또한 낯설고 기이하기는 마찬가지다. 그것은 우선 유령(과 같은 존재)과 대화한다는 점에서 그러하지만, 무엇보다도 그녀의 목소리를 공허하고 무의미하게 만드는 것은 바로 "관리인은 두 시에 다녀갈 거라고 했어요"라는 말의 반복이다. 그녀는 계속 같은 말을 반복하는데, 그러한 무의미한 반복으로 인해 그녀의 목소리는 불가사의하고 기이한 공포를 불러일으키는 소음이나 비현실적인 소리로 느껴진다.

이렇듯 김숨 소설에는 마치 주술처럼 동일한 문장을 반복하다가 급기야 누군가를 영원히 침묵하게 하는 낯선 목소리들로 넘쳐난다. 예컨대 「손님들」에서 "멸실(滅失)! 멸실! 멸실!"을 외쳐대는 철거단원들로부터 그녀의 집을 지키기 위해 방문한 '손님들'은 "우리는 당신의 집을 지키기 위해 찾아왔습니다"라는 말을 반복하고, 「도축업자」의 '도축업자'들은 "닭들이 오지 않는군", "닭들이 와"라는 두 문장을 끊임없이 반복한다. 특정 문장을 반복하지는 않지만 침대를 지키는 그녀를 규칙적으로 방문해서 반복적으로 도덕과 권리, 희생과 의무를 강요하는 「침대」의 '그들' 또한 빼놓을 수 없겠다. 이들은 공통적으로 동일한 문장을 반복함으로써 그 말의 중요성을 강조하지만, 강박적으로 되풀이되는 이 집단적 목소리들은 의도와는 반대로 듣는 이를 두렵게 만든다. 김숨 소설의 오컬트적 분위기는 이러한 목소리들의 전체주의적 일사불란함에서 기인한다.

이 집단적으로 균일한 목소리는 고립된 개별 주체에게는 일종의 폭력이 되기도 한다. 철거단원들로부터 집을 지키러 와준 손님들은 결국 '그녀'를 집 밖으로 쫓아내고 만다. 그들은 "예고도 경고도 없이 들이닥쳤다는" 점에서는 결국 '철거단원들'과 다르지 않았던 것이다.(「손님들」, 96쪽) 도축업자들 또한 마찬가지다. 오직 한 트럭 분량의 닭을 기다리고 닭을 죽이고 다시 닭을 기다리는 도축업자들의 제의적 집요함은 어떠한가. 같은 얼굴과 같은 목소리로 아무런 기대나 고민도 없이 단 하나의 지침을 일사불란하게 반복하는 그들의 모습은 무수하고 다양한 인간을 마치 '하나의 개인'인 것처럼 조작한다는 점에서 전체주의적이다. 전체주의적 폭력은 결국 그들과 다른 개별 존재를 단한 칸의 방, 하나의 침대, 혹은 하나의 철제 책상으로 밀어놓고 가둬버린다. 혹은 도살한다.

대가리가 으깨졌거나, 늑골이 부러졌거나, 내장이 터졌거나, 모가지가 분질러졌거나, 날개가 찢어진 닭들이 마구 뒤엉켜 널브러져 있었다. 콘크리트 벽들마다 피가 흘렀다. 닭들을 살피는 도축업자들의 검은자위가 먹물이 번지듯 확대되었다.

"숨!"

"숨!"

숨! 숨! 숨! 도축업자들은 고무장화 신은 발로 닭들을 미친 듯이
헤집었다. 고무장화와 앞치마는 온통 피범벅이었다.(「도축업자들」,
186쪽)

이 집단살육의 현장에서도 도축업자들의 합창은 계속된다. "숨!
숨! 숨!" 그것은 언뜻 무심하고 심지어 순진무구한 노래처럼 들리기도
한다. 그러나 그들의 학살은 계획적이고 체계적이며, 합법적으로 이루
어진다. 그들은 왜 닭들을 죽여야 하는지에 대해 생각하지 못한다. 도
축의 메커니즘 안에서 닭들의 도살은 아무런 고민이나 사유 없이 이루
어진다. 이 기계적으로 이루어지는 도살이야말로 복수의 다원성을 거
부하고 단수의 획일성을 강요하는 전체주의의 논리라고 할 수 있다.
그들은 한 목소리로 개인에게 '하나의 권리, 의무, 도덕, 희생, 믿음'
등등을 강요한다. 김숨의 소설에서 그들은 이렇게 정의된다. "도심 공
원의 비둘기들처럼 과자 부스러기를 찾아 떼 지어 몰려들고 떼 지어
흩어지는, 열성 유전자의 위대한 상속인들."(「박의 책상」, 134쪽)

김숨의 소설에서 이들의 동어반복적인 동일한 목소리 반대편에
는, 침묵하거나 최소한으로만 말하는 목소리가 있다. 그것은 체제에
순응하지 못하고 질서 바깥으로 추방되거나 지위를 빼앗긴 존재들의
목소리다. 예컨대 「손님들」의 '그녀' 나 「박의 책상」의 '박' 은 '우르르'
몰려다니면서 '일사불란하게' 움직이는 떼거리에 의해 자신의 집과
사무실을 내어준다. 그리고 그들은 거의 벙어리처럼 침묵한다. 즉 그
들은 살아 있지만 죽은 듯이 침묵하거나, 침묵 속에서야 비로소 자기
만의 목소리를 낼 수 있는 존재인 것이다. 따라서 김숨 소설에서 개인
의 목소리는 그 목소리의 위상이 자취를 감추고 은폐되며 가려질 때야

비로소 현상하게 된다. 물론 이 목소리 없는 반란 상태는 전체주의적 합창을 멈추게 하지 못한다. 오히려 이 개별 자아들의 희미한 목소리는 경건한 죽음의 제의를 거치면서 사라진다. 목소리는 결코 돌아오지 않는다. 우리가 그런 김숨 소설의 침묵에 마음이 가는 것은, 그녀의 소설이 침묵 속에서만 비로소 지금까지와는 다른 목소리, 다른 울림이 가능하리라는 것을 조용히 일러주기 때문일 것이다.

5. 이토록 고요하고 고독한, 목소리와 목소리 사이

침묵과 암흑 속에서 사물과 존재는 지금까지와는 다른 모습과 빛깔로 새롭게 떠오를 수 있다. 그리고 바로 그 목소리와 목소리 사이의 침묵과 공백을 경험한 자만이 비로소 대상으로서의 목소리를 사유할 수 있게 된다. 김연수의 「달로 간 코미디언」(『작가세계』 2007년 여름호)은 바로 그런 목소리가 부재하는 침묵과 암흑의 사이 세계에 관한 이야기다.

> 처음에는 이야기를 따라가지만, 나중에는 감정의 흐름을 지켜봐. 그럴 때면 그들의 인생이란 이야기에 있는 게 아니라 그 이야기 사이의 공백에 있는 게 아닐까 하는 생각마저 들어. 그런데 편집은 목소리 사이의 공백을 없애는 일이잖아. 목소리와 목소리 사이에서 기침이나 한숨 소리, 침 삼키는 소리 같은 걸 찾아내서 없애는 거야. 그러면 이상하게 되게 외로워져. 그런 소리에 귀를 기울이고 있다가 릴 테이프를 잘라내면 외로워진단 말인데…….(22쪽)

앞에서도 잠깐 얘기했지만 목소리는 그 자체 내에 자기 고유의 공간이 있어야 한다. 그 공간은 육체이거나 아니면 내면이 될 것이다. 그래서 목소리는 언제나 누군가의 목소리이며 나름의 고유한 울림이 있다. 그런 까닭에 또 많은 사람들에게 진실은 그런 육체적이거나 내면적인 실체적 존재로부터 새어나오는 것으로 간주된다. 그러나 때로 나의 목소리는 나의 진실을 배반하기도 하거니와, 설령 진실을 이야기한다고 하더라도 그것은 늘 부분적이다.

그런 점에서 이즈음 자아라는 고유한 거주 공간을 마련하지 못한채 정처 없이 떠돌아다니며 울리는 탈내면적인 유령의 목소리들에서 우리가 주목해야 하는 것은, 그것이 비록 일면적이기는 하나 자아의 중심성에서 벗어나 스스로를 탈중심화하고 타자화하는 반성적 경향으로 이어지고 있다는 점이다. 이때 타자의 영역은 나와 이야기하고 있는 너가 아니라, 나의 목소리와 너의 목소리 사이에서 마련된다. 김연수의 말처럼 "우리 인생의 이야기란 목소리와 목소리 사이, 기침이나 한숨 소리, 혹은 침 삼키는 소리 같은 데 담겨 있는 것인지도"(22쪽) 모른다. 그리고 그 사이에는 상징질서와는 다른 궤적과 지도를 그리고 있는 상상적 세계, 예컨대 '달나라'가 있을는지도 모른다. 침묵과 정적이 흐르는 그 세계에서 우리는 그것이 비록 청각적으로 존재하지 않을지라도 그 침묵이야말로 말해지지 못한, 말해질 수 없는 어떤 진실, 도저히 도달할 수도 이해할 수도 없는 타인의 삶이라고 할 수 있을지도 모른다.

목소리는 분명 우리 존재의 증거다. 우리는 말해야만 존재할 수 있는 것이다. 그러나 우리는 서로 각자의 목소리만을 듣는다. 그래서 우리는 영영 서로에 대해서 알지 못한다. 하지만 김연수의 말처럼 "바

로 그 이유 때문에 우리는 타인의 삶을 이해하기 위해 최선을 다해야
만 한다."[6] 그 최선이란 아마도 목소리와 목소리 사이의 침묵과 정적
에 귀 기울이는 일일 것이다. "그게 우리의 윤리다."(같은 쪽)

6 김연수, 「타인의 삶」, 『작가세계』 2007년 여름호, 66쪽.

탈현실의 문법과 상상력에 관한 질문들

1. 가상과 환상의 소설세계

최근 이른바 사실주의적 재현 관습보다는 그에서 자유로운 불확정성과 비결정성의 서사문법을 선택하고 있는 듯 보이는 젊은 작가들의 소설은 대체로 탈현실의 포즈를 띤 채 등장하고 있다. 이들이 보여주는 낯설고 이질적인 존재와 세계에 대한 상상은 언뜻 현실과는 아무런 연결 지점을 갖지 않고 또 그래도 상관없는 자유로운 사고의 산물처럼 보인다. 그것은 현실의 삶을 이루는 제도나 관습, 법률 등의 제약은 물론 기존의 리얼리즘적 문법의 구속에서도 벗어난다. 이들의 문학에서 이제 '현실'은, 새롭고 다른 세계를 창조하려는 작가의 상상 속에서 실재와는 무관하게 해체되고 재조직되거나 아니면 극단적인 경우에는 아무렇지 않게 증발해버리고 있다. 그래서인지 최근 젊은 작가들의 문학 속에서 그려지는 세계는 이전보다 더욱 혼돈스럽고 무질서하다. 그 가운데 나타나는 외계로의 여행, 외계인 침공, 미확인 바이러스 감염, 동화 속 왕자와 공주, 정신병자, 시체, 가상도시, 마녀 등은 젊은 작가들의 낯선 상상력을 이루는 기본요소들이다. 그렇다면 지금 한국소설에서 현실은 완전히 사라졌는가? 문학과 현실 사이에는 이제 아무런 연결고리도 찾을 수 없게 된 것일까? 문학은 이제 현실과는 무관하게 작동되는 가상의 게임이 된 것인가?

이즈음 젊은 작가들의 소설은 그렇게 현실과 멀리 떨어져 있다는 의미에서, 비유컨대 일종의 외계를 지향하는 것 같다. 그렇다고 해서 문학에 나타나는 낯선 세계가 현실과 아무런 상관 없이 완전히 새롭게 창조된 '다른' 세계라고 말할 수는 없을 것이다. 그것은 의도하든 그렇지 않든 결코 현실의 맥락에서 완전히 벗어날 수 없다. 사뭇 극단적인 예로, 가령 현실과는 완전히 다른 낯선 세계의 형상으로서 '외계'와 '외계인'이 비유의 차원에서가 아니라 실제로 모습을 갖추고 소설의 전면에 등장하는 박민규와 서준환의 소설을 보자. 먼저 우리는 박민규의 「코리안 스텐더즈」(『카스테라』, 문학동네, 2005)에서 농촌을 습격한 적대적 타자인 외계인이 남겨놓은 크롭 서클이 한국공산품 표준인증서인 KS마크(ⓚ)였다는 사실을 기억할 필요가 있다. 이 소설에 출몰하는 외계인은 여전히 이질적이고 적대적인 이방인이지만, 다른 한편으로 그들은 KS마크로 상징되는 안정적이고 평균적인 지구적 삶 이면의 초라한 진실을 드러내 보여주는 존재다. 누추한 현실의 삶을 돌아보고 반성할 수 있게 하는 계기가, 아이로니컬하게도 그런 외계인이라는 황당하기 그지없는 바깥 세계로부터 주어지고 있는 것이다. 서준환의 『파란 비닐 인형 외계인』(틈, 2005)의 외계인 또한 지구인의 개성과 의지를 무화하려고 시도한다는 점에서는 박민규 소설의 외계인과 마찬가지로 적대적인 타자이지만, 그런 외계인의 유혹을 뿌리치지 못하는 지구인들의 모습을 통해 작가는 피로하고 무기력한 이 땅의 현실을 전도된 방식으로 보여준다. 이를 보면 이 작품들에서 적어도 외계인에 대한 두 작가의 상상은 개인의 현실적 욕망이 좌절되거나 그러한 욕망을 반성하는 자리에서부터 피어나는 것이다. 이 상상력이 현실적·사회적 맥락에서 '결코' 벗어나 있다고 볼 수 없는 이유는 거기에 있다.

그러니 낯선 세계에 대한 상상이 현실을 거세하는 것은 아닐까 하는 앞선 우려는 어쩌면 성급한 기우일 수도 있을 것이다. 그렇다면 이같이 딱히 외계인이 아니더라도 탈현실적인 환상의 모티프가 전면화되어 있는 다른 소설들은 어떤가. 여기서 우리는 동시대 다른 작가들보다 더 극단적인 방식으로 현실과 동떨어져서 동화와 가상 또는 망상의 세계를 유영하는 것처럼 보이는 김숨, 이평재, 이신조 등의 소설을 그 예로 들 수 있다. 현실에 대한 불감증적 포즈마저 느껴지는 이들의 소설에서 우리는 어떻게 현실과의 연결고리를 찾을 수 있으며, 또 소설에 희미하게나마 존재하는 현실의 그림자는 어떻게 해석해야 하는가. 언뜻 이들 소설은 마치 외부 현실을 재현해야 한다는 요구를 포기하고 소통을 염두에 두지 않는 듯한 자신만의 자족적인 세계에 빠진것처럼 보인다. 푸른색 인공눈을 넣었다 빼는 과정을 지루하게 반복하는 일이 플롯의 전부인 김숨의 「부활」이나, 삼만오천 년 전에 살았던 크로마뇽인 여성에게 겁탈당하는 남자의 망상을 다룬 이평재의 「어느날, 크로마뇽인으로부터」를 떠올려보자. 그것도 아니라면 가상도시의 사건들을 펼쳐놓는 인공적 상상력이 돋보이는 이신조의 『가상도시백서』는 어떤가. 이들 세계의 자족성은 현실을 필요로 하지 않을 만큼 견고해 보인다. 이 글의 목적은 그처럼 낯설고 이질적으로 느껴지는 이들 소설의 탈현실적인 상상력의 문법과 그것이 갖는 현실적 의미를 살펴보는 것이다.

2. 현실은 어디에

콜리지는 『문학평전』에서 상상력과 공상을 구분하는데, 그가 이 두 가지 정신작용의 가장 큰 변별점으로 지적하는 것은 현실과의 관계 여부다. 공상이 현실과 일정한 관계를 맺지 못한, '시간과 장소의 질서로부터 해방된 기억의 양식'이라면, 상상력은 현실에 대한 반복이건 그것의 전복이건 간에 현실과의 일정한 관계 속에서 가능한 정신의 한 형식이다. 그런 점에서 상상력은 실재 세계와 동떨어진 채 독립적으로 작동할 수 없을 뿐만 아니라, 대개는 실재적인 것의 도착(倒錯)이나 역(逆)의 형식을 띠는 경우가 많다. 상상력의 내용이 기괴하고 낯설수록 그것의 기준점으로 작용하는 현실에 대해 더 많이 숙고하게 되는 것은 그 때문이다. 이를 고려해보면 김숨, 이평재, 이신조 소설[1]에서 펼쳐지는 신비롭고 기이한 내용과 구조는 언뜻 상상력이 아닌 공상을 통해 이루어진 것처럼 보인다. 그만큼 그들 소설의 낯선 문법은 현실이라는 참조점을 거의 의식하지 않는다는 인상을 준다. 우선 그 이름만큼이나

---

1 이 글에서 다루는 텍스트는 다음과 같다. 김숨, 『투견』, 문학동네, 2005; 이평재, 『어느 날, 크로마뇽인으로부터』, 민음사, 2005; 이신조, 『가상도시백서』, 열림원, 2004. 인용문의 쪽수는 따로 각주를 달지 않고 본문에 표시한다.

기이하고 낯선 문법을 보여주고 있는 김숨의 소설세계로 들어가 보자.

김숨 소설의 가장 큰 특징은 언어기호를 의미를 구성하기 위해 사용하기보다는, 거꾸로 보편적이고 관습적으로 통용되어온 의미를 박탈하기 위해 동원하고 있다는 점이다. 「부활」의 다음 구절은 우리가 익히 알고 있는 언어기호의 현실적인 의미가 어떻게 상실되며 그 결과 무의미의 환상 영역이 어떻게 만들어지는지를 잘 보여준다.

그리고 눈동자…… 오른쪽……

카나코는 구원을 바라듯 노파의 오른쪽 눈동자로 손을 뻗었다. 찰흙 뭉치에 손가락을 찔러넣듯 엄지와 검지를 오른쪽 눈동자 깊숙이 찔러넣었다.

그리고 눈동자…… 오른쪽……

카나코는 입술을 꾹 다물고 오른쪽 눈동자를 파냈다. 노파의 오른쪽 눈동자는 이제 카나코의 엄지와 검지 사이에 끼여 있었다.

오른쪽 눈동자는 단지 '물질'에 지나지 않았다.

……썩지 않는 플라스틱 덩어리.(240쪽)

이 소설에서 주술처럼 반복되는 "그리고 눈동자…… 오른쪽……"이라는 말은 작품 전체를 구조화하는 일종의 중핵 역할을 한다. 이러한 말의 반복은 이 뒤에서는 행위의 반복으로 이어지는데, 눈동자를 넣었다 빼는 행위를 반복한다거나 노파의 행동을 반복하는 것이 그것이다. 그런데 그런 말과 행위의 반복을 거치면서 카나코의 정상적인 오른쪽 눈동자는 어느새 '썩지 않는 플라스틱 덩어리'인 노파의 오른쪽 눈동자와 교체되고 그 결과 카나코는 아예 노파가 되어버린다. 주목할 것은 처음부터 소통을 거부하는 듯한 이런 기이하고 황당한 이야기 전개방식이 소설의 제목인 '부활'의 일반적인 의미와 충돌을 일으키고 있다는 점이다. 다시 말해, 젊고 생생한 살아 있는 존재가 늙고 무기력한 죽은 존재로 변화하는 내용의 소설에 작가는 그와 정반대되는 뜻을 지닌 '부활'이라는 제목을 붙이고 있는 것이다.

언어의 일반적인 용법과 의미의 계열을 배반하는 이런 방식 때문에 보통의 독자는 당혹감을 느끼지 않을 수 없는데, 특히 '그리고 눈동자…… 오른쪽……'과 같은 도치와 생략으로 이루어진 구절의 끝없는 반복은 그 자체로 불길함을 자아내는 기괴함의 원천이 된다. 김숨 소설은 이처럼 똑같은 구절을 무의미하게 반복함으로써 소설적 상황을 낯설게 하는 방식을 자주 사용한다. 「검은 염소 세 마리」 또한 「부활」과 마찬가지로 "검은 염소 세 마리가……"로 시작되는 몇 가지 문장을 소설 전반에 걸쳐 반복하는데, 이는 다시 검은 염소의 행동을 소년과 소녀가 반복하는 것으로 이어지다가, 결국 그 소년과 소녀가 실제로 검은 염소가 되고 마는 결론에 도달한다. 소설의 '검은 염소 세 마리'로 시작되는 문장은 결과적으로 불길하고 기이한 상상력을 불러일으키는 주문으로 작용한 셈이다. 이처럼 '부활'이나 '검은 염소 세 마리'라는 언어기호는 김숨의 소설에서 단일한 결정적인 의미를 박탈하는 대신 그 무엇이라도 의미할 수 있는 기호론적 비결정 상태로 이끎으로써 우리를 비의미의 혼돈 상태에 빠뜨린다.

김숨이 언어기호의 '정상적인' 의미를 박탈하거나 그것을 비정상적으로 배치하고 반복함으로써 기이하고 낯선 세계를 만들어내고 있다면, 이평재는 인물의 차원에서 정신병적 주체의 자기분열적 환상과 광기를 통해 정상성·남성성·세속성 등의 가치를 심문하면서 그와 정반대 지점에 놓인 비정상적 세계의 가치를 옹호한다. 표제작 「어느 날, 크로마뇽인으로부터」는 이평재 소설의 환상문법을 전형적으로 보여주는 소설이다. 대략 '어느 날 낯선 존재(이 소설에서는 '삼만오천 년이나 된 크로마뇽인 유령')와의 조우로 인해 촉발된 자기 안의 억압되고 왜곡된 욕망(특히 성적 욕망)이 주체를 파괴하거나 분열시킨다' 정도로 요약할 수 있는 이야기의 골격은 이번 작품집에서도 약간의 변주를 거쳐 반복된다. 소설의 주인공 남자는 아내의 불륜으로 인한 별거 이후 심한 여성혐오증자가 된다. 그리고 기만적이게도 그러한 혐오감을 자신의 문란한 성생활을 합리화하는 근거로 삼는다. 소설에서 거대한 "붉은 구멍"을 지닌 크로마뇽인 유령과의 만남은 "도덕성이 무너진 정신병자의 망상"(30쪽)이라고 볼 수 있는데, 그 망상의 끝은 자기정체성을 상실한 채 그토록 혐오했던 여성의 구멍 속으로 사라지는 것이다.

하지만 구멍 속으로 몸의 일부가 빨려 들어가는 느낌이 들어 진저리를 치며 다시 눈을 떴다. 검붉은 구멍 속으로 쭈글쭈글해진 내 허벅지, 내 아랫배, 내 무릎, 내 가슴이 차례차례 말려 들어가고 있었다. 구멍은 내 육체의 블랙홀이었다. 아니, 내 영혼의 블랙홀이었다. 무덤으로 들어가는 구멍, 구멍으로 들어가는 무덤……. 나는 공포에 질려 크로마뇽인 유령을 올려다보았다. 그러자 크로마뇽인 유령이 히죽히죽 웃으며 이기죽거렸다.

"너에게서 네가 다시 태어날 수 있을까?"(31~32쪽)

남자가 그토록 혐오했던 여자의 '구멍'에 삼켜지다가 그 스스로 구멍이 되는 이 즉물적 광경은 그 자체로 '공포'를 불러일으킨다. 이때 '구멍'으로 상징되는 여성 성기에 대한 공포가 남자의 문란한 성생활과 여성혐오증에 대한 도덕적 자기비난에서 기인하는 것에서도 보듯, 이평재 소설의 상상력은 '나'로부터 연원했으나 나 아닌 존재로 변해버린 타자에 대한 두려움에서 출발한다. 그 타자는 「어느 날, 크로마뇽인으로부터」의 '크로마뇽인 유령'이나 「검은 면사포의 계절」에 등장하는 "하얀 옷에 검은 면사포를 쓰고 있는 여인의 환영"(109쪽)처럼 초자연적이거나 마술적인 존재로 나타나는데, 이평재 소설에서 그것을 만들어내는 근원은 주체의 무의식적 욕망과 그로 인한 자기분열이다. 이평재 소설에 자주 등장하는 도플갱어 또는 분신에 대한 상상 또한 이러한 맥락에서 이루어진다. 즉 "자신의 부정적인 측면을 스스로 견디지 못하고 자신의 환영을 보는"(167쪽) 정신병자들의 망상이야말로 그의 소설에 나타나는 기이한 낯섦의 분위기를 만들어내는 중심 요소이다. 그렇게 재구성된 세계 속에서 정상과 비정상의 구분이 모호해지고 가치의 전도가 일어나는 것은 당연하다. 특히 이평재 소설에서 정신과 의사는 많은 경우 정신병적 주체로 등장하는데, 그들은 환자에 의해 '변태'로 규정되거나(「카오스 판타지」), 심지어 "망상에 사로잡힌 정신분열증 환자"(131쪽)가 된다. 이러한 '의사-환자' 관계의 전도는 「어느 날, 크로마뇽인으로부터」에서는 '남성-여성'의 전도로, 「검은 면사포의 계절」에서는 '삶-죽음'의 전도로 반복된다. 그럼으로써 모든 권위적이고 우월한 가치들은 열등한 것으로 규정된 타자들에 의해 전복되고 해체된다.

　　이평재의 소설이 정신분열증적 인물을 통해 현실과 환상의 경계에 대한 질문을 제기한다면, 이신조는 『가상도시백서』에서 현실적 조건으로부터 완전히 벗어난 허구적인 '가상도시'를 창조함으로써 우리를 현실 너머의 새로운 세계로 이끈다. 소설의 공간적 배경인 '만토'는 자연스럽게 형성된 도시가 아니라 제국과 공화국의 결합으로 인해 생기는 곤란한 문제들을 조속히, 조용히, 그리고 완벽하게 처리하기 위해 조성된 일종의 계획도시다. 그 도시의 인공성과 가상성은 소설 여러 곳에서 강조되는데, 이신조가 만들어낸 이 가상적 공간은 언뜻 김숨의 비재현적 허구의 공간이나 이평재의 분열적 공간보다 '조금' 더 현실과 가까운 것처럼 보인다. 물론 만토라는 가상도시를 이루는 세부 요소들이 지금 우리 삶의 공간과 크게 다르지 않다는 점에서 만토는 어찌 보면 소설 속 표현대로 "다른 여느 도시들과는 조금"(13쪽) 만 다른, 즉 별다르지 않은 도시일 수도 있다. 그러나 '조금' 다르다는 사실이 만토를 실제 삶의 공간과 가깝게 만드는 것은 아니다. 그것은 제1장의 소제목인 '조건의 조건'이라는 표현을 통해서도 짐작할 수 있다. 이 말은 만토가 도시의 도시라는 점을 의미한다. 만토의 가상성과 인공성은 바로 이 메타성에서 비롯되는 것이다. 그러니 '조금' 다르다는 서술자의 진술에 현혹될 필요는 없다. 왜냐하면 만토는 영락없는 가상도시기 때문이다.

만토의 인공성은 청사진에 따라 철저하게 배치되는 도시 거주자들의 정형성에서도 강조된다. 소설은 「백설공주와 일곱 난쟁이」 동화에서처럼, 백설공주인 '그녀'가 '스노우 화이트'라는 술집에서 우연히 여섯 명의 난쟁이 남자들을 만나면서 시작한다. 만토의 통행금지를 위반하면서 등장하는 '그녀'의 일탈적 행동은 정해진 일상의 궤도를 돌던 여섯 남자의 정체된 삶에 잔잔하고도 야릇한 파문을 불러일으킨다. '그녀'는 곧 지루하고 반복적으로 흘러가는 가상도시의 표층적 일상 속에 감춰진 "남자들의 이야기 지퍼를 열게 하는 촉매 역할"[2]
을 하게 된다. 그럼으로써 이제 "기대-경외-질투-견제-묵과-의지"
와 같은 현실적이고 인간적인 코드를 중심으로 극단적인 쾌락이나 극
단적인 실패도 없는 것처럼 보이는 그들 남자들의 '진짜' 이야기가
전개된다.

　여기서 여섯 난쟁이들의 사연을 일일이 소개할 필요는 없겠다. 왜
냐하면 그들이 겪는 가족 간의 불화, 누군가를 잃은 상실감, 불륜과 이
혼, 새로운 만남 등은 현재를 살아가는 갑남을녀의 이야기와 다르지
않기 때문이다. 그들의 인간적이고 현실적인 이야기들이 가상도시 만
토를 채우기 시작하면서 만토는 조금씩 변화한다. 물론 그 변화는 "만
토 밖에서 일어나는 극적인 사건들에 비하면 무척이나 사소한 것이
었"(289쪽)지만, 그럼에도 불구하고 그들의 질서정연한 삶은 조금씩
흐트러지고 균열을 일으키게 된다. 그러나 만토시를 이야기로 가득 채
우게 만들었던 '그녀'는 자신의 이야기를 다 하기도 전에 지뢰를 밟아
오른쪽 발목이 잘린 채 만토시 밖으로 추방된다. '바깥'을 향해 조금
열렸던 도시는 다시 닫히고 그렇게 만토시는 원상복구된다. 물론 난쟁
이들의 삶은 예전과는 '조금' 다를 테지만, 추측건대 그들의 변화는
그저 "미묘한 조짐이나 대수롭지 않은 징후"에 그치고 말 것이다. 이
폐쇄성이야말로 만토를 판타지 소설의 이차세계처럼 현실과는 다른
차원의 공간으로 만드는 가상성의 핵심이다.

　그렇다면 이신조의 환상적인 가상도시는 현실과 완전히 무관한
곳일까? 이 질문을 다른 작가들의 소설에도 돌려보자. 김숨의 비재현

---

2 성기완, 「이야기에게 듣다」, 『가상도시백서』 해설, 334쪽.

적 허구의 공간과 이평재의 분열적 공간에 '현실'은 없는 것일까?

3. 폐쇄공포증, 바깥은 없다

이신조의 『가상도시백서』 마지막 장에서는, 시종일관 남자들의 이야기만을 이끌어내던 '그녀' 자신의 이야기가 본격적으로 전개된다. 그런데 그 이야기는 남자들의 이야기에서는 한 번도 등장하지 않았던 만토시 외곽에 있는 숲에서부터 시작된다. 그 숲은 만토시 내부와 외부의 경계를 이루는데, 남자들의 이야기가 시작된 '스노우 화이트'와 정반대 지점에 위치한다. 그 숲은,

> 더없이 깊고 어둡고 검다. 검다. 검정의 숲이다. 고요한 검정과 부드럽고 따뜻한 검정, 겁을 주는 검정, 의심하는 검정, 집요하게 몰아붙이는 검정과 활활 타오를 것 같은 검정, 또 핵심처럼, 열매의 씨앗처럼 단단한 검정, 의연한 검정, 왠지 애써 슬픔을 참는 듯한 검정, 오랫동안 기다린 검정, 피로한 검정.
>
> (……)
>
> 그리고 그 검정 너머는, 어두운 숲속 너머는 만토의 끝이다. **바깥**(원문 강조)이 시작되는 곳이다. 내 발걸음이 그곳을 향하고 있다거나, 내 목적지가 그곳이라고 말하는 것은 너무도 도식적이란 생각이 든다. 나는 이미 그 숲 너머를 알고 있다. 바깥이 시작되는 것을 분명히 느끼고 있다.(297~298쪽)

'검정'은 '화이트'의 인공성이나 표피성과는 대비되는 자연과 심연을 상징한다. 그리고 난쟁이 남성들의 '스노우 화이트'와는 달리 검정의 숲은 백설공주만의 것이다. 도라의 히스테리를 분석했던 프로이트의 예(「도라 케이스」)를 굳이 들먹이지 않더라도 숲은 분명 여성성을 상징한다. 이신조 소설의 '바깥'에 대한 상상력은 바로 그곳에서 피어오른다. 그 이야기는 분명 가상도시 만토에 떠도는 난쟁이들의 일상적 삶에 관한 이야기와는 다르다. 그러나 소설에서 '바깥'은 더 이상 이야기되지 않는다. 아니, 못한다. 만토시의 시스템에 이미 길들여진 백설공주는 "이제는 지금이, 여기가, 이것이 다일 수도 있다는 생각"(312쪽) 때문에 더 이상 '바깥'을 상상할 수 없게 된 것이다. 심지어 그녀는 "내 목적지가 그곳이라고 말하는 것은 너무도 도식적이란 생각"마저 하게 된다. 그녀는 분명 "오래전부터 이유 없이 불안한 동요를 느꼈고, 정확히 설명할 수 없는 것에 이상한 매혹을 느꼈"(300쪽)지만 결국 그 불안과 매혹의 바깥으로 나가지는 못한다.

이신조의 『가상도시백서』가 전해주는 '바깥'의 불가능성에 대한 이 비극적 전언을 통해, 우리는 가상 인공도시 '만토'가 어쩌면 지리멸렬하고 뻔한 지금 우리 현실 자체이며 그 바깥이야말로 새로운 상상력의 공간이지 않을까 하는 사실을 문득 깨닫게 된다. 가상과 실재의 전도가 일어나고 있는 셈이다. 가상공간 만토는 결국 '실체가 제거된 현실 또는 실재의 중핵이 죽어버린 현실'(지젝)을, 즉 가상성이 지배하는 우리 현실의 본질을 환기하고 있는 것이다. 난쟁이들은 만토시의 감시체제가 자신들의 일상적 삶과 의식조차 지배한다는 사실을 모르지 않지만 그들은 그에 대해 상관하지 않는다. 뭐, 그래서 어쨌단 말인가? 팬옵티콘적 감시탑을 상징하는 만토시 중앙의 '거울

탑'이 "왠지 압도적이기보다 비현실적인 느낌을"(20쪽) 주는 것은 그 때문이다. 소설의 모든 등장인물들은 이 가상화된 현실이 불러일으키는 무관심과 불감증에 갇혀 있는 듯하다. 그리고 그에 반해 자발적으로 만토시 바깥으로 걸어 나가려던 백설공주의 발목은 절단되고 그녀에 관한 이야기는 다만 풍문으로만 남는다. '바깥'으로 향한 출구는 영원히 봉쇄되었다. 이를 보건대, '가상현실'에 대한 상상조차도 이 답답하고 지루한, 변화 불가능한 현실을 초월할 수는 없었던 모양이다. 아니, 거꾸로 그 가상현실에 대한 상상 자체가 현실의 폐쇄성에 갇힌 상상력의 딜레마를 정직하게 드러내 보여주고 있는 것인지도 모른다. 그렇다면 현실에 대한 재현을 의식적으로 거부하는 듯한 김숨 소설의 세계는 어떤가.

김숨의 「지진과 박쥐의 숲」의 배경이 되는 '검은 숲'은 그 자체로 동화적 상상의 공간이면서 또 다른 '바깥'을 상상하게 한다는 점에서 이신조 소설의 '검은 숲'과 흡사하다. 「지진과 박쥐의 숲」은 "언제까지나 스웨터를 떠야 하는 무서운 마법"(135쪽)에 걸린 여인 아나와, 죽을 때까지 자신의 스웨터 한 장 갖지 못한 채 평생을 "슬프고 괴로운 아버지"(138쪽) 역할을 해야 하는 마르케스, 그리고 그들의 꼽추딸 글로리아가 들려주는 우울한 동화다. 그들이 왜 저주를 받았는지는 알 수 없지만 분명한 것은 그들이 그 저주 바깥으로 결코 걸어 나갈 수 없다는 사실이다. 간혹 지진이 일어날 때에만 그들은 깊은 잠에 빠질 수 있는데, 글로리아가 숲 밖으로의 탈출을 시도하는 것도 바로 이때다. 그러나,

글로리아는 이제 오래전의 어머니 아나만큼이나 늙고 지쳤습니다. 글

로리아…… 그녀는 아직도 숲 속의 검은 길 안을 헤매고 있습니다. 어둠이 찾아오면 글로리아는 검은 길 안에 쓰러져 잠이 듭니다. 그리고 꿈을 꿉니다. 오래전 꿈에서처럼 아나는 검은 털실로 목도리를 뜨고 있습니다. 아무런 무늬가 없는 목도리를…… 어머니 아나의 발아래로 펼쳐져 있는, 끝없이 긴 목도리를 바라보는 글로리아의 마른 입술이 절망적으로 벌어집니다.(144쪽)

숲 속에서 살 때 글로리아는 그녀에게 금지된 "검은 길을 따라 걸어가 보고 싶"(127쪽)었지만 정작 그녀가 어머니의 희생을 딛고 들어서게 된 '검은 길'은 결코 숲 바깥으로 글로리아를 데려다줄 구원의 통로가 아니라는 것이 밝혀진다. 여전히 어머니 아나는 글로리아가 걸어가야 할 길을 짜주지만 그 길은 오히려 글로리아를 숲 바깥으로 나갈 수 없게 만드는 또 다른 저주가 된다. 그리하여 글로리아는 영원히 숲 바깥으로 나갈 수 없게 된다.

이러한 폐쇄공포증적 공간에 대한 상상력은 종종 김숨 소설의 어두운 배경을 이룬다. 그곳은 "공장들과 빌라들과 교회들과 성당이 죽은 새떼처럼 널려 있는"(「카페, 천사」, 180쪽) '도시'이거나, "막대한 금력에 의해 철저히 베일에 싸인 채 운영되는"(「질병통제」, 227쪽) '질병통제센터'이고, "좁고 어둔 골목들이 미로처럼 얽혀 있는"(「유리눈물을 흘리는 소녀」, 267쪽) 가난한 산동네이다. 그곳은 벗어날 수 없을 정도로 우리를 옥죄는 비참하고 답답한 현실과 닮아 있다. 그래서일까. 김숨 소설의 주인공들을 사로잡는 것은 대개, 자신이 처한 현실을 변화시킬 수 없으며 그러한 현실로부터 벗어날 수도 없다는 현실에 대한 비극적 인식이다. 이 비극적 인식은 앞에서 살펴본 「검은 염소 세 마리」와 「부활」에 출현하는 반복적이고 순환적인 세계에 의해서도 확인된다. 예컨대 「검은 염소 세 마리」에서 다소 변주된 방식으로 재연되는 민담의 3법칙이나, 「부활」의 반복구조는 영원히 '바깥'은 없다는 비극적 메시지를 우리에게 반복적으로 들려주는 것이다. 그런 측면에서 김숨 소설의 비재현적 환상 공간 또한 이신조의 이차세계적 가상현실과 마찬가지로, 현실의 지배를 벗어나 현실 너머를 상상하는 자유로운 공간이라기보다는 오히려 현실의 무게에 압도당한 채 그 어두운 그림자에 의해 일그러지고 비틀린 현실세계의 전도된 모습이라고 할 수 있다.

반면 이평재의 소설은 언뜻 이와는 달라 보인다. 이평재 소설을 구성하는 낯선 상상의 세계는 우리에게 익숙한 현실의 미세한 틈 속에서 돌발적으로 튀어나온 낯선 세계와의 충돌에서부터 시작된다. 바로 그 순간 한때는 친숙했으나 이제는 낯설어진 모든 억압된 욕망은 물 위로 떠오르기 시작한다. 그러한 기이한 존재들은 때로 유령과 같은 헛것의 형상으로, 아니면 낯설어진 자기 자신이 되어 일상적 삶 속에 출몰한다. 이렇듯 돌연 낯설어진 현실이야말로 이평재 소설의 기이한 상상력의 공간이 된다. 그 세계는 당연히 현실로부터 미끄러진, 왜곡된 것일 수밖에 없지만 그렇다고 지금 우리의 현실로부터 완전히 벗어나 있는 것도 아니다. 따라서 많은 경우 이평재 소설의 환상적 세계는 현실과 비현실, 나와 너, 정상과 비정상을 가로지르는 '사이'나 '틈' 혹은 구멍으로 나타난다.

이 기이하고 낯선 세계는 현실세계의 반대말이 아니며 오히려 그것은 현실세계의 곁에서 현실을 그로테스크하게 일그러뜨리면서 현실의 가치들을 심문한다고 해석할 수도 있을 것이다. 하지만 지금은 그런 해석 자체가 너무나 익숙하게 허투루 남발되는 통념이 되어버린 시대다. 오히려 정신분석이 이론적으로 인증해주고 다시 수많은 대중적 텍스트가 반복해온 이런 문법은 이제는 더 이상 전복의 의미를 갖지 못하는 익숙한 대중문화적인 관습(convention)으로 굳어져버렸다는 사실을 떠올려볼 필요가 있을 것이다. 이렇게 보면 이평재의 소설은 조금 과장해 말하자면 '공식'의 반복강박에 갇혀 있는 셈이라 할 수 있겠는데, 이신조와 김숨의 소설이 여기에서 예외가 될 수 없다는 것 또한 분명한 사실이다. 어쩌면 영원히 '바깥'은 없다는 의식은 이들 소설의 근원에 깔려 있는, 현실에 대한 비극적 인식의 표현이라 볼 수도 있을 것이다. 그러나 그것을 통해 우리가 보는 것은 역설적이게도 '공식의 바깥은 없다'는 사실이다. 이들의 소설이 겉으로는 현실 너머의 낯선 세계를 그리면서도 진정한 의미에서 현실 너머를 창조적으로 상상하지 못한다고 말할 수 있는 것은 이 때문이며, 이들의 기이하고 낯선 상상이 궁극적으로 현실을 겨냥하는 반성의 힘으로 되돌려지지 못하는 것도 이 때문이다.

4. 낯선 육성을 찾아서

외계로 비유되는 소설 속의 낯선 세계는 많은 경우 현실의 전도된 모습이다. 그래서 낯선 세계에 관한 상상은 언제나 현실과의 대조와 비교 속에서 구성되고 해석될 수밖에 없다. 예를 들어 윤성희와 김애란의 환상적 소극을, 단순한 소망충족적 판타지가 아니라 궁핍과 소외의 현실을 반어적으로 재현하는 한 방식으로 이해할 수 있는 것도 이런 맥락에서 그렇다. 오늘날 문학 속에서 현실은 사라져버렸다기보다는 그렇게 '재현의 재현'의 방식을 통해서 존재하게 되었다. 어쩌면 이미 가상화하고 인공화한 세계를 일상적으로 체험하고 있는 오늘날의 상황에서, 익숙하고 낯익은 육성으로 현실에 관해 이야기하는 것은 거꾸로 현실에 관해 제대로 이야기할 수 없게 만드는 것일지도 모른다. 이제 현실은 역설적이게도 우리에게 익숙한 감각과 스타일을 배반하는 상상력을 통해서만 리얼하게 재현될 수 있게 된 것이다. 그런 측면에서 이즈음 대다수 젊은 작가들에게 나타나는 낯선 세계에 대한 상상은 현실을 재현하는 간접화법이라고 할 수도 있을 것이다.

작품 안에 단 1퍼센트의 현실도 개입되어 있지 않다 하더라도, 아니면 작가가 의식적·무의식적으로 현실에서 완전히 벗어난 2차, 3차 세계를 창조하려고 했다 하더라도, 모든 문학작품은 현실적 해석의 그물망에서 벗어날 수 없다. 바로 그 때문에 로즈메리 잭슨은 동화와 신화의 세계를 기초로 창작된 톨킨의 『반지의 제왕』이 그 당시 영국의 현실과 무관한 소설이었음에도 불구하고, 이 소설이 당시 영국 부르주아 계급의 정치적 이데올로기를 옹호하는 작품이라고 비판적으로 독해할 수 있었던 것이다. 이런 의미에서라면, 환상이나 망상의 세계를 두고서도 우리는 '현실의 바깥은 없다'라고 해야 할지도 모른다. 그것은 김숨, 이신조, 이평재 소설에 대해서도 마찬가지다. 이들의 소설에 나타나는 탈현실의 상상력은, 이들이 의도했든 그렇지 않든 우회적인 방식으로 현실을 환기한다. 이들의 소설은 궁극적으로 (소설)텍스트 바깥은 없다는 인식에 의해 추동되는, 또 그것을 통해 소극적인 방식으로 텍스트 바깥에 대처하는 젊은 작가들의 탈현실적 미학주의 경향을 전형적으로 보여주는 사례라고 할 수 있을 것이다.

이들의 낯선 소설문법은 비록 직접적이지는 않더라도 궁극적으로

는 지금 현재의 삶과 문학에 대한 나름의 성찰의 방식이 투영된 것이
다. 그리고 거기에는 자기만의 문학세계를 구축하려는 탐구가 있다.
그러나 그런 탐구가 더욱 새롭고 의미 있는 것이 되기 위해서는 고정
된 상상력의 한계 안에 갇히기보다는 그것을 끊임없이 갱신하고 뛰어
넘는 모험의 정신이 필요하다. 그것이야말로 새롭고 독창적인 문학적
현실을 구축할 수 있게 하는 방법일 것이다. 여기에서 요구되는 것은
물론 허구 또는 상상력과 현실이 관계 맺는 지점에 대한 근본적인 성
찰을 소설세계 안으로 끌어안고 들어가는 일이다.

소설의 재구성,
소설을 이야기하는 소설들

1. 의미 없는 사물들의 이야기

이기호의 소설 「아무 의미 없어요」는 잡역부 '이시봉'의 슬프고도 우스운 이야기를 신파극 변사의 어법으로 전해준다.[1] 사건의 전말은 이렇다. 운수 없는 하루를 보내고 빈손으로 집에 돌아가기가 면목 없던

---

[1] 이 글에서 다룰 김중혁과 이기호 소설은 각각 다음과 같다. 김중혁, 『펭귄뉴스』(문학과지성사, 2006); 「매뉴얼 제너레이션」(『문장 웹진』 2006년 4월호); 「그녀의 무중력 진공관」(『문학판』 2002년 여름호); 「자동피아노」(『문학과 사회』 2005년 겨울호); 「유리방패」(『창작과 비평』 2006년 여름호). 이기호, 『최순덕 성령충만기』(문학과지성사, 2005); 「아무 의미 없어요」(『한국문학』 2005년 여름호); 「누구나 손쉽게 만들어 먹을 수 있는 가정식 야채볶음흙」(『문예중앙』 2005년 봄호); 「수인(囚人)」(『문학동네』 2005년 여름호); 「나쁜 소설」(『실천문학』 2005년 봄호); 「갈팡질팡하다가 내 이럴 줄 알았지」(『문학동네』 2006년 여름호); 「할머니, 이젠 걱정 마세요」(『창작과 비평』 2006년 여름호). 앞으로 해당 작가의 작품을 인용할 때는 작품명과 작품이 실린 책의 쪽수만을 밝힌다.

이시봉은 국도에 줄줄이 세워진 '평범한 도로표지판'을 발견한다. 그 것은 우로 급커브가 있으니 조심하라는, "운전자들에게 정보를 주고 주의를 환기시켜주는, 약속된 기호 중 하나"였다. 그러나 시봉은 정작 표지판의 내용에는 관심이 없다. 오히려 그는 엉뚱하게도 그걸 고물상 에 팔아넘겨 쌀도 사고 분유도 사야겠다는 생각을 하고 표지판을 하나 씩 자르기 시작한다. 그러던 중 급커브 표지판을 보지 못했던 듯 연달 아 차 두 대가 사고가 나는 것을 보고 시봉은 사고의 책임을 몽땅 뒤집 어쓰게 될 것 같아 당황한다. 그래서 그는 잘린 도로표지판을 이어붙 이려고 하지만 되지 않자 급기야 자포자기의 심정으로 도로 가에서 양 손으로 표지판을 붙잡고 선다. 그렇게 밤새 온몸으로 표지판을 붙잡고 있던 시봉의 몸은 점차 굳어지더니 급기야 "표지판 쪽으로 끌려"가 표 지판의 품에 안겨 한 몸이 되어버린다. 다음날 아침 실종된 사고차량 의 운전자를 찾던 경찰은 원래 급커브 표지판이 있던 자리에서 전에 없던 새로운 표지판을 발견하는데, 그것은 이런 것이었다.

알다시피 이것은 본래 로터리를 가리키는 '회전교차로' 표지판이 다. 하지만 그것은 여기서 이시봉의 다급함과 안타까움의 심정이 스며 들어 있는 지극히 개인적인 경고문으로 둔갑한다. 도로표지판과 합체 한 시봉의 몸이 이를 통해 말하고 있는 것은 '위험하니 차를 돌려서 가시오'라는 안타까운 경고다. 애초 도로표지판이 담고 있던 공적인 약속의 기호는 이시봉이라는 허구적 인물의 우스꽝스런 수난의 사연과 메시지를 담은 전혀 다른 의미의 사적인 기호로 변형되는 것이다. 겉보기에 이것은 분명 회전교차로 표지지만, 그것이 갖는 속뜻은 그런 공적인 관습이나 약속과는 전혀 다른 곳에 있다. 이로써 현실의 사물과 기호는 허구의 육체를 통과하면서 원래의 실용적 지시 기능을 상실해버리고, 그저 허구를 종결짓고 웃음을 유발하는 희극적 사물로 변해버리는 것이다. 이것은 지극히 자명하고 투명한 의미의 세계가 그것을 교란하는 허구에 의해 걸러지거나 재구성되어 우스꽝스러운 아이러니를 불러오는 이기호 소설의 한 특징을 보여주는 단면이다. 여기서 우리가 주목해야 하는 것은 그렇게 허구의 몸체가 관습적 현실을 압도하면서 현실의 기호체계를 교란하고 낯설게 만들어버리는 바로 그 방식이다.

반면 마니아적 취향과 감수성이 넘쳐흐르는 김중혁 소설은 이기호 소설과는 전혀 달라 보이지만, 그럼에도 불구하고 어떤 측면에서 그 둘은 서로 만난다. 가령 허구의 한가운데서 관습적·실용적 의미를 박탈당한 이기호 소설의 표지판에 대응하는 것이 김중혁의 소설에도 있는데, 그것은 바로 무용한 사물들이다. 예를 들어보자. 김중혁의 많은 소설에 등장하는 사물들이 그러하듯이, 「회색 괴물」의 타자기 또한 망가지고 버려진 후에야 그것이 지닌 고유한 의미와 가치를 발산한다. 버려진 타자기는 유용한 도구로서의 실용성을 상실하고 마흔아홉 개의 이빨을 가진 '회색 괴물'이라는 '사물'로 다시 태어나는 순간, 인물에게 의미 있는 것으로서 재발견되는 것이다. 뿐만 아니라 그 사물은 인물의 변화까지 불러오는데, 한때 타자수였던 '남자'는 고장 나서 버렸던 타자기를 되찾아오는 순간 자기 자신의 글을 쓰고 싶다는 강렬한 욕구를 경험하기 때문이다. 타자기가 실용적 도구성을 상실한 후에야 가치를 발하는 '사물'이 된 것처럼, '남자' 역시 타자수로서 기능적 직업 정체성을 버린 후에야 자신의 의미 있는 실존적 존재가치를 발견하게 되는 것이다.

김중혁의 소설에서 이렇듯 타자기라는 실용적 제품은 그 원래의 용도와는 전혀 다른, 현재의 관습적 시스템 속에서 제대로 작동하지 않아 타자기 사용자를 불편하게 만드는 낯섦을 통해서 무용하지만 의미 있는 사물이 된다. 그리고 소설에서 그 '낯섦'은 다소 모호하긴 하지만 예술이란 무엇인가라는 질문을 제기한다. 버려진 사물의 가치를 재활성화하는 김중혁의 소설이 어떤 측면에서 상품상자나 쓰레기더미, 한 줄의 벽돌, 속옷 무더기, 도살된 동물조차 예술작품이 되는 현대예술의 한 특성을 환기하는 것은 이 때문이다. 김중혁에 따르면 버려진 사물은 "세상에는 아무짝에도 쓸모없는 것들이지만 지구상에 존재하는 모든 기술을 집대성해야만 겨우 만들어낼 수 있는 물건"이다. 그러면서 그는 이렇게 수줍게 고백한다. "나는 정말 그게 소설인 것만 같다."[2]

이기호와 김중혁에게 소설은, 이렇게 실용적·관습적 가치와 의미의 체계가 교란되고 실패하는 순간 시작된다. 그들의 소설에서 개인적인 경험의 아우라가 스며 있는 쓸모없는 사물들은 그동안 자명하고 투명한 것으로 받아들여졌던 도구의 세계에 실존적 문제를 제기한다. 그리고 그것은 그들의 소설이 그런 현실과 현실의 가치체계에 대한 문제제기를 통해 거꾸로 소설이라는 장르의 무용성과 허구성의 가치를

---

2 김중혁, 「1925년산 축음기 크리덴저」, 『문학과사회』 2006년 여름호, 301쪽.

옹호하는 것과 관련이 있다. '상상'이 이들 소설의 중요한 키워드로 등장하는 이유 또한 이런 맥락과 무관하지 않다. 이기호 소설의 서술자는 반복적으로 "제발 상상 좀 하고 살"라고 충고하며, 김중혁 소설의 주인공들 또한 "눈을 감고" 상상해볼 것을 제안한다. 물론 상상에 대한 유다른 기대와 특권화가 이들만의 고유한 특성이라고 볼 수는 없다. 오히려 그것은 이즈음 많은 젊은 작가들이 공유하는 일정한 소설적 경향이기도 하다.[3] 그러나 이기호와 김중혁 소설의 상상 예찬은 상상의 옹호와 그에 대한 기대를, 소설에 대한 자의식을 표출하는 하나의 방법론으로 일관되고 두드러지게 활용한다는 점에서, 그들 세대의 소설관을 대변하는 메타소설의 성격을 뚜렷하게 드러낸다. 그런 점에서 사물과 상상, 그리고 현실과 허구가 중요한 키워드라 할 수 있는 이 두 작가의 소설은 지금 소설이라는 장르의 혁신에 대한 바람과 변화의 조짐을 징후적으로 드러내주는 사례라고 볼 수 있다. 우리가 이들의 소설에 주목하는 것은 이 때문이다.

2. 나르시시즘적 사물–소설

하이데거의 말처럼 '무엇을 위하여' 존재하는 도구는 바로 그 도구성을 상실하는 순간 본래의 사물성을 드러낸다. 그렇게 우리에게 나타나는 사물은 그 자체로 자명하고 아무 문제 없는, 그래서 투명한 어떤 것

---

3 이에 대해서는 김영찬, 「방법론적 상상제국의 아이들」(『웹진 문장』 2006년 4월호)에서 다루고 있다.

이 아니라, 도대체 그것은 무엇인가라는 질문을 던지게 만드는 불투명하고 낯선 어떤 것이다. 김중혁의 소설은 바로 이런 불투명한 사물들로 가득 차 있다. 예컨대 이미 단종된 모델의 타자기나 자전거, 혹은 축음기처럼 기능적 제품 혹은 상품으로서의 가치를 박탈당한 것들이 그것이다. 그러나 단지 그뿐만이 아니다. 실제로 그의 작품에 등장하는 사물들의 목록에는 "고층 빌딩, 캠코더, 만화책, 야구, 크리스마스 트리, 도서관, 공항과 같은 사물"(「무용지물 박물관」, 33쪽)도 있다. 의외로 그러한 사물은 우리에게 익숙한, 지금도 사용 가능한 유용한 제품이거나 아니면 '장소'이다. 물론 김중혁의 소설에서 그것들이 '사물'의 지위를 얻기 위해서는 상상 속에서의 재구성을 필히 거쳐야만 한다. 그럴 때라야 비로소 사물은 "움직이지 않는 무생물이 아니라 살아 있는 동물"(36쪽)이 될 수 있는 것이다.

그런 맥락에서 김중혁 소설의 사물은 상품/제품과 예술작품 사이에 모호하게 걸친 무언가라고 할 수 있다. 실제로 김중혁 소설에는 예술과 예술작품에 대한 단편적이지만 꽤 의미심장한 질문들이 자주 등장한다. 그 질문이란 예컨대 이런 것들이다. "초당 13타의 속도로 피아노를 친" 피아니스트와 그보다 더 빠른 타자수 사이의 거리는 과연 얼마나 먼가?(「회색 괴물」) "머릿속에다 거대한 밑그림을 그려주는" '좋은 매뉴얼'과, 포스트모던이라는 이름 하에 복사본의 복사본만으로 이루어진 나쁜 소설 중에서 더 예술적인 것은 무엇인가?(「매뉴얼 제너레이션」) "그저 악보에 있는 음표 하나하나를 충실하게 재현"하기만 하는 '자동피아노'와, 마치 "새로운 음악을 발명하는 것처럼" 보이는 콘서트홀에서의 연주 중에서 더 좋은 음악은 어떤 것인가?(「자동피아노」) 이러한 질문들의 근원에 있는 것은 상품자본주의라는 조건 속에

서 기능적 제품과 예술작품, 전문적 기능과 예술적 행위 사이의 거리
는 의외로 그렇게 멀지 않을 수 있다는 인식이다.

　　김중혁 소설의 인물들이 한편으로 일상적으로 소모되는 상품/제
품과는 무관한 '예술'의 영역에 이끌리면서도 다른 한편으로는 예술
자체의 순수성이라는 관념에 회의적인 시선을 보내는 것도 그와 관련
된 것이다. 그의 소설에서 종종 생성이나 창조, 창작이라는 개념에 대
해 부정적인 태도가 엿보이는 것 또한 그 때문이다. 어찌 보면 "원본
이란 건 이제 어디에도 없"(「바나나 주식회사」, 191쪽)고 "필요라는 게 전
부 사라지고"(「발명가 이눅씨의 설계도」, 68쪽) 만 시대에, 완전히 새로운
것의 발명이나 창조란 불가능할지도 모른다. 그것이 예술작품이라 하
더라도 말이다. 그래서 김중혁 소설에는 '생성'보다는 오히려 '소멸'
이 가치 있는 것으로 의미화된다. 김중혁에 따르면 복제시대에 더 가
치 있는 것은 오히려 복제 불가능한 일회용 제품(「바나나 주식회사」)이
며, 같은 맥락에서 "음악 (또한) 생성되는 것이 아니라 소멸되는 것"
(「자동피아노」, 144쪽)이다. 아서 단토(Arthur Danto)의 지적처럼 예술이
외관상의 문제가 아니라 그로부터 끄집어낼 수 있는 사유의 문제라
면,[4] 단순한 일회용품이라 할지라도 그것이 어떤 의미를 생산해낼 수
있다면 예술작품이 되지 못할 까닭이 없다. 김중혁의 소설에서 생성보
다는 소멸을, 영원불멸성보다는 일회성을 예술의 특성이라고 주장할
수 있는 근거는 거기에 있다. 오늘날 예술작품과 멀어 보이는 사물일
수록 역설적이게도 예술작품이 될 가능성이 더 크다 할 수 있는 것도
바로 이 때문이다. 따라서 "우리에게는 예술이 없다. 우리는 단지 우

---

4 아서 단토, 김광우·이성훈 옮김, 『예술의 종말 이후』, 미술문화, 2004.

리가 할 수 있는 일을 할 뿐이다"(「무용지물 박물관」, 39쪽)라는 '성명서'
는 예술의 불가능성에 대한 선언이 아니라, 디자인과 매뉴얼 그리고
제품을 시나 소설과 같은 층위에서 사유하는 세대에게 예술이란 무엇
인가에 대한 또 다른 질문이다.

어쩌면 상품의 세례를 받으며 자란, 그래서 상품을 통해서만 자기
를 증명할 수 있는 세대에게 상품과 무관한 자리에서 예술과 문학에
대해 이야기하는 것은 불가능할는지도 모른다. 그러나 누구나 사용 가
능한 빤한 상품은 남과 다른 자신만의 고유한 개성을 드러내줄 수 없
다. 왜냐하면 후기자본주의 사회에서 상품은 그 상품의 사용자와 많은
부분 동일시되기 때문이다. 그런 점에서 김중혁 소설에 등장하는 사물
들이 단순한 소비재가 아니라 등장인물들의 마니아적 취향과 취미를
개성적으로 드러내주는 사물-예술이라는 사실은 중요하다. 그 사물
들은 제품으로서는 실패했지만, 그렇기 때문에 더욱 다른 제품들과 차
별화되는 존재론적 가치를 획득한다. 물론 바로 그 순간 그 사물들을
미학적으로 재구성함으로써 새롭게 인식하는 사물 사용자 또한 그 사
물에 부여된 교환 불가능한 가치를 그대로 물려받게 된다. 그 점에서
김중혁의 소설에서 사물은 사물 사용자의 고유한 정체성을 증명해주
는 표지와 같은 것이다.

그래서인지 그의 소설에는 유독 등장인물을 비춰주는 거울과도
같은 사물들이 자주 등장한다. 그들의 "눈은 바깥을 바라볼 수 있는
투명한 유리가 아니라 자신의 내부를 비춰주는 거울 같은 것"(「발명가
이눅씨의 설계도」, 63쪽)이며, 그들은 텔레비전 프로를 시청하기보다 "텔
레비전을 거울삼아 그 속에 비쳐진 (자신의—인용자) 얼굴을 보"(「펭
귄뉴스」, 262쪽)는 것에 더 재미를 느낀다. 더 나아가 어느 순간 "창밖의

풍경들"도 그들을 비춰주는 "거울처럼 변"(「유리방패」, 95쪽)한다. 이런 의미에서 특히 김중혁 소설의 사물은 어느 면에서 그 자체로 의미를 갖는 것이라기보다는, 사물 사용자의 고유한 내적 가치를 비춰주는 나르시시즘적 거울이 됨으로써 존재가치를 발하는 것이라고 할 수 있다.

그런데 그의 소설에서 자아와 사물-세계 사이의 이러한 나르시시즘적 반사 관계는 소설 속 인물 관계에서도 그대로 반복된다. 다음 구절을 보자.

> 오늘따라 녀석의 몸이 더욱 멋져 보였다. 평평한 어깨선은 끝 쪽에 이르러 울퉁불퉁하던 바위를 거쳐 아래로 떨어졌고 녀석의 허리는 두툼한 등 때문에 마치 동굴로 들어가는 길처럼 보였다. 손목은 비현실적으로 가늘었고 무릎은 계단처럼 여러 개의 층이 나 있었다. 녀석이 무언가 생각났다는 듯 발자국 뒤로 따라가고 있던 나를 돌아보았다. 창문틈 사이로 발가벗은 여자의 몸을 보다 들킨 사람처럼 나는 깜짝 놀랐다. 녀석은 나를 보며 피식, 웃더니 가운뎃손가락 하나만 남겨둔 채 모두 접었다.(「사백 미터 마라톤」, 245~246쪽)

어깨선에서부터 허리, 손목, 무릎으로 이어지는 친구의 멋진 몸을 바라보는 '나'의 시선에는 마치 "발가벗은 여자의 몸을 보다 들킨 사람"에게나 있을 법한 에로틱한 욕망이 담겨 있다. 물론 이것을 '동성애적' 코드로 보기는 어렵다. 그럼에도 불구하고, 실제로 대부분의 김중혁 소설에서 남자주인공의 성적 파트너는 여성이지만, 그들과 진심으로 소통할 수 있는 유일한 존재는 오직 남자친구뿐이다. 「무용지물 박물관」의 '나'와 메이비, 「에스키모, 여기가 끝이야」의 '나'와 삼촌,

「회색 괴물」의 '나'와 '우주인', 「바나나 주식회사」의 '나'와 자살한 친구 B, 「사백 미터 마라톤」의 '나'와 '녀석', 「펭귄뉴스」의 '나'와 찬기 등, 작품집 『펭귄뉴스』에 실린 거의 모든 소설은 남성 버디(buddy) 소설의 면모를 보인다. 최근작 「유리방패」에서 이러한 남자친구와의 관계는 심지어 "분리될 수 없는 사이" 혹은 "동전의 앞면과 뒷면이거나 한 사람의 앞모습과 뒷모습"(96쪽)으로까지 그려진다. 그런 점에서 김중혁 소설에 빠지지 않고 등장하는 '나'의 남자친구는 '나'의 분신이라고 해도 무방하다.

그에 반해 여자친구의 경우는 어떤가. 그의 소설에서 주인공 남성과 그의 성적 파트너인 여성의 관계는 일상처럼 지루하게 반복되는 것에 불과하거나, "낭비"(「회색괴물」)되고 소비되는 것으로 그려진다. 그래서인지 간혹 남자주인공은 자신의 여자친구에 대해 지나치게 냉정하거나 무관심한 태도를 보인다. 그들에게 여자친구의 죽음은 '망가진 비치보이스의 Pet Sound 앨범' 만큼의 가치도 없다.(「그녀의 무중력 진공관」) 왜냐하면 그들에게 여성은 '나'를 확인시켜주고 증명해줄 사물도, 거울이 된 풍경도, 동성 친구도 아니기 때문이다. 다시 말해서 여성은 결코 사물이 될 수 없는 제품이거나, 그저 '나'를 스쳐 지나가는 풍경이거나, 물화한 섹스파트너에 불과한, 결코 자기애의 거울이 될 수 없는 존재인 것이다. 이를 통해 우리는 작가에게 '사물'이나 세계, 주변 사람은 자기존재를 증명해주는 거울이 되는 한에서 중요성을 획득한다는 점을 다시 한 번 확인할 수 있다.

그 점에서는 소설도 마찬가지다. 분명 김중혁의 사물에 관한 소설은 "새로운 기술에 떠밀려 낙오된 크리덴저 같은" 소설의 운명에 관한 반성적 자의식을 담아내고 있다. 그가 '무용지물 박물관'에 소장한

"쓸모없는 아이디어들, 실패한 계획들, 세상에서 낙오된 제품들"(「1925년산 축음기 크리덴저」, 300쪽)은 그 쓸모없음과 필요 없음, 그리고 실패를 통해 사물의 아우라를 갖게 된 역설적 존재들이며, 그런 사물성은 상품의 매혹으로부터 완전히 벗어날 수 없는 후기자본주의 사회에 어울리는 소설의 존재론을 암시하기도 한다. 그러나 김중혁 소설에서 그러한 사물-소설은 어느 순간 '나'로 수렴되는 자기반영적 거울상이 되면서 나르시시즘적 대상으로 떨어질지도 모른다는 우려에서 자유롭지 않다. 작가 혹은 서술자가 소설에서 반성하는 것처럼 "세계의 중심은 언제나 나였"(「에스키모, 여기가 끝이야」, 90쪽)기 때문에 '나'라는 존재가 스며 있지 않은 '그냥 세계'는 '나'의 관심의 대상이 되지 못했다는 것은 지금까지 김중혁 소설의 진실을 알려주는 대목이다. 그의 사물-소설이 자신의 의도와는 정반대로 중앙집권적 자아의 정체성을 증명해주는 세련되고 기발한 상품이 될 위험에서 자유롭지 못하다는 것도 이 점에서 경계해야 할 사항이다.

이에 대해서는 물론 작가 자신도 이미 충분히 자각하고 있었던 듯 보인다. 최근작인 「유리방패」에서 그는 이전까지 자신의 소설을 반성하면서 그와는 다른 새로운 길을 모색하고 있는 듯한 징후를 보여주기 때문이다. 그 점은 예컨대 '나'가 "실패에 중독된 인간"에서 "실패중독자들을 위로해주는 입장"(「유리방패」, 118쪽)이 되는 순간, '나'의 나르시시즘적 사물에 불과했던 '유리방패'가 이제 '나'가 아닌 "누군가의 방패"가 되리라는 자각에서도 확인된다. "그것이 플라스틱이나 유리로 만들어진 방패더라도 말이다."(118쪽) 사물이 더 이상 '나'의 유희적 분신만이 아닌 좀더 확장된 의미를 향해 열리게 되는 것은 바로 이 지점이다. 이런 맥락에서 '나'와 '나'의 분신과도 같은 친구 M의

결별을 예고하는 「유리방패」의 다음 마지막 구절은, 김중혁의 사물-
소설이 이제 나르시시즘적 단계와 결별하고 (구체적으로 아직 무엇이
될지는 알 수 없지만) 무언가 다른 차원으로 나아가게 되리라는 것을
암시하는 실마리로 음미해볼 필요가 있다.

> 어떤 갈림길을 지나온 것 같았다. 그는 왼쪽 길을 선택했고, 나는 오른
> 쪽 길을 선택했고, 발목에 묶여 있던 끈이 우리도 모르는 사이 스르르
> 풀어져버린 것 같은, 그런 기분이 들었다. (……) 정확히 이름 붙일 수
> 없는, 언제부터 언제까지라고도 말할 수 없는, 내 삶의 어떤 한 시절이
> 지나가는 중이라고, 나는 생각했다.(「유리방패」, 120쪽)

3. 유희적 해체로서의 소설

이기호가 『최순덕 성령충만기』 이후 발표한 일련의 단편들은 '소설에
관한 소설'의 형식을 노골적으로 드러내는 일종의 '문학적 자기선언'
이다. 김중혁의 소설이 정교하고 우아하지만 비실용적인 사물을 통해
예술과 문학의 존재론에 대해 우회적으로 접근하는 데 반해, 이기호의
메타적 소설은 재기발랄한 입담으로 자기반영적이면서 패러디적인
미학을 연출하면서 이 세속적인 후기자본주의 사회에서 소설이라는
장르의 예정된 운명을 직설적으로 문제 삼는다.

　이기호의 소설이 특이한 것은 소설과 소설가의 존재에 대한 근본
적인 질문을 던지면서도, 그것을 저개발 비주류 마이너리티의 목소리
를 빌려 가볍고도 유희적인 방식으로 표현한다는 점이다. 이미 처음부

터 그의 소설 속 주인공들은 "불량배이기도 하고, 아웃사이더이기도 하며, 아니면 부르주아 모더니티로부터 버려진 어브젝션들"[5]이기도 하다. 즉 이기호 소설의 주인공들은 원래부터 소설이라는 장르에 대해 사유하고 고뇌할 정도로 지적이거나 내적으로 성숙한 캐릭터가 아닌 것이다. 이기호 메타소설의 이러한 마이너리티적 성격은, 와인, 오디오, MTB, 피아노 등에 얹히는 고급문화적 취향을 은연중 드러내는 김중혁 소설의 주인공들과 비교할 때 더욱 분명해진다. 소설에 관한 진지하고 엄숙한 성찰과는 사뭇 거리가 있는, 이기호 메타소설 특유의 희극성과 풍자성은 이로부터 비롯된다.

이기호 소설에서 기존의 관습과 의식을 뒤집는 데서 오는 희극적 효과는 기본적으로 새로운 발성법과 관련된다. 이때 새로운 발상과 전환의 상상력은 기존의 안정적인 담론양식을 조롱하고 전복함으로써 발생되는 효과이기도 하지만, 다른 한편으로는 고급문화의 담론틀과는 다른 하위문화적 상상력의 소산이기도 하다. 예컨대 첫 창작집의 표제작 「최순덕 성령충만기」가 성경이라는 권위적 담론양식을 모방하면서 그러한 담론의 허구성과 억압성을 최순덕의 상식 밖의 사고방식과 행동을 통해 은연중에 폭로한다면, 등단작 「버니」는 랩이라는 하위문화의 형식을 빌려와 비주류적 존재의 비극적 현실을 경쾌하게 그려낸다. 이때 성경말씀의 권위는 역설적이게도 '하나님의 규율'을 철저하게 따르는 하나님의 종인 최순덕의 기행으로 인해 희화화되며, 보도방, 윤락업소, 매춘 등으로 대변되는 우리 사회의 어두운 현실은 흥겨운 랩의 형식을 통해 발랄하게 전달된다. 이기호 소설의 경쾌함과 희

---

5 류보선, 「불량배들의 멜랑콜리와 이야기체의 발명」, 『문학동네』 2006년 여름호, 286쪽.

극성은 바로 이러한 반어적 간극에서 비롯된다. 이 간극은 우리에게 현실적 관습과 고정관념들을 비틀고 뒤집어보는 데서 오는 즉각적인 통쾌함을 안겨주기도 하지만, 현실 자체에 대한 비판적 통찰력을 요구하기도 한다.

그런데 이때 우리가 주목해야 하는 것은, 이기호의 소설에서 그런 아이러니를 통해 이루어지는 현실의 관습체계와 현실 자체에 대한 조롱과 비판이, '진짜' 현실은 어디에도 없다는 의식과 맞닿아 있다는 점이다.

> "아, 아무리 그게 사, 사실이라고 해도, 이, 이렇게 쓰면 아, 아무도 미, 믿으려 하지 않아요……. 지, 진짜 고, 고백을 해야 미, 믿는다고요…… 며, 면접관들은 고, 고백에 야, 약하거든요……."(「옆에서 본 저 고백은」, 93쪽)

지하철 앵벌이들이 조폭들의 '쌈마이 회사'에 취직하기 위해 자기소개서를 쓰는 과정을 다룬 「옆에서 본 저 고백은」은, 겉으로 보기에 고백의 내용이 고백이라는 형식을 통해 사후적으로 구성된다는 익숙한 주제를 비주류 마이너리티의 상스런 목소리를 빌려 반복하는 소설이다. 얼핏 별로 새롭지 않은 이러한 비판적 주제의 한가운데에 숨어 있는 것은, 현실/사실이 그 자체로 설득력이 없는 진부한 것에 불과하다는 인식이다. 다시 말해 이 소설은 '진짜' 고백일수록 '진짜' 현실과는 무관하다는 사실을 폭로함으로써 한편으로는 고백을 강요하는 근대적 제도의 억압성을 조롱하지만, 다른 한편으로 그 근원에는 '진짜' 고백을 요구할 만큼 현실이 상투적이고 빤한 것에 불과하다는 자각이 있는 것이다. 그렇기에 소설에 따르면, "이제 뻔한 불행은, 그게 아무리 사실이라 하더라도 더 이상 불행 취급을 받지 못"(90쪽)한다.

이기호의 소설에서 이렇게 현실이 뻔하고 진부한 것일 뿐이라는 주장은 그 자체로는 단순해 보일지 모르지만, 사실 그 주장은 우리가 접촉하는 현실이란 사실과 사건 들의 담론적 구성이거나 그것이 재생산된 결과일 뿐이라는 진실에 대한 자각에 의해 뒷받침되어 있다. 그런 사실/사건들의 구성과 재생산은 관습과 제도, 고정관념 등에 기대어 이루어진다는 점에서 현실은 언제나 재구성되는, 담론화된 현실일 뿐이라는 점을 작가는 풍자적인 어법으로 포착한다. 이기호의 소설에서, 현실이란 지배담론의 이데올로기가 제공하는 평균적이고 균일한 프레임에 비친 도식에 불과하다는 사실이 우회적으로 풍자되는 장면을 드물지 않게 볼 수 있는 것은 우연이 아니다.

예컨대 「백미러 사나이」와 「간첩이 다녀가셨다」를 보자. 이 두 소설은 모두 '박통'과 '간첩'으로 상징되는 공포정치 시대의 유언비어에 여전히 사로잡혀 있는 현실을 문제 삼는다. 특히 「백미러 사나이」는 '박통'이 죽던 날 우연히 생긴 뒤통수의 상처가 어느 날 눈을 뜨면서 점차 주인공의 삶을 지배하는 과정을 풍자적으로 그리는 소설인데, 여기서 '뒤통수에 생긴 눈'은 개인의 내면과 의식을 규율하는 지배적 담론틀의 상징이라 할 수 있다. 한때 주인공은 그러한 지배권력의 통제로부터 벗어나려고 시도하기도 하지만, 결국 '그'는 얼굴에 달린 자신의 진짜 눈을 감아버리고 만다. 이제 '그'는 뒤통수의 눈을 통해서만 이 세상을 바라보게 된 것이다. 나아가 소설은 "그의 뒤를 따라 뛰는 사람들"(194쪽)이 점차 늘어나고 뒤로 걷는 것이 건강에 좋다는 "확인되지 않은 멘트"가 확산되는 상황을 풍자하는데, 이를 통해 소설은 그러한 규율권력에 의해 조작된 현실이 생산, 재생산되는 방식을 비판하는 셈이다.

기존의 관습과 의식을 비트는 이기호만의 새로운 발상법과 발성은 바로 이러한 관습화된 현실에 대한 부정의식과 긴밀하게 관련된다. 나아가 그러한 부정의식은 진부할 수밖에 없는 세계의 진부함에 얽매인, 소설의 진부함에 대한 거부감으로까지 이어진다. 그런 까닭에 이기호 소설에서 주어진 관습적 현실과 그런 현실 인식의 한계를 벗어나려는 시도는, 사실주의적 문법에 사로잡힌 기존 서사에 대한 비판적 인식과 연계되어 이루어지는 경우가 많다. 이런 맥락에서 능청스럽게 새로운 흙 요리법을 제시하는 소설인 「누구나 손쉽게 만들어 먹을 수 있는 가정식 야채볶음흙」은 그 자체로 작가가 생각하는 새로운 소설에 대한 알레고리로 읽을 수 있다. 따라서 요리에서 "중요한 건 역시 여러분의 상상력"(208쪽)이라는 진술은 소설에도 그대로 적용될 수 있는 이야기다. 특히 이 소설은 앞을 못 보는, 그래서 시각이 인간의 육체에 새겨놓은 편견과 통념으로부터 비교적 자유로운 눈먼 '명희'가 흙 맛에 사로잡히는 과정을 보여줌으로써, 먹을 수 있는 것과 먹을 수 없는 것을 구분하는 일이 일종의 편견과 통념일 뿐임을 역설한다. 이는 곧 '소설이 될 수 있는 것'과 '소설이 될 수 없는 것'이라는 기존의 통념적 구분을 해체하려는 작가의 소설 전략과도 맞닿아 있는 것이다.

이렇게 이기호의 '소설에 관한 소설'은 소설의 죽음이 논의되는 지금의 문학적 상황에서 소설의 존재론적 근거와 타당성을 나름의 방식으로 성찰하려는 시도다. 그러한 시도는 때로 "근대소설이 갖춰야 할 가장 필수적인 기본기"인 '필연성'의 논리를 '갈팡질팡' 우연으로 점철된 자기 삶의 한 단면에 대한 해학적 기록(「갈팡질팡하다 내 이럴 줄 알았지」)을 통해 가볍게 반박하는 형식으로 이루어지기도 하지만, 때로는 '소설책이 모두 사라진 상황에서 소설과 소설가의 존재증명은 어떻게 가능한가'(「수인」)와 같은 무거운 질문의 방식으로 이루어지기도 한다. 그것은 예컨대 다음과 같은 것이다. "소설이라는 것도, 따지고 보면 전구나 라디오 같은 발명품"(「수인」, 301쪽)이라고 생각하는 시대에, 소설은 과연 발명품의 운명과 얼마나 다르다고 말할 수 있는가. 「수인」은 소설가로서 자신의 존재증명을 위해 자기가 쓴 소설책을 찾아 시멘트 더미 속에 묻힌 교보문고를 곡괭이로 파 들어가야 하는 극단적인 상황 설정을 통해 자본주의적 가치체계 속에서 질식된 이 시대 소설의 운명과 그러한 운명에 저항하는 소설가의 절망적인 운명을 다루고 있다. '나'는 재난의 상황을 탈출할 수 있는 이주권을 얻기 위해 자기 이름이 박힌 소설책을 찾아 자기가 소설가임을 증명해야 할 상황에 처하지만, 정작 그러기를 요구한 심판관이 그에게서 본 가치는 연장 하나로 시멘트 더미를 파 들어가는 놀라운 노동력이었을 뿐이다. 결국 이주를 포기하고 소설가 '나'가 "어둠 속, 축구장 크기만 한 서점 안에"(318쪽) 스스로를 가두는 소설의 결말은, 생산적 가치와 능력과는 별로 상관없는, 그 자체로는 아무 쓸모 없는 소설의 가치를 온몸으로 옹호하면서 무가치의 세계를 끌어안을 수밖에 없는 소설가의 운명을 재연하는 것이다.

이런 특이한 메타소설을 통해 작가는 과연 무엇을 말하고자 하는 것인가? 어쩌면 이런 물음은 이기호에게는 충분하지 않은 것일지도 모른다. 이기호의 소설은 '무엇을'보다는 '어떻게'에 더 많은 리비도를 투여하고 있는 소설이기 때문이다. 그런 맥락에서 이기호의 소설에서 이야기를 종횡무진 가로지르는 이야기꾼의 존재나, 랩, 성경 문체, 신파조 변사의 문체, 요리 강좌 등의 형식적 틀은 그 자체로 흥미를 유발하는 소설적 장치임에는 틀림없다. 그러나 문제는, 아쉽게도 그것이 전부라는 점이다. 정작 소설의 주제는 어느 면 지극히 상식적이고 단순하다. 그 때문에, 이기호의 소설이 기존 소설에 대한 반성을 담고 있다고는 해도 그것이 독자의 상식을 뒤흔드는 인식적 자극으로 와 닿지는 않는다. 그보다 정작 두드러지는 것은 상황을 과장하거나 왜곡하고 형식을 이리저리 비틀어버리는 데서 오는 재미와 흥미만은 아닌지 물어볼 필요가 있다. 이기호의 메타소설에서 다루어지는 '소설'의 문제가 어떤 측면에서는 하나의 흥미로운 소재의 차원을 더는 넘어서고 있지 못하다는 판단도 이와 무관하지 않다.

4. 소설의 운명과 허구의 진로

김중혁과 이기호의 많은 소설은 직접적이든 우회적이든 소설을 통해 이 시대 소설의 자리와 운명을 문제 삼는다. 그들 소설의 소재나 주제가 그렇게 소설 혹은 예술 자체의 문제에 걸쳐 있는 것은, 문학 또는 소설의 운명이 문제시되고 있는 지금 이 시점에서 소설가로서 나름의 존재가치를 확보해야 한다는 고민이 그만큼 절실하게 대두하고 있다는 것을 의미한다. 흥미로운 것은 이들의 소설이 대부분 그런 고민을, 상상을 통해서만 가 닿을 수 있는 '사물'의 세계 혹은 허구의 세계의 가치를 강조하는 것으로 수렴하고 있다는 점이다. 문제는 그 허구의 가치에 대한 강조가 소설을 단순히 개인의 사적이고 유희적인 자기확장이나 자기증명의 도구로서 바라보는 인식과 관련되어 있다는 데 있다. 이때 허구는 대부분 빤한 현실과 거리를 유지하거나 그것을 조롱하면서, 그런 현실과는 상관없이 고립적으로 존재하는 자기존재를 펼쳐놓으며 음미하거나 유희하는 수단으로 받아들여진다. 따라서 한국문학사에서 기존의 메타소설이 흔히 그런 것처럼 이들의 소설에서 소설에 대한, 그리고 소설과 현실의 관계에 대한 깊이 있는 반성을 기대하는 것은 어쩌면 무리일지도 모른다. 특히 이기호의 메타소설은 현실과 허구, 작가와 독자, 형식과 내용 사이의 긴장과 갈등을 탐색하고 그로부터 소설이라는 장르의 운명을, 그리고 나아가 그 장르가 소환하는 현실사회에 관해 고민하는 형식이라기보다는 상당 부분 남들과 다른 자기만의 독특한 아이디어를 드러내기 위한 유희적 도구 정도에서 더 나아가지 않는 한계를 보이고 있기 때문이다.

　그렇게 볼 때 이들 젊은 작가들의 소설에서 현실이 휘발될 수밖에 없는 것도 어쩌면 당연한 일일지도 모른다. 이들의 소설에서 현실은 박탈되거나 아니면 허구적 세계를 위해 사후적으로 구성되어 허구에 종속되는 하나의 질료에 불과한 것이 된다. 이들이 끊임없이 상상력을 강조하는 것도 그런 맥락에 있다. 상상력은 일상적인 습관이라는 장벽에 의해 고갈된 다양한 색채와 무드와 깊이와 높이를 순간적으로 드러내준다는 점에서 현실이탈적이다. 그리고 바로 그러한 일탈적 특성 때문에 단일하게 구조화한 현실의 폐쇄성은 여지없이 폭로된다. 문학적 상상력의 가치는 바로 여기에 있다. 그러나 이들 소설에서 상상력은 대개 하나의 소설적 소재로만 활용될 뿐, 상상력의 디테일이 작동되는 과정이나 방식은 생략되어 있다. 그래서 이들의 소설은 (이기호의 소설에서 특히 두드러지는 바이지만) 상상력을 정교하게 펼쳐감으로써 그런 상상의 힘을 입증하는 것이기보다는, 대부분 상상이 중요함을 강조하는 일방적 전언(message)에 불과한 것이 된다. "제발 상상 좀 하고 살아라"(이기호, 「발밑으로 사라진 사람들」, 309쪽)라고 호통 친다고 해서, 아니면 "촉각과 상상력"(김중혁, 「에스키모, 여기가 끝이야」, 95쪽)의 필요성을 강조하기만 한다고 해서, 자기만의 깊이 있는 상상력을 갖게 되는 것은 아니다. 특히 이들의 소설은 이미 제품화된 사물과 관습화된 소설문법을 받아쓰면서 다시 쓰는, 그 자체로 리폼(reform)의 형식을 취하는 소설들이다. 이들의 소설은 그런 가운데서도, 아니 바로 그것을 통해 자신의 문학적 개성을 펼쳐놓으며 흥미로운 실험을 계속하고 있지만, 그것이 진정한 의미에서 독창적인 문학적 통찰로 이어갈 수 있는 새로운 전환이 요구된다. 가령 이들의 소설이 강조하는 것처럼 현실이란 의미 없이 반복되는 빤하고 지루한 것일 뿐이라는 인식 또한 어떤 측면에서는 상상의 도식화로 귀결되는 일종의 이데올로기일 수 있음을 인정해야 하는 것이 아닐까.

제 2 부

여성성 혹은
문학적 상상의 원천

1. 하나이지 않은 '여성성'

1990년대 문학, 특히 여성 문학을 논할 때 반드시 거론되는 테마의 하나가 바로 '여성성'이다. 여성성은 모성성, 여성적 글쓰기 등과 같은 방계(傍系) 주제와 더불어 1990년대 이후 여성 문학에 대한 미학적 평가의 기준으로 작용해왔다. 그러나 '여성성'이 함의하는 내용은 요약이나 정리가 불가능할 정도로 다양할 뿐만 아니라, 그 의미 또한 여성 비하적인 것에서부터 여성해방적인 것에 이르기까지 극단적으로 이질적인 논의들 속에서 아무런 고민 없이 무차별적으로 받아들여져 왔다. 이러한 개념상의 혼돈은 모성성이나 여성적 글쓰기의 경우에도 마찬가지지만, 특히 여성성은 그 자체의 의미나 여타 개념들과의 관계조차도 명확하게 규명되지 못한 채 사용되었다.

그 결과 여성성은 페미니즘에 적대적인 진영이나 페미니즘 문학에 대한 진지한 연구를 하지 않는 사람들조차 손쉽게 사용할 수 있는 '뻔하고 흔한' 개념이 되었다. 그러나 여성성이라는 개념이 뻔하고 흔한 것으로 당연하게 받아들여지면 질수록 그 의미는 점점 모호해진다. 여성성이라는 미궁에 한 번 빠지게 되면 좀처럼 헤어 나오기가 쉽지 않은 것이다. 따라서 다소 개괄적이기는 하나, 우선 페미니즘의 이론적 맥락 속에서 '여성성'이라는 개념이 어떻게 다양하게 이해되었으며 서로 다른 문제를 제기해왔는가를 살펴볼 필요가 있다.

서구문화는 오랫동안 여성을 열등한 인간, 즉 작은 남자로 규정해왔다. 그러나 루소에 이르러 여성과 남성이 각자 고유한 특성을 지닌 상호보완적인 존재로 규정되면서 여성성과 남성성에 관한 논의가 본격적으로 이루어지기 시작한다. 이때 여성은 여성답고 남성은 남성다워야 한다는 통념이 당연시되었으며, 여성성 또한 여성다움의 자질 일반을 포괄적으로 가리키는 개념으로 이해되었다. 여기서 여성성은 당연히 여성의 생물학적 자질에서 연원한 여성성(femaleness)에 제한된 개념이었다. 남녀의 생물학적 성차가 여성성과 남성성을 가르는 기준이 된 것이다. 논리적으로는 여성적인 특성과 남성적인 특성이 모두 보편적 가치를 지니는 것으로 여겨졌지만, 실제로 많은 이들은 여전히 남성성을 더 우월하고 가치 있는 것으로 보았으며, 성차에 따른 성역할의 분리를 당연한 것으로 받아들였다. 공적인 작업장을 남성의 공간으로, 사적인 가정을 여성의 공간으로 분리하는 근대의 공/사 영역의 성별화(gendering) 또한 이러한 성역할에 대한 고정관념의 결과라고 할 수 있다. 그리하여 초기 페미니스트들에게 이러한 남성성/여성성의 구분은 여성의 사회 진출을 가로막는 장애물로 간주되었기 때문에,

그들은 여성적 특성이 아무리 가치 있는 것이라 하더라도, '여성성'은 남녀평등을 위해서는 불가피하게 극복되어야 할 장애로 여겼다.

이러한 여성성 논의가 남녀의 생물학적이고 해부학적인 조건을 바탕으로 한 것이었던 데 반해, 시몬느 드 보부아르는 여성성과 남성성이 생물학적 특성에 따른 구분이 아니라 사회문화적으로 유포된 성적 고정관념에 따른 것이라고 주장했다. 보부아르의 유명한 아포리즘의 하나인 "여자는 태어나는 것이 아니라 만들어지는 것이다"라는 명제는 여성성이 사회문화적으로 구성되는 것이라는 입장을 대변한다. 이렇게 구성된 여성성(femininity)은 오랜 세월 동안 다양한 장치들, 예컨대 과학, 문학, 신화, 심지어 일상적인 예법 등을 통해 여성들에게 부과되었기 때문에 지극히 자연스러운 것으로 받아들여졌으며, 이는 여성을 자기초월이 불가능한 타자가 되게 했다. 여성을 통제하고 규율하는 이러한 모든 사회문화적 장치들을 여성 이데올로기라고 한다면, 그것의 궁극적인 목적은 여성을 남성의 성적 대상으로서 이상적인 성적 매력의 소유자로 만드는 것이라고 할 수 있다. 여성에게 부과된 이러한 여성적 이상에 대한 압박은 오늘날 패션과 미용 산업을 활성화하는 요인이 되기도 한다. 이처럼 여성성은 그것이 생물학적 특성에서 비롯된 것이건 아니면 지배 담론이 여성에게 부과한 억압적인 여성상과 관련된 것이건 간에, 페미니스트들에게는 억제되거나 거부되어야 할 것으로 치부되었다.

그러나 1970~1980년대 영미 페미니즘은 여성성에 대한 새로운 가치판단을 내리게 된다. 그때까지의 여성성 논의가 주로 남성성과의 관련 속에서 남성성보다 열등하거나 부정적인 것으로 해석되었다면, 이 시기에 이르러 여성성은 적극적으로 옹호되었다. 특히 모성적 경험, 가사노동의 경험, 월경과 같은 생물학적 경험, 성적인 경험, 성장 과정에서의 심리적 경험, 타자로서 받은 억압의 경험과 같은 여성적 경험은 이러한 여성성의 내용을 이루었다. 예를 들면 새러 루딕(Sara Ruddick)은 여성의 양육 체험이 여성 특유의 모성적 사고(maternal thinking)를 발전시킨다고 보았다. 즉 여성은 어린아이를 돌보는 과정에서 자연스럽게 자신보다는 상대를 배려하게 되고, 강제적이기보다는 평화롭게 문제를 해결하려는 성숙한 태도를 갖추게 된다는 것이다. 그런 관점에 따르면, 이 같은 여성적 특성은 남성과는 다른 여성의 심리 발달 과정에서도 잘 드러난다. 낸시 초도로(Nancy Chodorow)는, 여자아이는 어머니와의 분리를 통해 자아를 완성해나가려는 남자아이와 달리 어머니와 분리되거나 대립할 필요가 없기 때문에, 성별 정체성의 형성 과정에서 자연스럽게 관계 지향적인 성격을 갖게 된다고 본다. 캐럴 길리건(Carol Gilligan)은 이러한 남녀의 차이가 도덕적 발달 과정에서도 나타난다고 보는데, 남성들이 법칙과 권리가 강조되는 정의의 윤리에 따르는 경향이 강한 반면 여성들은 관계와 책임이 강조되는 '보살핌의 윤리'를 따르는 경향이 강하다는 것이다. 그리하여 이제 여성성은 도덕적으로 문화적으로 긍정할 만한 가치 있는 것으로 평가되기 시작한다.

여성성에 대한 이런 옹호는 프랑스 페미니스트인 엘렌 시수(Hélène Cixous)와 뤼스 이리가레(Luce Irigaray)의 여성성과 여성적 글쓰기에 관한 논의에서도 드러난다. 흔히 포스트페미니즘으로 이야기되는 이들의 논의에서 여성적 글쓰기는 기본적으로 여성의 육체적 경험을 여성의 언어와 관련짓는 것을 전제로 한다. 시수는 여성의 글쓰기를 수유행위나 자위행위 등과 같은 여성의 성적·육체적 체험에 빗대어 설명하고, 이리가레 또한 음순을 '두 입술'에 비유하면서 여성의 성적·육체적 경험을 옹호한다. "'두 입술'은 여성 신체의 이미지가 아니라 여성 성욕을 긍정적으로 재현할 수 있게 해주는 새로운 상징"이라는 엘리자베스 그로츠의 지적을 굳이 들어 대지 않더라도, '두 입술'과 같은 여성의 성과 육체의 강조는 단순히 여성의 성적·육체적 특수성에 대한 옹호라기보다는, 여성 욕망의 다양성에 대해 말할 수 있는 여성 언어의 잠재력에 관한 은유라고 할 수 있다. 기존의 남성 중심적이고 로고스 중심적인 언어로는 표현할 수 없는 여성적 충동을 여성의 섹슈얼리티와 육체를 통해 드러내고자 했던 이들의 시도는, 대상관계이론에 기초해서 여성의 특수한 심리발달 과정에 주목한 초도로나 길리건과 다른 방식이긴 하나, 근본적으로 여성성을 옹호하고 이를 남성 중심적 사회의 병폐를 치유할 대안으로 설정하고 있다는 점에서는 같은 맥락에 있다.

그러나 여성적 심리나 여성적 육체 및 성을 강조하는 이들의 논의는, 다른 한편으로는 본질론으로의 회귀라거나 비현실적인 이상향으로의 탈출이라는 비판을 받기도 한다. 시수의 이야기를 한번 들어 보자.

여성의 말, 글쓰기 속에는 결코 중단됨 없이 울림을 간직하고 있는 것이 있다. 그것은 옛날 옛적에 우리를 가로질러 갔기에 감지할 수 없이 깊이, 우리를 스치고 갔기에 아직도 우리를 감동시키는 힘을 간직하고 있다. 그것은 노래다. 최초의 음악, 모든 여인이 생생하게 보존하고 있는 최초의 사랑의 음악이다. 목소리에 대한 이런 특별한 관계가 어떻게 가능한 것일까? (……) 설사 팔루스적인 신비화가 좋은 관계들을 전반적으로 오염시키기는 했지만, 여자는 결코 '어머니'로부터 멀리 떨어져 있지 않다(여기서 내가 어머니라 함은 역할로서의 어머니가 아닌, 어머니라는 이름으로서가 아닌, 행복의 근원으로서의 '어머니'를 의미한다). 여성 안에는 언제나 최소한 약간의 좋은 모유가 늘 남아 있다. 여성은 흰 잉크로 글을 쓴다.[1]

긍정적인 여성적 정체성을 발견하기 위해서는 최초의 목소리인 어머니에게로 돌아가야 하며 어머니 젖으로 된 '백색 잉크'로 글을 써야 한다는 그녀의 서정적인 주장은, 언뜻 여성의 성과 육체를 지나치게 강조하여 생물학적·해부학적 성차에 근거해서 여성성과 남성성을 나누었던 19세기의 여성성 논의를 생각나게 한다. 그러나 기존의 여성성 논의가 여성의 열등성을 강조하는 방식으로 전개되었다면, 모성성을 강조하는 새러 루딕, 여성의 성과 육체를 부각시킨 시수와 이리가레는 기본적으로 모두 여성성에 긍정적인 가치를 부여한다. 뿐만 아니라 그들은 여성성을 단순히 남성성에 대한 대타 개념으로 한정하지 않고, 남성 중심적·로고스 중심적인 남성적 사유체계 전반에 도전하는, 근본적으로 새로운 철학적 방법론으로 받아들인다. 그 점에서 여성적 육체와 심리를 강조하는 이들의 분리주의적 태도는 단순히 생물학적 결정론에 근거한 것이라기보다는 여성성을 새로운 대안으로 적극 활용하려는 전략적이고 정치적인 것이라고 할 수 있다.

지금까지 살펴본 것처럼 여성성은 서로 다른 시대적·사회문화적 맥락 속에서 다양하게 해석되어왔다. 여성성은 기본적으로 월경과 임

---

1 엘렌 시수, 박혜영 옮김, 『메두사의 웃음/출구』, 동문선, 2004, 21~22쪽.

신, 출산을 할 수 있는 여성의 생물학적 특성과 더불어 아이를 기르는 모성적 경험 및 자신의 성별 정체성을 획득하는 과정에서 얻게 되는 심리적 자질 등에서 파생된 어떤 것이다. 그런 관점에서라면, 결국 여성성은 궁극적으로 남성과 다른 여성의 생물학적 차이로부터 만들어진 개념이라고 볼 수 있을 터이다. 그러나 앞에서 보았듯이, 생물학적 성차가 남성성과 여성성을 가르는 절대적인 기준이 될 수는 없다. 오히려 여성성은 생물학적 여성을 초월하면서 다양하게 해석될 수 있는 개념이다. 비록 여성성이 생물학적 여성을 통해 발현되는 경우가 많기는 하지만, 그렇다고 해서 여성성을 곧바로 여성의 속성으로 단정지어서는 안 된다(그럼에도 불구하고 아직까지 여성성에 관한 논의는 이러한 논조에서 크게 벗어나지 못하고 있다).

　문제는 여성성에 대한 정의는 대개 상대적인 개념(남성성)과 짝하고 있는 것이어서 가변적일 수밖에 없다는 것이다. 남성성이 어떻게 정의되느냐에 따라 여성성에 대한 정의 또한 달라질 수 있다. 남성성이 가치의 중심에 있었을 때 여성성은 열등한 것으로 폄하되었지만, 남성성의 가치가 의심받는 상황에서 여성성은 대안적이고 긍정적인 가치로 평가받기도 한다. 이처럼 여성성은 규범적이기보다는 기술적(記述的)이며, 그렇기 때문에 고정적이기보다는 유동적이고, 단선적이기보다는 다면적인 성격을 갖는 개념이다. 여성성이 우리에게 쉽게 파악되지 않는 모호한 것으로 남아 있는 이유도 여기에 있다. 그러나 분명한 의미의 고정점 없이 다양한 의미의 포물선을 그리면서 미끄러지는 모든 개념들이 그러하듯이, 여성성 또한 고정된 정체성을 거부하기 때문에 그만큼 더 많은 해석의 가능성을 가질 수 있는 것 같다. 크리스테바(Julia Kristeva)의 다음과 같은 진술은, 하나이지 않은 '여성성'이 왜 우리에게 여전히 유의미한지를 시사한다.

한 여성이 어머니와 갖는 힘겨운 관계, 그리고 남녀를 막론하고 자신 외의 모든 사람들과 구별되는 자기 나름의 차이점과 맺는 힘겨운 관계를 분석함으로써 우리는 다름 아닌 '여성성'이라는 수수께끼와 만나게 된다. 존재하는 여성들의 숫자만큼이나 많은 '여성성'들을 가진 그런 여성성 개념을 나는 좋아한다.

그렇다면 여성성이 무엇인지에 대한 개념 규정을 시도하기보다는 여성성이 놓인 자리를 더듬어보는 것이 '여성성'이라는 수수께끼와 만나는 지름길일지도 모른다. 특히 여성 문학이 붐을 이루었던 1990년대 한국문학에서 여성성은 다양한 논자들에 따라 다양한 의미로 받아들여졌다. 이는 앞서 이야기한 것처럼 여성성 개념 그 자체의 다양성에서 기인하는 것이기도 하지만, 다른 한편으로는 한국문학에서 여성성과 여성 문학이 자리하고 있는 지위의 유동성 혹은 불안정성에서 기인하는 것이기도 하다. 한국에서 여성성을 둘러싼 동상이몽들은 그 자체로 여성성을 핵심적인 미학적 원리로 삼았던 페미니즘에 대한 각자의 입장 및 평가와 관련된다. 따라서 서로 다른 여성성에 관한 논의들은 다른 한편으로는 한국문학 내에서의 페미니즘 수용 양상과 그 지형도를 살펴보는 일과 무관하지 않을 것이다.

오늘날 페미니즘은 여성성만큼이나 모호하고 모순적이다. 모두가 페미니즘을 표방하지만 각자가 꿈꾸는 페미니즘은 다 다르다. 페미니즘은 심지어 에로물의 상업적 선전구호로도 사용되고 있는 것이다. 페미니스트의 '진정한' 적은 안티-페미니스트가 아니라 유사-페미니스트라는 누군가의 말은 페미니즘이 처한 이러한 곤경을 잘 말해준다. 게다가 페미니즘 내부에서도 페미니즘 정치학은 페미니즘 시학과 다른 노선을 취하는 경우가 많다. 여성성 또한 마찬가지다. 한국문학에서 여성성이 기술되는 방식의 차이는 어느 정도 페미니즘에 대한 각자의 입장 차이를 대변한다. 따라서 다음 장에서 한국문학의 장 속에서 여성성에 관한 논의들이 어떻게 이루어졌는가를 살펴보는 일은, 페미니즘 그리고 여성성이 처한 곤경을 살펴보는 일과 무관하지 않을 것이다. 이는 달리 말하면, 여성성에 관한 논의는 결국 페미니즘 문학 전반에 대한 검토를 전제로 해야만 궁극적인 지점에 도달할 수 있음을 뜻한다. 어쩌면 지금 우리에게 필요한 일은 여성성의 정체를 밝히는 것보다는 곤경에 처한 여성성을 구해내는 것일지도 모른다.

2. 곤경에 처한 여성성: 1990년대 여성 문학의 경우

1990년대 한국문학에서 여성성에 관한 논의 방식을 도식화의 위험을 무릅쓰고 살펴보면, 대개 '여성성'을 남성성과의 대립적 관계 속에서 규정짓거나 그렇지 않으면 여성 고유의 성적 정체성 혹은 본질로 환원하는 경우가 대부분이다. 먼저 여성성을 남성성이라는 관계 속에서 접근하는 경우, 그 논의들은 대개 여성과 남성을 분리하는 이분법적 도식에 근거하게 된다. 그 결과 여성과 남성은 서로 양립 불가능한 존재로 분리될 뿐만 아니라 변경 불가능한 이분법적 쌍을 형성하게 된다. 이러한 남성/여성의 이분법적 도식화가 관철되는 방식은 다시 두 가지로 살펴볼 수 있다. 첫째는 남성적인 원리를 중심적인 가치로, 여성적인 원리를 주변적인 가치로 상정한 후 여성성을 결핍·상실·주변성과 동일시하면서 부정적인 것으로 폄하하는 방식이다. 둘째는 남성적인 원리를 물질적·세속적인 현실원리로, 여성적인 원리를 '인내와 사랑의 원리'로 대립시킨 후 여성적인 원리를 남성적 원리를 극복할 수 있는 긍정적인 대안 원리로 설정하는 방식이다. 특히 후자의 경우는 남성적·직선적 발전 서사의 근대적 폐해를 여성적이고 곡선적인 포용성으로 해결할 수 있다고 주장하는 논의의 한 지류라고 할 수 있겠다.

여성성을 부정적인 것으로 치부하든 아니면 긍정적인 대안적 원리로 격상시키든 간에, 이러한 도식적 이분법은 1990년대 여성 문학을 논하는 가장 대표적인 방법이다. 1980년대 문학에서 자주 발견되는 계급적 이분법 도식은 1990년대 문학에서는 남성/여성의 이분법적 성 구분의 도식으로 변형된 형태로 반복되는데, 여기에 공/사의 영역 구분이 중첩되면서 여성 문학은 공적/거대/외적/남성 담론이 붕괴된 이후의 사적/미시/내적/여성 담론을 담지하는 새로운 대안적인 문학으로 각광받게 된 것이다. 1990년대에 김현경, 공지영, 신경숙, 은희경을 비롯한 다수의 여성 작가들의 자전적 체험에 관한 글쓰기가 사적 영역에서의 자기정체성 찾기로 해석되면서 유행했던 것도 이런 맥락에서 이해할 수 있다. 이렇게 자전적 체험을 강조하다 보니 1990년대 여성 문학에서 여성의 딸·아내·어머니로서의 역할과 체험은 절대적으로 중요한 것으로 부각되었을 뿐만 아니라, 고백과 자기발견으로서의 자서전적 글쓰기 또한 전형적인 여성적 글쓰기로 평가되었다.

그러나 이러한 여성성 논의는 무엇보다 이분법적 도식이 갖는 한계를 그대로 반복한다는 데 문제가 있다. 모든 이분법적 틀이 그러하듯이, 남성/여성의 기계적이고 도식적인 대립은 그 도식의 틀 밖을 상상할 수 없게 한다는 점에서 근본적으로 제한적일 수밖에 없다. 아울러 이러한 분리주의적 접근은 기존의 남성/여성을 구분하는 생물학적 성 구분의 도식을 반복할 위험이 있다. 무엇보다도 '여성/남성'의 위계적인 성별 이분법을 고수하는 방식은, 비록 여성성에 긍정적 가치를 부여한다고 하더라도 결과적으로는 여전히 남성적 주체를 보편화하는 근대적 사유틀에 견인된다는 점에서 한계가 있을 수밖에 없다. 더욱이 그런 관점은 장르적으로는 자서전과 자기고백의 문학을 여성적인 것으로 규정하고 거기에 과도한 의미를 부여함으로써 여성 문학의 범주를 협소하게 만들기도 했다. 분명 자서전적인 글쓰기가 여성성을 미학화함으로써 특정한 여성적 글쓰기의 일면을 드러내 보여준 것은 사실이다. 그러나 특정 장르나 서술 전략을 젠더화하는 이러한 방식[2]은 여성적 글쓰기에 대한 세간의 오해를 불러일으켰을 뿐만 아니라 여성 문학을 '그들만의 문학'으로 게토화하기도 했다. 즉 여성 문학은 제한된 성격의 여성성을 강조함으로써 아이로니컬하게도 고립과 소외의 길을 자처하게 된 것이다.

다른 한편으로는, 여성성을 여성의 본질로 간주하는 논의가 있다. 이러한 본질론적 접근 방식에서는 무엇보다 여성의 성적·육체적 경험을 강조한다. 그에 따르면, 성과 육체는 남성 중심적인 사회에서

---

2 흥미롭게도 이러한 현상은 전혀 다른, 상반되는 맥락이기는 하지만 1930년대 남성 평론가들이 여성 작가들의 작품을 평가하는 방식을 연상시킨다. 김문집은 미성숙한 소녀인 여성 작가에게는 성숙한 남성의 장르인 소설이 어울리지 않는다고 지적하면서, 여성 작가는 "있는 대로의 자기를 표박(漂泊)할 때에 한해서 볼 만한 글을 내놓"을 수 있다고 주장한다. 김문집, 「문학의 인상」, 『중앙』, 1936년 9월.

자기욕망의 표현을 거부당했던 여성에게 자신의 내밀한 욕망과 쾌락을 재현할 수 있는 중요한 매개다. 따라서 여성의 성적 욕망과 육체적 체험에 관한 솔직한 표현은 여성에게 부과된 고정된 성역할을 뒤집으면서 기존의 성 관념에 대해 다시 생각하게 만드는 계기로 받아들여졌다. '불륜'으로 불리는 성적 일탈이, 많은 여성 작가들에게 위계적이고 차별적인 성적 질서를 일시적으로 전복시킴으로써 여성 억압적인 현실을 폭로하고 여성 해방의 길을 제시하는 하나의 방법으로 적극적으로 채택된 것은 이런 맥락에 있다. 차현숙의 『블루 버터플라이』(고려원, 1996)와 전경린의 『내 생에 꼭 하루뿐일 특별한 날』(문학동네, 1999)과 『물의 정거장』(문학동네, 2003), 서하진의 『라벤더 향기』(문학동네, 2000) 등에서 '불륜'은 여성 억압적인 현실에 대한 인식은 물론, 여성적 정체성의 발견까지도 가능하게 하는 새로운 여성적 인식의 통로로 제시된다.

분명 이러한 위반적인 여성 섹슈얼리티는 여성을 억압하고 통제하는 기존의 사회체제를 비판하는 과격한 방법이 될 수 있다. 그러나 문제는 사회가 여성에게 요구하는 성적 규범이란 그렇게 단순하지 않다는 것이다. 카바레에서 춤추던 주부들을 '댄스광'으로 비난하던 1950년대 한국에서, 그와 동시에 여성의 육체를 노골적으로 감상하고 평가하는 미스코리아 선발대회가 열렸다는 사실은 성적 표현의 자유조차 여성 통제의 한 수단이 될 수 있음을 암시한다. 게다가 육체와 성에 대한 지나친 강조는 여성성에 대한 이해를 생물학적인 것으로 한정지을 우려가 있을 뿐만 아니라, 여성이라는 성적 정체성이 자동적으로 그들 자신의 언술의 진실성을 담보해준다는 식의 본질주의적 오류에 빠질 수 있다. 여성은 육체를 가진 성적 존재면서 동시에 다른 많은 무엇이기도 하다. 여성의 정체성을 규정하는 것은 계급, 국적, 인종, 출신지 등의 다른 여러 장치들이기도 하기 때문이다.

한편으로 여성의 성과 육체의 발견은 한국문학의 미시정치적 전략, 즉 리비도적 충동을 저항으로 자리매김하려는 시도에 중요한 계기를 마련했다고 볼 수 있다. 그러나 모든 미시정치적 전략이 그러하듯이, 충동의 전복성 또한 모든 곳에 위치하지만 아무 곳에도 없을 수 있다. 여성의 성과 육체를 저항의 장소로서 활성화한 것은 분명 의미 있는 시도다. 그러나 성과 육체를 지나치게 '여성적' 영역으로 할당하려는 노력은 실제로는 여성의 주변화와 탈권력의 주요 원인으로 작용하기도 했다.

문학에서 여성성의 문제는 모성의 문제와도 밀접하게 관련되어 있다. 우리 사회에서 모성은 전통적으로 희생적인 어머니, 그리운 고향, 과거에 대한 향수와 같은 기호를 통해 재현되어왔다. 그 때문에 모성은 대개 여성의 근원이나 본질로, 혹은 여성 성장의 최종 목적지로 인식되었다. 이처럼 모성은 페미니스트들의 최후의 격전지라고 할 만큼, 여성을 둘러싼 신화 · 통념 · 편견의 집결지라고 할 수 있다. 1990년대 여성 작가들의 소설의 중요한 특징은 이런 전통적인 모성신화를 침식하고 있다는 점이다. 1990년대 여성 작가들의 가족소설에서 어머니와 딸의 갈등구조가 많이 나타나는 이유 또한 이와 무관하지 않다. 이제 모성은 시대를 초월한 신화가 아니라 담론과 이데올로기의 변화와 무관하지 않은 사회적 구성물로 받아들여지게 된 것이다. 그러나 여전히 대다수 (남성)평론가들은 모성을 여성성의 궁극적 발현 양태로, 여성적 정체성의 최후 종착지로 보고 있다. 이러한 모성 담론은 대개 표면적으로는 여성 문학에 대한 옹호와 찬사를 동반하지만, 여성을 탈성화(脫性化)된 모성의 이미지 속에 가둔다는 점에서 기존의 모성 담론에서 한 치도 벗어나지 못하고 있다. 이는 신경숙의 일련의 소설들, 특히 『풍금이 있던 자리』(문학과지성사, 1993)와 『외딴방』(문학동네, 1995)에 대한 평가에서 두드러진다. 다음과 같은 구절은 신경숙 문학이 체현하는 여성성 혹은 모성성에 대한 평가의 관점을 전형적으로 보여준다.

> 신경숙은 견디기 어려운 슬픔이나 고통이 닥치면 묵묵히 책상 앞으로 돌아가, 어머니가 음식을 만들어 밥상을 차리듯 소설을 쓰는 듯하다. 부엌이 어머니들에게 '가슴속에 불어닥친 슬픔을 견디는 유일한 장소'이자 삶의 은밀한 기쁨과 금지가 간직된 성소였듯이 신경숙에게 있어 소설 쓰기란 바로 그 부엌과도 같아 보인다. (……) 그의 소설을 지배하는 의식은 다분히 모성적이다. 그의 소설에 대한 근년의 호응은 돌아가 어머니의 무릎을 베고 누워 위로와 안식을 다시 얻고 싶어하는 우리 시대의 내밀한 욕구에 일면 대응한다. (……) 위험을 무릅쓰고 일반화해보자면, 신경숙을 위시한 여성 작가들의 부상은 한편, 우리 시대가 모성적 자질들을 통한 신생을 희구하고 있는 까닭이라고 나는 해석한다.[3]

리타 펠스키(Rita Felski)에 따르면, 근대성 담론 내에서 근대화 프로젝트의 주체인 남성은 근대성의 모순에 의해 찢긴 존재로 전락하게 되는데, 이때 모성은 "구원적인 총체성의 궁극적 상징"으로 비유된다.

---

3 김사인, 「『외딴방』에 대한 몇 개의 메모」, 『문학동네』 1996년 봄호, 110~111쪽.

이 오래된 성별화한 수사, 즉 근대/탈근대를 남성/여성으로 대체하는 이러한 낡은 수사학은 신경숙 소설에서 위안을 얻었던 이들에게 반복된다. 어머니들의 성소가 부엌인 것처럼 신경숙의 성소는 '부엌과도 같'은 소설인 것이다. 이러한 부엌 소설은 "돌아가 어머니의 무릎을 베고 누워 위로와 안식을" 얻고자 하는 남성들의 '내밀한 욕구'를 충족시켜주는 동시에, 우리에게 익숙한 통념화된 모성 이미지에 안주함으로써 남성에게 '위안을 주는 천사'와도 같은 역할을 하게 된다. 「풍금이 있던 자리」에 대한 평가 또한 이에서 그리 멀지 않다. 백낙청은 유부남을 사랑하는 여성이 유부남과의 사랑의 도피행을 포기하게 되는 일련의 갈등 상황을 "도덕적인 각성을 수반한 갈등"이라고 지적하는데, 이때 이러한 도덕적 각성을 불러일으킨 존재를 "고향의 어머니들"로 꼽는다.[4] 이에 따르면, 여성의 불륜(不倫), 즉 문자 그대로 윤리에 어긋난 '짓'은 모성적 본성에 의해 제지될 수 있는 것이다.

그런데 여성성의 본질을 모성에서 찾으려는 이러한 비평적 시도는 성과 육체를 통해 여성성의 미학을 구축하려는 시도와 그리 멀지 않다. 모성과 여성 섹슈얼리티는 그 자체로는 언뜻 서로 이질적인 것으로 보일 수도 있다. 그러나 이 두 가지 여성적 정체성은 성모와 창녀, 혹은 구원의 여신상과 팜므파탈 등과 같이 이미 다양하게 변주되면서 반복되어온, 여성에 대한 기존의 통념적 이분법에서 한 치도 벗어나지 않는다. 1990년대 문학의 새로움으로 제기되었던 여성 문학의 모성성과 섹슈얼리티의 문제는 사실 그렇게 새로운 것은 아니었다. 그렇게 본다면, 1990년대 한국문학에서 여성성은 여전히 남성/여성의

4　백낙청, 「지구시대의 민족문학」, 『창작과비평』 1993년 가을호, 109쪽 참고.

생물학적 도식의 한계 속에 갇히거나 여성에 대한 고정관념을 반복하는 수사학으로만 동원되었을 뿐, 새로운 미학적 긴장이나 여성적 담론의 동력학으로 작용하지 못했다고도 할 수 있을 것이다. 그래서일까. 새로운 밀레니엄 시대에 여성 문학은 더 이상 주목받지 못하는 것 같다. 이제 신진 여성 작가들은 아무도 여성주의 문학을 표방하지 않으며, 평론가들도 더 이상 여성 문학에 대해 다루지 않는다.

그렇다면 여성성은 정말 폐업 정리된 진부한 시학이 되어버린 걸까? 그런데 언제 여성성이 미학적 차원에서 다루어진 적이나 있었나? 돌이켜보면, 지금까지 '여성적 글쓰기'의 텍스트와 여성 문학에 대한 논의는 대개의 경우 내용 층위에서만 존재했다. 그것은 여성 문학을 단순하게 이미 주어진 페미니즘 이데올로기나 여성적 경험—그것이 여성 차별적인 억압적 경험이건 아니면 여성 고유의 본질적 경험이건 간에—의 재현으로 한정하는 것이었다. 거기에서 고려되지 못한 것은 물론 문학 언어와 의미의 특수성이다.

단순히 여성적 자질을 표출한다거나 여성이 처한 사회정치적 현실을 있는 그대로 작품에 담아내려는 노력이 여성성의 시학이 될 수는 없다. 물론 여성성의 재현이나 작가의 젠더 문제는 그 자체로 시대착오적이거나 고지식한 것은 아니다. 다만 여성성의 문제를 이러한 정체성이나 재현의 문제에만 한정할 경우, 좀더 깊이 있는 미학적 접근을 차단할 우려가 있다. 반대로 페미니즘 미학을 일방적으로 실험적인 문학 형식과 연관시키려는 시도나 주변부적 형식을 여성적인 것과 동일시하려는 시도 또한 경계해야 할 것이다. '여성적 글쓰기', '몸으로 글쓰기'와 같은 여성성의 시학 또한 여성 문학에 활력을 가져다주기보다는 공허한 동어 반복에만 머물렀던 것 또한 사실이기 때문이다. 더욱이 그러한 논의의 근저에 있는 것이 우리 문학에서 끈질기게 반복되어온 해묵은 이분법의 반복이라는 점에서, 그것은 문학에 대한 선입견과 통념의 재생산에서 크게 벗어난 것이 아니다. 여성성이 한국문학에 새로운 활력을 불러일으키지 못한 채 진부한 통속의 문법으로 전락하게 된 이유는 어쩌면 그런 해묵은 논리를 반복했기 때문인지도 모른다. 여성성이 처한 곤경은 문학의 진부함, 바로 그것이다.

3. '여성성'을 넘어서

그렇다면, 여성성 혹은 페미니즘 문학은 그러한 곤경에서 어떻게 벗어날 것인가? 진부함과 상투성에서 벗어나려는 시도는 말처럼 쉽지는 않다. 왜냐하면 여성성이 처한 곤경이란 문학이 처한 곤경과 다르지 않으므로, 여성성을 규명하기 위해서는 문학 자체에 대한 논의로 되돌아가야 하기 때문이다. 그렇다면 지금 다시 "문학이란 무엇인가"부터 시작해야 한단 말인가? 종착점인 줄 알았는데 다시 출발점에 선 형국이다. 여성성이란 어쩌면 그런 것일지도 모른다. 하나로 환원되지 않는, 끝을 알 수 없는, 늘 새로운, 그래서 모호한 문학의 본질 그 자체인 것이다. 이렇게 되면, 여성성은 다시 불안정성, 다양성, 부정성과 같은 모호한 개념과 동일시될 수밖에 없다. 마치 크리스테바가 여성을 "가부장적 상징계에서 주변화된 모든 것"으로 규정함으로써 모든 비규정적이고 이질적인 아방가르드 문학을 여성적 글쓰기와 동일시한 것처럼 말이다. 이때 여성성은 더 이상 여성성이 아닌 것이 된다. 그렇다고 이를 여성성이 아니라고 할 수는 없다. 왜냐하면 여성성은 여성성으로 주어진 것들에 대한 거부를 통해서만 부정적으로 존재할 수 있기 때문이다. 앞에서도 우회적으로 지적한 것처럼, '여성성은 무엇이다' 와 같은 단선적이고 환원론적인 개념 규정은 사실상 불가능할 뿐만 아니라 불필요하다.

진정한 여성은 '자신의 여성성(물론 이는 관습적으로 규정된 것이다)을 망각해버린' 여성이라는 이리가레의 진술은, 비록 여성성이 무엇인가에 대한 확실한 해답은 아니지만 어떤 측면에서 여성성에 관한 새로운 이해의 지평을 열어 보여준다. 그것은 남성적 가치체계라는 상징적 규정성을 의식하지 않는 것이며, 그런 한에서 긍정적으로든 부정적으로든 이러저러하게 규정된 규범적 형식에 얽매이지 않는 것이다. 그런 측면에서 여성성은 형식의 결여 자체를 의미한다. 형식을 거부한다는 것은 단순히 문학적 형식 그 자체에 대한 부정이라기보다는 특정 형식에 부여된 특권에 대한 거부다.

그처럼 여성성이란 특정한 형식적 규정성을 거부하는 것이라는 점에서, '여성성이란 무엇인가' 라는 질문은 애초에 불가능한 질문이다. 크리스테바에 따르면 여성성이란 여성의 본질이 아니다. 그것은 기호계(the semiotics)와 같은 무언가로서, 상징계 내에서 언어화되지 않으면서도 상징적인 것을 떠받치는 것, 이를테면 라캉의 실재(the Real)에 가까운 개념이다. 즉 그것은 부재를 증명하는 부재이자, 전복된 텅 빈 중심이다. 여성성이 문학 자체와 맞닿아 있는 지점은 바로 여기다. 문학이 끊임없는 자기부정을 통해서만 가능하다고 한다면, 여성성 또한 그러한 부정성을 자기 존재의 근거로 삼는다고 할 수 있을 것이다. 그런 점에서, 여성성은 더 이상 여성성이 아니다.

자기보다 낯선

─권여선 소설의 자아탐구에 대하여

1. 형식과 포즈의 시대

우리는 때로 누구의 방해도 받지 않고 어떤 불안에도 시달리지 않기를, 우리의 미래가 예측 가능한 자연의 리듬처럼 자연스럽게 전개되기를, 그리하여 어떤 위협과 고통도 받지 않으면서 자신의 온전함을 유지하기를 바란다. 대도시의 거친 경쟁과 숨 가쁜 변화는 우리를 피곤하고 불안정하게 한다. 그래서 우리는 피곤에 지친 하루를 보내고 나면 평화와 고독의 시간을 갈구하게 된다. 그때만큼은 그 어느 것도 우리를 자극하거나 동요케 하지 않으므로, 낯선 존재들과 충돌하고 갈등하면서 훼손된 '나' 자신을 회복할 수 있기 때문이다. '나'의 회복이란 번잡스런 낮의 소요 속에서 불확실하고 유동적인, 거의 찢길 것만 같은 마음을 다독이고 추슬러서 삶의 의미를 충만하게 하는 자아와의 완전한 일치를 경험하는 것이다. 그리고 그 순간 개인은 자기 안에 숨겨져 있는 내적 진실에 도달할 수도 있을 것이다. 이런 내면적 경험을 통해 사회로부터 소외된 개인은 순간적일망정 스스로 자기충족적이고 완결된 존재라는, 자아의 허구적 서사를 구성할 수 있게 된다.

내면이란 그렇게 자아에 관한 모든 서사의 시작과 끝을 규정하는 순환적이고 자율적인 세계다. 그러나 닫힌 성소(聖所)로서의 내면이란, 역설적이게도 내적 진실을 가능케 했던 바로 그 폐쇄성과 분리성으로 인해 자아와 그 바깥 세계와의 공존 가능성을 거부하거나, '나'와는 다른 타자를 자기와 동일화하는 나르시시즘의 유혹에서 결코 자유로울 수 없다. 게다가 1990년대 이후 새로운 미학적 가치의 대상으로 승격된 개인성 혹은 개인주의는 소비자본주의가 심화되는 과정에서 손쉽게 상업화 전략의 대상으로 소모되고 있기도 하다. 그렇게 오늘날 내면성의 가치는 점점 탈마법화의 길을 걷고 있는 듯하다. 그 과정에서 독특한 취향과 개성적인 스타일은 더 이상 독특하지도 개성적이지도 않은 표준적인 삶의 기준으로 자리 잡게 되었다. 이제 내향적 인간의 '진정성'(authenticity)이란 자기의 무력함을 달래주는 보편적 위안의 도구가 되어버렸다.

'나'가 '나'를 추구하면 할수록 거꾸로 '나'를 박탈하는, 자신의 존재를 증명하면 할수록 자신의 부재를 확인하는 이상한 전도. 그 때문에 자아박탈에 대한 두려움이 크면 클수록 우리는 산만하고 충동적이며 비연속적인 외부세계의 혼돈에서 자기 자신을 지켜야 한다는 강박에 사로잡힌다. 특히 삶의 기반이 약한 존재일수록 자기를 박탈당할 가능성이 크기 때문에 더욱 자기방어적일 수밖에 없으며, 그럴수록 자아상실의 공포는 더욱 커질 수밖에 없다. 그런 상황에서 '나'는 아이로니컬하게도 자기 자신을 입증하기 위해 거꾸로 자기 바깥의 객관적 기준에 의존하게 되는데, 그럴수록 '나'의 존재 증명은 불가능해진다. 그러니 역설적이게도 자아의 현존이란 자기부재를 통해서만 확인할 수밖에 없는 것이 되고 만다. 그런 배경 속에서, 오늘날 개인의 자아의 식이란 우리의 삶을 충만하게 해주는 무언가로서의 의미를 상실한 채, 한낱 내적 공허감을 은폐하기 위한 자기방어적 형식과 포즈로만 남게 되었다. 개인성과 내적 가치가 더 이상 진정성을 담보하지 못하는, 이 기적 속물들의 위장술로 전락하고 만 데는 이런 저간의 사정이 있다. 그리고 그 위장술은 스스로 구축한 견고한 삶의 형식과 포즈를 어떻게 든 유지하려는 강박으로 나타난다. 바야흐로 형식과 포즈의 시대다.

'탈내면의 상상력'으로 특징지을 수 있는 2000년대 새로운 서사 문법의 등장 또한 이런 맥락에서 이해할 수 있을 것이다. 탈내면의 서 사는 예컨대 외부세계에 일방적으로 압도된 개인의 우울한 병리적 기 록이나 이 세계의 중력이 미치지 않는 무중력의 우주공간에 대한 상상 적 지도 그리기, 혹은 이성적인 사고 너머에 있는 탈휴먼적 유령과 시 체의 등장, 아니면 파편화된 자아의식 등으로 나타난다. 그것은 한편 으로는 이전 세대가 구축한 견고한 자아의 성(城)이 IMF 구제금융 이 후에 더욱 강화되고 속화된 생존의 논리에 의해 속물의 자기 알리바이 로 전락해버린 현실의 사태 전반에 관한 문학적 비판의 산물이라고 할 수 있다. 그러나 개인을 압박하는 사회적 현실과는 무관한 지점에서 자기유희에 몰두하는 이즈음의 소설 속 주인공들의 태도는 다른 한편 으로는 이전의 내면적 존재들과 마찬가지로 현실세계와의 정면충돌 로부터 자아를 보호하려는 자기방어적, 현실도피적 제스처로 해석될 수도 있다. 실패하기 전에 먼저 실패하기를 선택하고, 낙오되기 전에 먼저 낙오되기를 선택함으로써 진정한 실패와 낙오를 유예하는 '서바이벌 게임의 자발적 낙오자들'[1]의 탈내면적 상상력이란, 어쩌면 또 다른 차원에서의 자기방어를 위한 전략적 제스처일지도 모른다.

권여선의 최근작 『분홍 리본의 시절』에 실린 단편들은, 탈내면의 제스처를 통해 역설적이게도 거꾸로 속물적 자아의식으로 회귀하는 이즈음의 소설들과는 전혀 다른 지점에서 자아탐구의 새로운 지점을 열어가고 있다는 점에서 흥미롭다. 특히 앞에서 이야기한 형식과 포즈의 삶에 관해서라면, 권여선의 소설만큼 집요한 분석과 비판을 보여주고 있는 소설은 찾아보기 어렵다. 그녀의 소설은 그것을 통해 2000년대의 속물화된 삶의 한가운데서 자아를 응시하고, 해부하며, 해체한다. 그럼으로써 우리가 권여선의 소설에서 보게 되는 것은 1990년대 내면성의 소설과는 전혀 다른 방향, 전혀 다른 의미에서의 자아탐구다. 그 자아탐구는 지금 이 시점에서, 그리고 2000년대 한국문학의 현장에서 어떤 의미를 갖는가? 이 글은 이러한 문제의식에서 시작한다.

2. 자학과 자폭

권여선 소설의 등장인물들은 대개 놀라운 집중력과 탐구력을 통해 자기 자신을 해부한다. 물론 그러한 자기탐구에는 그들 자신이 사회와 맺는 일정한 관계에 대한 고려가 포함될 수 있겠으나, 그들은 대부분 자기 자신의 심리적 동요와 파장의 저변을 파헤치고 분석하는 데 더욱

---

1 김홍종, 「스노비즘과 윤리」, 『사회비평』 2008년 봄호, 63쪽.

골몰하는 경향이 강하다. 그런 맥락에서 보자면, 권여선 소설을 일종의 심리소설 내지는 내향소설로 분류할 수도 있겠지만, 딱히 그렇다고 분명하게 말하기도 쉽지 않다. 왜냐하면 그들 소설 속 주인공들의 자아탐구는 자기 자신에 제한되기보다는 오히려 자기 바깥의 소요나 혼란과 연관되어 이루어지는 경우가 많기 때문이다. 아니, 정확히 말하면 권여선 소설에서 인물의 심리적 풍경은 정확히 그를 둘러싼 일련의 관계가 빚어내는 정황과 일치하는 경우가 대부분이다.

　게다가 모순적인 성격과 심리를 한 몸에 체현하고 있는 인물들은 그와 같은 상태에 놓인 다른 인물들과 이리저리 복잡하게 뒤얽히는데, 그럼으로써 사태는 말 그대로 가관이 된다. 서로가 서로를 낳는, 서로 긴밀히 얽혀 있는 이 주체들의 인물열전이야말로 권여선 소설의 압권이라 아니할 수 없을 것이다. 소설의 등장인물들이 처한, 폭로하면서 폭로당하는, 혹은 은폐하면서 폭로하는 이 이중적 상황은 한 인물을 단선적으로 파악하는 것을 더욱 어렵게 한다. 그들은 고소인이면서 피고인이고 피해자이면서 가해자다. 가학적이면서 자학적이고 유쾌하면서 불쾌하다. 알면서 모르는 체하고 모르면서 아는 체한다. 익숙하면서 낯설고 살아 있으면서 죽은 자이다. 이처럼 극단적으로 상반된 성격들은 마치 어느 한쪽으로도 기울지 않겠다는 듯 서로 팽팽하게 맞서면서 소설 속 캐릭터를 구성한다. 그러니 그들은 알겠으면서 모르겠는 자다. 그만큼 인물의 심리도 복잡 미묘해서, "우리는 통상의 인물들과는 다소 다른 특이한 인물들과, 그들의 종잡을 수 없이 기묘한 심리적 풍경들을 어렵지 않게 맞닥뜨린다."[2]

2　김영찬, 「괴물의 윤리」, 『분홍 리본의 시절』 해설, 창비, 2007, 234쪽.

그러한 기묘한 심리적 풍경들 중에서 가장 두드러지게 전경화되고 있는 것은 단연 자학과 자폭의 심리다. 이때 무엇보다 '권여선' 표 자학과 자폭이 어떤 모습으로 나타나는지에 대해 살펴보는 것이 글의 순서일 것이나, 그전에 먼저 그 자학과 자폭을 유발하는 계기로서 주인공들이 맞닥뜨리는 속물들의 모습부터 살펴볼 일이다.

권여선 소설에는 자아의 공허함과 내용 없음을 은폐하기 위해 다양한 형식적 포즈를 습득한 존재들이 등장한다. 그들은 부부, 연인, 친구 등과 같이 내적 친밀감과 정서적 공감이 중시되는 관계에서조차 "긴 시간을 드릴 수는 없지만 짧은 짬이나마 당신의 요구를 최대한 수용하겠다는 듯한 다감하고 우아한 기울임의 자세"(「위험한 산책」)를, 그 차갑고도 아름다운 거리를 유지한다. 모든 관계의 "내용은 사라졌으되 형식은 의연"(「위험한 산책」)하다. 특히 「가을이 오면」에서 남편의 유산을 탕진한 뒤 딸 로라에게 끈질기게 달라붙어 그녀의 돈과 인생을 흡입하면서도 끝까지 무욕을 가장한 채 '여성적 우아'를 잃지 않으려는 어머니는 형식의 폐허로 남은, 텅 빈 자아로서의 속물을 대표하는 캐릭터다.

여성적 우아는 세상에 대한 진정한 초연함에서 오는 법. 남성들이 짐짓 취하는 초연한 자세는 언제나 가장된 것이란다. 남자들은 어떤 식으로든 세상과 연루될 수밖에 없는 존재들이니까. 그러나 여자들은, 특히 우리네 우아한 여자들은 남자들에게 세상을 빼앗긴 대신 세상으로부터 초연함을 얻었단다. 타인의 고통에 대해 진정으로 초연할 수 있는 우아함이야말로 여성의 표징이니,[3]

위의 인용문에 따르면, 여성적 우아를 상징하는 '초연함'의 자질은 '세상을 빼앗긴' 존재가 그러한 박탈의 상황을 은폐하기 위해 획득한 연극적 포즈에 다름 아니다. 즉 여성적 우아란 자기 바깥의 존재들과의 관련성을 부정하고 폄하해야만 간신히 유지될 수 있는 형식적 가장인 셈이다. 로라가 지갑 분실을 계기로 만난 태석 또한 어머니와 같은 종족이다. 이들 '우아한 종족'은 의연한 형식적 틀 속에 스스로를 가둔 채 '타인의 고통(쯤)은 진정으로 초연할 수 있는 우아함'을 연마하기 위해 지속적으로 노력한다. 그리고 그렇게 해서 습득한 무관심과 무표정, 냉정함과 초연함 등의 자질은 자아를 자족적 원환(圓環) 속에서 그 자체로 완결된, 하나의 형식으로 만들어버리고 만다. 그러나 세상과 무관한 듯한, "마치 모르는 외국어를 듣는 듯, 외부의 소음을 딱 차단한 귀의 표정"(32쪽)을 하고 있는 이들 종족의 초연한 태도를 견디지 못하는 자가 있었으니, 로라는 기어이 이 우아한 종족의 냉기 도는 무표정 위에 화염방사기를 쏘아대고야 만다. 그래서 평온하고 안락한 천국을, 그 가식과 위선의 차가운 세계를 지옥의 불바다로 만들어버리고야 만다. 물론 그런 자학적 행동을 통해 얻은 것이라곤 "목에 끓는 황금액이 부어져도 단정한 입매를 조금도 흩뜨리지 않을 듯한"(39쪽) 남자의 속눈썹과 눈가에 가벼운 경련을 일으키게 한 것뿐이다. 그러나 이만한 '미동'에도 그녀는 "미칠 듯한 쾌감"을 느낀다.

이 자학의 쾌감은 「분홍 리본의 시절」에서 '나'가 "복슬강아지에게 밥을 줄 때도 말을 놓지 않을 것 같은"(47쪽) 선배의 아내에게 '나'

---

3 권여선, 『분홍 리본의 시절』, 창비, 2007, 15쪽. 앞으로 소설을 인용할 때는 이 책의 쪽수만을 표시한다.

와 선배, 선배와 수림 사이에 형성된 부적절한 삼각관계를 은밀하게 폭로함으로써 그들이 취하는 다정한 중산층 부부의 포즈를, 그 가식과 위선을 까발리는 "모종의 극단적인 파국"(76쪽)을 갈망하는 심리와 관련된다. 뿐만 아니라 「위험한 산책」에서 '그녀'의 자기파괴를 불러오는 것도 마찬가지로 형식과 포즈로서의 삶에 대한 거부의식이다. 현실에서 사랑은 관습적 관계와, 그 관계를 가두는 저마다의 '위선적인 기울임의 자세'와, 뺨을 쓰다듬는 것과 같은 하나의 포즈에 불과한 것이 되었다. 이제 '그녀'에게 특별한 사랑의 대상은 없다. 그럴진대 꿈속에서 본 "남자의 텅 빈 얼굴"(230쪽)에 '그녀'가 전날 '그'와 먹은 "살이 너덜너덜 붙은 시뻘건 대구 뽈"(231쪽)이 씌워진들 무슨 상관이 있겠는가. 그러니 그녀는 이제 '사랑하라'고 명령하는 "형태만 남은 거대한 생선 주둥이"(231쪽)와도 사랑을 해야 할지도 모른다. 그것은 이미 형식과 포즈만 남은 사랑의 끔찍한 실체를 적나라하게 보여주는 것이다. 그런 식으로 불륜의 상대인 '그' 조차 지리멸렬하게 반복되는 관습적 일상의 궤도를 도는 행성에 불과한 존재가 된 상황에서, 소설의 마지막에 강간을 당하는 그녀의 상황은 사실은 그 형식적이고 가식적인 삶을 파괴하고픈 자기파괴적 충동을 낯선 남자의 몸을 빌려 실현하는 것이라 할 수도 있을 것이다.

권여선 소설의 인물들이 보여주는 자해와 자폭은 그처럼 형식과 포즈의 삶에 대한 극단적인 거부의 표현이다. 그리고 그 극단적인 거부가 자기 자신을 파괴하거나 해체하는 방식으로 이루어지고 있다는 것이 권여선 소설의 특징이다. 이는 어떤 측면에서 형식과 포즈의 삶을 살고 있는 자기 자신에 대한 의식적, 무의식적 자기징치(自己懲治)라고도 할 수 있을 것이다. 따라서 권여선 소설의 주인공들은 형식과 포즈의 시대를 살아가는 이기적 속물들의 위선을 가차 없이 까발리고 부수는 데 자신의 온 정력을 쏟지만, 사실 겉으로 가해자처럼 보이는 비난의 주체들이야말로 그러한 비난의 가장 큰 피해자다. 결과적으로 그들이 까발리고 파괴하는 것은 자기 자신인 것이다. 위선적 자아의식으로부터 자신도 비껴가기 어렵다는 이 고통스러운 자학과 자폭의 통찰이야말로 권여선 소설에서 발견할 수 있는 새로운 형태의 자아탐구의 모습이라고 할 수 있다.

3. 분신의 현상학

권여선의 소설에서 자아탐구가 그런 방식으로 나타나고 있는 것은, '나' 와 '너' 는 결코 다르지 않으며 속물적이고 혐오스런 저들이야말로 '나' 안에 감추어진 '나' 의 모습이라는 인식이 있기 때문이다. '나' 와 '너' 는 그런 측면에서 서로의 일부를 나눠 갖는 존재들이다. 권여선 소설에서 유독 분신의 모티프가 자주 눈에 띄는 것 또한 이러한 낯선 자아의식과 무관하지 않다. 프로이트에 따르면, 분신 관계는 "한 인물의 정신적 움직임이 다른 인물에게로 즉각적으로 전이되는 과정을 통해 강조되어서, 한 인물은 다른 인물의 지식과 감정과 모든 경험들에 관여하게"[4] 되는 상황에서 비롯된다. 계속해서 프로이트는 그런 과정을 거쳐 인물의 내면에 자리 잡은 새로운 자아의 "이 심급은 옛날의 자아와 대립할 뿐만 아니라 자아를 관찰하고 비판하기도

---

4 프로이트, 「두려운 낯설음」, 『예술, 문학, 정신분석』, 열린책들, 2005, 424쪽.

한다"[5]고 주장한다. 이 새로운 자아가 이전의 낡은 자아에서 떨어져 나와 낯선 인물로 구현되든 아니면 한 존재 내에서 공존하든 간에, 권여선 소설에 등장하는 거의 모든 인물들은 서로가 서로에게 분신이다. 한 남자를 사이에 둔 세 여자 사이의 모종의 심리전을 경쾌하게 그리고 있는 「분홍 리본의 시절」은 이러한 분신의 모티프가 개입하면서 통상의 불륜서사의 외형과는 전혀 다른 낯선 불륜의 문법을 보여주고 있다.

> 혀가 한 쌍이라면 우리는 더 부질없을지도 모르지만 혹 덜 부질없을지도 모르지 않을까. 왜 그런지 모르겠지만 혀가 둘이었다면 내 삶은 지금과 아주 많이 달랐을 것만 같은 생각이 든다. 선배의 아내와 수림, 그녀들은 어쩌면 오래전에 퇴화하여 내 혀뿌리에 흔적으로만 남아 있는 한 쌍의 혀였는지도 모른다.(61~62쪽)

여기에서 '한 쌍의 혀'에 비유되고 있는 '선배의 아내'와 '수림'은 '나'에게는 각각 기망(欺罔)과 혐오의 대상이 되고 있는데, 소설에서 그러한 기망과 혐오의 표면적인 이유는 이러저러하게 제시된다. 예컨대 '선배의 아내'는 지나치게 깍듯해서 위선적으로 보인다거나, '수림'은 "애를 두자릿수로 떼기까지의 찬란한 연애 이력"(71쪽)을 자랑한다거나 하는 것 등이다. 그러나 사실 그러한 기망과 혐오의 대상은 따지고 들면 다름 아닌 '나' 자신이다. 왜냐하면 '나'는 한편으로 '선배의 아내'를 언니라고 부르면서도 "호시탐탐 선배에게 가랑이짓을"

5 프로이트, 앞의 책, 426쪽.

(76쪽) 하면서, 다른 한편으로는 선배의 또 다른 내연녀인 "쎅스광 수림을 한없이 혐오하면서도 온 정력을 다해 질투"(77쪽)했기 때문이다. 서사의 표층에 명확하게 드러나지는 않지만, 사실 '나'는 '선배의 아내'와 '수림'을 조롱하고 비난하면서도 그들의 삶에 은밀히 끼어들어, 정확히 자신이 비난하는 바로 그러한 삶의 형태를 반복했던 것이다. '선배의 아내'와 '수림' 또한 그러했으리라. 따라서 "혀뿌리가 고치처럼 툭 터지면서 팔랑거리는 두 개의 날개"로 돋아나 서로 얽혀들면서 만들어낸 '분홍 리본'은 서로가 서로를 비추고 모방하며 개입하면서 적대적 분신 관계를 형성하는 이들의 "해괴한 정체성의 상징"(68쪽)이라고 할 수 있다.

그뿐만이 아니다. 제목조차 낯선 「반죽의 형상」은 권여선적 자아의 특이한 조립 현상을, 자아의 분할과 구분이 벌어지는 과정을 통해 좀더 명확하게 보여주고 있다. 이 소설은 대학 사 년, 회사생활 사 년을 함께한 '나'와 N 사이의 관계가 어떻게 "비극적인 뉘앙스조차 전혀 깨닫지 못하는 사이"(157쪽)에 서먹해졌는지, 그래서 더 이상 상대를 이해하거나 배려하지 못함에도 불구하고 왜 계속해서 친분의 형식을 유지하는지, 그 이유를 회고적 방식으로 서술하고 있다. 소설에서 두 사람의 불화의 원인은 분명하게 제시되지 않고 있다. 다만 분명한 것은 따로 약속하지 않아도 매일 만나던 '나'와 N이 어쩌다 열흘 정도 만나지 않게 된 다음, '나'는 살찌고 N은 마르게 되었다는 것이다.

한 덩어리의 반죽으로 두 형상을 빚을 때 하나의 형상을 작게 만들면 다른 형상이 커지듯 N의 거식증이 심해질수록 내 대식증도 심해졌다. 어느 날 N이 눈을 휘둥그렇게 뜨고 뾰족하게 기른 핏빛 손톱으로 내

옆구리를 쿡 찌르며 말했다.

"심했다!"

그때 손수건을 던졌어야 했다. 뒷자리의 남학생처럼 부주의하게 내 몸을 건드린 데 대해서가 아니라 세자리 숫자의 그 버스를 타고 강변으로 가 수제비처럼 나를 조금씩 떼어내 강으로 던진 열흘에 대해서, 너 아프잖아 너 아프잖아 마지막으로 나를 위해 목 놓아 울던 최후의 애도에 대해서.(169~170쪽)

'나'의 진술에 따르면, '나'가 N에게 모욕감을 느낀 시점은 N이 '나'의 뚱뚱해진 옆구리를 찌르며 '심했다'라는 말을 뱉어낸 순간이다. '나'는 그것을 "세 음절의 모욕"으로 명명한다. 그러나 단속적(斷續的)으로 떠오르는 '나'의 다음 기억에 따르면, 어쩌면 N과 '나' 사이의 불화의 금은 그전에 그어진 것일지도 모른다. "내가 술만 취하면 N에게 얼마나 어리석고 난폭하게 굴었는지가 떠올랐고 그러자 순간적으로 숨을 쉬기 힘들 정도로 괴로웠다."(168쪽) 소설의 표층에서 '나'를 통해 발화되지 않은 N의 이야기는 어쩌면 '나'의 이야기와는 정반대의 진실을 말할지도 모른다. 그것은 N이 '나'를 만나지 않는 열흘 동안 "내가 사는 아파트를 지나 한강을 건너 강변에 하루 종일 앉아 있다 돌아오곤 했다"(169쪽)는 N의 진술을 통해서도 짐작할 수 있다. 어쩌면 N은 '나'에게 먼저 모욕감을 느꼈기 때문에, '나'를 모욕했을지도 모른다. 그래서 또 어쩌면 열흘간의 이별 후에 '나'를 떠나보내기 위해 '목 놓아 울던 최후의 애도' 의식을 먼저 치렀는지도 모를 일이다.

N에 대한 '나'의 뒤늦은 결투 신청과 그로부터 촉발된 둘 간의 우

정에 대한 회고는 결국 '나' 조차 깨닫지 못했던 '나'의 죄를 뒤늦게 발견하게 만든다. 소설은 그렇게 자신을 박탈하고 불명예스럽게 만든 존재를 향한 결투 신청을, 거꾸로 상대를 모욕한 자기 죄에 대한 일종의 속죄 의식(儀式)으로 만들고 만다. "모든 것(은) 죄이면서 죄가 아니"(164쪽)게 된다는 '나'의 진술은 N이 '나'에게 저지른 죄가 일종의 복수일 수 있음을, 그 역 또한 성립될 수 있음을 암시한다. 죄와 죄 아닌 것의 구분은 이제 절대적이지 않다. 그리하여 죄와 벌, 가해와 피해, 실패와 성공, 경멸과 무심, 대식과 거식 등과 같은 이분법적 대쌍은 '나'와 N 사이에서 끊임없이 교환되고 공유되면서 '한 덩어리의 반죽이 빚어낸 두 형상'처럼 그 경계가 모호한, 한 몸 안에 공존하는 어떤 것이 된다. 그것은 소설에서 전경화되고 있는 '나'와 N의 대식증과 거식증이 동일한 질환의 서로 다른 표현으로, 한 사람에게서 반복적으로 순환하는 식이장애로 표현되고 있다는 사실에 의해서도 확인할 수 있다.

그런 맥락에서 볼 때 소설의 내용과는 무관한 것처럼 보이지만 '나'의 과거 회상에서 지루할 정도로 장황하게 다뤄지고 있는 버스 노선의 '갈고리 모양'은, 'N강박'의 실체를 알려주는 중요한 단서이다. '나'가 집에서 학교까지 타고 다니던 버스의 노선은, 종점에서도 두어 정류장 더 지난 곳에 있던 학교의 애매한 위치 때문에, "갈고리 모양으로 휠 수밖에 없었다."(152쪽) 이 갈고리 모양은 마치 지상의 상궤를 이탈해 허공으로 빠져나간 모습으로, 정해진 순환노선을 벗어나 있으면서도 노선에 포함될 수밖에 없는, 존재와 부재 사이를 왕복하는 잉여물을 연상케 한다. 게다가 그 형태는 N이라는 이니셜을 연상시키기도 한다. 혹은 '세 음절의 모욕'이 내 옆구리를 찌르는 모양 같기도 하다. 그렇게 본다면, N은 '나'로부터 떨어져 나와 '나'를 관찰하고 비판하는, '나'의 정신에 새겨진 '칼자국'이라고 볼 수도 있을 것이다. 혹은 '나' 안에 거주하지만 동시에 '나' 바깥에서 '나'를 향해 심판의 채찍을 날리는, '나'도 모르게 '나'의 죄에 대해 말하는 자라고 할 수 있다. 따라서 'N강박'은 마음속에서 떨쳐버리려고 해도 떠나지 않는 어떤 죄의식에 대한 '권여선'식 명명법이라고 해도 좋을 것이다. 떨쳐 버릴 수 없는 이 죄의식은 중요한데, 권여선의 많은 소설은 사실 알게 모르게 감추어져 있는 이 죄의식에 관한 이야기라 해도 무방할 정도 다. 그렇다면 그의 소설에서 죄의식은 어떤 방식으로 나타나는가?

4. 죄와 벌

권여선의 소설에서 우리는, 우리를 견딜 수 없게 만드는, 존재 자체만 으로도 우리의 죄의식을 불러일으키는 어떤 존재를 어렵지 않게 만난 다. 「문상」의 우정미가 예컨대 그런 존재다. 그 이전에, 우정미는 무엇 보다 "그에 대해 살짝 떠올리는 것만으로도 깊고 은밀한 접촉을 당한 듯 불쾌해지는 질감의 소유자"(178~179쪽)다. 그녀는 마음속에서 떨 쳐버리려고 해도 절대 떨쳐지지 않는, 그래서 더욱 우리를 불안하고 두렵게 만드는 그런 존재다. 프로이트라면 아마도 그 존재를, 은밀하 고 비밀스러운 것으로 남아 있어야만 하는데도 눈앞에 떠오르는 모든 것을 위한 이름, 즉 '두려운 낯섦'(das Unheimliche)이라고 명명했을 것이다. 반면 크리스테바에게 그것은 매혹과 거부감을 동시에 불러일 으키는 불쾌한 대상, 즉 '애브젝트'(abject)일 수도 있을 것이다. 「문상」의 '우정미'는 우리에게 낯선 거부감을 느끼게 하면서도 어쩔 수 없이 이끌려 들어가게 만드는, 역겨운 느낌을 갖게 하면서도 결코 배제할 수 없는 그 어떤 존재의 이름이다. 권여선 소설의 배면에 있는 죄의식은 많은 부분 바로 이와 연결되어 있다.

그리고 저 기묘한 낯섦의 감각은 「문상」의 우정미에게서만 나타나는 것이 아니다. 예컨대 다음을 보자.

마지막 시집을 꽂으면서 문득 나는 나 자신이 부도덕하다고 느꼈다. 그 느낌은 선배가 자신의 기질 자체가 공포스럽게 느껴진다고 하던 때의 느낌과 비슷할지도 몰랐다. 순간 툭 하고 뭔가 나를 치고 지나갔다. 아니 내가 그것을 툭 쳤는지도 모른다. 곪은 부위처럼 민감한 그것. 오래전에 단념했다고 믿었던 그것, 그러나 어느 틈에 농익어 진물을 흘리는 그것, 입안에 다소 끈끈하고 신 침을 고이게 하고 미간을 오그라들게 하는 그것, 툭 건드려진 뒤부터 움찔움찔 움직이며 몸을 비트는 그것, 나는 책장의 흰 가로장에 이마를 대고 울었다.(「분홍 리본의 시절」, 72~73쪽)

그녀의 내부에 고여 있던 나쁜 체액이 놋쇠상자처럼 굳어버린 심장의 양 귀에서 부글부글 괴어 나오는 것 같았다. 그의 말대로 한밤중의 산책은 위험했다.(「위험한 산책」, 230쪽)

그것은 자기 안에 고여 있던 '나쁜 체액'이 흘러나올 때 느끼는 두려움이거나, 곪은 부위가 농익어 진물을 흘릴 때의 더러움에 대한 감각과도 같은 것이다. 체액이나 진물은 전형적인 애브젝트로서 우리

안에서 나왔지만 불쾌감을 느끼게 하는 것, 청결하고 조화로운 우리 삶의 질서를 어지럽히는 것, 그래서 싫지만 처리해야 할 골칫덩어리다. 그러나 그것은 결코 처리될 수 없으니, 우리가 죽을 때까지 껴안고 가야 할 고질병과 같은 것이다. 게다가 그것은 우리가 미처 알지 못한 우리의 잘못을 들추어내 우리 자신을 '부도덕하다고' 느끼게까지 한다. 죄의식은 바로 그 지점에서 발생하는 것이다.

예컨대 「문상」을 보자. 주인공 '그'가 유지했던 '건전한 균형'은 어느 날 우정미의 전화 한 통으로 흐트러지는데, 큰아버지가 돌아가셨으니 문상을 와달라는 그녀의 뜬금없는 전화로 인해 '그'는 우정미와의 사이에 벌어졌던 사건을 떠올리게 된다. 삼 년 전 원치 않게 맡게 된 어느 창작교실의 "지긋지긋한 수강생들"과, 그들 사이에서도 따돌림을 당할 정도로 몸서리치게 지긋지긋한 그녀는 "터뜨려주고 싶은 몹쓸 충동을 불러일으키는 씰루엣"(180쪽)의 입술을 가진, "외면감을 부르는 말투"의 소유자다. 한마디로 그녀는 "쿰쿰한 진액을 만졌을 때처럼 말할 수 없이 고약하고 불쾌해지는 느낌"(195쪽)을 불러일으키는 존재다. 그러나 정작 문제는 '그'다. '그'는 그런 그녀에게 단순히 '싫다'라고만 할 수 없는, "강한 연민과 혐오"(193쪽)가 뒤범벅된 기이한 감정을 느끼고 급기야 함께 여관에 가게 된다. 그리고 당연하게도 섹스를 한다. 아니, 정확히 말하면, 하려고 했지만 하지 못한다. 그런 후 그는 "자동인형의 섬뜩함"(198쪽)으로 어이없는 말을 반복하는 우정미의 벌거벗은 아랫도리 위로, 기어이 토사물을 쏟아내고야 만다. 이때 이 토사물이란 무엇인가. 토사물은 '나' 안에 있다가 다시 '나' 밖으로 뛰쳐나온, 결코 '나'의 것이라고도, '나'의 것이 아니라고도 말할 수 없는, '나'이면서 '나' 아닌 어떤 것이다. 그리고 그 토사물을 뒤집어쓴 우정미란 곧 '나' 안에 있는, 그렇지만 '나'가 외면하고픈 '나'의 어떤 것을 떠안는 존재라고도 할 수 있다. 그런 측면에서 우정미는 곧 '나'이며, '나'의 토사물이다. 그리고 이때 '그'가 환청처럼 듣는, 한국문학에서 그 유래를 찾아볼 수 없는 토사물의 외침은 우정미라는 토사물이 사실은 '그'가 미처 깨닫지 못한, '그'의 어떤 죄가 빚어낸 것임을 암시한다.

나를 봐요! 당신들은 모조리 죄인이에요! 나를 봐요! 당신들의 죄가 만들어낸 이 괴물을 좀 보라고요! 사형당한 정치범의 딸인, 추악하고 막무가내인 노처녀의 오물 묻은 다리 사이에서 이런 외침이 진액처럼 쏟아져 내리는 것 같았다.(199쪽)

그렇다면 '그'의 죄는 무엇인가. 왜 우정미라는 괴물은 '그'에게, 아니 우리에게 죄를 묻는가. 소설에서는 '그'의 죄가 무엇인지 구체적으로 설명하지 않는다. 다만 다음과 같은 진술을 통해 사태를 어렴풋이 짐작해볼 수 있을 뿐이다. "스스로는 세상 어떤 것으로부터도 모욕당하지 않기 위해 결벽하게 분투하는 무능하고 쓸쓸한 사내. 그러나 누군가에게는 뙤약볕 아래 풍뎅이를 뒤집어놓고 바늘로 찔러대는 일보다 더 나쁜 짓을 저지르고 정신없이 도망치곤 했던 사내."(199쪽) 여기서 우리가 짐작할 수 있는 것은 '그'가 누군가에서 받은 모욕을 또 다른 누군가에게 돌려주었을 수도, 그렇게 삶에 대한 불안감과 두려움을 우정미와 같은 존재에게 투사했을 수도 있다는 점이다. 마치 억압된 무의식이 돌아오는 것처럼 '그'에게 도래한 우정미는 '반석 같은 균형'을 잡으면서 살아온 '그'를 괴롭히고 고문하고 무기력하게 만들면서 '그'에게 속죄를 요구한다. '그'를 그녀 앞에 벌세운다. '그'가 그녀에게 진 빚을 일깨운다. 우정미는 그 존재만으로 '그'(혹은 우리) 의 견고하게 닫힌 자아를 깨고 '그'(혹은 우리)를 법정으로 소환한다. 소설에서 "그녀는 그가 건너야 할 늪이고 품어야 할 빚이다. 그가 씻 어야 할 죄이며 얻어야 할 구원이다"라는 뜬금없이 비장한 고백은 이 런 맥락에서 이해할 수 있는 것이다.

「문상」에서 '그'는 다시 균형 잡힌 속물적 삶으로 되돌아가지만, 「약콩이 끓는 동안」의 주인공 서영은 다르다. 흥미롭게도 반신불수가 됨으로써 「문상」의 '그'가 치러야 마땅했을 죄의 대가를 대신 치르는 것은 「약콩이 끓는 동안」의 '서영'이다. '서영'의 죄란 고작 "세상의 말귀를 잘 못 알아들었거나 늦게 알아들은"(102쪽) 것일 뿐인데도 말 이다. 물론 논리적으로 「문상」의 '그'가 지은 죄와 「약콩이 끓는 동안」 의 서영이 받는 벌은 아무런 관계가 없다. 그럼에도 불구하고 이 둘의 죄와 벌은 전혀 무관하다고 말할 수도 없다. 왜냐하면 이미 앞에서 살 펴본 것처럼, 권여선 소설의 인물들은 결코 서로 무관할 수 없는, 서로 가 서로를 부분적으로 모방하고 반복하며 나눠 갖는 관계적 존재들이 기 때문이다. 그리고 그 모방과 반복의 관계는 심지어 각기 서로 다른 소설의 인물들에게서도 소설 공간의 경계를 뛰어넘어 마찬가지로 나 타난다는 점에 권여선 소설의 흥미로움이 있다. 그들에게 "아무 관계 도 맺지 않고 완벽한 혼자만의 삶을"(82쪽) 사는 것은 불가능하다. 그 들에게 자아는 더 이상 자신의 것이 아니다. 따라서 권여선 소설에서 '나' 아닌 다른 존재들은 '나'도 모르게 '나'에 대해 말하는 자이며, '나'와 멀리 떨어져 있는 이웃이라고 할 수 있다. 그러니 '나'의 죄를 누군가가 대신 질 수도, 거꾸로 내가 누군가의 죄를 대신 짊어질 수도

있는 것이다. 따지고 보면 그렇다는 것이다.[6]

5. 새로운 자아탐구를 위하여

앞에서 살펴본 것처럼, 권여선 소설의 인물들은 다른 사람의 사소한 잘못을 트집 잡아 집요하게 물고 늘어져 그 사소한 실수가 사실은 사소하지 않음을, 이미 편재되어 더 이상 '죄'로 분류되지 않는 속물성, 즉 "왜곡된 인정 욕망의 표현"[7]이라는 사실을 폭로하는 데 일가견이 있다. 물론 그들은 그런 결코 사소하지 않은 잘못에 대한 책임을 자신에게도 그대로 되돌린다. 잘못은 '나'에게도 있는 것이다. 권여선의 소설은 그런 방식으로 '나'가 다른 존재와 완전히 무관한 것처럼 보일 때조차, 심지어 조용하게 나 자신을 완벽하게 즐길 때조차, 사실 우리는 타인을 무시하고 없는 인간 취급한 죄에서 벗어날 수 없음을, 그리하여 이 졸렬하고 치사한 세계의 잘못을 '나' 자신이 반복할 수도 있음을 역설한다. 이는 비루한 현실에 대한 성급한 승인이 아니다. 오히려 그것은 속물적 현실에 대한 비판에서 자기 자신을 빼놓을 수 없음을, '나'에 대한 지독한 현미경적 탐사에서부터 이 비참의 세계를 구성하는 욕망의 메커니즘을 밝혀낼 수 있음을 새삼 확인시켜주는 것이다.

6 물론 서영의 죄와 '그'의 죄는 다르다. 「문상」의 '그'가 자신을 모호한 불안에 빠뜨리는, 의미를 모르겠는 것들을 "좋다, 싫다, 로 양분하는"(187쪽) 이 세계의 이분법적 질서 안으로 억지로 구겨 넣거나 모른 척 빼버렸다면, '서영'은 "오해된 의미의 매혹"(80쪽)에 사로잡혀 '세상의 말들'에 무심했다는 점에서 그러하다.
7 장은주, 「상처 입은 삶의 빗나간 인정투쟁」, 『사회비평』 2008년 봄호, 17쪽.

권여선 소설에 즐겨 등장하는 자학이 의미를 갖는 것은 바로 이 지점이다. 여기서 자학은 달콤한 자기위안적 포즈와 견고한 철옹성으로 전락한 나르시시즘적 자아 관념을 해체하여 '나'를 고립된 개인이 아니라 열어젖혀진 존재임을, 그리고 '나'가 혐오하는 바로 그 대상의 어떤 속성을 모방하고 반복하는, 그와 방불하게 마찬가지로 혐오스럽고 저열한 존재임을 새롭게 인식하게 해주는 것이다. 그것은 바로 '너' 또한 '나'와 다르지 않다는 사실의 확인에 다름 아니다. 따라서 '나'와 '너'는 포개진 존재이며, 서로가 서로를 나눠 갖는(그것이 무엇이건 간에) 관계적 존재라는 인식은 권여선 소설의 인물들을 구성하는 중핵이다.

권여선의 소설에 흔히 등장하는바 실존적 불안을 느끼게 하는 존재들이 역으로 '나'의 심연, 그 어두운 지대까지도 탐사할 수 있게 하는 존재들이라는 것도 당연히 이와 관련되어 있다. 그들은 '나'의 기만적이고 위선적인 태도를, 그러한 태도 이면에 감춰진 저열하고 추잡한 욕망을 폭로한다. 그들이야말로 '나' 자신의 거울 이미지이자 타자화된 '나'의 모습이다. 이렇게 권여선의 소설에서 자아성은 역설적이게도 자아의 내면 안쪽으로 움츠러 들어가기보다 바깥을 향해 스스로를 드러내고 타자에 개방됨으로써 추구되고 또 천착되는 것이다. 그리고 자아가 타자에 개방된다고 해서 그 내면성이 깊이를 잃는다거나 바깥으로 흐트러져버리지 않는다는 점에 권여선 소설이 보여주는 자아 탐구의 독특한 개성이 있다. 그의 소설은 '나' 안에서 다른 존재를 발견하고 다른 존재에게서 '나'를 발견하는, 이러한 상호연루적 인간이해를 통해 오히려 더 깊고 폭넓은, 그리고 윤리적인 자기이해가 가능하다는 점을 보여주고 있는 것이다.

김혜순 시의 미로에서
길을 읽다, 잃다, 앓다

1. 캡쑹과 킴 사이에서 김혜순 지우기

김혜순은 처음에 김혜순이 아니었다. "원래 아버지가 지어주신 이름은 '김정경'이었"지만 "할아버지가 호적에 올릴 때 마음대로 바꾸"[1]셔서, 그녀의 이름은 '김혜순'이 된다. 그래서 대학 4학년 때 동아일보 신춘문예 평론에 당선되어 처음 문단에 들어와 "기억도 할 수 없는 어떤 선생이 '아니, 식모 이름으로 어떻게 평론가를 해먹어?'"라고 했던 그 이름, 김혜순으로 아직까지 시도 쓰고 평론도 쓰면서 산다. 그런데 여전히 김혜순은, 김혜순이 아니다. 그녀의 딸이 그녀에게 '캡쑹 킴'

---

1 김혜순, 『여성이 글을 쓴다는 것은』, 문학동네, 2002, 42쪽. 앞으로 이 책의 내용을 인용할 때에는 매번 각주를 달지 않고 본문의 페이지를 다는 것으로 대신한다.

이라는 이름을 새로 지어주었기 때문이다. "캡쏭과 킴 사이에는 자기가 아는 좋은 뜻의 형용사가 A4용지로 10장쯤 들어"가기 때문에, 캡쏭과 킴 사이에 새로운 단어 하나씩을 추가할 때마다 그녀의 이름은 점점 많아지고 점점 길어진다. 그리고 이름이 그렇게 많아지고 길어지는 동안 김혜순이라는 이름은 점점 지워진다. 명명 불가능한 것이 된다. 김혜순의 시력 삼십여 년은 비유컨대 '캡쏭'과 '킴' 사이에 무수히 많은 자기를 시적으로 증식함으로써 자기를 지우는 작업을 중심으로 이루어져왔다고 해도 과언이 아니다. 이 무수한 '나'의 증식은 자기동일성을 확인하고 자기주체성을 확장하기 위한 방식이 아니라, '나'와 '나' 아닌 것들 간의 구별을 무화함으로써 오히려 '나'를 해체하고 상실하기 위한 방식이다. 그리고 무화되고 비워지는 그 순간, '나'는 바깥을 향해 열리고 바깥은 '나' 안으로 밀어닥치게 된다.

> 배추벌레 한 마리 가고 있다
> 제 지나온 길 다 먹어치우며
> 천천히 초록길 오르고 있다
> 배추벌레 몸 빛깔은 먹은 길 그대로
> 초록이다.(「자동인화기」 부분)

이 시에서 시인은 하루치 시와 삶을 먹어치우며 지워나가길, 그리고 나서 그렇게 '싹싹' 지우고 먹어치운 초록의 길이 되길 바란다. 이러한 자기소멸(증식)의 이미지는 김혜순의 시에서 다양한 시적 정황을 연출하면서 여성, 거울, 물, 구멍, 쥐, 죽음, 서울 등등으로 변이해왔다. 김혜순 시의 어려움은 이러한 환유적 키워드들이 내통하면서 만들어내는 의미의 두터움과 다양함에서 비롯된다. 그 결과 그녀의 시는 "때로는 상반되는 것들까지를 포함하여 여러 가지 해석의 공존이 가능한 복합성의 세계"[2]를 이루게 된다. 게다가 자기소멸에 대한 지극한 열망으로, 그녀는 시에서 어떠한 것으로도 고정되거나 축적되기를 거부한다. 그녀의 시에서 시적 대상이 시적 자아와 끊임없이 자리바꿈을 하고, 대상에 대한 비유적 재현보다는 끊임없이 변화하는 시적 상황 자체에 관한 묘사가 주를 이루는 것은 이 때문이다. 김혜순은 이렇듯 세계를 나에게로 수렴하고 고정시켜 단단한 나를 구축하는 대신, 세계가 나에게 부과한 허구로서의 자기정체성을 해체시킴으로써 '나' 바깥의 무수한 다른 존재들을 발견하고 그 바깥의 무수함 속에서 '나'를 발견하고자 한다. 따라서 세계가 동요함에 따라 김혜순의 시 또한 동요하게 된다.

이쯤에서 우리는 김혜순 시의 소용돌이치는 나선형 이미지가 단지 그녀의 시 텍스트에만 국한된 자족적인 것이 아니라, 세계와 '함께' 만들어내는 것임을 짐작할 수 있을 것이다. 사정이 그러하니 더욱 그녀의 시에서 연속적이고 체계적인 시의 궤적을 발견하기란 어렵다. 그녀 스스로도 "시의 체계 구축, 계보화"(177쪽)를 처음부터 거부해왔으며, 자신의 시가 "울퉁불퉁하고, 미끌미끌하며, 변덕이 죽 끓는 이 세상"(228쪽)과 마찬가지로 울퉁불퉁하고 미끌미끌하며 변덕이 죽 끓는 것이 되어 그와 같은 세상을 읽는 한 방식이 되기를 바랐다. 그렇다면 스스로를 지워가고 늘려가며 산포하면서 끊임없이 '움직이는 점'

---

2 성민엽, 「몸의 시학, 역동적인 에로스」, 『나의 우파니샤드, 서울』 해설, 문학과지성사, 1994, 132쪽.

이 되고자 하는 김혜순의 시편들을 그러모아 정리할 필요가 있을까. 칸을 칠 필요가 있을까. 오히려 그러한 점의 움직임을, 그 비선형적 곡선을 좇아가 보는 것은 어떨까. 비록 그 속에서 길을 잃더라도 말이다.

2. 아픈 몸을 읽다

김혜순은 1955년 경북 울진에서 태어나 건국대 국어국문학과와 동 대학원을 졸업하고 '김수영론'으로 박사학위를 받는다. 그녀는 이미 대학 재학 중에 『시문학』 주최 '대학생문학상' 시 부문에서 장원을 하고, 졸업반이던 1978년에는 『동아일보』 신춘문예에 「시와 회화의 미적 교류」라는 제목의 평론이 당선되기도 한다. 그리고 1979년 『문학과지성』 겨울호에 「담배를 피우는 시인」, 「마라톤」, 「월식」, 「도솔가」를 발표하면서 본격적인 작품활동을 시작한다. 시집으로는 『또 다른 별에서』(1981), 『아버지가 세운 허수아비』(1985), 『어느 별의 지옥』(1988), 『우리들의 음화』(1990), 『나의 우파니샤드, 서울』(1994), 『불쌍한 사랑기계』(1997), 『달력 공장 공장장님 보세요』(2000), 『한 잔의 붉은 거울』(2004)이, 시론집으로 『여성이 글을 쓴다는 것은』(2002)이 있다. 김수영문학상, 소월시문학상, 현대시작품상, 미당문학상 등을 수상했으며, 현재 서울예술대학 문예창작과 교수로 재직 중이다.

누구나 다 아는 김혜순 시인의 이력서다. 그러나 매일 아침 "마지막 남은 나를/향해 일발 장진"(「강도처럼」)하는 시인에게, "귀뚜라미만큼 작아지고, 작아지고 싶었"(「귀뚜라미만큼 작아지기 위하여」)던 시인에게 삶의 내력이나 경력은 과연 그의 시를 이해하는 데 얼마만큼이나 도움이 될까. 혹 그의 시를 이해하는 데 걸림돌이 되지는 않을까. 시는 자전적 에피소드의 조각보가 되어서는 안 된다. 시인은 매 순간을 살 뿐이다. 그 순간을 이어 붙여 이야기를 만드는 순간, 그것은 시가 아니라 "구토를 불러일으"(238쪽)키는 자기복제적 신화에 불과한 것이 된다. 김혜순에게 "자전적인 편린을 기술하는 것"(238쪽)은 시가 아니라, 가식적인 자기변명에 불과한 것이다. 그러니 김혜순의 히스토리를 따라가려는 노력은 이쯤에서 멈춰야 할 듯싶다.

그러나 김혜순 시에서 "낡은 자아의 포기, 또는 희생을 통해 새로운 언술을 하기 위한 절대적 전제조건"(119쪽)이 되고 있는 '병'에 대해서는 아무래도 어린 시절부터 폐결핵과 늑막염, 영양실조까지 두루 겪은 그녀의 병력에서부터 시작하지 않으면 안 될 것 같다. 언제부터인지 분명하지는 않지만 김혜순은 "아파서 학교에도 못 가고 책만 읽는다. 친구네 집에서 정음사, 을유문화사 세계문학전집을 빌려다놓고 모조리 읽는다. 전후 세계문학전집도 읽고, 백과사전도 읽는다."(44쪽) 그러다가 그녀는 자신의 아픈 몸을 읽기 시작한다. 몸이 아프다는 것은 자기 뜻대로 할 수 없음의 상태에 놓이는 것을 의미한다. "시는 이 '할 수 없음'의 경험에 대해서 말하는 목소리이다."(108쪽) '나'를 무력화(無力化)함으로써 '너'의 존재를 깨닫고 급기야 '나'의 몸이 '너'를 향해 열리게 되는 것이다.

"주체성을 상실하기 위한 열림"(115쪽)으로서의 병은 초기 시에서는 "빛 벌레들"과 "희디흰 파도들"(「전염병동에서」)처럼 환한 빛의 이미지로 나타난다. 환한 빛이 무리지어 '나'의 몸속으로 쏟아져 들어오는 시각적 이미지는 점차 뜨거움 혹은 차가움이라는 촉각이 더해져서 공감각적 강렬함을 얻게 된다. 먼저 「너와 함께 쓴 시」를 보자. 이 시에는 네 가지 사건이 등장한다. "1980년엔 결혼을 했어요. 불이 났어요. 늑막염에 또 걸렸어요." "1974년엔 강둑에서 반딧불을 잡았어요." "1975년엔 물 속에 누워 있었어요." "1991년엔 마음이 뭉쳐진 것 같았어요. 달군 돌처럼 뜨거워졌어요." 1975년을 제외한 나머지 상황은 모두 불(혹은 빛)과 관련되는데, 이 뜨거움과 밝음은 '늑막염'의 재발과 긴밀하게 관련된다. 그런데 주목할 점은, 시간이 갈수록 점점 더 환해지고 뜨거워진다는 것이다. "죽은 지 7년이 지난 나무"는 "다시 타오르고" "피칠을 한 숯덩이는 내 몸 속을 굴러다"닌다. 왼쪽 눈과 목도 환해진다. 그렇게 점점 뜨거워지고 환해지던 '나'는 급기야 '달군 돌처럼 뜨거워진다.' 그리하여 시적 화자는 다음과 같이 고백하기에 이른다. "왜 내 마음은 아직도 꺼지지 않는 걸까요."(「너와 함께 쓴 시」) 이제 몸은 '나'의 의지와 무관하게 점점 더 환해지고 뜨거워진다. 그러니 그 몸에 관한 기록이 '나'가 아니라 '나'의 의도와는 상관없이 "너와 함께 쓴 시"가 되는 것은 당연하다. 그렇게 '너'는 '시'의 자리로 온다. 이 '나'의 무력함은 '시'를 타동사의 대상이 아닌, 자동사의 주어가 되게 한다. 그래서 이제부터는 '시가 한다.'

그러다가 환한 뜨거움은 문득 차갑고 가벼워지는데, 『달력 공장 공장장님 보세요』에서 그것은 눈보라, 얼음(깨지거나 녹는), 깃털(솜털) 등으로 현현한다. 이것들은 "모든 삶의 밑바닥에" 있는 "끔찍하게 무겁고, 끔찍하게 힘들고, 끔찍하게 뜨거운 것", "그 뭉쳐진 것이 터"(「자욱한 사랑」)지면서 나타난 것이다.

세상에! 네 몸 속에 이토록 자욱한 눈보라!
헤집고 갈 수가 없구나

누가 가르쳐주었니?

눈송이처럼 스치는 손길 하나만으로

남의 가슴에 이토록 뜨거운 낙인찍는 법을

세상에! 돌림병처럼 자욱한 눈보라!

이 병 걸리지 않고는 네 몸을 건너갈 수가 없겠구나

갓 세상에 태어난 어린 새들이

모두 이곳으로 몰려와 털갈이라도 하고 갔니?

어린 시절 뜬금없이 재발하던 결핵이라도 도졌니?

몸 속이 너무 자욱해

내 발등 위로 쌓이는 눈송이들

이 세상 시간 밖으로 쫓겨난 건 아니니?(「자욱한 사랑」 부분)

천사란 가슴속에, 온몸 속에

핏줄마다 살결마다 스며드는 것

효모처럼 내 몸 속에서 부푸는 눈보라

얼음 아씨들 내 몸 속에서 솜털처럼 휘날렸어요

그 가볍고도 환한 눈물이 이불처럼

내 속을 그만 안아버렸어요(「얼음 비단, 얼음 아씨」 부분)

　'네 몸 속에 자욱한 눈보라', '어린 새들의 깃털', '내 발등 위로 쌓이는 눈송이들' 혹은 '솜털처럼 휘날리는 얼음 아씨들'은 모두 병든 내 몸속에 뭉쳐 있던 '숯덩어리'와 '달군 돌'이 부서지고 차가워지고 가벼워진 것들이다. 그것들은 셀 수 없이 많으며 끝없이 흩날린다. 그러다가 어느 순간 "내 몸 속에서 겨울 창문에 피는 성에꽃다발"(「성에 꽃다발」)로 피어나기도 한다. 그렇게 병의 이미지는 뜨거운가 하면 차 갑고, 가벼운가 하면 무겁고, 뭉쳤나 하면 어느새 흩어져 있다. 그러다 가 다시 뭉쳐진다. 이러한 무한성과 역동성, 변동성으로 인해 김혜순 시에서 병은 단순히 자전적 에피소드의 소재가 되는 대신 거꾸로 자전 적 주체를 실종시킨다. 길을 잃고 헤매게 만든다. 그 대신 '너'라는 이 미지들을 끊임없이 소용돌이치게 하고 생성시킨다. 그것은 점점 더 구 체화되고 점점 더 쪼개지고 점점 더 무수해진다. 그래서 '나'를 갉아 먹으며 지워나가는 "흰개미떼"와 내 마음속에서 '오글거리는' "채색 된 부처들"(「눈」)이 되기도 한다. 마치 "호박 속에" 있는 "127개의 씨 가" "노오란 원자 호박탄이" 터져 죽음으로써 "127×127×127×127 개의 호박"(「39도 5부」)으로 무한 분열하듯이, 병든 몸은 자기를 터뜨 려 수없이 많은, 나와 같은 너희들을 만들어내고 또 영접할 수 있게 한 다. 이렇듯 김혜순의 시에서 병에 의해 촉발된 자기소멸의 공포는 역 설적이게도 아픈 세상을 읽고 그 세상의 버려진 존재들을 향해 자신을 열어젖히는 계기가 된다.

3. 병으로 병을, 죽음으로 죽음을

따라서 김혜순의 시에서 죽음은 결코 부정적이지 않다. 오히려 시적 자아는 자신이 죽은 존재가 되었다는 뼈아픈 자각을 통해 비로소 지금 까지와는 다른 시각으로 이 세계와 접촉할 수 있게 된다. 그 순간 익숙 했던 세계는 낯설어지고, 정돈된 모든 것은 흩어진다. 심지어 뒤집어진다. 그리하여 "똥이 입으로 들어오고/항문으로 소리 없이 나간다/똥을 누면 천장에 가 붙고/바람은 물 밑으로 비는 땅속으로 하늘로/퍼붓는다 신나게 치솟아오른다"(「홍수」) '임금님 귀는 당나귀 귀'는 '님금임 는귀 귀나당 귀"(「되돌아오는 말」)로 희화화되고 퇴행한다. 지금까지 보편적이고 지당하다고 믿어왔던 아버지들의 말씀이 횡설수설, 중구난방, 어불성설이 된다. 김혜순의 시적 자아는 자기를 비워내고 게워내는 죽음의 경험을 통해 "우리가 정신이라고 믿었던 것"이 실은 "누군가에 의해서 조종되어온 수많은 감각의 집적"에 불과하다는 것을, 다만 그것이 관념화되어 "굳은살처럼 박혀 있"었음을 깨닫게 된다. 그리하여 "여성은 병으로 그에 항의한다."(110쪽)

> 나의 언술은 자신들의 언술이 건강하다고 믿는, 건강에 대한 병적인 환상을 가진 그들에 의해 '병적'이라고 명명된다. 여성 시인은 그 병적인, '병'이라고 그들에 의해서 명명된 목소리를 통해 그들의 상징적 제도, 모든 언어의 고리 마디마디에 착색된 가부장성을 폭로한다. 여성의 목소리가 어떻게 그들의 거짓 건강에 대한 환상에 의해 소멸의 길을 걸어왔는지를 폭로한다. 병을 병으로써 폭로한다. 오히려 내가 '그들'의 병과 싸움으로써 그들의 병을 폭로한다.(109쪽)

상징적 가부장의 언어에 의해 '병'으로 명명된 상태를 통해 '나'는 건강하다고 착각하는 병든 세계를, 자발적 죽음을 통해 살아 있다고 믿는 죽은 세계를 폭로한다. 그 세계와 대결한다. 아무런 창조적 생명활동 없이 무감각하고 무의미하게 반복되는 관습적 일상에 함몰된 우리들의 삶에서 죽음을 발견하는 시인의 이러한 통찰은 삶이 병들었다는 사실에 대한 자각에 다름 아니다.

> 오늘 아침 청계천을 꽉 메운 차들
> 내려다보고 있을 때 문득 스치는 풍경
> 길고 긴 피난민 행렬, 우리들의 무의식
> 울지도 못하고 떠밀려가는 보따리 행렬
> 죽어서도 못 썩을 우리들의 음화(「우리들의 음화」 부분)

출근길 행렬을 보면서 '길고 긴 피난민 행렬'을 떠올리는 시인의 상상력은 분명 아귀다툼을 벌이며 전쟁처럼 하루하루를 보내는 사람들에 대한 쓸쓸한 연민에서 비롯된 것이지만, 그 행렬이 "죽어서도 못 썩을 우리들의 음화"가 되는 순간, 그러한 연민은 죽어서도 자신의 죽음을 깨닫지 못하고, 죽어서도 살고자 하는 무서운 생활욕에 대한 비극적 절망으로 변한다. 도처에 죽음이 넘쳐흐른다. 화장(化粧)을 하면서 화장(火葬)되는 자신의 모습을 문득 발견하게 되고(「사랑하는 과거」), "죽은 줄도 모르고"(「죽은 줄도 모르고」) 우리는 하루치의 일용할 양식을 먹어치우면서 산다. "제 무덤인 줄도 모르고/더 힘껏 부둥켜안"(「새들은 모두 날아가버린 다음」)는다. 그러면서도 우리는 자신의 죽음을 깨닫지 못한 채 더욱 맹렬하게 생활을 신화화하고 의례화한다. 그리하여 어느 순간 "아무도 총 쏘지 않아도/모두 쓰러진다/자던 잠 더 자고 싶어/옆으로 쓰러진다" 총과 칼이 없어도 우리는 정복된다. 그리고 "정복자들이 오지 않았어도 우리는/정복된 것을 안다/정복자들은 오지 않는다/대신 안개 군단이 온다"(「默示錄의 四騎士」)

이 감각의 마비상태를 깨우기 위해 시적 화자는 스스로를 이 세계의 '적'으로 만든다. 혹은 세상의 관습과 규율이라는 눈금자로 "매일매일 그래프 종이 밖"(「죽음 아저씨와의 재밌는 놀이 ― 줄넘기」)으로 '나'를 밀어내려는 '죽음 아저씨'와 필사적으로 논다. 그래서 "홀로 끝없이 죽고 또 죽어 넘어"(「적 1」)진다. 심지어 서로를 향해 총을 쏘아댄다.(「적 2」) 찢어지고 너덜거린다. 이 찢김과 너덜거림이야말로 누군가와의 싸움을 나타내주는 표시이자, 죽음을 통해 자신의 현존을 확인시켜주는 역설적 긍정의 의미를 갖는다. 그러니 김혜순 시의 이 도저한 대결의식이 극단적인 가학, 피학의 상상력으로 나아가는 것은 어쩌면 너무나 당연할는지도 모른다. 다양한 신체절단과 자기학대의 방식을 동원함으로써 김혜순은 죽음으로 만연한 폭력적 현실을 방법론적으로 드러내고 그에 응전하고자 하는 것이다.

가령 「프레베르의 아침식사에 대한 나의 저녁식사」는 남자의 저녁식사가 나의 가학적 자기절단과 학대를 동반하는 상황을 블랙유머의 터치로 묘사한 시다. 이 시는 '먹는 남성 ― 먹히는 여성'이라는 구도를 통해 우리 사회의 젠더 위계적 질서를 드러내면서도 여성을 폭력의 피해자로만 설정하지 않고 거꾸로 극단적 가학을 통해 그러한 상황을 전복하고 있다는 점에서 '여성주의적'으로 독해할 수 있다. 사고로 망가진 자동차 수리 과정을 남성적 폭력과 그 폭력에 훼손된 여성 신체에 빗대고 있는 「정형외과병동」에서 이러한 가학적 신체절단의 상상은 급기야 망가진 몸으로 망가진 자동차를 낳는 과격한 단계까지 도달하게 된다. 그렇게 김혜순의 시에서 망가진 남성적 세계가 망가뜨린 여성의 몸은 급기야 죽음으로 만연한 이 세계와 대결할 수 있는 시적 방법이 된다.

4. 서울, 그곳, 블라인드 쳐진 방

그리하여 다시 몸이다. 그러나 이 몸은 개별적이고 유한한 '나'에 한정된 몸이 아니라, 무한히 부풀려지고 중첩된 몸이다. 그 몸은 부정적 현실을 네거티브한 방식으로 폭로하는 방법적 도구만이 아니라, 그러한 부정적 현실조차 내면화함으로써 역설적으로 이 세계를 향해 자신을 열어놓는 형식이 된다. 김혜순의 시에서 이 세계와의 조응을 적극적으로 모색하게 하는 몸 사유가 구체적으로, 현실적으로 형상화된 곳은 바로 '서울'이다. 서울은 잡스러운 것과 성스러운 것, 무거움과 가벼움, 제의와 일상이 뒤섞여 이루어내는 난장의 풍경이다. 그래서 엄숙하고 경건한 장례 행렬을 사이에 두고 시위대와 경찰, 그리고 그 사이를 뚫고 다니는 김밥장수, 커피장수, 기타 등등의 장수들과 손님들로 뒤죽박죽될 수 있는 곳(「사월 초파일」)이다. 낯익은 곳이지만 문득 낯설어지는 곳, 여기면서 저기인 곳, 안이면서 밖인 곳, 벗어나고 싶지만 머무를 수밖에 없는 곳이다. "서울은 내 안에 압도적인 모습으로 내면화되어 있다." 그래서 "세상과 자아는 함께 요동치며 휘어진다." (185쪽) '나'는 넘쳐흐르는 똥물 속에 있으면서 '밤새도록 꿈속에서 방안으로/넘쳐 들어오는 똥물과 싸워야'(「아무것도 얼지 않고」) 한다.

　김혜순의 일련의 시, 특히 『나의 우파니샤드, 서울』에서부터 본격적으로 시작된 서울 시편들이 단순히 폭력적 자본주의의 횡포가 일상적으로 일어나는 서울살이에 대한 비판에만 머무르지 않는 것은 이 때문이다. "몸으로서의 서울과 나는 서로가 서로를 비추는 거울의 관계에 있다."(136쪽) '나'가 몸 바깥에서는 존재할 수 없는 것처럼, 우리는 모두 서울이라는 이상한 '가상공간' 밖으로 걸어 나갈 수 없다. 그렇

다면 서울이라는 몸은 단지 나를 가두고 압박하는 폐쇄적 공간에 불과
한 것일까. 어쩌면 그럴지도 모르겠다. 그래서 김혜순의 시에서 때로
서울은 정체된 도로 위에 운전자들을 가둔 거대한 방주(「서울의 방주」)
가 되거나, 아니면 출구를 찾을 수 없는 "가슴의 미궁"(「서울」)으로 설
정된다. 그도 아니면 "차곡차곡 쌓인 집"(「나의 오아시스, 서울」)들로 인
해 발 딛고 설 공간조차 없는 곳이 된다. 그래서 '나'는 계속 묻는다.
"어떻게 밖으로 나가지요?"(「서울의 방주」)

그러나 "숨을 들이마시면서/먹은 음식들 몸 안에 가두"는 '들숨'
과 "숨을 내쉴 때 먹은 음식들 뿔뿔이 달아나려" 하는 '날숨'(「들숨, 날
숨」) 간의 팽팽한 긴장을 통해 생명이 유지되듯이, 서울은 모든 것을
집어삼키는 무서운 구심력의 한편에 자신으로부터 달아나려는 무한
한 원심력을 작동시킴으로써 순환하는 육체가 된다.

내 마음엔 웬 실핏줄이 이리도 많은지요 이 실핏줄을 다 지나야 그곳
에 당도하게 되겠지요 왜구가 출몰하여 강화도로 피난 가셨다고도 하
고, 중공군 피해 해협을 건너셨다고도 하였지만 나는 수백 년 길 속에
갇혀 걷고만 있었지요 (……) 날마다 당신에게로 가는 길이 늘어나요
길 속에 길이 있어요 서울이 서울을 낳아요 마음이 제 몸을 한껏 부풀
려 또 마음을 낳아요 거기로 이삿짐을 가득 실은 차들이 쏟아져 들어
오고 또 실핏줄이 엉겨붙어요 샛길이 나요 발을 디뎌보지도 않았는데
또 길이 나요 언제 저 길을 다 뒤져 당신을 찾아내지요 당신이 보고 싶
어요(「서울 길」 부분)

여기서 당신을 향해 가고자 하는 욕망이 만들어낸 '내 마음의 실

핏줄'은 아이로니컬하게도 당신에게로 가는 일을 불가능하게 만든다. 당신을 향한 내 마음은 수많은 마음을 낳는다. 그러나 동시에 길도 수많은 길을 낳고 서울도 수많은 서울을 낳는다. 벗어나려고 할수록 벗어나지 못하고 넘어서려고 할수록 넘어서지 못한다. 그러나 벗어나고자 하는 욕망과 벗어날 수 없는 현실 사이의 긴장 속에서 '불켠 실핏줄'은 솟아오른다. 즉 '나'의 욕망이 만들어내는 길들은 너무 많아서 당신에게로 가는 것을 어렵게 만들지만, 역설적이게도 그 많은 길들이야말로 당신을 만날 수 있게 하는 유일한 가능성인 것이다. 무한 증식하는 미로로서의 서울. 결국 우리는 서울이라는 미로의 바깥으로 결코 빠져나갈 수 없을지도 모른다. 그러나 미로 안에서만 비로소 시인은 자신의 욕망을 무대화하는 환상적 공간을 만들 수 있다. 그런 점에서 미로의 바깥은 분명 시스템 너머일 터이지만 결코 초월적 공간은 아니다. 오히려 바깥은 "착각의 소용돌이인 내 안에서 열리는 것이다."(24쪽) 따라서 바리데기가 약수를 구하러 가는 서천서역국은 세상에 없는 공간이 아니라, "내가 세상을 응시함으로써" 존재 가능한 "세상의 균열, 빈 곳"(52쪽)이 된다. 그런 점에서 서울이라는 몸은 일상적 생활이 영위되는 공간인 동시에 그러한 현실적 삶을 무화시키는 현실 가운데 뚫린 구멍이기도 하다. '나'는 "(서울이라는─인용자) 현실 속에서 현실을 초월하려 한다."[3]

김혜순은 이렇듯 서울이라는 몸을 무한히 쪼개어 겹쳐놓고 끝없이 늘렸다가 확 줄이고 공중에 띄웠다가 땅 밑으로 가라앉히는 등등의 방식을 통해, 낯익은 공간을 낯설게 만든다. 거기에다가 시간을 구부

---

3 남진우, 「무서운 유희」, 『우리들의 음화』 해설, 문학과지성사, 1995, 141쪽.

리고 쪼개서 그 공간에 퍼뜨린다. 그리고 그 낯선 풍경 속, "밤도 아니고 낮도 아닌 틈/그 사이로 보랏빛 시간의 국물이 넘쳐나는 시간"(「불타는 절집 한 채」)으로 독자를 초대한다. 김혜순의 '블라인드 쳐진 방'(「블라인드 쳐진 방」 1, 2, 3)은 바로 그러한 낯선 시공간 감각에 의해 만들어진 또 다른 서울이라고 할 수 있다. 김혜순은 이전에도 '그곳'(「그곳」 1, 2, 3, 4, 5, 6) 연작시를 통해 독특한 공간감각을 드러낸 바 있다.

우선 '그곳' 은 "끝없이 에피소드들이 한 두름 썩은 조기처럼/엮어져 대못에 걸리는", "두 뺨에 두 눈에 두 허벅지에/마구 떨어지는 말발길처럼/스토리와 테마들이 만들어져 떨어지는" 곳이다. 이렇듯 '그곳' 은 무서운 이야기들이 떠도는 엄혹한 시대 상황을 연상케 한다. 그러나 동시에 "밖에선 모두 칠흑처럼 불 끄고 숨죽였는데/나만 홀로/불컨 조그만 상자처럼/환한"(「그곳 1」) 곳이라는 점에서 개인적 은둔의 공간이기도 하다. 즉 어두우면서 환하고, 폭력적이면서 고요하다. 공적이면서 사적이다. '그곳' 은 아버지의 말씀과 검은 잉크가 채찍처럼 내리쳐지는 곳(「그곳 2」)이자 빅브라더(大兄)가 지배하는 곳(「그곳 4」)이지만, 동시에 "마지막 남아 있는 내 동공을/힘주어 쏘아 보내"(「그곳 5」) 그림을 그리는 벽이면서 "또 수만 개/네모난 방의 소용돌이"(「그곳 6」)가 만들어지는 곳이기도 하다. 그곳은 "불타오르면서 얼어붙는 나라"(「그곳 6」)이다. 그래서 "외부/내부가 서로 구별하기 어려울 정도로 통합되어 있는"[4] 모순이 공존하는, 현실이자 내면인 곳이다. 그래서 그곳은 비극적 현실인 동시에 그러한 현실을 벗어날 수 있게 해주는 유토피아이기도 하다. '그곳' 연작시가 지극히 현실적인 지

---

4 채호기, 「복화술의 시 — 보이지 않는 것 보여주기」, 『어느 별의 지옥』, 문학동네, 1997, 141쪽.

옥도를 통해 엄혹한 시대상황을 아로새겨 놓으면서도 그로부터의 상상적 탈주를 그려보는 이중적 의미의 공간이라면, '블라인드 쳐진 방'에 와서 현실 공간에 대한 상상력은 확 넓어지고 좀더 자유로워진다.

나는 자리를 뜹니다…… 그건 네 길이지 내 길은 아니야…… 나는 의자에서 일어납니다…… 그건 네 길이지 내 길은 아니야…… 하루 종일 한 폭의 그림 사이로 한마디 말이 떠다닙니다 싱싱한 창에 불같이 뜨거운 뺨을 문지르고 싶습니다 싸늘한 바다였습니다 바닷속에는 더 싸늘한 우물이 깊었습니다 그 우물 곁에 낮은 집들이 잠들어 깊은 물 밖, 밤하늘로 잠꼬대를 송출중이었습니다 싸늘한 나무들이 파도에 몸을 떨었습니다 얼음같이 찬 우물에 몸을 던지고 싶었습니다 인적 없는 골목길, 그 골목길에 어두운 피가 돌돌돌 흘렀습니다…… 그건 네 길이지 내 길은 아니야…… 나는 의자에서 일어납니다…… 낮은 집들마다 높은 안테나가 매달렸습니다 안테나 끝은 바닷물을 넘었을까? 그 보이지 않는 안테나 끝에서…… 그건 네 길이지 내 길은 아니야…… 나는 의자에서 일어납니다…… 나는 꺼풀이요 그대는 심장입니다 아무것도 담아두려 하지 않는 주머니, 심장이 쿵쿵 뜁니다 꺼풀 속에서 끓어오르기도 합니다 어떻게 안으로 들어가지요?…… 그건 네 길이지 내 길은 아니야…… 나는 의자에서 일어납니다 블라인드 쳐진 창 아래 의자 두 개, 하루 종일 내가 번갈아 앉습니다 블라인드 쳐진 방안, 내 모든 핏길이 그리로 뛰어들지만, 아무것도 담아놓지 않은 길 한 뭉치, 심장으로 꽉 차 있습니다(「블라인드 쳐진 방 4」 전문)

'블라인드 쳐진 방'은 텍스트고 '나'는 그 텍스트의 일부다. 그 책은 나의 움직임에 따라 흔들리고 그에 따라 방도 움직인다. 나와 방은 서로가 서로의 텍스트가 된다.(「블라인드 쳐진 방 1」) 이 두 겹의 자기응시에 의해 어느 순간 "감은 눈 속으로, 얼음 위를 번지며 녹는 물처럼"(「블라인드 쳐진 방 3」) 그대라는 풍경은 방 안에서 펼쳐지게 된다. 그 순간 바깥의 차가운 풍경은 방 안에서 따뜻하게 그려진다. 그런가 하면 그 방은 내가 언젠가 보았던 서늘한 풍경들, '싸늘한 바다', '싸늘한 우물', '싸늘한 나무들', '인적 없는 골목길', '낮은 집들'이 마음속 풍경인 양 펼쳐지는 곳이기도 하다. 누군가 나에게 "그건 네 길이지 내 길은 아니야"라고 반복해서 말한다. 그렇게 바깥의 풍경들은 '네 길'이 아닌 '내 길'로 들어오게 되는 것이다. 그러나 '나'는 그렇게 방 안으로 들어온 "내 모든 핏길"로 뛰어들지만 방 밖으로 나가지는 못한다. '블라인드 쳐진 방'은 방 안이면서 바깥이고, 내 마음이면서 풍경이다. 세상의 길이 몽땅 들어와 있는, 말 그대로 이 세계다. 서울이다. 각각의 몸이다. 김혜순의 시에서 몸은 그렇게 확장과 응축, 질주와 정지, 서울과 '나'가 자유롭게 드나들면서도 결코 바깥으로 나갈 수 없는, 아니 바깥을 내장한 만다라적 도형이 된다.

5. 물로 흐르는 몸, 구멍 뚫린

그런데 어떻게 이런 상상이 가능했을까. 어떻게 몸이라는 개별적 사건에 우주적 무게가 얹힌 것일까. 내 몸으로 이다지도 많은 것들이 언제부터 들고나게 됐을까. 내 몸이 왜 더 이상 내 몸이 아니게 됐을까. 몸은 어떻게 서울이면서 방이고, 마음이면서 바깥일까. 왜 우리는 몸 밖으로 나가려고 하면서도 나가지 못하는 걸까. 아니, 나가지 않으려고 하는 걸까. 모든 존재하는 것과 부재하는 것, 심지어 부재하는 타자의 그림자조차 모두 몸을 벗어나지 못한다. 김혜순에게 몸은 질병의 경험을 통해 무한히 쪼개지다가 어느 순간 한정 없이 부풀려 전 우주가 된다. 어떻게 된 일인가.

몸으로 글을 쓴다는 것은 사랑으로 나를 버림으로써 오히려 너와 합일하려는 몸의 욕망을 보여주는 하나의 궤적이다. 나는 내 몸 속에 새겨진 아픔과 병과 기쁨과 욕망을 통하여 남성들이 결코 이해할 수 없는 어떤 기쁨을 느꼈다. 그것은 출산의 고통 속에서 느낀 어떤 것이었다. 그 고통 속에서, 나를 내보내는 끝없는 움직임 속에서, 그 거대한 수동적인 움직임, 저항할 수도 없고, 멈출 수도 없고, 내가 시간을 정할 수도 없으며, 거대한 흐름에 내 몸을 맡길 수밖에 없는 그 심연 속에서 나는 한 아이의 울음소리를 들었다.(150쪽)

"나를 버림으로써 오히려 너와 합일하려는 욕망", "그 거대한 수동적 움직임" 속에서 김혜순은 출산이라는 새로운 경험을 하게 된다. 출산은 '나'가 품었던 '너'를 '나' 밖으로 밀어버림으로써 '너'를 소유하는 대신 품어 안을 수 있게 한다. '나' 안의 '너'가 있던 빈자리를 통해 '너'라는 존재를 향해 움직일 수 있게 한다. 이때 '너'가 있던 그 '부재'의 자리가 다른 존재를 향한 욕망을 촉발시킨다. 시인의 어머니로서의 자질은 이렇게 구멍 뚫린 몸에 대한 깨달음에서 얻어진다. 그래서 "내 안의 저 어두운 그런 구멍인, 텅 빈 그 자체인 어머니"(83쪽)가 된다. 이 어머니는 "침묵과 같으며 허공과 같으며, 골짜기와 같으며 틈과 같으며 텅 빈 곳과 같다."(83쪽) 여기서 어머니는 우리가 소재 주의적으로 명명하는 특정한 실체가 아니다. 어머니는 시적 들림의 상태에서 문득 엿보게 되는 부재하는 타자이자, 그를 통해 이루어지는 일련의 시적 상황이다. 그리하여 그것은 계속 모습을 바꿔가면서 끝없는 이미지 생성을 가능케 하는 환유 그 자체다. 혹은 구멍이다.

구멍은 아무것도 없는 텅 빈 공백이나 허방이 아니다. 그것은 다른 존재와의 겹침, 체험의 누적을 통해서만 인식 가능한 것이다. 그 '사이'에서 생겨난 것이다. 김혜순은 아프면서 한 번 지워지고, 아이를 낳으면서 또 지워진다. 자꾸 지워진다. 그래서 "개미만큼 줄어든 우리만/남고/우리 사이에서/구멍이 넓어진다/점점 넓어진다."(「구멍 散調」) 그러나 그 "구멍 생산자들의 질주"(「구멍 散調」)가 만들어낸 "가슴속 온갖 구멍"을 통해서만 비로소 "내 희디흰 편지"(「희디흰 편지지」)는 전해질 수 있으며, "이 속에 있으면서/저곳으로 가고 싶은,/갇혀서 갇혀서 흐르는"(「月印千江之曲」) '천 개의 강'이 출렁거릴 수 있다. 이 구멍 뚫린 몸은 자연스럽게 다른 존재들과의 교통을 상상하게 하는데, 특히 김혜순 시에서 '나'와 '너'의 교감을 가능케 하는 것은 바로 '물'이다. 김혜순 시에서 출산이라는 경험이 단순히 개인적 사건이나 정서의 문제가 아니라 다른 존재들의 발견과 소통이라는 문제로 확대될 수 있는 것도 바로 이 물의 이미지 때문이다. 다른 생명과의 교감이 이루어지는 출산의 순간을 좀더 극적으로 만들어주는 것도 바로 "뜨겁게 젖은 뿌우연 살덩어리"나 "땀 젖은 저고리"(「월출」)와 같은 흠뻑 젖은 이미지다.

물은 그 편재성과 유동성, 가변성, 그리고 투명성(혹은 비가시성)이라는 특성 때문에 김혜순 시의 어머니와 닮아 있다. 물은 흐르고 흐르면서 무한한 시적 상황들을 만들어낸다. 물은 "누가 시키지 않아도 자발적으로 솟아오르며, 저절로 움직인다. 조그만 틈도 뚫고 들어갈 수 있으며 단단한 바윗덩어리도 뚫을 수 있다. 얼음처럼 단단해지기도 하고 수증기처럼 부드러워지기도 한다."(104쪽) 김혜순의 시에서 물은 액체, 고체, 기체로 두루 변모하는 동시에 끝없이 넓은 바다거나 '눈물 한 방울'이기도 하다. 갇혀 있기도 하고 흐르기도 한다. 뭉쳐지기도 한다. 가볍기도 하고 무겁기도 하다. 그래서 이토록 많은 물이 된다. "직육면체 물, 동그란 물, 길고 긴 물, 구불구불한 물, 봄날 아침 목련꽃 한 송이로 솟아오르는 물, 내 몸뚱이 모습 그대로 걸어가는 물, 저 직립하고 걸어다니는 물, 물, 물…… 내 아기, 아장거리며 걸어오던 물, 이 지상 살다갔던 800억 사람 몸 속을 모두 기억하는, 오래고 오랜 물, 빗물, 지구 한 방울."(「모든 것을 기억하는 물」) 김혜순의 초기 시를 보면 그녀가 이미 이러한 물의 다양한 형태와 속성을 파악하고 있음을 확인할 수 있다. 그래서 그녀는 "한강물 얼고, 눈이 내린 날/ 강물에 붙들린 배들을"(「한강물 얼고, 눈이 내린 날」) 통해 얼어붙은 세계를 유희적으로 비판하기도 하고 여자의 눈물이 만들어내는 리듬이 어떻게 몸을 움직이게 하고 세상을 지워나가는 자율적 운동성을 획득하는가를 시적으로 체험하기도 한다.(「리듬」) 특히 「新派로 가는 길」 연작은 미로와 같은 몸의 구멍을 이리저리 흘러가다가 젖어들고, 끈적하게 달라붙다가 흐름이 차단되기도 하는 다양한 물의 모습을 통해 '新派'의 가능성을 타진하고 있다.

내리지 않는 비로 누워서
혼자 소용돌이치다 혼자 온몸 다 젖었던 거

빗소리 어디서 아마득히 들리는데

빨랫줄의 그대 속옷 하나 안 젖는 날

있었던 거 생각나시겠지요?

큰 소리 마른번개로 눈물 없이 울던 거

말하려고 할수록 활자와 단어들이

후드득 후드득 뚱뚱한 내 뱃속으로만 떨어지던 거

입 안에 침만 고이던 거

어느 날인가는 파랗게 눈 닦고

그대 양철 지붕만 망연히 어루만지던 거

차마 알아채지 못했다고는 안 하시겠지요?(「新派로 가는 길 5―구름城

의 여자」)

　구름은 비가 되어 그대의 속옷을 적시고 그대의 양철 지붕 위로 떨어져 내리고 싶은 마음 간절하지만, 아직은 "혼자 온몸 다 젖"을 정도로 "이리저리 뒹굴"면서 부풀어 오르기만 할 뿐 결코 비가 되지는 못한다. 마치 시인이 "말하려고 할수록 활자와 단어들이" 그대에게 전달되지 못한 채 자기 자신에게로 되돌아와 '뚱뚱해지는' 것처럼 말이다. 빗물로 흐르지 못하는 구름의 비애. 그 구름이 해체되어 물이 되면, 그래서 흘러갈 수 있다면 "내 몸 밖으로 물길 열"어 "내 말의 꽃"을 피우고 "그대 지붕 위에 물꽃 소리"를 피울 수 있을 것이다. 그래야만 "1200만분의 1의 개개 슬픔은 모두 新派"(「新派로 가는 길 2」)가 될 수 있을 것이다. 그러나 터지고 흐르는 모든 물이 다 '新派'가 되지는 못한다. 원치 않는 폭력으로 인해 "터진 양수처럼 내 안의 바닷물이 한꺼번에 흘러내"(「新派로 가는 길 2」)리면, '나'는 내 안의 "胎中 監獄에 아직도 갇힌 그대"와 만나지 못할지도 모른다. 그럼에도 불구하고 흐르지 않고 갇혀 있는 물은 비극적이다. 왜냐하면 "가도가도 메마른 바다 삶은 언제나 죽음의 나선형 주머니"(「수족관 밖의 바다」) 안에서만 맴돌기 때문이다. 김혜순의 시에서 물을 가두어두는 수족관이나 어항은 우리를 강퍅하고 메마르게 한다. "폐어처럼 숨을 뻐끔거리"(「소나기 속의 운전」)게 하고, "비에 갇힌 불쌍한 사랑 기계"가 되게 한다. 빗속으로 나가지 못한 채 "카페 펄프"의 욕조처럼 좁은 의자에 앉아 "물고기 흉내"나 내게 한다. 그래서 이 불쌍한 사랑 기계는 "전화기를 붙잡고 혼자 짓"는다. 그러나 소통의 도구인 전화기는 "붉은 낙태아처럼 말이 없"다. 그리하여 '나'는 혼자 "두 손을 쳐들고/물로 만든 철조망을 향해/걸어나"(「비에 갇힌 불쌍한 사랑 기계」)간다.

> 나, 밤버스 내려 휘몰아치는 수정 구슬들 속으로 들어갔네
> 수많은 얼굴들이 내미는 수많은 얼굴들
> 나, 검은 거울 속 그 나라에 사로잡혔네
> 나무 오리들을 장대 끝에 매달아
> 높이 세우던 바로 그 나라에(「빙의」 부분)

김혜순 시에서 세차게 쏟아지는 빗물은 종종 다른 세계, "광막한 안데스 산맥"(「소나기 속의 운전」)이나 "검은 거울 속 그 나라"에 사로잡히게 한다. 그 사로잡힘에 대해 쓰게 한다. 그래서 내가 아니라 "창밖에서 비가 또 자판을 두드리기 시작한다."(「암탉」) '나'를 들리게 하고 고여 있던 눈물을 쏟아내게 한다. 위 시의 제목이 '빙의'라는 점에 주목하자. 빙의(憑依)란 일종의 귀신 들림의 상태다. 그것은 나를 버리게

하고 내 안에 수많은 다른 존재들을 불러와 나를 다중인격자가 되게 한다. 그래서 "내가 모든 등장인물인 그런 소설"을 쓰게 한다. 그 등장인물들은 "내 몸에서 나온 나의 할머니들과 나의 딸들"(「내가 모든 등장인물인 그런 소설 1」)이기 때문에 '나'이기도 하다. 그러나 그것은 '나'의 클론은 아니다. 그것은 '나'를 무수히 쪼개서 나눠 가진 존재들이다. 이 세상이다. 그래서 간혹 '나'는 길을 걷다가 문득 "거울 미로에 빠진"다. "눈길 가는 데마다 전부 나다."(「현기증」)

이렇듯 물은 거울과 깊은 관련이 있다. 왜냐하면 "거울은 경계가 아니"(82쪽)기 때문이다. 김혜순 시에서 거울은 "부드럽고 물렁물렁하고 혀를 대보면 비릿하다."(82쪽) 그것은 '나'와 '너' 혹은 '밖의 나'와 '안의 너'로 나누는 이분법적 단절의 경계선이 아니다. 그것은 "어머니 되기를 배우고 실현하는, 실현해야만 하는 하나의 문일 뿐이다."(82쪽) 그래서 김혜순에게, 산도가 열리고 양수가 터져 미끄러운 구멍으로 아이가 나오는 순간은 "모든 거울들 내 앞으로 한꺼번에 쏟아지며 깨어지며 한 어머니를 토해내"(「딸을 낳던 날의 기억—판소리 사설조로」)는 때다. '나'라는 자기동일성이 부서지고 무수한 너들이 현현하는 찰나다. 지금까지 들이마신 세계를 토해내는 순간이다. 거울을 오래 들여다보면 '나'는 더 이상 '나'가 아니게 된다. 낯선 얼굴이 보인다. 하나도, 둘도 아니고 무수히 많은 다른 존재들이다. 김혜순의 거울은 이렇듯 자아해체적이고 자아증식적인 유체(流體)다. 그래서 거울 속에서 '나'는 오히려 길을 잃고 쫓겨난다.

아직도 여기는 너라는 이름의 거울 속인가 보다
발걸음이 떼어지지 않는다

고독이란 것이 알고 보니 거울이구나
비추다가 내쫓는 붉은 것이로구나 포도주로구나(「한 잔의 붉은 거울」
부분)

급기야 '나'의 거울은 "너라는 이름의 거울"이 된다. 그것은 '나'
를 비추다가 내쫓기까지 한다. 여기서 '붉은 것'은 '나'로부터 버려진
것의 '나'의 이름이다. 그래서 그것은 고독의 또 다른 이름이 된다. 그
러나 '나'는 고독이 불러일으키는 달콤한 자기연민에 빠지지 않는다.
다시 "나는 그 붉은 거울을 들어 마신다." 그리고 "몸속에서 붉게 흐르
는 거울들이 소리"(「한 잔의 붉은 거울」)치게 한다. '너' 또한 붉은 거울
의 주술로부터 자유롭지 않다. "나는 네 몸통 속에서/불씨처럼 익어
간다/네 목젖을 타고 오르는/빨간 플러스, 빨간 플러스/이번엔 네
체온이 급상승중/나는 너의 피 속에 불을 지른다"(「복수」) 그래서 내
가 흔들리면 너도 흔들리고, 내가 비틀거리면 너도 비틀거린다. 내가
피 흘리면 너도 피 흘린다. 그 역도 성립한다. 또 그 역도 성립한다. 이
과정은 계속된다. 그러면 뭐가 남을까. 남기는 할까. '나'라는 이 끔찍
한 몸을 버리고 버리기를 무수하게 반복한 "백년 묵은 여우" 김혜순은
결코 사람은 되지 않을 것이다. 되고 싶지 않을 것이다. 그렇다면 '붉
은 얼룩'이나 '그윽한 복숭아 향기'는 어떨까.

나는 이번 생에 복숭아 하나 얻으러 왔어
당신이 떠나가며 한 모금 울컥 뱉어놓은
그 붉은 얼룩, 그것을 구하러 왔어
당신은 저 유령들의 세상에서 병들어 있다는데

나는 눈 내리는 이 겨울밤 이 얼어붙은 골짜기

그만 눈밭에 흘려버렸나 봐

어디에 있는 거야?

이 눈밭을 한 바퀴 돌고 나면 붉은 아기는

하얀 할머니 되고 하얀 할머닌 붉은 아기 된다는데

복사꽃 난분분 난분분 흰 눈은

밀려오고 다시 또 오는데

가도 가도 희디흰 백지

발자국 남기자마자 지워지는 내 평생의 족적

저 땅속 깊은 곳 어디선가 눈뜨는 핏발 선 눈동자 하나

벌어진 내 자궁 속에서 튀어나온 그 뜨거운 것

연필은 똑 부러지고, 숙제는 많은데

그런데 정말 어디에 있는 거야

어디선가 복숭아 향기 그윽이 오는 것만 같은데(「백년 묵은 여우」 부분)

새로운 여성성의 미학을 찾아서

—강영숙의 소설을 중심으로

1. '우물'에 빠진 여성 문학

한국문학에서 '우물'은 흔히 모성의 메타포로 사용되었다. 깊고 둥근 모양을 하고 생명의 원천인 물을 담고 있는 우물의 이미지는 생명 탄생과 관련된 공간으로서 여성의 자궁을 어렵지 않게 연상시키기 때문이다. 그런 이유로 우물은 중요한 여성적(혹은 모성적) 기호로 활용되어 왔고, 그런 기초 위에서 여성 문학을 읽는 하나의 정형화된 독법을 만들어낸다. 오정희의 「옛우물」에 대한 다음과 같은 평가는 그런 맥락에서 모성성을 여성 문학의 전범으로 삼는 비평적 관습의 한 사례이다.

여주인공이 옛 우물의 기억에 집착하는 행동은 옛날 여성들이 모성적 권능에 대하여 가지고 있었던 우주적 · 신화적 상징들의 체계와의 관련 속에서 그녀의 문화적 성별을 이해한다는 의미를 갖는다. 우리는 여기서 여성이 자신의 창조성을 발견하는 작업과 여성의 변별적인 문화를 인식하는 작업이 전혀 별개의 것이 아니라는 교훈을 얻게 된다. 「옛우물」의 이야기는 그 나름대로의 미학과 윤리, 지식과 규범을 가지고 있는 여성문화의 전통을 새롭게 천착하고 포용하는 일로부터 여성적 창조성의 충만한 비전이 자라 나온다는 것을 우리에게 일깨우고 있는 것이다.[1]

여성적 창조성과 상상력의 원천을 '옛 우물', 즉 전통적인 여성문화에서 발견하려는 이러한 비평적 시도는 여성을 새로운 문학적 원천으로 자리매김하려는 노력으로, 또 그동안 은폐되어왔던 여성적 경험에 잠재된 문학적 가능성을 복권하려는 기획의 하나로 끊임없이 반복되어왔다. 그러나 모성성을 "우주적·신화적 상징들"의 차원으로까지 끌어올리는 이런 발상은 사실 여성성과 모성성에 대한 새로운 해석이기보다는 가부장제 하에서 형성된 전통적인 어머니상을 부분적으로 반복하는 것이다. 그것은 흔히 생산성과 헌신성, 포용성과 같은 이타적 자질을 모성성과 동일시하는 방식으로 나타난다. 이런 접근 방식에서는 그렇게 모성적 자질과 여성적 창조력의 원천을 동일시할 수 있는 근거를 주로 '잉태와 출산이라는 여성 고유의 생물학적 능력'에서 찾고 그런 능력을 경이와 신비의 세계로 규정짓는다.

이와 동시에 '우물'이라는 메타포가 사용되는 또 다른 맥락을 환기할 필요가 있다. 특히 깊이를 알 수 없이 깊숙이 가라앉은 무언가를

---

1 황종연, 「여성소설과 전설의 우물」, 『비루한 것의 카니발』, 문학동네, 2001, 82~83쪽.

연상시킨다는 이유로 우물이 종종 비가시적 내면의 보조관념으로 활용되어왔다는 점이 그것이다. 특히 신경숙의 『외딴방』(문학동네, 1996)에서 '나'가 쇠스랑을 빠뜨렸던 우물은 존재의 상처 입은 내면을 상징하는 것으로 해석되었다. 그리하여 신경숙 소설에서 "내면의 우물을 향"한 '자맥질'은 "사적인 진정성의 추구"[2]라는 점에서 깊이 있는 자기반성과 성찰의 한 양식으로 평가되기에 이른다. 신경숙을 비롯한 1990년대 여성 작가들의 소설에 대한 다음과 같은 평가는 그런 관점에서 1990년대 여성 문학을 규정짓는 대표적인 방식이다.

> 신경숙은 90년대 문학이 보여주는 사인성의 세계의 한 극단에 서 있는 작가라고 할 수 있다. 그녀의 작품에서 그 사인성의 공간은 바로 타자들의 세계로부터 단절된, 혹은 그 타자들과의 관계로부터 상처받은 개인에게 그의 삶이 거처할 최소한의 실존적 공간으로 남겨진 밀폐된 방의 이미지로 나타난다. 그녀의 소설 속에 등장하는 여성들은 대부분 타자들과의 관계에서 깊은 절망과 상처를 체험하고, 타자로부터 밀폐된 공간 속에 스스로를 가둔 채, 그 속에서 자신의 상처받은 삶의 의미를 반추하고, 그 삶의 존재론적 심연을 들여다보는 고독한 응시자의 모습으로 등장한다.[3]

그리하여 이제 상처받은 개인의 이 고독한 내면은 그 자체로 윤리

---

2 서영채, 「냉소주의, 죽음, 매저키즘: 90년대 소설에 대한 한 성찰」, 『문학의 윤리』, 2005, 118~119쪽.
3 박혜경, 「사인화된 세계 속에서 여성의 자기 정체성 찾기」, 『문학동네』 1995년 가을호, 31쪽.

적 의미를 획득하게 된다. 사인화(私人化)된 내면이라는 공간은 타인들로부터 자신을 보호할 수 있는 영역이자 동시에 자신의 상처를 통해 더욱 깊은 삶에 대한 통찰에 이를 수 있는 자기만의 '성소'(聖所)가 된 것이다. 특히 1990년대 여성 작가들에게서 여성의 정체성 찾기와 관련되는 사적인 삶에 대한 문학적 관심은 그런 내면이라는 우물을 여성의 특권화된 장소로 성별화(gendering)하게 된다. 이런 과정을 거쳐 1990년대 여성 문학의 지위와 성격은 '내면=사적=여성'이라는 도식의 반복 속에서 형성되었다. 문제는 이런 비평적 의미부여가 반성 없이 일반화되면서 점차 하나의 클리셰(cliché)로 굳어졌을 뿐만 아니라, 여성 작가들의 실제 작품 역시 그런 담론의 자장을 한 치도 벗어나지 못했다는 점이다. 비유컨대 그들은 내면이라는 우물에 빠져 갇혀버렸던 것이다.

이렇게 여성 문학의 의미를 적극적으로 평가하는 준거가 되었던 모성과 내면의 '우물'은 아이로니컬하게도 여성과 여성성, 그리고 여성 문학에 관한 기존의 관습적이고 전통적인 관념을 무반성적으로 반복하는 가운데 나온 것이었다. 그리고 그것은 결국 여성 문학을 ('전설의 우물'이라는 황종연의 표현 그대로) 역사 뒤편으로 사라질 운명에 처한 '전설'로 만들어버렸다. 즉 1990년대 여성 문학에 적극적인 의미를 부여하는 근거가 되었던 '우물'의 메타포와 관련된 문학적 고정관념은 이제 결과적으로 여성 문학을 '여성들만의 문학'으로 제한해버림으로써 끝내 문학의 변두리 하위 장르로 밀어내 고착시켜버리는 작용을 한 것이다. 이 점에서는 지난 시기 여성 문학을 적극 옹호했던 여성(주의) 평론가들의 책임도 크다. '모성'과 '내면'을 여성 문학을 위한 하나의 전략적 거점으로 적극 옹호하고자 했던 그들의 비평적 시도 역시 역설적이게도 이전의 여성에 대한 통념과 고정관념—전통적인 어머니상의 복제 및 공/사 영역의 젠더 이분화—을 더욱 강화하는 연장선상에 있었던 것이다.

　그러나 문제는 여전히 현재진행형이다. 지금도 여전히 여성성과 여성 문학에 대한 편견과 오해는 '우물 문학'에 대한 비평가들의 고정관념에서부터 피어오른다. 나아가 그런 고정관념은 여성성/여성 문학에 대한 논의를 남성/여성이라는 생물학적 성 구분의 도식 바깥으로 나아가지 못하게 할 뿐만 아니라, 여성 문학을 한정적이고 고정적인 범주 속에 가둠으로써 새롭고도 생산적인 문학의 가능성을 차단한다. 어쩌면 현실적으로 "남성성/여성성의 가부장제적 이분법에서 벗어나 여성을 이야기하는 것"은 그렇게 쉽지 않으며, 그런 의미에서 정녕 "남성형 담론의 '바깥'"[4]은 없을지도 모른다. 그럼에도 불구하고, 그런 도식적이고 규범적인 이분법을 해체하려는 시도에서부터 새로운 여성 문학의 시작은 가능해질 것이다. 그 시도는 구체적으로 남성 혹은 여성이라는 단수적 젠더(gender)를 고집하기보다 복수적 젠더 '들'의 가능성을 타진하는 것이며, 여성에게 사적 공간을 할당한 뒤 그곳에 가두기보다 새로운 여성적 영역 '들'을 발견하는 것이기도 하다. 이 글의 목적은 이런 관점에서 새로운 여성 문학의 가능성을 보여주는 강영숙의 소설[5]을 검토하는 것이다.

4　황종연, 앞의 글, 65쪽.
5　이 글에서 살펴보는 강영숙의 소설은 창작집 『흔들리다』(문학동네, 2002)와 『날마다 축제』(창비, 2004)에 수록된 작품들과 「자이언트의 시대」(『문학동네』 2004년 여름호), 「갈색 눈물방울」(『문학과사회』 2004년 겨울호)이다. 이후 인용할 때는 필요할 경우 작품명과 쪽수만을 표시한다.

2. 국도 위의 자이언트 여자 혹은 남자

최근 여성 작가들은 1990년대 여성 문학과는 달리 몇 가지 항목으로 묶을 수 없을 정도로 다양한 갈래들을 보여준다. 그중에서도 주목할 만한 것은 많은 여성 작가들의 소설에서 관습적인 성차의 흔적이 지워지고 있는 현상이다. 예컨대 배수아 소설에 등장하는 아이들은 성별화 이전의 미성숙한 존재라기보다는 성별이 의식적으로 삭제된 존재들로서, 그것은 성장에 대한 이들의 거부심리 혹은 관습적인 일상에서 벗어나려는 이방인 의식과 긴밀한 상관관계에 있다. 그리고 성장을 거부하는 이 아이들은 최근 『에세이스트의 책상』(문학동네, 2003)에서 속물적인 세계를 의식적으로 거부하고 물질에 속박되지 않는 순수한 정신을 지향하는 동성애자로 변모했다. 이때 동성애는 성적 취향의 특이성 문제에 국한되는 것이 아니라 사회문화 전반에 대한 새로운 주체적 포즈로 해석할 수 있을 것이다. 이즈음 여성 작가들의 소설에서 부상하는 이러한 성차의 삭제 혹은 전도는 천운영 소설에서도 또 다른 방식으로 드러난다. 특히 「늑대가 온다」(『명랑』, 문학과지성사, 2004)에서 천운영은 관습적으로 남성을 상징하는 동물인 '늑대'에 모성적 성격을 부여함으로써 기존의 남/녀 성 구분이 모호해지는 특이한 성적 존재를 만들어내고 있다. 천운영의 소설에서 성차와 남성적 상징질서의 교란은 다른 방식으로도 나타나는데, 그것은 남성적 욕망의 소유자인 여성 인물들에게서 특히 두드러진다. 그녀들은 한편으로 관습적인 남성성을 재연하는 유사 남성의 성격을 지니지만 다른 한편으로 그녀들이 품는 (유사)남성적 욕망은 (남성의 욕망과는 반대로) 상징질서에 포섭되기 어려운 불구의 형태를 띠고 있다. 그런 측면에서 천운영의 여성 인물들은 한편으로는 남성적 상징질서를 내면화하면서 그에 포섭되는 듯하면서도, 바로 그런 가운데서 그 상징질서의 내적 질서를 교란하는 모호하고 양가적(兩價的)인 존재성을 드러낸다.

이들 소설은 겉으로 여성성의 미학을 표방하지 않음에도 불구하고 분명 기존의 여성성에 대한 고정관념이나 문학적 관습과는 다른 자리에서 생겨나고 있는 여성성에 대한 탐구의 일면을 보여준다. 이때의 여성성은 물론 그 자체로 탐구되는 것이라기보다는 다른 맥락이나 장치들을 빌려서 표출되는 징후와 같은 것이다. 그러나 이와는 다른 방향에서 강영숙의 소설은 새로운 여성성과 여성 문학의 가능성을 적극적으로 탐구하면서 그것을 소설의 미학적 차원으로까지 끌어올리고 있어 주목된다. 강영숙은 우리 사회의 총체적 불모성을 파헤치는 문명비판적 작가로 알려졌지만, 사실 그런 문명비판의 시각의 출발점을 제대로 파악하기 위해서는 강영숙의 소설에서 시도되고 있는 새로운 여성성의 미학을 살펴보지 않으면 안 된다.

먼저, 예컨대 배수아와 천운영의 인물들에게서 발견할 수 있는 성차의 모호함이라는 특성이 강영숙 소설의 여성 인물들에게서는 어떤 방식으로 나타나고 있는가를 보자. 무엇보다 그녀들은 대개 덩치가 크고 힘이 세다. 자전소설인 「자이언트의 시대」의 '나'는 '덩치 얘기만 나오면 몸둘 바를 모'를 정도이며, 「씨티투어버스」의 '나'는 남편이 그녀에게 '잡아먹힐지도 모른다'는 공포심을 가질 만큼 "너무 힘이 세"다. 그리고 「밤의 수영장」의 '뚱땡이'와 '냉장고 여자'는 문자 그대로 "냉장고만 하다." 특히 「흔들리다」에서 주인공 '나'의 친구로 등장하는 '한나'는 이런 덩치 큰 여성들을 대표하는 인물이다.

한나는 운전석 옆자리가 꽉 찰 만큼 키가 크다. 키만 큰 것이 아니라 어깨도 크고 허리통도 크고 허벅지도 크다. 무엇보다 큰 것은 두 손이다. 그녀의 두 손은 마디도 굵고 살집도 두툼하다. 게다가 왼쪽 손등 중앙에 있는 티눈은 손의 크기를 더 확장시켜 보이게 한다. (「흔들리다」, 14쪽)

그녀들은 정상 체형을 초과하는 '크고, 굵고, 두툼하고, 확장된' 체구의 소유자들일 뿐만 아니라, 드세기까지 하다. 강영숙의 소설에서 "힘이 더 센 건 여자들"(「태국풍의 상아색 쌘들」, 71쪽)이다. 그렇다고 강영숙 소설의 여자들을 전형적인 남성성을 무자각적으로 반복하는 남성화된 여성 인물이라고 보기는 어렵다. 「흔들리다」의 '덩치 큰' 한나는 덩치에 걸맞지 않게 채식주의자이며, 「씨티투어버스」에서 매일 부부싸움을 하는 '나'는 남편과의 육박전에서 밀리지 않을 만큼 강하면서도 남편에게 얻어맞은 몸이 '오색찬란한 멍색깔들'로 도배될 정도로 허약한 존재이기도 하다. 「자이언트의 시대」의 '나' 또한 사춘기 시절 '자이언트 언니'로 불릴 만큼 큰 덩치에도 불구하고, "힘 몇 번만 쓰면 다 쓰러뜨릴 수 있을 것 같"은 "아주 작고 부실해 보이는 남자애들"과의 싸움에서 "힘 한 번 안 써보고" 진다. 사실 강영숙 소설의 힘 세고 덩치 큰 여자들에게 "힘이라는 것"은 "도무지 쓸모없는 것"(「자이언트의 시대」)이다. 이들에게는 '크다=세다'의 도식이 언제나 성립되는 것은 아니며 설령 힘이 세다고 해도 그것이 곧 폭력적이라는 것을 의미하지는 않는다. 이들 여성 인물은 크지만 힘이 세지 않을 수도 있으며, 힘이 세도 폭력적이지 않을 수 있는 것이다.

그 점은 남성 인물의 경우도 마찬가지다. 「댐」에 등장하는 '자이언트 형'의 비정상적으로 큰 체격은 "정상 체격의 극단적인 변이현상"
인 '말단거대증'에 의한 것으로, 당뇨병 등의 합병증을 동반하는 '질
병'에 걸린 육체다. 그리하여 소설에서 상대를 압도하기에 충분한
'그'의 지나치게 큰 덩치와 '아랫도리'는 남성적 힘과 특권의 상징으
로 나타나지 않고 오히려 희화화와 조롱의 대상이 된다. 강영숙의 소
설에서 큰 덩치는 우리가 짐작하는 것과는 달리 강한 힘을 동반하지
않는 것이다. 오히려 그들의 거대한 육체는 문명사회에 적응하기 힘든
어떤 원시성을 연상시켜 우울하고 슬픈 정조를 띤다.[6] 이처럼 강영숙
소설의 인물들은 이전의 남성성/여성성이라는 젠더 분류체계로는 포
착하기 어려운 탈(脫)젠더적 존재들일 뿐만 아니라, 우리의 통념을 배
반하는 새로운 유형의 인물들이라고 할 수 있다.

　　관습적인 젠더 이분법을 모호하게 흐리면서 미끄러지는 이러한
인물들의 등장 때문인지 강영숙 소설을 독해하기란 쉽지 않다. 특히
일상생활 속에서 아무렇지도 않은 듯 무심하게 드러나는 그(녀)들의
불투명한 성적 정체성은 성별화된 공/사 영역의 이분법이 해체된 서
사공간 속에서 더욱 불분명해진다. 강영숙의 소설에서 그것은 한편으
로 비유적이건 실제적이건 간에 여성의 공간으로 규정되어온 '집'의
젠더를 해체하고 재구성하는 방식에서 나타난다. 다음을 보자.

　　남자 옆자리에 앉아 넘겨다본 우리집은 아주 작은 상자 같았고, 조금

6　뒤에서 좀더 자세하게 얘기하겠지만, 이들 자이언트들의 현실 부적응성과 비(非)문명성은 강
　영숙 소설에 환영처럼 출몰하는 동물들과 기이한 자연현상이 제기하는 문제와도 긴밀하게 관
　련된다.

씩 새어나오는 불빛은 개똥벌레 불빛만큼이나 약했다.(「트럭」, 43쪽)

나는 우리가 살고 있는 아파트 쪽을 쳐다보았다. 방풍림처럼 아파트를 둘러싸고 있는 나뭇가지들 틈으로 우리가 살고 있는 집을 찾았다. 아파트는 인공호수 너머에 완강하게 입을 다문 듯한 표정으로 서 있었다.(「봄밤」, 49~50쪽)

시계는 열한시를 가리키고 있다. 커피를 마시며 통유리 너머로 아파트를 뚫어지게 쳐다본다. 저 아파트가 없어지는 것이 오히려 우리에게 새 인생을 열어줄지도 모른다. 벌집 같은 아파트, 썩은 해초줄기 같은 아파트, 화려한 지붕의 건물들을 비껴나 언덕 위에 서 있는 미화아파트가 보인다.(「불빛과 침묵」, 171쪽)

우선 위 예문에서 '집'이 집 바깥에 나가 있는 여성의 시선에 의해 포착되고 있다는 데 주목할 필요가 있다. 그리고 이때 집은 단순한 거주공간이나 따뜻하고 안락한 스위트 홈 혹은 내면의 메타포가 아니라, 그저 차가운 관조와 응시의 대상일 뿐이다. 특히 「불빛과 침묵」에서 집은, 게다가 더 이상 안전하고 편안한 거주지가 아니다. 고요한 밤에는 "시멘트 가루가 떨어져 내리는 소리가 들"리고, "공룡의 이빨처럼 거대한 포클레인의 쇠갈퀴가 아파트를 찍어 내릴 것"(「불빛과 침묵」, 173쪽) 같은 공포에 시달릴 정도로, 집은 불안과 공포의 진원지가 된다. 그런데 그 집에, 여성은 없다. 오직 늙은 아버지와 무력한 남편만이 존재할 뿐이다. 여성은 단지 집 바깥에서 그 집을 응시한다.

이를 보건대, 강영숙의 소설에서 집은 더 이상 여성에게 할당된 사적이고 내밀한 공간이라는 성별화된 의미를 갖지 않는다. 오히려 그녀들에게 익숙한 공간은 '국도'이다. '국도 위'는 "구운 오징어를 파는 여자들"(「봄밤」, 32쪽)이 고단한 생계를 꾸려가는 곳인 동시에, 일상에 매달려 사느라 묵직해진 삶의 무게를 털어내는 탈일상의 공간이기도 하다.(「흔들리다」, 「태국풍의 상아색 쌘들」, 「트럭」) '국도'는 집 밖으로 나온 강영숙 소설의 여성들이 발견하는 새로운 거주지다. 이제 여성들은 집 밖에서 더 편안함을 느낀다. 언제나 수면부족에 시달리던 여성이 비로소 '깊은 잠'을 잘 수 있게 된 곳은 바로 '캠프장'(「연인들」)이고, "남편과 싸우고 황색의 밤거리로 나"온 아내가 발견한 "시원하고 쾌적"한 공간은 '시티투어버스'이다. 이들 여성에게 집 밖은 생활을 위한 노동의 공간인 동시에 휴식의 공간이기도 하다. 그런 의미에서 이들이 돌아다니고 일하며 고단함과 편안함을 함께 느끼는 집 바깥의 공간으로서 '국도'는 공적/사적 영역의 틈새 공간인 동시에 그런 이분법적 공간 분할로 포착될 수 없는 모호한 영역이다. 집이면서 집이 아닌, 노동과 휴식이 동시에 이루어지는 곳. 바로 그곳에서 자이언트 여성(혹은 남성)의 이야기는 시작된다.

3. 복수적 젠더 '들'이 사는 법

그런데 강영숙의 소설에서 남성성/여성성과 공/사의 이분법의 이와 같은 해체는 단지 해체 자체에만 머물고 있는 것이 아니다. 그것을 통해 강영숙은 이전의 관습적 사유의 그물망으로는 포섭되지 않는 새로운 인물형을 만들어내고, 그곳에서 기존의 상투형을 벗어나는 구체적인 리얼리티를 포착해낸다. 더 나아가 그에 기초하는 새로운 인간관계의 모습이 소설에서 제시되고 펼쳐지고 있다는 것 또한 우리가 놓쳐서는 안 될 사항이다. 우선 「트럭」에서 주인공 '나'를 밤의 여행으로 이끄는 상상 속의 트럭 운전사 '남자'를 묘사하는 다음 구절은, 강영숙의 소설에서 관습적인 젠더 구분이 어떻게 해체되는가를 암시적으로 보여준다.

> 그의 손은 패스트푸드점에서 봤던 버릇없는 그 남자 손의 두 배쯤 되는 크기였고 미세한 밀가루 조직을 덮어씌운 듯 부드러워 보였다. 웬만한 사람은 한 방에 날릴 수 있을 만큼 큰 손이었다. 남자는 그 큰 손을 청바지 위 허벅지에 올려놓았는데 자꾸만 그 손을 만져보고 싶은 충동이 일었다.(「트럭」, 43쪽)

"웬만한 사람은 한 방에 날릴 수 있을 만큼 큰 손"은 거칠고 딱딱할 것이라는 우리의 통념은 "미세한 밀가루 조직을 덮어씌운 듯 부드러워 보였다"고 말하는 부분에서 살짝 균열된다. 그런 균열로 인해 이는 한편으로 현실의 트럭 운전사를 왜곡하는 비현실적 묘사라는 오해를 받을 수도 있지만, 실제로 그 균열은 관습적 성차에 따른 도식적 인물형을 벗어나게 한다는 점에서 오히려 더 구체적이고 현실적인 인물 묘사라고 할 수 있다. 사실 강영숙 소설의 남성적 여성 혹은 여성적 남성 인물들은 동성애자나 트랜스젠더처럼 성적 정체성의 문제를 전면적으로 제기하거나 전복적이고 위반적인 하위문화적 상상력을 실천하는 존재는 아니다. 그들은 우리 주변에서 흔히 볼 수 있는 평범한 사람들처럼 보인다. 그럼에도 불구하고 이들 인물이 우리의 관심을 끄는 것은 그들이 기존의 관습적이고 상투적인 남성/여성 인물형과는 다른 새로운 소설적 인물들이기 때문이다.

중요한 것은 소설에서 이 새로운 인물형들이 기존의 관습적인 남녀관계나 그에서 비롯될 법한 통념과 정서적 반응들과는 미묘하게 다른 어떤 관계와 정서의 지점들을 보여주고 있다는 사실이다. 그런 의미에서 일례로 「불빛과 침묵」에 등장하는 무능력하고 무기력한 남편과의 원치 않는 섹스 장면은 충분히 주목할 만하다. 그것은 흔히 짐작할 법한 방식, 예컨대 자격지심에 시달리는 남자의 과잉성욕이나 성폭력에 의해 여성의 육체가 손상되는, 그런 방식으로 그려지지 않는다. 그 장면을 보면 다음과 같다.

왜 넌 요즘 통 욕구가 안 일어나니? 베개에 눌려 그의 얼굴 한쪽에 긴 줄이 가 있다. 그의 입에서 단내가 난다. 손을 뿌리치지만 그가 내 뒷머리채를 잡는다. 괜찮아, 잠깐만 와봐. 창으로 아침 햇살이 들어온다. 얼마 전까지만 해도 단단했던 그의 몸은 마른 꽈리처럼 홀쭉하다. 나는 심장을 짓누르는 그를 지탱하느라 단단히 힘을 준다. 출근하려면 이십 분밖에 남지 않았다. 그가 내 두 팔을 꽉 움켜쥐고는 머리 위로 올린다. 그리고 바지를 벗긴다. 아파트 전 주민께 알려드립니다. 오늘이 철거 최종 시한일입니다. 예정보다 날짜가 앞당겨졌다는 사실은 이미 말씀드린 바 있습니다. 지직거리는 소리였지만, 분명 확성기를 통해 들리는 안내방송이었다. 그는 어쩌면 커다랗게 틀어놓은 에어로빅의 배경음악 때문에 중간중간 끊기는 안내방송을 듣지 못했을지도 모른다. 미화아파트는 예고해드린 대로 철거됩니다. 나는 그의 귀를 두 손으로 막고 넓적다리를 힘껏 벌린 채 아랫배에 잔뜩 힘을 주어 버팅긴다. 그가 확성기 소리를 듣지 못하게 되기만을 바라는 마음으로, 점점 더 크게 소리를 내지른다.(「불빛과 침묵」, 175쪽)

이 소설은 "엥겔지수가 생활비 지출의 전부인" 삶을 간신히 꾸려가는 레스토랑 종업원 '나'와 철거가 예고된 허물어져가는 아파트에 남겨진 실직한 남편과의 기이한 동거의 모습을 추적하고 있다. 백수 남편과 생계를 담당한 아내의 부부관계는 강영숙의 첫 창작집 『흔들리다』에 자주 등장하는데, 이 관계는 무기력한 지식인 남성과 생활력 강한 여성으로 상징되는 전형적인 부부관계의 변형이라는 점에서 그렇게 낯설지는 않다. 그러나 언뜻 상투적으로 보이는 그런 설정에도 불구하고 이들 부부의 모습은 매우 낯설다. 그것은 특히 위의 장면에서 잘 나타나는데, 출근하는 아내를 붙잡고 섹스를 요구하는 남편의 모습은 더 이상 두려움과 거부감을 불러일으키지 못할 정도로 참담하다. 그 모습을 대충 그려보면, "베개에 눌려 그의 얼굴 한쪽에 긴 줄이 가 있"으며 "그의 몸은 마른 꽈리처럼 홀쭉하다." "그가 내 두 팔을 꽉 움켜쥐고는 머리 위로 올린다. 그리고 바지를 벗긴다"라는 진술에서도 알 수 있듯이, 분명 이 장면은 남편이 섹스를 원치 않는 아내를 강간하는 모습이다. 그럼에도 불구하고 이 강간 장면은 더 이상 폭력적이지 않다. '나'는 이런 상황에서도 "오늘이 철거 최종 시한일"이라는 안내방송을 남편이 듣지 못하도록 "그의 귀를 두 손으로 막고 넓적다리를 힘껏 벌린 채 아랫배에 잔뜩 힘을 주어 버팅긴다." 분명 소설에서 '나'는 남편과의 관계에서 자신을 "절대로 벗어날 수 없는 천적 앞에 선 먹잇감"으로 인식하지만, 그럼에도 불구하고 '나'는 남편의 희생양으로 그려지지 않는다. 성적 폭력을 당하는 상황에서 오히려 관용적인 태도를 보이는 '나'의 이런 기이한 태도는 아마도 추측건대, 폭력조차 더 이상 폭력적으로 행사하지 못하는 비참한 지경에 처한 남편에 대한 연민에서 비롯된 태도일 것이다. 중요한 것은 이 연민이 그런 상황에서 흔히 그려질 법한 가학/피학 혹은 가해/피해의 이분법을 벗어나게 하고 있다는 것인데, 그런 측면에서 그것은 단순한 공감과 이해의 태도라는 차원을 넘어서 기존의 것과는 다른 새로운 관계의 지점에서 나오는 낯설고도 특이한 정서적 반응이라고 할 수 있다.

누구나 알고 있듯이 남성성/여성성이라는 젠더 분류는 그 자체로 생물학적 남성/여성의 분류법과 일치하지 않는다. 오늘날 이러한 젠더와 섹스의 구분은 너무도 당연한 사실이 되었다. 그럼에도 불구하고 아직까지도 우리 사회에서는 남성성/여성성이라는 젠더 범주가 생물학적 남성/여성의 범주와 겹치지 않을 수도 있다는, 오히려 많은 경우 실제로 남성성＝남성, 여성성＝여성이라는 도식은 성립하지 않을 뿐만 아니라 이미 해체된 지 오래라는 사실을 납득하지 못한다. 강영숙 소설에 등장하는 대개의 인물들은 기존의 정형화된 성격 유형에서 벗어나 있는데, 이는 남성과 여성 인물들이 하나의 젠더로 환원될 수 없는 모호한 성적 정체성을 지닌 존재들이라는 사실과 무관하지 않다. 그런 점에서 이들은 남성성/여성성이라는 기존의 이분법적인 단수 젠더 체계로 설명하기 어려운 복수적 젠더 '들'이다.

특히 강영숙 소설에 등장하는 덩치 큰 여성들은 기존의 '여성성' 개념을 심문하고 남성적 여성성 혹은 여성적 남성성이라는 새로운 성적 정체성의 가능성을 타진한다는 점에서 새로운 젠더 지도를 상상할 수 있게 한다. 그리고 그것이 기존의 확고한 젠더 체계와 문화에서 비롯되는 관습과 통념을 전도시켜 그와는 다른 지점에서 다른 관계 맺음의 가능성을 슬쩍 열어 보이고 있다는 것, 그리고 위에서도 예를 들어 확인했듯이 그것이 대개 타자에 대한 새로운 방식의 공감이나 연민과 결합한다는 점은 주의 깊게 보아야 할 사항이다. 어쩌면 주디스 할버스탬이 말하는 것처럼 이러한 "기술적인(descriptive) 젠더 '들'이 '남성'과 '여성'이라는 낡은 범주를 격파할 수 있다[7]고 자신 있게 단언할 수는 없을지도 모른다. 하지만 그럼에도 불구하고 이 복수적 젠더들의 등장이 분명, 지배적인 젠더 체계에 기초한 가부장제적이고 이성애적인 문화와 감수성을 조금씩 균열시키고 바꾸어갈 수 있는 가능성을 열어놓고 있는 것만은 틀림없다.

4. 여성 육체, 세계와 조응하다

강영숙의 소설은 기존의 젠더 체계가 모호해지고 교란되는 가운데 그것이 만들어내는 새로운 인식과 감성의 지점을 열어 보이며 그렇게 존재한다. 그렇다면 강영숙의 소설에서 여성성의 미학은 어떤 방식으로 실현되는가? 「봄밤」과 「날마다 축제」는 각각 임신한 여성과 출산한 여성의 육체를 중요한 소설적 테마로 삼고 있다. 이 두 편의 소설은 강영숙의 다른 단편과 마찬가지로 언뜻 황폐하고 건조한 불모의 삶에 대한 비극적 인식을 테마로 한 것처럼 보인다. 그러나 이들 소설에서 특기할 만한 점은 그런 불모의 삶의 비극성이 여성의 육체적 변화에 수반

---

7 Judith Halberstam, "An Introduction to Female Masculinity: Masculinity without Men", *The Masculinity Studies Reader*, Rachel Adams & David Sarran ed., Blackwell, 2002, p. 372.

되는 어떤 것으로 나타난다는 점이다. 강영숙의 소설에서 삶에 대한 비극적 인식은 여성 육체를 그 출발점으로 삼고 있을 뿐만 아니라, 육체라는 프리즘을 통과함으로써 더욱 강렬해진다. 특히 「봄밤」은 임신한 여성의 육체적 변화를 황량하고 고단한 삶과 겹쳐놓음으로써, 여성 육체를 단순히 소재로만 다루는 데 그치지 않고 그 자체를 소설의 몸으로 육화한다는 점에서 흥미롭다. 「봄밤」의 시작은 이렇다.

구리 인터체인지를 지나고 마치터널을 지난 46번 경춘국도. 그 길 위에는 구운 오징어를 파는 여자들이 있다. 그 여자들 대열 속에 함께 서 있었던 시간이 일 년. 점점 독해지는 자동차 매연, 자동차 창문 밖으로 사정없이 내던지는 빈 깡통이나 불붙은 담배꽁초도 이제는 익숙해졌다. 쉽게 돈을 벌려면 목숨을 내놓는 게 제일 빠르지, 그럼 그렇고말고. 이 일을 소개해준 사람이 했던 말이다.(「봄밤」, 32쪽)

소설은 국도에서 구운 오징어를 파는 '나'의 임신한 몸과는 무관한 고달프고 힘겨운 어느 하루를 무심한 듯 펼쳐놓고 있다. 그래서 "작년 가을에 (본) 한강물 위로 불쑥 솟구쳐 오르는 고래"의 환영이나 "이유도 없"는 '구역질', 혹은 "뭔가가 내 몸을 훑고 지나"가는 낯선 느낌, "입이 찢어져라" 해대는 '하품' 등은 처음에는 임신의 징후라기보다는 힘겨운 삶을 감내해야 하는 고단한 육체의 이상반응 정도로 읽힌다. 그것은 예컨대 하루 종일 남자들의 '재수 없어'라는 욕설을 듣거나 차게 굳은 도시락을 먹어야 하는 '나'의 고단한 삶과 무관하지 않은 것이다. 소설에서 이러한 고달픈 여성의 삶의 모습은 "뿌연 하늘에 가려진 달", "굴착기가 산의 가슴 정중앙에 새겨놓은 붉은 상처",

그리고 그 "상처의 정중앙에" 던져진 "한 여자의 시신"과 같은 우울한 풍경들을 배경으로 세상의 모든 버려지고 상처받은 존재에 대한 무한한 연민과 결합되며, 그러다가도 갑자기 뚜렷한 이유 없이 취객에게 린치를 가하는 낯선 남편의 일그러진 얼굴과 겹쳐지기도 한다. 이 모든 삶의 국면들은 서사가 전개되는 과정을 따라 차곡차곡 쌓여가며, 마침내 '나'의 임신한 몸으로 수렴된다. 그리하여 고단한 하루를 마감한 「봄밤」은 이렇게 끝난다.

> 인공호수에서부터 물비린내가 퍼져 올라왔다. 몸 전체에 들끓는 열기가 느껴졌다. 나는 오늘 낮 국도 위에서처럼 구역질을 하기 시작했다. 내 몸 속에서 이물질이 꼬물거리며 집을 짓고 있었다. 나는 허락한 적이 없는데, 나는 무서운데, 누가 내 몸 한가운데다 집을 짓느라 몸을 부비고 있었다. 그를 부르려고 했는데 목소리가 나오지 않았다. 임신이었다.(「봄밤」, 52~53쪽)

"임신이었다"라는 이 마지막 문장은 중요하다. 그것을 통해 소설에서 처음에는 고단한 삶의 피로감으로 인식되었던 여성의 모든 육체적 변화는 소급적으로 임신의 징후로 재의미화되기 때문이다. 헛구역질, 허기, 한기, 하품과 같은 육체적 증상은 힘든 노동의 결과이기도 하지만 임신의 징후이기도 한 것이다. 그것은 "내 몸 속에서 이물질이 꼬물거리며 집을 짓"는 것과 같은 낯선 경험이다. 그처럼 소설에서 '임신'은 감당할 수 없을 정도로 무자비하고 억압적인 이 세계의 무게가 '나'의 노곤한 육체 위로 쏟아지는 순간 이루어지는 낯선 육체적 변화로 그려진다. 이때 임신은 흔한 말대로 축복이라기보다는 감당할 수 없는 삶의 무게가 불러일으키는 두려움이나 공포와 함께 오는 어떤 것이다. 그런 점에서 「봄밤」의 마지막을 장식하는 "임신이었다"라는 진술은 오정희의 「중국인 거리」에서 여성의 첫번째 성장통을 암시하는 "초조였다"라는 진술과 공명하며 여성이 겪는 제2의 성장통을 암시하는 진술이 된다. 이를 통해 강영숙의 소설에서 여성의 육체는 비극적 세계의 기미를 알아채는 수단인 동시에 그러한 세계의 비극성이 빚어낸 하나의 '사건'이 되는 것이다.

「날마다 축제」에서 이런 여성 육체의 의미는 좀더 분명해진다. 소설은, 낳은 지 한 달 만에 아기를 잃은 '나'가 아기의 환영을 좇아 "이글거리는 햇빛과 어지럼증을 일으키는 후끈한 지열"을 뿜어대는 낯선 소도시에 도착하면서 시작된다. 모든 것이 "바짝 말라 있고", "산발적인 북적거림이 없다면 지나치게 고요하다고 느낄 정도"로 낯설고 기이한 도시에서는 "아무렇게나 시작되었다가 아무렇게나 끝"나는 축제가 날마다 벌어진다. '나'는 분명 아기를 찾아 이 도시로 왔지만 어째서 그곳에 아기가 있다고 확신하는지는 분명하지 않다. 소설에서 그려지는 도시는 그렇게 아기를 잃고 헤매는 '나'의 혼란스럽고 절망적인 심리상태만큼이나 모호하고 비현실적이다. 게다가 도시는 수유를 못해 메마르고 굳은 '나'의 가슴처럼 고갈되고 메말라 있다. 그래서 "나는 애초에 이 도시에 온 것부터가 잘못된 일인지도 모른다고 생각"하는 것이다. 여기서 지독한 가뭄을 겪고 있는 낯선 도시는 단지 소설적 배경에만 머물지 않는다. 오히려 그것은 '나'의 참담한 정신적·육체적 상황과 겹쳐지고 동일화된다. 그런 측면에서 메마른 도시는 '나'의 고갈된 육체를 비유하고 재현하는 상상적 공간이 되는 데서 더 나아가, 심지어는 '나'의 짝패 혹은 소설의 또 다른 주인공으로까지 승격

된다. 이때 여성의 육체는 세계의 고통을 함께 겪을 뿐만 아니라, 세계 또한 그런 여성 육체의 고통을 재연하는 소설적 공간이 된다. 육체와 세계는 그렇게 조응하는 것이다. 그렇게 보면 여성 육체의 변화가 세계의 변화를 수반하게 되는 것도 당연하다. 그런 맥락에서 아래 장면을 읽어보자.

젖몸살이 심한데 젖을 좀 빨아내 줘요.
미치겠네 진짜.
남자는 손으로 머리를 비비며 말했다. 미치겠는 건 나였다. 남자의 몸은 생각보다 아주 작았다. 내가 두 팔로 남자를 안았는데 부피도 작고 너무나 가벼워, 빈 짚단이나 솜이불을 들고 있는 것처럼 느껴졌다. 꽹과리 소리가 점점 가까이서 들려오고 있었다. 남자는 힘차게 젖을 빨았다. 입안 가득 젖이 고이면 얼굴을 돌려 수건 위에 뱉었다. 포탄처럼 단단하던 젖이 말랑말랑해질 때까지 남자는 빨기를 멈추지 않았다. 한쪽 젖이 말랑말랑해지고 나머지 한쪽 젖을 다시 남자에게 물렸다.
에이 쌍, 내 살다가 별짓을 다 하네. (……)
젖이 말랑말랑해지고 젖꼭지가 아려온다고 생각한 순간, 나는 남자의 반바지 틈에서 넓적다리로 흘러내리는 반투명의 흰 정액을 보았다. (……)
다음날부터 비가 왔다. 반나절 동안 내린 비가 엄청났다.(「날마다 축제」, 96~97쪽)

'나'가 도시에 도착한 날부터 '나'를 쫓아다니던 '남자'는 급기야 술 취한 '나'를 여관으로 데려가 강간하려고 한다. 하지만 그 순간 오히려 그의 몸은 "얼음처럼 차가워"진다. 그래서 발기에 실패한 뒤 여관방을 나서는 남자에게 '나'는 젖몸살 때문에 딱딱하고 차가워진 젖을 빨아달라고 부탁하는데, 남자는 그런 '나'의 부탁을 어이없어하면서도 '나'의 품에 안겨 단단해진 젖을 빨기 시작한다. 그리고 이 기이한 유사 수유 끝에 드디어 남자는 '반투명의 흰 정액'을 흘리게 된다.[8] 딱딱하게 굳고 메마른 '나'와 '남자'의 몸은 그렇게 각자의 '젖'을 흘린 다음에야 비로소 '말랑말랑해'진다. 그리고 '나'가 다시 젖을 흘릴 수 있게 된 뒤에, 도시에서는 "비가 왔다." '나'의 젖과 남자의 정액, 그리고 도시의 폭우는 그렇게 서로가 서로를 자극하고 비추면서 하나로 겹쳐진다. 그리고 메마른 세계를 적셔준다. 막혔던 육체의 물길이 터지면서 딱딱한 남자의 몸과 극심한 가뭄에 시달리는 도시의 기갈 또한 풀린다. 그렇게 여성 육체의 변화는 세계의 변화를 동반하고 주도한다.

그러나 강영숙의 소설에서 몸은 세계의 변화에 민감하게 반응하고, 그와 겹쳐지며, 변화를 함께 겪는 매개체에 그치는 것은 아니다. 앞에서도 잠시 확인했듯이 세계의 고통을 자기 몸의 고통으로 겪는 여성 인물의 상황은 세계에 대한 새로운 지각 방법의 출현을 극적으로 보여준다. 임신과 출산 이후의 여성의 몸의 변화가 "지나치게 불균형

---

8 여기서 남자의 정액은 '분출하고 뿜어내는' 이미지로 연상되는 그것과는 성격이 아주 다르다. 통상적인 이미지 속에서 남성의 정액은 여성에 대한 남성의 성적 지배력과 폭력성을 상징하는 어떤 것이었다. 그러나 이 소설에서 '남자'의 정액은 남성과 여성의 위계적 성관계나 일방적으로 행사되는 남성적 힘과는 무관하게 자가성애적으로, 무자각적으로, 그리고 비폭력적으로 '흘러나'오는 것으로 그려지고 있다. 그런 측면에서 '남자'의 "흘러내리는 반투명의 흰 정액"은 어느 순간 여자의 몸에서 흐르는 '젖'의 이미지와 겹쳐진다. 이런 방식의 형상화는 일면 이분법적 성차의 흔적이 지워진 인물형의 묘사와 같은 맥락에 있는 것이다.

적인 배"나 "한껏 늘어나 있는 뱃가죽"과 같은 외형적 변화에만 한정
되지 않는 것도 그 연장선상에 있다. 오히려 "모든 일상의 지각과 감
각들이 절개했다 꿰맨 회음부의 통증을 거쳐"(「날마다 축제」, 94쪽) 새롭
게 느껴지는 것처럼, 몸의 변화는 세계에 대한 '지각'과 '감각'의 변
화를 동반한다. 작가에게 "욱신거림"과 "묵직한 통증"이 단순히 출산
의 후유증이 아니라 세계를 '통각'하는 새로운 감각법이 될 수 있는
것은 이 때문이다. 그래서 '나'는 "통증이 미약해지는 건 싫다"(같은
곳)고 했는지도 모른다.

5. 현현하는 타자들

그런데 여성 육체와 세계가 완벽하게 맞아떨어지는 하나는 아니다. 적
어도 강영숙의 소설에서 '육체＝세계'는 아닌 것이다. 문제는 「날마다
축제」의 그런 결론이 사태의 궁극적인 해결로 나타나지 않는다는 데
서 분명해진다. 좋지 않은 상황은 다시 다른 방식으로 반복된다. 「날
마다 축제」에서 도시에 쏟아진 비는 '나'의 가슴이 흘린 젖을 '초과'
하는, 말 그대로 폭우인 것이다. "비는 삽시간에 온 도시의 지형을 바
꿔놓"아, "길과 길 아닌 것의 경계도 없어져버리고 온통 싯누런 물바
다가" 된다. 상상 속에서나마 '나'에게 "맨땅 위에 드러누워 아기에게
젖을 먹이는 행복한 인디언 여자"가 될 수 있게 해주었던 도시 외곽의
'과수원 너머 그 집' 또한 예외는 아니다. 이상적인 가정의 상징물이
었던 네발자전거, 빨간 슬리퍼, 노란색 이불홑청, 밥상은 "뒤집히고
처박혀", 이제 그 집은 '폐허'가 된다. 그곳에 아기는 없다. '나'가 꿈

꾸었던 행복한 가정은 결코 현실에는 없다는 것이 이로써 분명해지는 것이다. 그러나 '나'는 아기가 부재하는 바로 그 폐허에서, 돌연 현현하는 새끼거미들을 목격한다.

> 그때 거미줄에 매달린 꽈리껍질 같은 거미집들이 조금씩 움직였다. 그리고 잠시 후, 허물을 벗은 새끼거미들이 이 나무 저 나무에서 끝도 없이 빠져나와 본능적으로 공중으로 날아올랐다. 수백 마리도 더 되는 것 같았다. 새끼거미들은 바람을 타고 두둥실 떠오른 거미줄을 타고 웬만한 나무들보다 더 높게, 그리고 멀리, 그리고 빠르게 날아올랐다. 새끼거미들은 안전한 바람을 타고, 동쪽이든 서쪽이든 그곳이 어디든 가고 싶은 곳으로 날아갈 수 있는 것 같았다.(「날마다 축제」, 100쪽)

이렇게 돌발적으로 나타난 새끼거미들은 일차적으로는 현실에 부재하는 아기의 상상적 대체물이라고 할 수 있다. 이 새끼거미들은 소설 초반부에 아기에게 젖을 빨린 자신을 "알맹이가 다 빠지고 껍질만 남은 곤충"이라고 말하는 '나'의 상상력의 연장선상에 있기 때문이다. 그러나 설령 새끼거미를 아기와 동일시할 수 있다고 하더라도 의문은 남는다. 왜 새끼거미인가. 이러한 질문은 강영숙 소설 곳곳에서 발작적으로 돌출하는 원초적 자연현상들 내지는 동물들에 대해서도 마찬가지로 적용해볼 수 있다. 강영숙의 소설에는 소설의 내용과 직접적으로 관련되지 않는 생물학적 존재들, 예컨대 거미를 비롯해서 들소, 펭귄, 원숭이, 개, 심지어 미꾸라지까지 다양한 생물종들이 느닷없이 출현한다. 물론 소설의 기본 서사와 완전히 무관하지 않은 경우도 있다. 앞에서 언급한 「날마다 축제」의 거미가 그 한 예가 될 수 있다면, 「씨티투어버스」의 들소는 또 다른 예가 될 수 있다.

특히 「씨티투어버스」에서 "무섭게 살이 찌고 흰 뿔이 달린" 들소 떼의 환영은 "소처럼 기운이 좋"고 살이 쪄서 결코 남편과의 싸움에서 밀리지 않는 '나'의 모습을 연상시킨다. 여기에 "너 꼭 소 같다"는 남편의 말이 보태지고 있는 것을 보면, '나'의 환영 속에서 거침없이 질주하는 들소떼는 일차적으로 '나'의 분신으로 해석할 수 있다. 그러나 공항폐쇄 조치가 예고된 도시의 우울한 세기말적 분위기를 배경으로 "예측할 수 없는 순간에 나타나는" 들소떼의 환영을 단순히 '나'로만 환원할 수는 없다. 그 들소떼는 "서로 때리지 못해 안달"이 날 만큼 삶이 무료하고 두려운 '나'와 '나'의 남편 R 둘 다이기도 하며, "사상 초유의 공항폐쇄, 국경폐쇄 조치" 속에서 "오만 가지 배양 세균들", "용도폐기된 일단의 희귀동물들", "화질 나쁜 섹스비디오 테이프들", "썩은 밧줄에 묶여 내려온 미친개 한 마리" 등과 같은 모든 버려진 것들이 '쓰레기더미'처럼 쌓인 도시에서 자신의 야성과 생명력을 죽이며 하릴없이 '시티투어버스'나 타는 도시인 모두를 환기하기도 한다. 폐쇄된 도시에서 억눌린 감정과 야성은 미친 듯이 질주하는 들소떼의 환영으로 터져 나오게 된 것이다. 이렇듯 들소떼는 여하간 합리적으로 해석할 수 있는 실마리를 던져주고 있지만, 그럼에도 불구하고 소설에서 들소떼의 돌출현상으로 인한 "정전사태", 즉 암전된 텍스트의 공백은 여전히 메워지지 않는 듯하다. 왜 그럴까.

논리적이고 인과적인 연쇄고리를 끊으면서 순간적으로 출몰했다 사라진 뒤 텍스트에 해석 불가능한 공백을 남기는 이 기이한 자연현상은 독자들을 어리둥절하고 난감하게 한다. 많은 경우 강영숙의 소설에서 "자연과 생태는 언제나 나(우리)에게 원초적인 공포감을 느끼게"

(「자이언트의 시대」, 209쪽) 한다. "겁에 질려서 무엇에 쫓기는 줄도 모르는 채 앞으로만 달리"(「씨티투어버스」, 15쪽)는 들소떼나 '트럭'에서 튀어나온 더럽고 냄새나는 '원숭이'의 "잔뜩 겁먹"고 "불안하게 떨"(「트럭」, 52쪽)리는 눈빛, 혹은 "생의 최초의 기적이며 생의 마지막 환영"인 "미꾸라지들의 비상, 다시 말해 미꾸라지들의 추락"(「빙고의 계절」, 122쪽) 등은 우리에게 그런 느닷없는 존재의 기원과 의미에 대해 답변이 불가능한 원초적인 질문을 던진다. 도대체 이들은 "어디서 왔으며, 어디에서 태어났는가."(「트럭」, 52쪽)

마치 아도르노(T. W. Adorno)가 말하는 '이디오진크라지(Idiosynkrasie)'처럼 이 원초적 자연현상은 고도로 문명화된 현대인에게 억압되어 일그러진 모습으로 남아 있는 원시적이고 동물적인 반응 형식과 같은 어떤 것을 연상시킨다.[9] 그것은 한편으로는 황폐한 디스토피아적 현실에서 억압된 욕망의 투사거나 주인공들의 공황상태를 비춰 보여주는 무의식적 표상이라고도 할 수 있지만,[10] 다른 한편으로 그런 자연현상의 출몰은 기존의 언어형식이나 문법으로는 재현 불가능한 어떤 조건이나 존재와 관련되는 것으로, 무엇으로도 환원되지 않는 일종의 '잉여'라고 할 수 있다. 그래서 '타자'라고 부를 법한 이 존재의 잔여물은 우리에게 때로는 기이하고 낯선 감정을, 심한 경우에는 혐오감과 두려움을 불러일으킨다. 주목해야 하는 것은 강영숙의 소설에서

---

9 M. 호르크하이머, Th. W. 아도르노, 김유동 외 옮김, 『계몽의 변증법』, 문예출판사, 1995, 244~253쪽 참조.

10 갑작스러운 동물 현상에 관한 이와 같은 해석에 대해서는 김형중, 「변장한 유토피아」(『날마다 축제』 해설, 창비, 2004)와 차미령, 「절망의 시대, 소설의 희망―윤성희, 조경란, 강영숙의 소설들」(『문학동네』 2005년 봄호) 참조.

이와 관련되는 존재가 대개 여성으로 나타나고 있다는 사실이다.

강영숙의 첫 창작집 『흔들리다』에는 환영과도 같이 나타났다 곧 사라져버리는 '여자들'이 간혹 등장한다. 「트럭」에는 '나'가 결코 만난 적은 없지만 "시간이 갈수록 더 뚜렷해지는" '여자'가 등장하는데, '나'는 비현실적으로 생생하게 존재하는 '여자'를 트럭을 타고 떠난 밤의 환상여행 중에 잠시 만났다가 헤어진다. 그리고 「양털 모자」에서 '나'가 힘겹게 찾아간 모래언덕 조슈아 트리에 "낡고 해어진 바로 그 양털 모자"를 남기고 사라진 '멕시코 여자'나, 「청색 모래」에서 안정된 생활과 자신의 영혼을 팔면서까지 '잡스럽고 쓸모없어 보이는 앤틱'에 집착하다가 결국 박제되어 자기 자신을 '골동품'으로 만들어버린 '그녀'는 어떤가. 이 여자들은 모두 홀연히 나타났다 사라진 존재들이거나, 이 문명화된 세계에서 폐기처분된 쓸모없는 존재들이다. 이들은 모호하고 비현실적이며 비문명적이고 비실용적이라는 점에서 강영숙 소설의 '자이언트적 존재들'이나 디스토피아적 현실 속에서 유령처럼 출몰했다가 사라지는 원초적 자연현상 또는 동물들과 그렇게 먼 거리에 있지 않다.

강영숙의 소설에서 이들은 언뜻 다른 맥락에 있는 것처럼 보인다. 그러나 이들은 모두 똑같이 삶 속에서 죽음으로, 언어 속에서 침묵으로, 인간 세상 속에서 비인간적 생물종으로 현현하는 기이한 존재라는 점에서 우리는 이들 모두를 '타자'라고 부를 수 있다. 이들 타자는 어느 날 문득 의식의 심연에서 떠올라 "남편과 아이 그리고 가정이라는 삼각의 트라이앵글 속으로 불쑥 끼"어(「빙고의 계절」, 106쪽)든 불편한 존재지만, 그리고 "검은 엉덩이 사이에서 독이 오를 대로 올라 꽈리처럼 부푼 흰 치질 덩어리"(「갈색 눈물방울」, 1532쪽)처럼 너무 더럽고 징

그러워서 떼어버리고 싶은 존재지만, 혹은 너무 두려워서 "눈을 감을 수도 뜰 수도 없"(「씨티투어버스」, 15쪽)게 하지만, 강영숙의 소설에서 이 복수적 타자들은 결코 외면되지 않는다. 오히려 '나'는 이렇게 말한다. "나는 얼굴이 아주 작아진 동남아 여자의 몰골을 본 순간 고통에 대한 순위를 새롭게 매겨야 했다. 치통보다 참기 어려운 건 실연의 아픔, 실연의 아픔보다 참기 어려운 건 치질의 통증. 새로운 순서는 그랬다."(「갈색 눈물방울」, 1533쪽) 지독한 치질로 고통스러워하는 동남아 여자의 모습은 우리에게 치통이나 실연의 아픔보다 더한 고통이 존재할 수 있다는 것을 새롭게 발견할 수 있게 한다. 강영숙의 소설은 그렇게 타자가 우리에게 건네주는 불편함과 고통을 외면하지 않는다. 앞에서 우리는 강영숙의 소설에서 여성의 육체가 세계의 고통을 함께 겪고 있음을 확인했지만, 여기에서 '함께하는 고통'의 대상은 타자에로 확장되고 있는 것이다.

6. 다시 여성 문학의 가능성을 위하여

강영숙의 자전소설인 「자이언트의 시대」는 다소 직설적이고 선언적인 언술들이 노출되어 있음에도 불구하고 강영숙 소설의 기원과 문제제기의 일단을 보여준다는 점에서 주목할 만하다. 소설에서 '나'는 죽은 자들을 초대해서 한바탕 잔치를 벌이는데, 잔치가 끝나고 모든 손님이 돌아간 후에 초대받지 못한 마지막 손님이 도착한다. 그 손님은 바로 '나'의 "몸으로부터 떨어져 나"온 '나'의 아들이다. 죽은 아들의 말에 의하면 '나'는 아들이 "뱃속에 있을 때" "절대로 아들을 낳지는 않을 거야 절대로. 우아한 딸들을 낳아야지. 우아한 딸들이 세상을 구하게 해야지"라고 결심하는데, 이러한 '나'의 의지가 "나쁜 물질"이 되어 '나'의 존재의 일부인 아들을 자신의 몸 밖으로 밀어버리게 되었다는 것이다. 그렇게 세상에 태어나지 못하고 '나'의 몸 밖으로 떨어져 나간 '나'의 아들은 죽은 자가 되어 '나'에게 귀환한다. 여기서 주목해야 하는 것은 "절대로 아들을 낳지 않겠다"는 '나'의 선언이 아니라 그런 여아선호적 언명이 아들을 타자화하여 자기 삶의 경계 밖으로 추방했다는 것을 자각한다는 사실이다. 그것은 초대손님 중 하나인 할아버지의 남아선호적 태도만큼이나 "나쁜" 것이다. 자신이 부정한 자기 몸의 일부라는 점에서 죽은 아들의 영혼은 일종의 '남성적 비체(非體, the abject)'라고 할 수 있는데, '나'는 그렇게 비체화된 '나'의 아들에게 젖을 물림으로써 남아에 대한 부정의지를 스스로 철회한다. 그러고 나서 '나'는 "두 딸과 태어나지 않은 아들을 번갈아 쳐다보"면서 "이쪽에도 저쪽에도 속하고 싶지 않았고 남자도 여자도 아닌 일종의 중간자가 되고 싶"었다고 고백한다.

이 '중간자적 존재'에 대한 열망은 '너무나 평범하고 상식적이어서 그 태산 같은 상식이 도저히 무너지지 않'는 성차에 대한 우리의 통념에 대한 거부의식에 다름 아니다. 그런데 강영숙의 소설에서 관습적 성차에 대한 고정관념들은 트랜스젠더나 동성애자와 같은 성적 소수자의 목소리를 빌려서 논쟁적으로 제기되기보다는, 흔히 딸/아들, 여자/남자로 분류 가능한 '평범한' 존재들의 혼성적 젠더 '들'을 드러내 보여주는 방식으로 폭로된다. 강영숙의 소설이 보여주는 이런 관습적 성차로부터의 자유는 아직까지도 견고하게 유지되고 있는 '남성/여성'의 이분법적 젠더 체계에 관한 재사유와 재구성을 유도하는 동력일 뿐만 아니라, 성차의 관습에서 비롯된 도식적 인물 유형에서 벗어나 좀더 생동감 넘치고 현실적인 개별 인물들을 창조할 수 있게 한다. 이를 통해 강영숙의 소설은 '여성성'을 '남성성'과의 대립관계 속에서 대타적으로 구성하는 방식을 거부함으로써 한국문학에서 끈질기게 반복되어온 해묵은 성차의 이분법에서 벗어나고 있을 뿐만 아니라, '여성성' 범주를 좀더 탄력적으로 구성하고 사고할 수 있는 가능성을 열어놓는다. 여성성/남성성, 주변/중심, 사적/공적, 미시/거시 등과 같은 이분법적 성차의 규정성을 흐려버리는 다양한 복수적 존재들이 등장해 세계의 고통과 조응하고 타자의 고통을 함께하는 강영숙의 소설은 그런 측면에서 기존 여성 문학의 경계를 넘어서는 새로운 여성문학의 가능성을 보여준다고 할 수 있다.

특히 중요한 것은 여성 육체에 대한 인식의 전환이다. 강영숙의 소설에서 임신과 출산이 가능한 여성의 육체는 더 이상 여성의 삶을 속박하는 숙명적 굴레로 인식되지 않는다. 그렇다고 그것이 신비한 생명 탄생의 '우물'로 추앙되지도 않는다. 강영숙의 소설에서 여성 육체는 그런 일방적인 비난과 옹호의 시선에서 비껴나 우리 사회의 비극적 현실과 조응하고 교통하는 새로운 감각기관으로 재탄생하게 된 것이다. 그리하여 강영숙 소설의 여성 인물들은 임신과 출산에 동반되는 육체적 고통을 매개로 세계를 감각하고 인식하는 '다른' 방법을 발견하며, 그것은 이질적이지만 '나'와 다르지 않은 타자의 발견으로까지 이어진다. 그런 맥락에서 강영숙의 소설에 빈번하게 나타나는 불가해한 원초적 자연현상들이나 원시적 존재들은 여성 육체에 매개된 새로운 감각법을 통해 지각된 타자들이라고도 할 수 있다. 강영숙 소설은 이처럼 재현 불가능하고 환원 불가능한 타자적 존재들을 포착하려는 불가능한 시도를 중단하지 않는다.

　　새로운 여성성의 미학의 가능성은 타자에 이르는 이 길 가운데 있다. 강영숙의 소설은 여성 존재와 여성성에 대한 관습과 통념에 얽매인 단선적인 이해와 감각을 넘어선 곳에서, 그것을 부정하는 다양한 복수적 존재들의 교통과 교감 속에서 그 길이 펼쳐지는 과정을 보여준다. 더욱이 문학이 재현 불가능한 타자적 존재를 재현하려는 불가능성을 육화함으로써 그 자신의 존재 이유를 얻는다고 한다면, 강영숙 소설이 보여주는 불가능한 시도야말로 문학이라는 이름에 값하는 문학적 도전이라고 할 수 있다. 어쩌면 모든 관습의 경계를 부정하면서, 재현할 수 없고 다다를 수 없는 것을 재현하려는 이런 시도에서부터 비로소 여성성의 미학의 가능성은 새롭게 모색될 수 있을지도 모른다. 그리고 새로운 '문학'의 가능성 역시 이 가운데서 자라 나올 것이다.

제 3 부

김애란을 다시 읽는다

1. '귀엽고, 사랑스러운' 굴레

김애란은 2000년대 가장 '핫'(hot)한 젊은 작가 중 한 명이다. 그녀는 "진보적 리얼리스트들에서부터 전위적 모더니스트들에 이르기까지, 잰 체하는 비평가들에서부터 자유분방한 독자들에 이르기까지"[1] 문단 안팎에서 모두의 사랑을 받는 희귀한 존재이기 때문이다. 외로워도 슬퍼도 울지 않는 만화적 명랑성, 가난하고 고된 일상 속에서도 발휘되는 동화적 천진난만함, 거짓 상상을 통해서라도 자신을 버리고 도망간 아버지를 긍정하는 어른스러운 대범함까지, 김애란 소설의 주인공들은 비참과 우울의 세계에서 그 비참과 우울을 고스란히 떠안고 있으면

---

1 신형철, 「소녀는 스피노자를 읽는다」, 『몰락의 에티카』, 문학동네, 2008, 693쪽.

서도 결코 아프다고 엄살 부리지 않는다. 오히려 자기긍정의 주술을 통해 이 세계의 냉소와 결핍에 상상 속에서나마 명랑하고 코믹한 태도로 맞선다. 그리하여 '거대한 관대'로 되돌려준다. 물론 김애란 소설의 소년소녀들이 '개천에서 용 나는' 성공신화의 주인공은 아니다. 그러나 요즘 같은 세상에 '개천'에서 비뚤어지지도 않고, 누구도 미워하지 않고, 도리어 명랑하고 씩씩한 이들을 사랑스럽다고, 혹은 귀엽다고 말하지 않을 수는 없을 것이다. 그리하여 김애란을 사랑하지 않을 수 없다는 선언에 가까운 주장과, '귀여운 상상력에 현실을 더했다'는 식의 소설에 대한 평가가 별 이의 없이 자연스럽게 받아들여지는 사정 또한 어쩌면 너무나 당연한 일일지도 모른다.

그러나 김애란의 소설을 '귀엽다' '사랑스럽다'고 형용하는 것은 과연 당연한 일일까. 우리는 누구를 귀엽다, 사랑스럽다고 하는가. 어리고 순진하고 위험하지 않은 사람을 이렇게 표현하지 않는가. 동안이라는 칭찬(특히 여성에 대한)이 무능함과 미숙함에 대한 암묵적 동의의 또 다른 표현일 수 있는 것처럼 말이다. 혹은 위협적이거나 탈규범적이지 않기 때문에 쉽게 받아들여질 수 있다는 말이기도 하지 않은가. 그래서 사실이 어떻건 간에, 김애란 소설을 바라보는 이 어른 남자의 시선은 어딘지 불편하다. 그것은 다른 한편으로 생각해보면 그만큼 김애란 소설이 평탄하고 익숙하다는 얘기가 아닐 것인가. 그리고 그것은 어쩌면 김애란의 소설이 짐작만큼 그렇게 새롭지 않음을 말해주는 것일지도 모른다. 다시 말해, 정신적 상처의 기원인 아버지를 유목시키는 독특한 상상력[2]이라든지, 포스트-IMF 세대의 비참하고 냉혹한

---

2 김동식, 「달려라, 작가」, 『달려라, 아비』 해설, 창비, 2005, 249쪽.

현실을 연상시키는 편의점이나 원룸형 고시텔을 새로운 소설적 공간으로 마련해놓는다든지, 아버지를 '가족'이라는 테두리 안에서 사고하지 않음으로써 역설적이게도 아버지를 수긍하는 발랄한 탈오이디푸스적 상상력을 보여준다든지[3] 하는 등등의 평가는 김애란 소설의 새로움을 이야기할 수 있는 충분한 근거가 될 수는 없다. 오히려 김애란 소설의 새로움에 대한 이러한 논법과는 정반대 지점에 있는 해석이 우리에게는 더 흥미롭다. 즉 김애란 소설의 화법에 대해 "다양한 실험과 일탈이 넘쳐나는 최근 문단의 지형에 비춰볼 때, 보수적이라고 할 만큼 전통적이"[4]라는 지적이나, 김애란 소설에 특징적인 가족서사의 틀을 "김애란 소설의 서사적 익숙함을 만드는 요인이고, 그의 문학에 대해 전면적으로 세대적인 의미를 부여하는 것에 대해 주저하게 되는 요인이 되"[5]기도 하다는 해석이 바로 그것이다. 그러한 지적들이 우리에게 흥미로운 것은 그것이 그동안 당연하게 받아들여져 왔던 김애란 소설의 새로움에 대해 다시 생각하게 만들기 때문이다.

그런 맥락에서 볼 때, 지금까지 김애란 소설의 새로움에 대한 또 다른 표현으로 간주되었던 '귀엽다'나 '사랑스럽다'와 같은 수식어들은 어쩌면 본의와는 상관없이 김애란 소설을 새롭지 않은, 익숙하고 전통적인 서사로 규정하는 어떤 굴레가 될지도 모를 일이다. 그러니

---

3 강유정, 「클로노스 숲에서의 글쓰기, 눈먼 오이디푸스의 소설」, 『오이디푸스의 숲』, 문학과지성사, 2007.

4 남진우, 「원초적 장면의 변용으로서의 소설—김애란 소설의 밑그림」, 『문학동네』 2007년 여름호, 392쪽. 사실 이 글에서 남진우는 김애란 소설의 전통성과 정통성이 무엇인지에 대해 구체적으로 언급하지는 않는다. 다만 기존 논의와는 달리, 그는 김애란 소설을 오이디푸스적 구도 안에서 균열된 상징계를 복구함으로써 존재의 기원을 탐색하는 작품으로 평가하고 있다.

5 이광호, 「한국문학, 탈영자들의 각개 약진」, 『문학과사회』 2006년, 봄호, 리뷰 좌담, 324쪽.

지금 우리에게 필요한 것은 김애란 소설의 새로움에 대한 막연한 풍문
에 동의하기보다, 낯설지만 익숙하고, 되바라졌으면서도 예의 바르고,
우울하면서도 명랑하고, 그리하여 새로우면서도 익숙한 김애란 특유
의 소설적 방법을, 그 안에 도사린 '어떤' 심리적 근거를 살펴보는 일
일 것이다. 그와 함께, 무엇보다 그런 김애란의 소설이 동시대 젊은 작
가들의 그것과, 그리고 나아가 2000년대 한국사회의 심리적 지형과
어떻게 관계되는 것인지도 따져보아야 할 문제다. 그러고 나서 김애란
소설의 새로움(혹은 새롭지 않음)에 대해 이야기하더라도 늦지 않을
것이다.

2. 다시, '아비', '아빠', '아버지'로

김애란 소설의 상상력의 출발점은 아비-어미-나로 구성되는 가족 삼
각형이다. 모든 이야기는 이 안에서 시작된다. 이야기가 가족관계 바
깥으로 넓혀지더라도 그것은 마찬가지다. 그 경우에도 이야기의 밑바
닥에 있는 심리적 근거는 그 가족 삼각형의 독특한 구성과 그것을 처
리하는 방식에 이미 하나의 원형으로 마련되어 있다. 따라서 김애란
소설에서 그 가족 삼각형의 독특함, 그리고 거기서 출발하는 상상력의
독특함을 우선 해명해야 할 필요가 있다. 그러니 우선, 그 삼각형의 꼭
짓점들을 하나씩 살펴보자.

　　김애란 소설에서 문제는 언제나 아버지다. 이 아버지들은 대체로
철이 없다. 세상물정을 몰라 자주 이용당하고, 그런 만큼 무능력하고
무책임하다. 심지어 비겁하고 비열하기까지 하다. 어느 정도냐 하면,

가장으로서의 책임감이 두려워 출산이 임박한 여자친구를 버리기도 하고, 『세계의 불가사의』를 아들의 옆구리에 끼워주고 사라져 또 다른 불가사의가 되기도 한다. 그뿐만이 아니다. 빚보증 서서 집안 말아먹기, 빈둥거리며 놀기, 남의 도박판에 끼어들기, 딸에게 전화 걸어 돈 꾸기, 반지하 단칸방에 사는 딸에게 얹혀살기 등등, 그 초라하고 궁색한, 그러면서도 염치없는 행색은 이루 말할 수 없을 정도다. 이렇듯 김애란 소설에서 아버지의 무능은 다양한 방식으로 폭로되지만, 그럼에도 불구하고 그들은 결코 단죄되거나 비난받지 않는다. 「달려라, 아비」에서 어머니와의 섹스를 위해서만 단 한 번 성실하게 뛰었던, 그리고 나서 뒷감당이 무서워 뛰듯이 도망갔던 아버지는, '나'의 상상 속에서 우스꽝스러우면서도 사랑스러운 존재로 재탄생된다. "마치 입맞춤을 기다리는 소년 같다."(「달려라, 아비」) 그리하여 "이제 아비는 '나'에게, 결혼하여 처자식을 거느린 아들, 말 그대로 '아비'"[6]가 되어, '나'의 심심한 위로와 보살핌을 받게 된다. 이 세상과는 무관한 듯, 천진한 듯, 무심한 듯, 자신이 무슨 짓을 저질렀는지 모르는 고독한 러너(runner). 그러니 이 아버지에게 어떻게 죄를 물을 수 있겠는가. 김애란 소설에서 아버지의 무능함과 무책임함은 이런 방식으로 순화된다. 닮은 듯 다른 아버지의 두 모습, 즉 무책임한 아버지와 철모르는 아버지는 이렇듯 '나'의 상상 속에서 구별되지 않은 채 겹쳐짐으로써 이해 가능한 존재가 된다.

그러나 이 철딱서니 없는 아버지와 달리, 아니 아버지가 철딱서니 없는 만큼, '나'는 조숙하다. 조숙할 수밖에 없다. 「사랑의 인사」에서

6 신형철, 앞의 글, 704쪽.

'아버지는 나를 버렸다'는 사실을 '나는 아버지를 (잃어)버렸다'로 도 치시키는 심리의 근저에 놓여 있는 것도 바로 이 '미숙한 아버지-조 숙한 나'라는 전도된 가족적 위계질서다. 어린 시절 '나'를 버린 아버 지를 기다리면서 '나'는 문득 "단순하고 모호한 문장, 먼 곳에서 수백 년 전 출발해 이제 막 내 고막 안에 도착하는 휘파람 소리, **'아빠가 사 라졌다**'는 말"(강조는 인용자)을 듣는다. '아버지가 사라졌다'가 아니 다. 왜 아버지가 아니라 아빠일까. 이 소설에서 '나'는 "1930년대 처 음 등장한 이래 21세기가 될 때까지" 나타났다 사라졌다를 반복하는 네스 호의 괴물은 물론, '몇백억 년 전'부터 거기, 심해저에 '있었던' 물고기들을 상상 속에서 아버지와 동일시한다. 이들은 모두 현재를 사 는 과거다. 그래서 영원히 늙지 않는다. 그러니 '나'는 이 정지된 과거 의 존재들을 "몇백억 년 전에 비해 하나도 늙지 않은, 자기보다 젊은 아버지"라고 부를 수 있는 것이다. '나'는 점점 자라 어른이 됐지만 그 들은 몇백억 년이 지나도 어른이 되지 않는다. 따라서 그들은 영원히 '나'를 버린 그때, 어린 '나'가 부르던 호칭 그대로 '아빠'가 될 수 있 는 것이다. 그리고 더 이상 자라지 않는 아버지는 거꾸로 '나'를 '아 빠'라고 부르게 된다.

그런데 어디선가 이상한 소리가 들려왔다. 나는 물속에서 눈을 번쩍 떴다. 수조 안의 물고기들이 일제히 입을 열었다 닫았다 하며 '아빠, 아빠, 아빠, 아빠' 하고 있었다. 물고기의 입에서 튀어나온 '아빠'들이 수천 개의 공깃방울이 되어 보글보글 올라왔다. 나는 허둥대며 상체를 들어올렸다. 얼굴 아래로, 물방울들이 뚝뚝 떨어져 나왔다.(「사랑의 인 사」, 160~161쪽)

'오래전에 사라진 말〔言〕', 그러나 '고메라 섬 부족의 휘파람'처럼 "처음부터 나에게로 오게끔 약속돼 있던 언어"인 '아빠'는 그렇게 '나'의 상상 속에서 아버지 자신의 입을 통해 발화된다. 아버지에게 버림받았다는 상실과 결핍의 고통으로부터 자신을 방어하기 위해 고안해낸 '나'의 상상적 전도는 결국 이렇게 '나'가 '아빠'가 되고야 마는 반전에 이르게 된다. 그러나 그 순간 '나'는 이러한 상상 속 반전의 상황을 "문득, 지겹다"고 생각한다. 왜 '나'는 갑자기 이 모든 상황이 지겨워졌을까. 어쩌면 상상 놀이를 통해 간신히 아버지에 대한 거부감과 적대감을 눌러온 '나'는 이제 이러한 상상적 유희가 지겨워진 것은 아닐까. 상상 속에서나마 아버지가 '나'를 '아빠'라고 부르는 것이 끔찍했던 것은 아닐까. 김애란 소설에서 현실적 결핍과 상실을 가리기 위해 만들어진 '아비'와 '아빠'라는 상상적 허구물이 결국에는 무책임하고 비겁한 현실의 아버지를 끝내, 완전히 가리지는 못한 것이 아닐까. 그리하여 다시 아버지는 아비와 아빠를 거쳐 아버지가 된다. 게다가 '나'의 허구적 충동의 대상이었던 아버지가 이제는 스토리텔링의 주체가 되기도 한다. 「누가 해변에서 함부로 불꽃놀이를 하는가」의 아버지가 그렇다.

아주 짧은 순간 고요가 그들의 머리 위에 머문다. 펑! 펑! 불빛이 터져 나온다. 아버지는 누운 채 불빛을 세례받는다. 펑! 펑! 활짝 피는 불꽃들이 아름답다. 그리하여 아버지의 거대한 성기에서 나온 불꽃들이 민들레 씨처럼 밤하늘로 퍼져나갔을 때, 아버지의 반짝이는 씨앗들이 고독한 우주로 멀리멀리 방사되었을 때, "바로 그때 네가 태어난 거다." 면도를 마친 아버지가 말했다. 나는 꼼짝 않고 앉아 있다가 아버

지를 향해 말했다. "거짓말." (「누가 해변에서 함부로 불꽃놀이를 하는가」, 177쪽)

"아버지, 나는 어떻게 태어났어요?"라는 '나'의 질문에 대한 아버지의 대답이다. 맥락상 해변에서 처음 만난 아버지와 어머니의 하룻밤 불장난으로 해석할 수 있는 위의 내용은, 그러나 이야기꾼 아버지의 '구라'를 거쳐 신비하고 아름다운 영웅적 탄생신화로 탈바꿈한다. 자기 존재의 기원에 대한 아들의 질문은 물론이거니와, 위의 예문에서 포착되는 남성적 생식력, 솟구쳐 오르는 수력학적 상상력은 이야기의 주체인 아버지를 '나'라는 창조물을 생산하는 허구적 세계의 부권적 통치자로 만든다. 이때 상상력이란 코울리지가 말한 "나라는 무한대 속에서의 영원한 창조 행위", 즉 남성의 자기복제적 충동에 가까운 것처럼 보인다. 첫번째 이야기에서 보이는 이러한 남성 생식적 상상력은 '나'의 탄생에 관한 두번째 버전—어머니와의 첫 키스를 위해 비놀리아 비누로 입안을 헹군 이야기—에서는 좀더 순치된 동화적 상상력으로 대체된다.

"나폴나폴. 우주로 방사되는 아버지의 꿈. 그리하여 투명한 비눗방울들이 낮꿈처럼 흩날렸을 때, 싱그러운 비놀리아 향기가 밤하늘 위로 톡톡 파랗게 퍼져나갔을 때" (「누가 해변에서 함부로 불꽃놀이를 하는가」)

이 가볍고 투명하고 깨끗한 비눗방울의 이미지는 앞선 이야기에서 힘차게 방사된 불씨들의 관능적이고 격한, 남성적 이미지를 상쇄한다. 그리고 이제 막 세번째로 시작되려는 아버지와 어머니의 진짜 이

야기—"내가 너희 엄마를 만난 것은 춘천역 휴게소에서였다"로 시작
되는—는 깊은 잠에 빠진 '나' 때문에 결국 이야기되지 못한다. 이렇
게 아버지의 허구적 충동에서 촉발된 나의 탄생에 관한 이야기(혹은
'아버지가 어머니를 만나는 이야기')는 남성 생식적 판타지에서 시작
되어 동화적 상상을 거쳐 사실에 이르는 순간 서사 안에서 삭제된다.
그리고 '나'는 꿈속에서, 즉 상상 속에서 하늘 위로 붕 떠올라 이야기
의 주체인 아버지, 이야기의 대상인 어머니, 그리고 청자인 '나', 그리
고 이들을 중심으로 만들어진 이야기 등등, 이 모두를 내려다보는 조
망적 시선을 획득한다. 그것은 분명 '아버지-어머니-아이'로 구성된
전형적인 가족 삼각형의 구도다. 이 기본 구조 속에서 김애란의 가족,
특히 아버지에 대한 상상력이 펼쳐지는바, 그것은 결국 아버지의 스토
리텔링과 긴밀하게 맞닿아 있는 것이다. 김애란의 소설이 언뜻 전통적
인 가족서사를 비스듬히 배반하는 것처럼 보임에도 불구하고 가족서
사라고 얘기되는 이유는 바로 이 때문이다.

3. '네모난' 자궁

'나는 누구인가?'라는 원초적 질문의 답을 찾아 선조적 진화의 도식을
거슬러 심해 속으로 내려가거나 하늘 끝으로 올라간 '나'는, 그리하여
이제 "점점 작아져 씨앗처럼 움츠러든다."(「누가 해변에서 함부로 불꽃놀
이를 하는가」) 그렇게 아버지라는 허구를 거쳐 자기 존재의 기원을 탐색
하게 되는 '나'가 거꾸로 도달하게 되는 곳은 어디인가. 그것은 바로
삼각형의 또 다른 꼭짓점, '어머니라는 현실'이다. 김애란의 첫번째

소설집 『달려라, 아비』가 현실적이건 상상적이건 간에 대부분 아버지를 중심으로 이야기가 전개되었다면, 두번째 소설집 『침이 고인다』에서는 어머니를 다룬 서사가 전경화되기 시작한다. 「달려라, 아비」에서 이미 그 개성을 발휘한 바 있는 '김애란' 표 어머니는 억척스럽지만 사랑스럽고, 힘겨운 일상의 노동 속에서도 유쾌한 농담을 던질 줄 아는 존재다. 그리고 무엇보다 그냥 '어미' 다. 아버지가 퇴행적 상상을 통해 어리고 미숙한 '아비' 나 '아빠' 가 되었다면, 어머니는 자식들을 먹이고 입히고 재우기 위해 고군분투하는 익숙하고 편안한, 말 그대로 처음부터 '어미' 다. 그래서 김애란 소설에서 아버지가 '아비' 가 되기 위해 일련의 상상적 변용을 거치는 데 반해, 어머니는 원래부터 그랬던 것처럼 어떠한 작위적 가감 없이도 '어미' 가 될 수 있다. 또한 자식은 어머니가 '어미' 일 때만 기꺼이 '새끼' 가 된다. 왜냐하면 어미는 오랫동안 당연한 듯이 새끼들의 "순수한 허기, 순수한 식욕"(「칼자국」)을 감당해온, 지극히 본질적이면서도 현실적인 존재이기 때문이다.

나는 어머니가 해주는 음식과 함께 그 재료에 난 칼자국도 함께 삼켰다. 어두운 내 몸속에는 실로 무수한 칼자국이 새겨져 있다. 그것은 혈관을 타고 다니며 나를 건드린다. 내게 어미가 아픈 것은 그 때문이다. 기관들이 다 아는 것이다. 나는 '가슴이 아프다' 는 말을 물리적으로 이해한다.(「칼자국」, 152쪽)

"눈이 크고 이마가 잘생겨" 처녀 때 인기가 좋았던 어머니, "멋 부리는 것을 좋아해, 조개를 캐 번 돈으로 인조가죽 부츠도 사고 롱코트도 사 입"은 어머니, "쾌활하고 오만한" 어머니는, 그러나 '순하고 내

성적인' 아버지를 만나 "인생 원래 밑바닥부터 시작하는 거다"라는 아버지의 말처럼 밑바닥 결혼생활을 시작한다. 그리고 밑바닥 예찬론자인 아버지의 뒷감당을 위해 칼자루를 손에 쥔다. 어머니의 칼이 새끼를 거둬 먹이는 생명의 도구였다면, 아버지에게 칼은 유흥비를 위해 몰래 쓴 사채가 눈덩이처럼 불어나자 자살하겠다고 '쌩쇼'를 벌이는데 사용되는 소도구다. 김애란 소설에서 어머니는 이처럼 물리적이고 현실적으로 존재한다. '나'는 어머니의 칼자국이 새겨진 음식은 물론, 그 음식에 녹아 있는 어머니의 슬픔과 아픔, 헌신과 농담을 먹으며 자랐기 때문이다. 그러니 어머니는 '나'의 내부 장기와 기관, 혹은 혈관에 부착된 존재, 아니 '나' 자신이 된다. 그래서 어머니의 부고에 '나'는 마음이 아니라, "심장이, 콩팥이, 그리고 창자가 아"린다. 온몸의 장기로, 즉각적이고도 직접적으로 앓는 이 동병상련의 슬픔이야말로 김애란 소설에서 어머니가 그려지는 방식을 단적으로 보여준다. 그러니 어머니는 '나'와 같은 존재, 즉 자기동일적 존재라고 할 수 있다. 그래서 존재론적 거처 상실의 위기에 처한 김애란 소설의 주인공들에게 어머니는 '나' 자신과도 같은, 예전부터 익숙한 안전하고 편안한 은신처가 되기도 한다. 그 때문일까. 김애란 소설의 어머니는 언뜻 우리 사회에서 관습적이고 신화화된 어머니 이미지로부터 멀어 보임에도 불구하고, '전통적'이라고 형용할 수 있는 어떤 복고적 정서를 불러일으키기도 한다. 그 점이 의미심장한 것은, 그 정서가 김애란 소설의 핵심 공간이자 '나'의 또 다른 자아라고 할 수 있는 '방'의 어떤 이미지와 연결되기 때문이다. 그 이미지란 바로 '자궁'의 이미지다.

예컨대 「네모난 자리들」을 보자. 이 소설은 어머니와 함께 "내가 태어난 곳"(방)을 찾아가는 어린 시절 에피소드를, 짝사랑하던 선배

'최두식'의 빈방을 찾아가는 중심 이야기 속에 겹쳐놓고 있다. 흥미로운 것은 '내가 태어난 빈방'이 한꺼번에 묘사되지 않고, 소설이 전개되는 과정에서 조금씩 그 실체를 드러낸다는 점이다. 처음에 '나'는 산도(産道)를 연상시키는 구불거리고 구겨진 길을 이리저리 헤매다가 간신히 도착했다는 사실만을, 도착해서 "문 앞으로 뛰어나온 아주머니의 미소. 거기까지"만을 기억한다. "그러다 어느 날, 내가 그렇게 힘들게 찾아간 곳이, 애쓰며 보고자 했던 것이, 고작 어느 작은 방, 어두운 '빈방'이었다는 것을 깨"닫는다. 그러나 여전히 '빈방'은 그 구체적인 모습이 가려진 채, 먼지 같은 출렁임, 과자봉지 터지는 '펑- 소리', 그리고 '낱말의 풀씨들'이 "골목 같은 내 핏속을 돌아다니다 어느 순간 툭- 하고 발아하는 소리처럼, 내 입속말들이 세계를 떠돌다 당신 안에 들어가 또 다른 말을 틔우는 소리"로만 기억된다. 출렁이는 물의 이미지, 발아하는 씨앗, 거기에다가 출산을 암시하는 듯한 '펑' 소리까지, 이쯤 되면 이제 우리는 '내가 태어난 빈방'이 바로 어머니의 자궁에 다름 아니라는 사실을 알 수 있게 된다. 그러니 '내가 태어난 빈방'이 "사라진 말과 사라진 기억, 끝끝내 알 수 없거나 애초에 가져본 적 없는 장면, 그러면서도 오래전부터 알고 있던 것같이 느껴지는 풍경"이 되는 것은 어쩌면 당연한 일일지도 모른다. 그렇게 잃어버린 기억 속에서 아련하고 모호하게 처리된, 그래도 막연하게나마 안락하고 고요할 것이라고 상상했던 '빈방'은, 그러나 소설이 끝날 즈음 아무런 예고 없이 '나'의 기대를 깨고 자신의 진짜 모습(the Real), 즉 남루와 부패로 가득한 폐허를 드러낸다.

콩닥이는 가슴을 안고 문고리를 돌렸다. 젖은 시멘트 냄새와 함께 컴

컴컴함이 훅- 밀려왔다. 뜯어진 벽지 사이로 파란색 분홍색 자주색 곰팡이 꽃이 어지럽게 만개한 모습이 보였다. 나는 그 자리에 뻣뻣이 서 있었다. 그 방이 우리들의 방이었다는 게 믿기지 않았다. 어느새 어머니가 나를 찾아 그 앞까지 와 있었다. 나는 하얗게 굳은 얼굴로 물었다. "여기는 왜 이렇게 어둡고 아무것도 없어요?" 어머니가 내 어깨를 잡으며 말했다. 그건, 네가 있기 위해서였다고.(「네모난 자리들」, 242~243쪽)

오랫동안 잊고 있었던 원초적 공간으로서의 '빈방'은 그동안 '나'가 상상 속에서나마 그려보았던 편안하고 안락한 장소와는 거리가 멀다. 그곳은 다만 '시멘트 냄새', '뜯어진 벽지', '곰팡이 꽃' 등으로 상징되는 더럽고 냄새나고 버려진, 조그맣고 누추한 방일 뿐이다. 당연히 그곳은 '존재의 내부에, 내부의 존재 안에, 따뜻함이 존재를 맞아들이고 감싸는, 본질적인 일체의 이로운 것들로 충만한', 둥글고 풍요로운 다산의 공간으로서의 자궁(바슐라르)이 결코 아니다. 오히려 그곳은 거주 자체가 불가능해 보이는 황폐하고 버려진 네모난 부재, 공허일 뿐이다. 그것은 컴컴하고 네모난 자궁이다. 이 장면이 '나'를 뻣뻣하게 응고시키고 하얗게 질리게 할 정도로 충격적인 이유는 두 가지다. 하나는 자신이 태어난 공간의 남루함과 비루함에 대한 실망감이며, 다른 하나는 그러한 남루와 비루가 지금도 반복되고 있다는 좌절감이다. 피하려 해야 피할 수 없는 이러한 진실에 당면한 '나'는, 어디론가 사라진 선배의 '빈방'에 올라가 켜져 있는 불을 껐다가 다시 켜는 행위를 반복함으로써 짐작과는 다른 자신의 태(胎)에 대한 '부정-긍정'의 양가적 태도를 상징적으로 재연한다.

그전에 우선 '나'가 언제나 '네모난 빛'을 발하는 선배 최두식의 방("책처럼 펼쳐진 네모난 부재")에 매혹된 뒤에야 비로소 그를 사랑하게 되었다는 것을 기억하자. 그러나 '네모난 빛'으로 상상했던 '빈방'이 사실은 '컴컴한 부재'에 불과했음을 깨달은 '나'는, 일단 그 '네모난 빛'에 거부감을 느껴 불을 끈다. 왜냐하면 '네모난 빛'은 선배의 부재를 존재로 착각하게끔 할 수 있기 때문이다. 그래서 '나'는 불 켜진 빈방이 발하는 부질없는 희망에 애써 기대려는 자신의 마음이 "대단히 '낭비'되고 있다"고 생각한다. 그러나 '나'가 다시 불을 켜는 행위는 부질없는 희망이라도 완전히 포기할 수 없기 때문이 아닐까. 아니면 혹 비루하고 비참한 자신의 기원과 현실에 대해, 그럼에도 불구하고 완전히 부정할 수는 없는 애착과 자기연민의 심리는 아닐까. 그 이유가 무엇이건 간에 분명한 것은, '나'의 일인용 거주지인 네모난 자궁이 자기부정과 자기긍정의 양가감정이 교차하고, 쾌와 불쾌가 공존하는, 상상적 현실 공간이라는 점이다.

그런 측면에서 김애란 소설에서 '방'은 한편으로는 어머니와의 나르시시즘적 공생의 경험과 맞닿아 있는 아늑하고 환한 행복한 원이지만, 다른 한편으로는 축축하고 더럽고 금이 간, 그래서 언제 붕괴될지 모르는 우울한 네모이기도 하다. 그런데 그 방은 김애란 소설에 자주 등장하는, 서울 변두리로 밀려나 불안한 나날을 보내는 우울한 청춘들의 거주지와 어딘가 닮아 있지 않은가. 어린 시절 "사방이 신문지로 도배된 방"(「종이 물고기」)에서 사방 벽과 천장의 글자들을 읽으며 자기만의 상상세계를 만들 수 있었던 "어머니의 아랫배"(「종이 물고기」)는, 균열을 견디지 못하고 붕괴된 부실한 현재의 '나'의 방과 다르지 않은 것이다.

폭우로 빗물이 들이친, "검은 비가 출렁이는 반지하"(「도도한 생활」)는 어떤가. 「도도한 생활」에서 이 '출렁이는 반지하' 이미지는 두 개의 울음을 통해 비로소 완성되는데, 하나가 피아노의 울음소리라면 다른 하나는 엄마의 울음소리다. 어린 시절 새로운 중산층의 지표(라고 상상했던)였던 피아노를 배우면서 '나'는 통상 피아노 소리에서 끌어낼 수 없는 '도-도-' 하는 울음소리를 듣게 된다. 그리고 좀더 커서는 '울음방'에서 짤순이 돌아가는 '탈탈탈탈' 소리로 우는 엄마의 울음소리를 듣는다. 이렇듯 '도-도-' 하고 우는 피아노는 엄마의 '울음방'을 거쳐, 이제 소설의 결말에 이르러서는 폭우로 "검은 눈물을 뚝뚝 흘리는" 반지하방이 된다. 그리고 그곳에서 '나'는 울지 않고 대신 '물에 잠겨가는 피아노'를 친다. 그 소리가 아름다웠는지 어쨌는지는 알 수 없다. 다만 '나'는 피아노에서 '도-도-' 하는 단조로운 울음소리가 아니라 "미미 솔 도라 솔……"로 음들이 어우러져 만들어지는 소리들을 발견하게 된다. 김애란 소설의 '방'을 단순히 포스트-IMF 세대의 좌절과 불안이 침윤된 공간으로만 해석할 수 없는 것은 이 때문이다. 물론 그 '방'은 분명 어둡고 황폐한 현실의 그림자가 짙게 드리워진 곳이기는 하다. 그러나 동시에 불우한 현실에 대해 생명력과 창조력으로 맞설 수 있는, 한 개인의 생명과 존엄, 그리고 미적 추구가 가능한 최소한의 공간이기도 하다. 김애란 소설에 등장하는 일인칭 화자의 독백은 바로 이 모순이 공존하는 방에서 흘러나온다. 그리하여 이제는 가족 삼각형의 마지막 꼭짓점을 차지하는 '나', 이 모든 것의 발화자에 대해 이야기해야 할 때다.

4. 자전(自轉)하는 '영원한 화자'

모든 것은 '나'에서 시작해서 '나'로 끝난다. 「영원한 화자」는 모든 '당신'이라는 우회로를 거쳐 결국에는 자기 자신에게로 회귀하는, 김애란 특유의 원환적(圓環的)이며 자족적인 자아 이미지가 가장 잘 나타나는 소설이다. 소설은 크게 두 부분으로 나뉜다. 소설의 초반부와 후반부가 '나'와 '당신'에 관한 에세이 형식의 각주라면, 중반부는 '나'가 '당신'을 만나러 가는 지하철 안에서 옛 동창(이라고 주장하는) 여자를 우연히 만나 '나'가 어떻게 왕따가 되었는지에 관한 이야기를 듣는 부분이다. 그러나 지하철에서 내린 순간 '나'는 옛 동창 이지혜의 말("우리 학교는 은행나무가 예쁘지 않았냐는 말")을 다시 생각해내고는 "내가 졸업한 학교에는 은행나무가 한 그루도 없었다는 사실"을 떠올린다. 분명 '나'는 이지혜가 이야기하는 '아무개' ("나는 정말 아무개였"다!)와 마찬가지로 학창시절 우울한 왕따였지만, 그렇다고 하더라도 '나'는 이지혜의 '아무개'는 결코 아니다. 그럼에도 불구하고 '나'는 한순간 이지혜의 '아무개'가 된다. 그리고 그 순간, '나'는 "아무것도 아닌 것"이 된다. 그러고 나서 '나'는 '당신'과의 만남을 포기한다. 왜냐하면 '나'와 이지혜와의 만남을 통해 '나'는 누군가와의 만남이 '나'를 익명적 타자로 만들 수 있다는 공포스러운 사실을 깨달았기 때문이다. 소설은 자기상실의 상황에 맞닥뜨린 '나'의 다음과 같은 자기방어적 독백으로 마무리된다.

나는 이해받고 싶은 사람, 그러나 당신의 맨얼굴을 보고는 뒷걸음치는 사람이다. 나는 당신을 사랑하는 사람. 그러나 그 사랑이 '나는'으로 시작되는 사람이 하고 있는 사랑이라는 것을 알고 있는 사람이다. 나는 '그래도 나는'이라고 말한 뒤 주저앉는 사람, 나는 한 번 더 '나는'이라고 말한 뒤 주저앉는 사람, 그러나 나는 멈출 수 없는 사람, 그리하여 '나는 내가 어떤 사람인지 자주 생각하는 사람이다'라고 처음부터 다시 말하는 사람이다. 하여, 우리는 흐르는 물에 손을 베이지 않고도 칼을 씻는 방법을 알고 있는 것이다.(「영원한 화자」)

김애란 소설에서 '당신'으로 명명되는, 모든 것이면서 아무것도 아닌 존재들, 즉 타자와의 만남은 '나'가 이 익명적 세계에 수동적으로 함몰될지도 모른다는 두려움 때문에 지연된다. '나'는 '당신'을 사랑하더라도 언제나 '나'를 의식하는 존재이며, 스스로가 '나는'이라고 시작되는 문장만을 반복한다는 것을 알면서도 그 문장을 "멈출 수 없는 사람"이다. 왜 '나'는 '나는'이라는 악무한의 고리를 끊을 수 없는 걸까. "흐르는 물에 손을 베이지 않고도 칼을 씻는 방법"이란 결국 '흐르는 물'처럼 구분되지 않는 덩어리로 움직이는 '나'의 바깥세계가 결코 '칼'로 상징되는, 예민하게 응축된 에고를 상처 낼 수 없으리라는 자기보존 욕망의 선언일 것이다. 그러나 사실 김애란 소설의 '나'는 이 고백의 내용과는 정반대로 '칼'과 같은 바깥 세계에 베이는 존재, 혹은 상처받을까 두려워하는 존재가 아닌가. 그렇다면 '나'를 칼로, '당신'을 흐르는 물로 나누는 이러한 전도된 상상의 이면에 작동하고 있는 것은 결국 '당신'으로 명명되는 수많은 익명적 존재들과 구분되는 '나'의 자율성과 자립성을 끝내 지켜내리라는 말없는 선언이 아닐 것인가. 그리고 거기에 숨어 있는 것은, '나'가 익명적 타자들과 같은 존재로, 구분되지 않는 덩어리로 명명되는 것에 대한 공포라고도 할 수 있다.

그러나 '나'는 또 알고 있다. 자신이 숫자로만, 혹은 알파벳 이니셜로만 존재하는 무명의 존재임을. 그래서 '나'는 짐짓 스스로를 타인 취급 하기도 한다. 그럼에도 불구하고 '나'는 '그래도 나는'이라고 말함으로써 자신만은 예외적 사례일 수 있다는 희망의 끈을 놓지 못한다. 문득 '나' 또한 타인의 타인일 수 있다는, 즉 모호한 덩어리로 표현되는 익명적 존재일 수 있다는 깨달음이 '나'에게 두려움과 불쾌감을 불러일으키는 것은 이 때문이다. 예컨대 「노크하지 않는 집」을 보자. 이 소설에서 '여관식 자취방'에 사는 다섯 여자 중 1번방 아가씨로 불리는 '나'는 두 번의 도난사건을 겪은 뒤, 열쇠가게 주인의 도움으로 나머지 네 여자의 방에 들어가게 된다. 그리고 그 순간, "나는 목격하고야 만다. 내 방과 가구에서부터 옷, 장신구, 책, 그리고 방바닥에 난 담배빵 자국까지 하나의 오차도 없이 징그럽게 똑같은 네 여자의 방을."(「노크하지 않는 방」) 이것은 '나' 또한 다른 여자들과 마찬가지로 아무것도 아닌 존재라는 사실―스스로 이미 알고 있던―에 대한 새삼스러운 공포다. 그러나 '나'가 아무것도 아닌 존재라는 사실을 깨닫는다고 해서 다른 아무것도 아닌 존재들과 소통할 수 있는 것은 아니다. 오히려 '나'는 역설적이게도 더욱더 '나'를 확인하고 보존하려고 애쓰는바, 소설의 결말 부분에서 공포에 휩싸여 '나'가 자신을 안다고 생각하는 사람들에게 미친 듯이 전화를 거는 모습은 '나'를 확인받기 위한 필사적인 몸부림이라고 할 수 있다.

자신이 어렵게 마련한 나름의 고급한 취향과 센스를 모방하는 후배의 모습에 당황하면서 과도하게 분노하는 「침이 고인다」의 '그녀'는 또 어떤가. 목동 입시학원의 시간강사인 '그녀'는 "유통기한이 정해진 안전한 우정"이라는 전제 하에, 동가식서가숙하는 후배와 동거를 시작한다. 처음에는 후배의 "어떤 요구와 결례"가 고독이 습관화된 지루한 일상에 신선한 자극이 되기도 하지만, 점차 '그녀' 는 "후배가 자신을 따라 하고 있는 느낌"을 못 견뎌한다. 왜 그럴까. 소설에서 후배는 학원 10주년 행사가 끝날 무렵 연단에 올라와 눈치 없이 마이크를 잡은 운전기사 아저씨와 같은 존재로 그려진다. 그 둘은 모두 내부인(內部人) 행사를 하는 외부인(外部人)이었던 것이다. 그런 점에서 자신의 취향과 습관을 모방하는 후배를 불편해하는 '그녀' 의 심리 이면에 도사리고 있는 것은, '그녀' 가 경계선 바깥의 후배와 동류로 묶일지도 모른다는 사실에 대한 공포다. 그러니 후배를 내쫓는 '그녀' 의 비정한 태도는, 이 공포에 맞서는 불가항력적인 어떤 것이라고 할 수 있겠다. 물론 '그녀' 의 자기반성은 즉각적으로 이루어진다. 그러나 문제는 그러한 자기반성이, 껌을 씹으면서 자신을 버리고 떠난 엄마를 기다리던 후배의 행위를 모방하면서 이루어진다는 점이다. 다시 말해서 '그녀' 는 "참혹한 시간들"을 떠올릴 때마다 입안에 침이 고인다는, 후배의 상실의 고통을 흉내 냄으로써 자신의 무정한 행동을 미필적 고의로 위장하고 있는 것이다. 그리하여 후배에게 엄마를 그리워하는 마음의 객관적 상관물인 껌은, 이런 과정을 거쳐 '그녀' 의 자기정당화를 위한 수단으로 변질되고 만다.

결국 김애란 소설에서 '나' 를 타인의 타자로 만드는 역전은 일어나지 않는다. 분명 김애란 소설의 '나' 는 자신이 서바이벌 게임에서 밀려난 버려진 존재들 중의 하나라는 사실을 알고 있다. 그러나 문제는 이러한 자기반성적 자각이 언제나 자아와 타자라는 오랜 이분법적 대당(對當) 위에서 전개되기 때문에 어쩔 수 없는 한계에 부딪히고 만다는 점이다. 「성탄특선」에서 동남아 이주노동자를 바라보는 가난한 커플의 불안한 시선은, '나'의 자기충족성과 자율성에 대한 욕망이 아이로니컬하게도 어떻게 '나' 바깥의 존재를 '부정적으로' 의식하고 참조함으로써만 형성될 수 있는가를 보여준다. 「성탄특선」은 연애 사년 만에 드디어 옷 걱정, 돈 걱정 없이 남들처럼 정해진 코스(영화관―패밀리 레스토랑―고급 바―모텔)대로 데이트할 수 있게 된 어느 커플의 서울 시내 모텔 순례를 다룬 소설이다. 소설에서 이들 커플은 남자의 한 달 월세와 맞먹는 삼십만 원짜리 모텔 방과 '비싼 게 이만오천 원'인 여인숙 방 중 하나를 선택해야 하는 상황에 직면한다. 결국 남자와 여자는 어쩔 수 없이 이만오천 원짜리 방을 선택하지만, '지나치게' 허름한 그곳에서 그들의 성관계는 이루어지지 않는다. 왜냐하면 "여인숙이라는 공간은 동남아 노동자들과 가난한 커플을 '동류'로 묶어주는 곳"[7]이기 때문이다. 물론 이들은 동남아 노동자들과 '동류'로 묶일 만큼 가난한 커플은 아니다. "이제 남자에겐 번듯한 직장이 있고 여자에게도 깔끔한 구두와 소박한 정장이 있"기 때문이다. 그러나 하룻밤에 삼십만 원을 지불할 정도의 능력이 없다면, '곱슬머리, 구릿빛 피부, 외다리 외국인 청년'과 동류가 될 수도 있는 현실은, 이들에게 자신들의 사회적 지위가 생각보다 불안정하다는 사실을 새삼 상기시킨다. 즉 삼십만 원짜리 방은 불가능하고 이만오천 원짜리 방은 가능한 이들의 현실은, 이전보다 나아진 현재의 상황을 오히려 불만족스러운 결핍으로 느끼게 한다. 가족 삼각형을 중심으로 자전하던 '나'가 자기만의 방 바깥에서 경험하게 되는 이 극단적인 두 개의

---

7 이현우, 「사회학적 상상력 vs 동물학적 상상력」, 『문학동네』 2006년 가을호, 좌담, 574쪽.

방은, 그대로 '나' 바깥의 현실에 대한 상반된 두 개의 정서적 반응을 불러일으킨다. 삼십만 원짜리 방에 대한 질투와 이만오천 원짜리 방에 대한 공포가 바로 그것이다. 이 질투와 공포 사이, 거기에 김애란 소설의 심리적 지형이 존재한다.

5. 질투와 공포를 넘어

김애란 소설에서 질투와 공포는 '나'가 이 세계와 관계 맺는 두 가지 방식이다. 그것은 스스로를 삼십만 원짜리 방과 이만오천 원짜리 방, 그사이 어디쯤에 위치 짓는 사회적 감각으로, 김애란의 사회의식은 바로 이러한 '중간층적' 위치감각을 통해 단적으로 드러난다. 그러나 물론 김애란 소설에서 '나'는 자신을 "어딘가로부터 쫓겨난 사람"(「큐티클」)으로 규정함으로써 이만오천 원짜리 방에 더 가까운 존재로 간주한다. 그러나 이러한 '나'의 난민의식은 「성탄특선」에 등장하는 진짜 난민들, 예컨대 동남아시아 이주노동자들과의 동류의식으로까지 이어지지는 않는다. 분명 '나'의 자기비하적 타자의식은 젊은 세대가 처한 사회경제적 위기의 상황을 비유적으로 보여주지만, 동시에 더욱 강렬한 자기동일성에 대한 감각의 습득을 요구하기도 한다.

문제는 이러한 '나'의 동일성과 자명성에 대한 요구가 한편으로는 나르시시즘적 가족서사를 반복하는 방식으로, 다른 한편으로는 타자를 정형화된 스테레오타입으로 묘사하는 방식으로 실현되고 있다는 것이다. 김애란의 최근작들이 겉보기에는 가족서사를 벗어나 사회적 현실에 대해 발언하는 것처럼 보임에도 불구하고, 여전히 유아기적

심리에서 벗어나지 못하는 것은 이 때문이다. 예컨대 「큐티클」의 '나'
가 '네일숍'으로 상징되는 자본주의의 손길에 몸을 내맡기는 장면을
보면,

> 엷은 졸음이 몰려오며 어느 순간, '나는 케어받고 싶다. 나는 관리받는
> 삶이고 싶다. 누군가 나를 이렇게 영원히 보살펴주었으면 좋겠다. 어
> 린아이처럼 ―' 하고 고백해버리고 싶었다. 누군가 나를 오랫동안 만져
> 주고, 꾸며주고, 아껴주자, 나는 아주 조그마해지는 것 같았고, 그렇게
> 조그만 세계에서 바싹 오그라든 채 태아처럼 잠들고 싶어졌다.[8]

소비자로서 '나'는 '조그만 세계'(자궁)로 돌아가 영원히 관리받
기만 하는, 무책임한 '태아'가 될 것을 매혹적으로 요구받는다. 자본
주의 사회는 계급과 성별, 사회적 지위의 차이에서 오는 상처를 마비
시키기 위해 각 개인을 만족을 모르는 어린아이와 같은 소비자로 규정
한 뒤 끝없는 구매를 자극하고 엄청난 양의 위로를 쏟아붓는다. 이
'순진함의 유혹'은 마치 "운명의 혹독함에 대한 보상처럼 퇴행을 삶의
양식"[9]으로 삼도록 요구한다. 「큐티클」의 '나'가 자본주의적 소비충동
에 저항하면서도 그러한 유혹에 굴복할 수밖에 없는 것은, 소비행위를
통해 자신이 '명품(名品)은 아니더라도 상품(上品) 정도'의 가치를 지닌
존재임을 끊임없이 확인받기 때문이다. 여기서 '상품'으로서의 자기
정체성이란 '명품'에 대한 부러움(열등감)과 '하품(下品)'에 대한 거부

<hr>

8 김애란, 「큐티클」, 『현대문학』, 2008년 8월, 138쪽.
9 파스칼 브뤼크네르, 김웅권 옮김, 『순진함의 유혹』, 동문선, 1999, 103쪽.

감(우월감) 사이에서 형성되는 어떤 것이다. 그러나 '상품' 정체성이란 도대체 얼마나 유동적이고 가변적인 것인가. '나' 가 "호들갑스럽지 않게 자기주장을" 하는 정장이라고 생각한 '검은 스커트와 파란색 블라우스' 는 결혼식장에서 만난 친구들의 세련되고 화사하면서도 전혀 과시적이지 않은 옷과 비교했을 때, '답답할 정도로 평범' 할 뿐만 아니라 '유행이 꽤 지난 것' 으로 평가받는다. 결국 '나' 는 결혼식장에서 만난 '나' 보다 더 세련되고 지적인 친구들 앞에서 관리받은 손 대신 "내 겨드랑이에 생긴, 커다랗고 우스꽝스러운 얼룩만" 을 보여주고 만다.

김애란 소설에서 이 '얼룩' 이란 자기 안에 도사린, 자신도 어쩔 수 없는 "텅 빈 어둠"(「큐티클」)이다. 문제는 '나' 의 출신성분('하품' 에 가까운 '상품')과 관련된 이 '얼룩' 혹은 '어둠' 이 한편으로는 난민으로 상징되는 '하품' 인생들과의 동일시를 가능케 하면서도, 다른 한편으로는 자신이 이 '어둠' 에 영원히 갇힐지도 모른다는 불안감을 야기하기도 한다. 김애란 소설에서 이러한 불안감은 두 가지 방식으로 해소되는데, 하나가 유아기 시절의 가족서사를 반복하는 것이라면 다른 하나는 '나' 바깥의 타자에게 이 불안감을 전이시키는 것이다. 그 결과 '나' 보다 더 열등한 타자적 존재들은 비인칭적 존재로 괴물화되기도 한다. 이러한 '주체/타자' 의 이분법에 기반한 빈약한 타자화 방식은, 재개발 지역에서 쫓겨나는 난민들을, 어딘가로 이동하는 벌레들에 비유하는 김애란의 최근작 「벌레들」[10]에서 집약적으로 드러난다. 이러한 비유적 형상화는 어떤 점에서는 재개발 지역에서 쫓겨난 사람들의

---

10 김애란의 「벌레들」은 테마소설집 『서울, 어느 날 소설이 되다』(강, 2009)에 수록되어 있다.

극단적으로 비참한 현실을 비극적으로 드러내기에 적합한 방식일지도 모른다. 그러나 소설에서 '나'에 의해 '빈민'으로 명명되고 있는 하층계급의 구체적 실재성은, 이들을 비인간적 '벌레들'로 묘사하는 순간 박탈된다. '벌레만도 못한 인간'이라는 상투어구를 연상시키는 이들 비인간적 존재에 대한 스테레오타입화된 묘사 방식은, 지금까지 김애란 소설의 특장이 되어온 '나'에 대한 묘사방식과는 매우 다르다. 즉 '나'는 자신을 둘러싼 일상의 세목과 그 속에서 미묘하게 변화하는 마음의 상태를 구체적으로 묘사함으로써, 자신의 내면에 일정한 깊이를 부여하고 음영을 드리운다. 그리하여 '나'는 복잡하고 모순적인, 그래서 더욱 특별한 존재로 다뤄진다. 그러나 「벌레들」에서 '빈민'은 내면이 없는 비인간적 존재들로 간주됨으로써, 단지 '나'의 불안감의 정도를 확인하기 위한 부정적 참조 대상으로 전락하고 만다.

우리 사회의 다양한 난민들을 다루는 김애란의 최근작은, 언뜻 이전의 동화적 가족 상상력에서 벗어나 일정한 사회의식을 드러내는 방향으로 변모하고 있는 것처럼 보인다. 그러나 「벌레들」에서 다소 위협적이고 과장된 벌레에 대한 공포는, '나'와 '당신'을 변증법적 결합이 불가능한 영원한 타인의 관계로 만들 뿐만 아니라, '나'의 자기동일성에 대한 환상을 결코 포기할 수 없는 것으로 만든다. 김애란 소설에서 '나'를 중심으로 직조되는 가족서사가 저소득층 가족의 고통과 슬픔을 다루면서도 비교적 따뜻하고 유쾌하게 다뤄지는 반면, '나'와 타자적 존재와의 만남은 상대적으로 차갑고 냉정하게 그려지는 이유 또한 그 때문이다. 따라서 김애란 소설에서 타인에 대한 '나'의 윤리적 태도는 결국 자아라는 한계 내에서만 발현될 수밖에 없는 것이다.

김애란 소설의 이러한 태도는 물론 이 작가에게만 해당되는 이야

기는 아니다. 그것은 2000년대의 많은 젊은 작가들이 알게 모르게 공
유하고 있는 것이기도 하다. 그리고 그것은 지금 2000년대 한국사회
를 살아가는 젊은 세대들을 사로잡고 있는 불안과 위기의식을 저 나
름의 방식으로 포착하고 반영하고 있는 것이다. 그런 측면에서 김애
란의 소설은 2000년대 한국의 젊은 세대들의 심리적 자화상이라고도
할 수 있을 것이다. 그러나 지금 김애란에게 필요한 것은, 이 모든 것
을 객관화하고 성찰하는 문학적 반성의 시선이다. 그곳에서 비로소
우리는 김애란 소설의 진정한 새로움을 보게 될 것이고, 또 그럴 수
있을 것이다.

순환하는 암호들

1. 암호

매주 토요일이면 어김없이 로또복권을 사는 아버지가 있다. 아버지의 복권 번호는 언제나 3, 4, 9, 24, 34, 38이다. 이 숫자들은 아버지의 공장이 부도나기 직전 채권자들을 피해 아무 연고도 없는 지방으로 도피하던 시절, "잠 못 이루던 그 밤들에 만들어졌다."(「구멍」) 3은 할아버지가 전쟁 때 잃은 손가락의 개수이고, 4와 9는 일곱 살 때 죽은 아들의 생일이다. 24는 공장 부도로 채권자에게 쫓기던 아버지에게 지우개 공장에서 일할 수 있게 해준 고등학교 시절 친구의 반 번호에서 온 것이고, 34는 처음으로 이사한 아파트 호수 304호를 의미한다. 마지막 번호인 38은 부산으로 출장을 가던 아버지가 '와락 안고 싶은 충동'을 느꼈던 어떤 여자와 함께 탄 기차의 좌석 번호이다. 이 번호들은 아버지의 평탄치만은 않은, 그렇다고 대단할 것도 없는 삶의 사연을 담고 있는 기호다. 그렇다면 물어보자. 세 개의 손가락을 잃고도 열심히 일해서 조그만 공장을 경영할 수 있었던 할아버지의 3은 고통일까, 희망일까. 사랑하던, 그러나 너무 일찍 떠나버린 아들의 4와 9는 기쁨일까, 절망일까. 가슴을 뛰게 했지만 붙잡을 수 없었던 여자의 38은 후회일까, 체념일까. 숫자들이 말해주는 아버지의 삶의 진실은 과연 행복인가, 불행인가……. 어느 날 아버지는 이 숫자들을 남긴 채 돌연 사라진다. 그리하여 숫자의 진실은 영원히 알 수 없는 것이 되고 만다. 모호함에 가득 찬 알 수 없는 그 숫자의 진실, 우리는 그것을 '암호'라고 불러도 좋으리라.

윤성희의 이번 단편집 『감기』는 이런 암호로 가득 차 있다. 예컨대 그것은 아들이 아버지에게 만들어준 자장면 위에 뿌려진 "ㄹ과 ㅁ을 그려 넣은 것처럼 보"(「등 뒤에」)이는 완두콩이거나, '아무것도 키우지 않는 정원사'가 마당에서 뽑아낸, 'ㄱ'처럼 보이기도 하는 "ㅅ자 모양의 뿌리"(「무릎」)이다. 아버지는 아들에게 "이게 뭔 뜻이냐?"라고 물어보지만 갑작스런 아들의 죽음으로 그 자음들은 영원히 풀 수 없는 수수께끼가 된다. 정원사가 뽑아낸 'ㅅ' 혹은 'ㄱ'자 모양의 뿌리는 'ㅡ'자 모음이 된 정원사의 몸과 결합해서 "거수, 거세, 고수, 기세, 기수, 그새, 사고……"(「무릎」) 등과 같은, 계통도 의미도 다른 다양한 단어들을 만들어낸다. 짐작건대 그 단어들은 아마도 다른 '아름다운 단어들'을 향해 계속 나아갈 것이다. '시소'는 그리하여 통상 그 단어에서 연상할 법하지 않은 낯선 단어, 구문, 구조, 그리고 정서로 우리를 이끌 것이다.

윤성희의 최근 소설을 읽을 때 우리가 느끼는 낯섦과 이질감의 상당 부분은 바로 이러한 암호로부터 기인한다. 어떻게 보면 윤성희의 소설은 차라리 암호 그 자체가 된다고도 할 수 있을 정도다. 이 암호는 쉽게 해독되지 않는다. 그것은 기쁨인가 하면 슬픔이고, 슬픔인가 하면 무심함이다. 대책 없이 유쾌한 소동극인가 하면 가슴 한쪽이 뻐근해지는 비극이기도 하다. 기쁨은 고통과 함께하고, 절망감은 희망을 곁에 둔다. 다시 한 번 말하겠다. 기쁨은 고통이 되고 절망은 희망이 되는 것이 아니다. 차라리 기쁨은 고통이고 절망은 희망이다. 그리하여 불행은 행복과 동의어가 된다. 우리가 윤성희 소설을 읽으면서 간혹 어리둥절해지는 것은 이 때문이다. 우리는 어느 순간 울어야 할지 웃어야 할지, 내가 슬픈 건지 기쁜 건지 알 수 없게 된다. 윤성희의 소설에는 그렇게 공존하기 어려운 이질적인 감정과 의미들이 별 모순 없이 병존한다. 그리고 그와 더불어 소설의 모든 등장인물들은 물론이거니와 사건의 의미, 낱말들, 심지어 기호들조차 계속 움직이고 변동한다. 윤성희 소설의 낯섦과 새로움은 바로 거기에 있다. 하나의 고정된 의미를 거부한 채 환유적으로 운동하는 이 암호들의 세계. 이 활기찬 암호들로부터 윤성희 소설은 시작된다.

2. 구멍

다시 「구멍」으로 돌아가 보자. 아버지가 집을 나간 뒤 사흘째 되던 날, 어머니는 어머니의 어머니, 즉 '나'의 외할머니의 죽음에 관해 이야기해준다. 얼굴에 난 마마자국 때문에 애 딸린 홀아비에게 시집 온 어머니(외할머니)는 시어머니의 자심한 구박을 견디며 시집살이를 한다. 그러던 어느 날 어머니와 외할머니만 있는 집에 난데없이 옆집 개가 나타나 시어머니(외증조할머니)가 애지중지하던 닭이 놀라 우물에 빠진다. 시어머니에게 야단맞을 생각에 두려워하던 어머니는 급기야 허리에 밧줄을 묶고 닭을 찾으러 우물 아래로 내려간다. 그러나 결국 어머니를 묶었던 밧줄은 풀어지고 만다. "나중에 우물 속에서 시체를 건졌을 때, 외할머니는 닭을 두 손으로 꼭 껴안고 있었다고 한다."(「구멍」)

이 이야기는 언뜻 금비녀를 빠뜨리고 상심한 각시가 우물에 빠져 죽고 각시의 금비녀는 금빛 잉어가 되었다는 오정희의 「옛우물」의 전설을 떠올리게 한다. 그러나 오정희의 「옛우물」에서 우물이 죽은 각시를 금빛 잉어로 변신시키는 깊고 그윽한 여성 전설의 공간이 되는 데 반해, 「구멍」의 우물에 금빛 잉어는 없다. 그곳에는 닭을 두 손으로 껴안은 채 발견된, 죽어서도 시어머니를 두려워했던 외할머니의 시체만이 있을 뿐이다. 그것은 결코 신비로운 전설이 될 수 없는 섬뜩하면서도 슬픈 이야기다. 그러니 이 모든 사건을 목격한 어머니에게 우물이 결코 메워질 수 없는 상처-구멍이 되는 것은 당연할는지도 모른다. 그럼에도 불구하고 어머니는 '나'에게 이렇게 말한다. "걱정 마라. 그걸 견뎠는데 이쯤이야. 게다가 닭고기도 잘 먹잖니." 어머니는 닭을 껴안은 채 발견된 외할머니의 시체를 목격했음에도 불구하고 마치 어떠한 정신적 외상도 겪지 않은 것처럼 말한다. 그렇다면 과연 어머니의 상처는 치유되었다고 말할 수 있는가. 언뜻 이 소설에서 엉뚱한 닭고기 얘기는 유쾌한 낙관의 태도쯤으로 여겨져, 어머니의 고통과 슬픔은 손쉽게 명랑함과 기쁨으로 자리바꿈을 한 듯하다. 그러나,

갑자기 천장에서 벽지 한 장이 뚝 떨어졌다. 벽지가 소파에 누워 있는 내 몸을 반쯤 덮어주었다. "이불 같아." 나는 중얼거렸다.

「구멍」의 이 낯선 결말이야말로 윤성희 소설의 불규칙한 운동성을 잘 보여준다. 정리해보자. 아버지의 돌연한 실종은 그동안 봉인되었던 어머니의 상처-구멍을 갑자기 벌려놓는다. 그런데 벽지-이불은 어머니의 상처를 덮는 대신 엉뚱하게도 '나'의 몸을 반쯤 덮어준다. 원래 위로받아야 할 존재는 어머니지만, 갑자기 등장한 벽지-이불은 예기치 않은 대상인 '나'를 향함으로써 어머니에게 집중된 슬픔과 고통의 정서를 분산시키면서 희미하게 만든다. 그리고 그렇게 분산된 어머니의 고통은 '나'에게 전이된다. 나의 몸을 반쯤 가린 벽지는 오히려 그렇게 몸을 덮는다는 그 점으로 인해 역으로, 덮여 있는 나의 상처-구멍을 상상할 수 있게 하는 것이기 때문이다. 그리하여 아버지로부터 시작된 상처는 어머니를 거쳐 '나'에게로 전이된다. 이렇게 윤성희 소설에서 고통과 상처는 이상한 방식으로 유전된다. 윤성희 소설이 언뜻 명랑하고 낙관적인 동화처럼 보임에도 불구하고 결코 그렇지 않다고 말할 수 있는 데는 이런 사정이 있다.

우리는 어쩌면 모두 구멍 뚫린 존재일는지 모른다. 표제작 「감기」는 이러한 구멍 뚫린 존재로서의 자의식을 섬세하게 그려 보이고 있다. 「감기」의 표면적인 서사는 마을버스 운전사인 '남자'와 고속도로 톨게이트 매표원인 '여자'의 우연한 만남과 새로운 관계의 시작에 관한 것이다. 소설에는 온통 망가지고 상처 난 존재들만 등장한다. 남자와 여자의 첫 만남에서 그들의 시선을 끈 것은 바로 상대의 몸에 남겨진 흉터다. 여자는 "마디가 잘린 남자의 검지를", 남자는 "화상으로 피부가 일그러진 여자의 손등"을 바라보다 쓰다듬는다. 육체에 난 이 자국은 자기정체성을 확인하게 하는 동시에, '나'가 너와 다르지 않은 존재임을 증명해주는 표식이기도 하다.

흉터는 아니지만, 윤성희 소설에서는 종종 몸에 난 어떤 자국들이 잃어버린 가족을 되찾는 고전적인 신분 확인의 표지로 활용되기도 한다. 예컨대 「등 뒤에」와 「리모컨」에 등장하는 엉덩이의 점이 그러하다. 그러나 그러한 육체적 표지란 유전자 감식을 통해 친자 확인을 할 수 있는 시대에 김동인의 '발가락' 만큼이나 무의미하고 희화화된 것에 불과하다. '그'는 '아이'와 부자관계를 맺고(「등 뒤에」), '그녀'는 '진수라는 여자'와 자매관계를 맺지만, 그들 서로가 서로의 언니, 동생, 아버지, 아들임을 확신하지 못하는 것은 이 때문이다. 그들은 그저 "언니로 짐작되는 여자" 혹은 "동생으로 짐작되는 여자"(「리모컨」)에 불과한 존재인 것이다. 윤성희 소설에 등장하는 흉터나 점과 같은 육체의 기표란, 따라서 아무런 의미도 없는, 텅 빈 '구멍'에 불과하다고 할 수 있다. 그러나 윤성희 소설에서 이 비과학적이고 모호한 구멍들은 서로의 상처와 죄의식에 공감하게 함으로써 무관(無關)한 사람들을 유관(有關)하게 만들어준다. 그것은 착오와 착각을 불러일으키는 동시에(그들은 과연 나의 진짜 가족일까?), 혈연이나 지연, 학연과는 다른 차원에서, 느슨하지만 강력한 이상한 공동체를 만들어낸다. 「감기」에서 다소 엉뚱해 보이는 '남자'의 꿈은 이러한 '구멍'의 상징성을 잘 보여주는 예다.

아버지는 남자를 바닥에 누이더니, 남자의 몸에 박혀 있는 나사들을 풀기 시작했다. 뭐 하시는 거예요? 봐라. 나사들이 다 녹슬었구나. 아버지는 남자의 몸에서 오십 개가 넘는 나사를 빼냈다. 나사 빨리 풀기 대회라는 게 있다면 틀림없이 아버지는 그 대회에 나가서 우승을 했을 것이라고. 꿈속에서 남자는 아버지에게 말했다. 나사가 빠지면서 생긴 구멍 사이로 빛이 새어왔다. 바람이 구멍들을 넘나들었다. 오늘 어떤 사람을 만났어요. 그 사람을 보려고 기차를 타고 세 시간이나 갔어요. 앞으로 연애를 하려면 꽤 피곤하겠어요. 그건 그렇고, 아버지 얼른 이 구멍들을 막아주세요. 추워요.

이 꿈 장면은 일차적으로 '구멍→바람→감기'의 은유적 연상을 통해 '남자'가 감기에 걸렸음을 암시한다. '나사가 빠지면서 생긴 구멍'을 바람이 넘나들고 그 바람은 감기와 같은 질병을 유발한다. 그런데 그 구멍으로는 폐암으로 죽은 작은아버지가, 무단횡단을 하다가 사고로 죽은 아버지가 들고 나기도 한다. 그렇게 그 구멍은 평소에는 느끼지 못하다가 어느 날 우연히 그곳으로 바람이 지나가면 마치 감기에 걸리듯 지난 시절의 고통을 끊임없이 반복해서 겪게 한다. 그런 점에서 구멍은 상처의 진원지이자 영원히 메워지지 않는 심연이기도 하다. 그러나 동시에 구멍은 다른 존재와 소통할 수 있는 길을 열어주기도 한다. 마치 흉터가 서로의 존재증명이 되는 것처럼, 오직 구멍 뚫린 존재만이 다른 존재의 고독한 구멍을 들여다볼 수 있게 된다.

그들은 그럼에도 불구하고 여전히 고독한 개인이다. 우연히 만난 네 사람이 시종일관 떠들썩하고 축제적인 분위기를 연출하던 「안녕! 물고기자리」의 결말은 뜻밖에도 고독하다. '나'는 갑작스럽게 '나'의 분신과도 같은 존재들과 헤어져 홀로 남겨졌으며, 친구 Y는 여전히 집 밖으로 나오지 않는다. 그리고 무엇이든지 고칠 줄 아는 '만물수리상' 주인인 아버지조차 엄마의 마음은 물론 몽유(夢遊)하는 아들의 마음도 결코 고치지 못한다.(「감기」) 심지어 생사고락을 함께한 '기적의 사나이들' 조차 서로를 '달래주거나' 서로에게 '사과' 하지 않는다.(「부분들」) 그들은 각자의 구멍 때문에 소통할 수 있게 되지만, 같은 이유로 결코 서로를 완벽하게 이해하지 못한다. 그러나 사실 다른 누군가를 완벽하게 이해한다는 것은 거의 불가능한 일이다. 우리는 그저 불완전하고 모순적인 구멍을 통해 다른 존재의 '부분들'이 될 수 있을 뿐이다. 비록 부분들의 합체가 더 큰 삶의 구멍을 만든다고 할지라도 말이다.

3. 유령

이 구멍이야말로 윤성희 소설을 떠받치고 있는 '핵'이다. 구멍은 주체가 어떻게 해볼 도리가 없는, 주체를 수동적 상태로 밀어 넣는 비자발적 조건이지만 동시에 그러한 수동적 자리를 통해 비로소 다른 존재를 발견하고 그러한 다른 존재를 향해 움직일 수 있게 하는 동력이기도 하다. 최근 윤성희 소설의 유령은 바로 그 깊이를 알 수 없는 고독한 구멍에서 출현한다. 그 유령이야말로 구멍 자체이며, 무엇으로도 채워질 수 없는 고독한 심연 그 자체다. 그것은 존재의 일부이면서도 존재하지 않고, 현실적이면서도 비가시적이다. 그런 측면에서 유령은 '익명적 있음'의 존재라고도 말할 수 있다. '익명(匿名)'이란 이름을 숨기는 것이다. 이름을 숨긴다는 것은, 존재하기는 하지만 '이것' 또는 '저것'이라고 부를 수 없는 것, 다시 말해서 하나의 이름에 응답하지 않

는 것이라고 할 수 있다.(서동욱, 「셰익스피어의 유령학」, 『일상의 모험』, 민음사, 2005 참조)

유령의 존재론에 관한 소설 「하다 만 말」의 '나'는 그런 점에서 '익명적인 것'이라고 할 수 있다. 이 소설은 마치 영화 「식스 센스」처럼 소설의 중심 서술자인 '나'가 유령이라는 사실이 결말 부분에서 밝혀지는 반전 구조로 되어 있다. 독자가 소설의 결말 부분에서 확인하게 되는 것은, 지금껏 존재한다고 믿었던 화자인 '나'가 사실은 존재하지 않는다는 것이다. 그 '나'는 존재하지 않는 동시에 가벼운 탁구공에 의지해서만 간신히 존재하는 존재이기도 하다. "나는 탁구공을 흔들었다."(「하다 만 말」) '나'는 탁구공이라는 사물을 통과함으로써 자기 자신의 외부에, 즉 탁구공이라는 사물 가운데 존재한다. '나'의 익명성이란 그런 것이다. '나'에게 더 이상 '자기'란 없는 것이다. 즉 '나'는 더 이상 누구의 딸도, 누구의 누이동생도, 누구의 손자도 아니라, 그저 탁구공과 같은 하나의 사물, 혹은 '입바람'으로만 감지되는 비존재인 것이다.

사실 유령으로 존재하는 것, 즉 익명적인 것으로 존재하는 것을 이야기하는 것은 윤성희 소설에서 그리 낯선 것이 아니다. 예컨대 「하다 만 말」과 「등 뒤에」에 등장하는 유령은 윤성희의 전작 『레고로 만든 집』과 『거기, 당신?』에 등장하는 흐릿한 익명적 존재들과 그 본질에서 크게 다르지 않다. 이들은 살아 있건 죽었건 간에 자기가 자기임을 주장할 수 없는, 자기 자신임을 포기한 자에 가깝다. 이때 주체는 더 이상 '내가 아닌' 다른 누군가가 된다. 즉 이들은 모두 차라리 자기 존재로부터 새어나오는, 다시 말해서 존재로부터 시작되었으나 그로부터 벗어난 낯선 존재인 것이다. 그렇게 유령은 자기 자신을 더 이상 자기 자신이 아닌 존재로 만듦으로써 존재와 비존재의 경계를 심문하고, 나아가 우리의 존재 자체를 낯설게 만든다. 그것은 예컨대 '불에 타서 이미 눈동자를 잃어버린 아들'(「등 뒤에」)의 텅 빈 눈으로 세계를 바라보는 방식을 연상시킨다. 그 순간 세계는 "갑자기 흑백으로 바뀐"(「등 뒤에」)다. 그리고 유령인 '나'는 그렇게 바뀐 흑백영상 속에서 다른 사람들은 결코 포착할 수 없는 은밀한 생의 고통을 발견하기도 하는 것이다.

> 나는 어머니의 가슴을 손으로 만졌다. 철로 만들어진 어머니의 심장은 조금씩 녹슬기 시작했다. 한 번만 더 눈물을 삼키면 심장이 온통 녹슬어버릴 것이다. 나는 마지막으로 힘을 내 어머니의 심장을 움켜쥐었다.(「하다 만 말」)

'나'는 유령이라서, 놀랄 일을 너무 많이 겪어 심장이 강철처럼 단단해지고 급기야 녹슬기 시작한 어머니의 고통을 느낄 수 있다. 그뿐만이 아니다. 불쌍한 사주팔자를 갖고 태어난 아버지, 어린 시절 다른 사람에 대한 걱정으로 정작 자기 자신은 돌보지 못했던 오빠, 말년에 효도 한 번 받아보는 것이 소원이지만 그 소원을 이루기 어려운 할아버지. 이 불행한 가족의 고통에 대해 기억하고 이야기할 수 있는 존재는 바로 유령인 '나'인 것이다. 그래서 '나'는 "다행이야"라고 말할 수 있다. '나'는 유령이 되어서야 비로소 가족의 고통스러운 사연을 기억하고 이해할 수 있게 된 것이다. 그러니 "다행이야"에 생략된 말을 복원해서 완성하면 다음과 같을 것이다. "내가 죽어서 다행이야."

자발적이건 어쩔 수 없건 간에 이 자기소멸 내지는 자기특권의 포기는 역설적이게도, 이 세계의 숨겨진 진실을 드러내는 통로가 된다. 현실은 존재가 아니라 존재의 분신, 혹은 그림자, 혹은 이미지를 통해서 드러나기도 하는 것이다. 아니, 현실은 오히려 이러한 유령과 그림자의 세계에서 더 분명하게 떠오를 수 있다. 예컨대 「부분들」을 보자. 이 소설은 언뜻 건물 붕괴 현장에서 구조된 '기적의 사나이들'의 행운에 관한 것처럼 보이지만, 사실은 이들의 불운에 관한 이야기다. 소설은 초반에 산비탈 틈새에 손가락이 끼어 꼼짝도 하지 못하면서도 "어떤 상황에서도 웃을 수 있는 내가 대견하게 느껴졌다"는 '나'의 낙관적 태도로 인해 언뜻 매우 긍정적이고 밝은 것으로 읽힌다. 그러나 '원'은 기적의 다이어트법을 개발해서 엄청난 돈을 벌지만 결국 식물인간이 되고, '쓰리'는 그런 '원'의 산소호흡기를 떼려다가 살인미수로 체포된다. 그리고 조난당한 '나'. 그럼에도 불구하고 소설은 대책 없는 낙천적 긍정의 태도로 끝난다. '나'는 구조에 대한 희망을 잃지 않고 "오백원짜리 동전을 바위에 갈기 시작"한 것이다! 바로 이러한 생뚱맞은 명랑만화적 결말 때문에 윤성희 소설은 자칫 어른들을 위한 동화로 오독될 수 있다. 그러나 작가는 엉뚱하고 낯선 곳에 '그림자'의 진실을 깔아둠으로써, 겉보기에 유쾌한 동화적 세계가 얼마나 잔혹한 현실을 배경으로 하는가를 은연중에 폭로한다.

> 달밤은 우리들의 그림자를 아름답게 만들어주었다. 그 그림자들이 서로를 스치고 지나갔다. 우리들은 서로의 가슴을 밟고, 서로의 얼굴을 밟고, 서로의 웃음을 밟았다. 하지만 아무도 아프지 않았다.(「부분들」)

어쩌면 아름다운 달밤의 그림자놀이에 숨겨진 무서운 진실이 현실 자체는 아닐는지도 모른다. 게다가 윤성희의 소설은 그러한 섬뜩한 진실의 폭로를 목적으로 하지 않기 때문에 굳이 그림자의 무서운 진실에 대해 얘기할 필요가 없을지도 모른다. 그러나 어떤 측면에서 볼 때 구멍에서 비롯된 유령과 그림자의 세계야말로 윤성희 소설을 떠받치고 있는 진짜 무서운 현실이라고 할 수 있다. 윤성희 소설의 유머와 발랄함이 단순하고 소박한 유희의 차원으로 떨어지지 않는 것은 그러한 동화적 세계를 떠받치는 그림자의 세계 때문이다. 윤성희 소설은 이러한 그림자의 세계를 자기 존재의 일부로 받아들이면서도, 그 세계에 함몰되기보다는 그 허방 위에서 또 다른 세계의 가능성을 타진한다. 그러한 태도야말로 작가가 이 무서운 현실 속에서 취하는 어떤 실천의 포즈일 것이다. 그리하여 이제는 선물에 대해 얘기할 때다.

4. 선물

여기 어떤 사람이 있다. '그'는 우연한 사고로 자기 대신 죽은 사내의 한쪽 구두만 신은 발을 본 뒤부터 "이 세상에서 가장 쓸모없는 것들을 상상하지 않고는 깊게 잠"(「무릎」)들지 못한다. 그러한 죄책감 때문에 '그'는 집을 떠나 자신에게 주어진 삶의 시간을 쓸모없이 소진한 뒤, 자신이 정원사로 일하던 집의 주인에게 꽃다발 타일을 선물로 준다. 그리고 또 다른 사람의 이야기도 있다. 박 모 씨는 '대통령배 세계 청소년 도미노 경연대회'에서 갑자기 터져 나온 자신의 재채기 때문에 미끄러져 게임을 망친 여자아이가 수치심 때문에 자살했다는 소식을 듣고 죄책감을 견디지 못하고 집을 떠난다. 그는 최소한의 생활비만

써가면서 돈을 모아 그 돈으로 달력을 만들어 사람들에게 공짜로 나누어준다. "'고백의 날'이 새겨진 최초의 달력은 그렇게 만들어졌다."(「재채기」) 이야기는 더 있다. 사랑에 빠진 유부남, 유부녀가 있다. 그들은 각각 자신들의 전남편과 전부인에 대한 죄책감으로 "사람들의 소원을 들어주는 가게"(「저 너머」)를 연다. 급기야 그들은 사람들의 소원을 들어주기 위해 집을 떠나 전국을 떠돌게 된다. 그리고 십 년마다 '나'에게 이상한 선물—아마존의 정글처럼 꾸민 방, 늙은 말, 그리고 '거꾸로 된 무지개'가 뜨는 호수 옆에 있는 카페—을 준다.

이들 세 이야기에는 몇 가지 공통점이 있다. 우선 인물들은 모두 죄책감에 시달린다. 그리고 이러한 죄의식은 되갚아주어야 한다는 부채의식으로 발전하게 되고, 그 때문에 다른 사람들에게 선물을 준다(윤성희 소설의 핵심에 죄책감과 선물의 테마가 있다는 점에 대해서는 김영찬이 이미 지적한 바 있다. 김영찬, 「윤성희 소설의 어떤 경향, 감정의 절약 이후」, 『문학사상』 2006년 10월호). 그런데 이때 선물은 우리가 통상적으로 정해진 답례나 경제적 계산에 얽매여 주고받는 그것과는 다르다. 이들의 선물은 아무런 대가 없이 주어지거나 엉뚱한 대상을 향한다. 즉 선물은 그들이 죄책감을 느끼는 대상이 아니라, 그들과는 무관한 엉뚱한 대상을 향해 전달되는 것이다. 예컨대 「무릎」에서 '그'의 부채의식은 분명 죽은 사내로부터 촉발되지만 '그'의 선물은 사내의 가족이 아니라 자신이 정원사로 일했던 주인에게 주어진다. 「재채기」와 「저 너머」에서도 마찬가지로 선물은 일대일로 교환되지 않는다. 대신에 그것은 엉뚱한 대상을 향함으로써 순환하게 된다.

이렇듯 윤성희 소설에서 선물의 순환은 가해자와 피해자 혹은 채권자와 채무자 사이의 상호적 관계를 벗어난 곳에서 낯설고도 엉뚱한 방식으로 이루어진다. 그러한 방식은 우리가 익숙하게 알고 있는 '기브 앤 테이크'의 냉혹한 계산법과 교환논리를 벗어난 것이다. 게다가 선물이라고 해봐야 그것들은 아무런 효용적 가치나 상징적 의미도 없다. 그것은 차라리 "제 기능을 잃어버리고 버려진 물건들"(「무릎」)에 가깝다. 그러나 오히려 그렇기 때문에 선물은 일반 상품과는 달리, 친숙하고 일상적인 존재의 흔적이 남아 있는 사물에 가까운 것이며, 그 사물 또한 특정 개인에게 소유되어 한 곳에 머물기보다는 끊임없이 유전(流轉)한다. 완고한 경제적 이해관계 속에서 폐쇄적으로 구성된 상품의 논리 바깥에서, 선물은 그렇게 비선형적 나선을 그리면서 익명적 다수를 향해 순환한다. 그리고 그러한 비논리적 궤적을 따라 윤성희 소설은 전개된다. 따라서 요약이 불가능할 정도로 여러 이야기가 중첩되면서 서로 다른 방향으로 뻗어가는 윤성희 소설의 서사적 특징은 이러한 선물의 논리와 무관하지 않다. 「이어달리기」는 이러한 선물의 논리가 윤성희 소설의 구성원리와 어떻게 맞닿아 있는지를 잘 보여주는 사례다.

이 소설의 주인공은 '도마'다. 이 도마는 처음에 약초꾼이 딸의 결혼선물로 만들어준 것으로, 서분례 할머니는 아버지가 선물해준 도마 덕분에 삼십 년이 넘도록 순대장사를 한다. 그러나 할머니가 죽은 후, 도마는 칼과 함께 할머니 가게에서 설거지를 하던 김영자라는 여인에게 전해지고, 다시 그 도마와 칼은 C시의 중앙시장에서 잔치국수를 파는 김영자의 언니에게로 갔다가 급기야 같은 시장에서 국밥 장사를 하는 '그녀'에게 넘어간다. 도마는 그렇게 무수한 '칼자국'을 새겨넣으면서 낯선 존재들을 향해 순환한다. 그리고 도마에 대한 보답 또한 엉뚱한 방식으로 되갚아진다. 그런 과정 속에서 도마와 아무런 관련도 없는 낯선 존재들은 느슨한 방식으로 연결된다. 그래서 '그녀'는 서분례 할머니의 잃어버린 딸이 될 수도 있으며, 딸들에게 구조된 사람들 또한 도마에 자신들의 사연을 새겨 넣을 수 있게 된다. 따라서 "그분이 진짜 어머니였나요?"라는 기자의 질문이나 "왜 나를 인터뷰하는 거죠?"라는 '그녀'의 질문은 불필요하다. 왜냐하면 도마의 순환은 세상 이치나 인과관계의 논리와는 다른 곳에서 이루어지기 때문이다. 바로 이러한 도마의 예측 불가능한 '이어달리기'가 그려내는 비인과적·비선형적 지도야말로 방사형으로 끝없이 뻗어나갔다가 다시 돌아오고 다시 낯선 지점을 향해 나아가는 윤성희 소설의 구성원리라고 할 수 있을 것이다.

　윤성희의 소설을 순환하는 선물은 현실사회의 악무한적 원환 구조를 찢고 느닷없이 무가치하고 무의미하게 주어진다. 그리고 부채의식을 떠안은 윤성희 소설의 인물들은 그렇게 인과론적 교환의 논리를 벗어난 곳에서 자기 아닌 존재들과 관계를 맺음으로써 우리가 예측하지 못한 낯선 구원의 가능성을 제시한다. 그것이 가능한 이유는 윤성희 소설의 인물들이 자기라는 원환(圓環)/원한(怨恨)을 벗어난 곳에서, 자신의 "눈동자가 있는 곳 너머"(「등 뒤에」)에서나 펼쳐질 법한 낯설고 불가능한 세계를 응시하기 때문이다. 그곳은 현실세계의 교환과정에서는 포착되지 않는, 이름 붙일 수 없는, 익명적으로만 존재하는 유령이 출몰하는 구멍과도 같은 곳이다. 그리하여 그곳에서 이 세계의 익숙한 현실논리는 낯설어지고 세계는 우스꽝스러워진다. 이 낯섦과 우스꽝스러움으로부터 윤성희 소설의 의미와 새로운 가치는 시작된다.

악취와 구토의 미학

1. '웰빙'의 건강병리

오늘날 개인의 정체성과 차이는 상당 부분 육체를 통해 재현되고 있다. 그리고 그것을 알게 모르게 지배하는 것은 후기자본주의의 상품논리이며, 그 속에서 정신은 단지 육체를 더욱 세련되게 치장하는 부속품에 불과한 것이 되었다. 현재 유통되는 다양한 '웰빙'형 상품들 대부분이 건강하고 아름다운 몸매와 관련된 것이라는 사실은 시사하는 바가 크다. 자본주의 사회에서 이른바 '웰빙'은 더 이상 육체의 고행과 정신적 명상을 통해 완벽한 영혼을 지향하는 자기수행의 방법 혹은 '자기의 테크놀로지'라 할 수 없다. 오히려 그것은 더 강력하고 교묘해진 자기관리 욕망의 표현에 불과한 것이다. 더군다나 그런 삶의 관리가 가능하기 위해서는 일정한 소득과 문화적 취향을 갖춰야 한다.

"극단적으로 검소하고 청교도적인 식단을 제공해주는 식당이 있다면 아무리 값이 비싸더라도 단골이 될 자신이 있"(배수아, 『일요일 스키야키 식당』, 문학과지성사, 2003, 168쪽)는 계층의 사람만이 '웰빙'을 실천할 수 있는 것이다.

따라서 표면적으로는 욕망의 무화(無化)인 것처럼 보이는 '웰빙'이야말로 오늘날 후기자본주의 사회에서 고도로 세련되고 우아하게 자기 욕망을 과시하는 계급적인 방식이 되고 있다. 그것은 예컨대 화장을 통해 잡티를 가리는 것이 아니라 화장을 하지 않아도 잡티 하나 없는 얼굴을 갖는 것과 같다. 그러나 그런 자연스러운 맨얼굴을 위해서는 엄청나게 인위적이고 인공적인 힘을 쏟아부어야 한다. 이 자연미인의 역설이야말로 웰빙의 아이러니다. 이렇듯 '자연'은 오늘날 가장 극단적인 인공성의 결과이다. 인공적으로 가꾸어진 아름다운 육체를 자연적이고 보편적인 것으로 사고하는 '웰빙'이 아이로니컬하게도 병리적인 것이 될 수밖에 없는 근원은 거기에 있다. 아도르노의 지적처럼 "건강함의 증식은 그 자체로 이미 병"인 것이다. 그런 점에서 '웰빙'이야말로 자기기만적 병리의 일상화에 다름 아니다.

최근 작가들의 작품에서 발견되는 그로테스크한 악취의 세계는 우리 사회에서 일상화된 이러한 '건강병리'의 자기기만을 겨냥한다. 특히 편혜영과 백민석의 소설에 자주 등장하는 병들고 훼손된 육체, 혹은 시체에 대한 애호는 이와 무관하지 않다. 이들 소설에서 진실은 더 이상 반듯하고 청결한 세계에 속한 것이 아니다. 그것은 다만 악취나는 '진창'과 '저수지' 속에 감춰져 있을 뿐이다. 따라서 그 속에 감춰진 삶에 대한 일말의 '어떤' 진실을 발견하고 싶다면 우리는 그 역겨운 냄새를 견뎌야 한다. 우리가 이들 소설에서 풍기는 악취 때문에

얼굴을 찌푸리고 코를 싸쥐면서도 그 구토(嘔吐)의 세계에 매혹되는
것은 이 때문이다.

2. 이렇게, 더럽고 악취 나는 세계

편혜영의 소설집 『아오이가든』(문학과지성사, 2005)을 둘러싸고 있는 것
은 바로 악취다. 거의 모든 등장인물들은 '지독한 입냄새' 나 온갖 분
비물의 냄새를 풍긴다. 편혜영 소설에서 악취는, 따라서 너무나 당연
하고 익숙한 삶의 일부가 되고 있다. 그 냄새 때문에 그들은 역병이 창
궐하는 "거대한 쓰레기 하치장"(35쪽) 같은 아파트단지나 시커멓게 부
패한 물이 가득한 저수지 근처의 방갈로, 혹은 냄새나고 좁은 맨홀 속
에 갇힌다. 지독한 냄새는 소설 속 주인공들을 우리에게 익숙한 편안
하고 청결한 세계로부터 격리시키고 고립시키는 것이다. 편혜영 소설
이 대개 제한되고 고립된 공간을 배경으로 하는 것은 이 때문이다. 소
설을 무겁게 떠도는 역겨운 냄새는 바로 그곳에서부터 시작된다.

> 그 모든 것을 제치고 정작 거리를 차지한 것은 냄새였다. 도시 전체가
> 부식되면서 냄새를 풍겼다. 편두통을 일으키며 혀가 아둔해지고, 코를
> 맹맹하게 만들며 끊임없이 구역질을 퍼 올리는 냄새였다. 냄새는 도시
> 를 구성하는 유기물 가운데 하나가 되었다. 냄새를 풍기는 것들의 한
> 가운데에 아오이가든이 있었다.(「아오이가든」, 36쪽)

「아오이가든」에서 "도시를 구성하는 유기물 가운데 하나"의 차원

으로까지 끌어올려진 악취는 편혜영 소설의 등장인물을 특징짓는 중요한 요소다. 가출한 지 팔 개월 만에 만삭의 몸으로 돌아온 누이와 다시 생리를 시작한 폐경기의 '그녀'가 풍기는 "피와 냉과 오줌이 섞인 냄새"(55쪽)는 "다락의 쥐들조차 미쳐 날뛰게"(54쪽) 한다. 게다가 「저수지」에서 이미 썩은 채로 발견된 '둘째'의 입에서는 다른 사람들이 숨조차 쉴 수 없을 정도로 지독한 "시궁쥐 냄새"(「저수지」, 12쪽)가 뿜어져 나온다. 그것은 "죽지 않고서는 맡아볼 수 없을 것 같은 지독한 냄새"(「문득,」, 110쪽)이다. 「저수지」에서 '첫째'의 화상 입은 손은 시커멓게 썩어가고 '둘째'는 이미 죽어 "썩을 대로 썩어버린 시체"(33쪽)가 되었으며, '셋째'는 머리가 깨져 검은 피를 줄줄 흘린다. 「문득,」의 여자는 '명확한 이유' 없이 '그냥' 남편에게 얻어맞다가 목 졸려 죽은 뒤 저수지에 버려진다. 「맨홀」에서 C의 배는 그녀의 "진물이 흐르는 눈"과 "썩어가는 입"(68쪽)처럼 점점 더 부풀어 오르면서 썩어간다. 모든 죽어가는 것들은 자신들이 토해내는 썩은 숨결을 통해 자신들의 죽음을 확인한다. 이 모든 병들고 죽어가는 것들이 서서히 부패하면서 뿜어대는 악취들은, 그러나 우리에게는 "역겨우면서도 친숙한 것"(「아오이가든」, 40쪽)이다.

이것은 프로이트(S. Freud)가 '친숙한 낯섦'이라고 부르는 기이하고 모순적인 감각이나 크리스테바(J. Kristeva)가 '애브젝트'(abject)라고 말한 혐오스러운 실재에 대한 경험을 연상시킨다. 편혜영 소설을 떠도는 냄새들은 결코 우리에게 완전히 낯선 것은 아니다. 똥이나 오줌, 생리혈, 썩어가는 음식 등에서 나는 구토 나는 악취들은 우리의 일상생활에서부터 비롯된 것이다. 우리는 매일 똥이나 오줌을 누고 피를 흘리고 음식물 쓰레기를 버리면서 악취를 풍기고 다시 그 냄새를 맡는다. 가장 강력한 냄새를 뿜어내는 시취(尸臭) 또한 마찬가지다. 그것은 물론 일상적으로 맡을 수 있는 냄새는 아니지만 그렇다고 우리와 완전히 무관한 것은 아니다. 「문득,」의 여자가 입냄새를 통해 자신의 죽음을 확인하는 것처럼, 악취는 우리가 살아 있지 않은 죽은 존재임을, 혹은 죽을 존재임을 상기시킨다. 그렇게 죽음은 늘 우리 곁 가까운 곳에 있다. 그것은 "사람들의 통행이 많은 거리나 시장, 혹은 대규모 아파트 단지 근처에 있다."(「맨홀」, 65쪽)

바로 이런 사실을 깨닫는 순간, 우리는 지금까지 가꾸어온 청결하고 단정한 세계가 그동안 우리가 혐오스러워했던 더럽고 역겨운 것과 그렇게 다르지 않다는 사실을 알게 된다. 그러고 보면, 아름답고 완벽한 세계란 우리가 부정했던 낯설고 혐오스러운 것을 은폐시킨 다음에야 간신히 지탱될 수 있는 허약한 것에 불과하다. 즉 '진짜' 악취는 썩어가는 시체들의 세계가 아니라 바로 그러한 세계를 억압한 뒤 성립되는, 지나치게 청결하고 단정한 세계에 속한 것이다.

백민석의 「이렇게 넓은 정원 딸린 저택」(『장원의 심부름꾼 소년』, 문학동네, 2001)에서 그려지는 반듯하고 청결한 세계야말로 바로 이런 진짜 악취의 근원을 상징적으로 보여준다. 이 소설에서 주인공 '나'가 방문하는 저택은 강박적으로 정제되고 가공된 인위적인 세계로 그려진다. 습기 없이 가볍게 말라 있는 청결한 식당, 수제품 오디오 시스템을 갖춘 거실, 그리고 무엇보다도 "주는 자와 받는 자 사이에 있어야 할 바른 기준"이 "지켜져야 할 질서"(87쪽)임을 강조하며, "아무렇게나 아무것이나 목구멍 너머로 퍼 넘기는 것"을 '타락이거나 방탕"(91쪽)으로 보는 세련되고 단정한 매너의 주인 남자. 그 세계는 표면적으로는 우리의 질투를 불러일으킬 만큼 세련되고 아름다운 곳이다. 이 "균형이 잘 잡힌 화려한 이층 건물"(73쪽)인 '정원 딸린 저택'은 그런 만큼 어렸을 때부터 '나'의 동경과 열망의 대상이기도 했다. 그러나 그 저택은 "언뜻 눈에 띄지 않는, 커튼 뒤에"(72쪽) '추레한 모습'들을 감추고 있었으며, 그리하여 이제 그것은 결국은 "모든 쇠락해가는 부조화"(72쪽)의 상징으로 드러난다. 그리고 그 저택과 마찬가지로 단정하고 청결하며 우아한 주인 남자 또한, 그 세련되고 예의 바른 겉모습과는 달리 저택을 찾아온 손님들을 '갈고리' 손으로 착취하여 고깃덩어리로 만드는 비정한 살육자로 밝혀진다. '이렇게 넓은 정원 딸린 저택' 이면에 도사리고 있는 것은 다만 추악한 자본가의 이기적 욕망이었던 것이다. 소설에서 '나'의 구토는 이처럼 단정하고 깔끔한 세계가 은폐해온 잔인함과 폭력성을 깨닫는 순간 이루어진다.

> 나는 수화기를 떨구곤 허리를 굽힌 채 토하기 시작했다. 내 커다랗게 벌어진 입으로부터, 짓이겨진 주홍색 속엣것들이 뭉텅뭉텅 쏟아져나왔다. 내 얼굴은 눈물과 속엣것들로 범벅이 됐다. 나는 더 토할 것이 없을 때까지 토하고도, 계속해서 계속해서 웩웩댔다. 수화기 저쪽엔 아무것도 없었다.(「이렇게 넓은 정원 딸린 저택」, 118쪽)

'나'의 구토는 일차적으로는 저택에 머무는 내내 먹어댄 고기가 바로 자기의 살덩어리일지도 모른다는 공포에서 비롯된 것이다. 그러나 그것의 근원은 좀더 근본적으로는 "인공적인 우아함"(69쪽)으로 무장한 완벽하고 세련된 세계에 대한 거부감에 있다. 그런 점에서 그 세계는 시체들이 출몰하고 구더기와 쥐로 뒤덮인, 그래서 악취가 끊이지 않는 편혜영 소설의 세계와 크게 다르지 않다. 아니, 그것은 오히려 착취와 갈취를 통해 자신들의 악취를 은폐하는 자들의 세계라는 점에서 더욱 역겹고 구역질 나는 세계라고 할 수 있다. '나'가 끝없이 토해내는 "짓이겨진 주홍색 속엣것들"은 깨끗하고 단정한 세계가 감춘 악취에 대한 즉물적 반응인 동시에 그런 세계의 역겨운 실상을 비판적으로 폭로하는 것이기도 하다. 그렇게 허위와 부조리로 가득한 이 세계의 껍질이 벗겨지는 순간, 우리가 배제하고 억압한 것들은 시체가 되어 돌아온다. '시체들'은 그렇게 편혜영과 백민석 소설을 뒤덮기 시작한다.

3. 시체들의 귀환

편혜영의 「시체들」은 계곡에서 실종된 아내가 "온갖 추측을 불러일으키는"(224쪽) 조각난 변사체가 되어 오른쪽 다리, 왼쪽 팔, 두상의 순서로 그에게 돌아오는 과정을 그리고 있다. 편혜영 소설의 대다수 실종자들은 홀연 사라졌다가 "오랜 실종 끝에 사체로 발견되는 경우가 많"(「저수지」, 9쪽)은데, 그 사체들은 '문득' 저수지나 계곡처럼 "깊이를 알 수 없을 만큼 깊"(226쪽)은 곳에서 떠오른다. 산 자는 죽은 자가 되어 마치 세포분열을 일으키는 것처럼 무수하게 조각난 시체 '들'이 되어 귀환하는 것이다. 그렇다면 그렇게 썩고 조각나고 뜯긴 채로 돌아온 시체들은 과연 우리에게 낯익은 바로 그 존재들이라고 할 수 있을까? 우리는 그것을 인간이라고 부를 수 있을까?

그는 한낱 사체의 일부에 지나지 않는 그것을 덤덤하게 바라보았다.

다리는 가차 없이 썩어가는 것으로 자신의 죽음을 증명했다. 수분과
단백질, 핵산 등의 유기물이 모두 빠져나간 그것은 이미 세상이나 삶
따위와는 동떨어진 사물에 불과했다. 그것은 살아 있다는 위안을 주지
도 않았다. 오히려 인간의 몸이란 부패하기 쉬운 단백질 덩어리라는
사실만 각인시켰다. 그는 자기 몸 구석구석을 살피며 썩고 있는 곳이
없는지 찾아보고 싶어졌다. 할 수만 있다면 죽기 전에 한 움큼의 방부
제를 삼키리라.(「시체들」, 222~223쪽)

형사의 요구로 계곡에서 발견된 오른쪽 다리를 보면서 그는 그것
이 이미 산 자에게 어떤 위안도 줄 수 없는, "이미 세상이나 삶 따위와
는 동떨어진 사물에 불과"하다는 사실을 깨닫게 된다. 이미 부패가 상
당히 진행되었을 뿐만 아니라 물고기에게 뜯겨서 짓뭉개진, 그것도 조
각난 시체는 "아내의 일부일지도 모르지만, 이미 죽은 몸이라는 점에
서 아내와는 아무런 상관이 없는 사물에 불과"(239쪽)한 것이다. 편혜
영 소설의 시체들은 이렇듯 다양한 추측과 의혹을 불러일으키는 모호
한 사물의 수준으로 전락한다. 인간은 다만 무의미한 물질에 불과하며
결국 우리는 모두 "부패하기 쉬운 단백질 덩어리"에 불과한 것이다.
그러니 아무리 우리가 "죽기 전에 한 움큼의 방부제를 삼"킨다 한들
지금 살아 있는 육체가 너무나 쉽게 훼손되고 부패된다는 사실은 결코
부정할 수 없을 것이다. 즉 우리는 모두 이른바 '죽으면 썩어질 몸뚱
어리'인 것이다. 조각나고 뜯기고 부패한 시체가 결코 우리에게 낯선
것이 될 수 없는 것은 이 때문이다. 다음 구절은 이러한 시체 되기의
순환적 구조를 잘 보여준다.

아내의 오른쪽 다리는 사나운 계곡 물 속에서 천천히 분해되고 부식되어 침전물이 되어갈 것이다. 그런 다음 물고기의 밥이 되어 그 물고기를 잡은 낚시꾼의 입맛 다시는 반찬이 될 것이다. 남은 왼쪽 다리와 몸통, 양팔과 머리통도 마찬가지일 것이다. 입안에 침이 고여들었다.(「시체들」, 227~228쪽)

아내의 썩어가는 살 조각은 물고기의 밥이 되고 다시 그 물고기가 '입맛 다시는 반찬'이 되는, 그리고 그 반찬을 먹은 우리들이 다시 썩어가는 시체가 되어 물고기의 밥이 되는 이 무한 순환 구조. 이것을 확인하는 순간 우리는 우리의 일상적 삶을 떠받치고 있는 것이 다름 아닌 시체들이었음을 깨닫는다. 그러니 '그'의 환상 속에서 낚시꾼들이 건져 올리는 물고기는 어느 순간 "검은 피가 뚝뚝 떨어지는 팔"과 "뼈가 하얗게 드러난 엉덩이", "실핏줄이 엉겨 붙은 탁구공만 한 눈알"(242쪽)로 보이게 되는 것도 무리는 아니다. 우리는 결국 시체에 불과한 존재인 것이다. 삶과 죽음은 이제 더 이상 명확하게 구분되지 않는다. 시체는 우리 바깥에 따로 분리된, 우리와는 완전히 다른 이질적인 것이 아니라, 사실 친숙하지만 혐오스럽기 때문에 억압한 또 다른 자아의 진실이라고 할 수 있다. 시체들이 분열된 자아의 분신으로 해석될 수 있는 것은 이 때문이다.

백민석의 「구름들의 정류장」(『장원의 심부름꾼 소년』)에서 '나'의 시체 되기 놀이가 자기발견의 한 방법으로 등장하는 것은 이런 맥락에서 흥미롭다. 소설에서 '나'는 어느 날 문득 "누구에게랄 것도 없이", "뜻도 없이" "무슨 수수께끼가 이렇게 많은 걸까"(154쪽)라고 큰 소리로 말한다. '나'의 의지와는 무관하게 내뱉어진 이 말 이후로 '나'는 예상치 못한 장소에서 시체들과 조우하고 그들이 부르는 죽음의 노래를 듣게 된다. 그러고 나서 '나'는 어린 시절 함께 놀았던 시체가 자신에게 했던 말을 기억하게 된다. 이런 말. "항상 살펴야 한다고. 우리 이마 위에 어떤 구름이 떠 있는지를. 우리 이마 위로 어떤 구름이 지나가는지를."(154쪽) 우리에게 낯익은 구름은 이제 낯설고 불길한 징후가 되어 '나'에게 기이하고 두려운 감정을 불러일으킨다. 그리고 시체들은 '얼핏' 나타났다가 사라지기를 반복하면서 '나'의 "발성기관이 뜻 모를 소리를 지르"(165쪽)게 한다. 그 소리는 아무런 맥락도 의미도 없이 불쑥 '나'의 일상 속에 끼어들어 현재의 삶을 '수수께끼'로 만들어버린다. 그리고 죽음의 노래에 점차 감염된 '나'는 "눈두덩이 약간 검고 부어" 있어 "전체적으로 핼쑥해 보이는 얼굴"(173쪽)을 한 "시체나 다름 없"는 존재가 되어 시체들이 불렀던 노래를 반복한다. 그러니 이제 시체가 된 '나'의 눈에 이 세계가 지금까지와는 다르게 보이는 것은 당연하다. 그것은 예컨대 다음과 같은 그로테스크한 장면에서도 확인할 수 있다.

누군가 애인을 부르며 검게 그을린 손을 흔들고 있었다. 누군가 구두의 먼지를 털며 부러진 다리를 건들거리고 있었고, 누군가 시계를 들여다보며 터진 머리를 주억거리고 있었다. 누군가 코를 풀자 휴지가 빨갛게 물들었고, 누군가 호주머니에서 다른 누군가의 손목을 끄집어내고 있었다. 누군가 온몸에 불을 붙이곤 아주 늦어버렸다는 듯이 버스를 향해 뛰고 있었다.

그리고 그러면서도, 그들 모두가 노래를 부르고 있었다.(「구름들의 정류장」, 175쪽)

애인을 부르거나 구두의 먼지를 터는, 혹은 시계를 들여다보면서 버스를 향해 뛰어가는 일상적 행동은 이제 삶의 코드가 아닌 죽음의 코드로 바뀐다. 그 순간 익숙했던 일상생활은 순식간에 도저히 해독 불가능한 낯설고 두려운 것으로 바뀌게 된다. 소설에서 도대체 '무슨 일'이 일어나고 있는 것인지는 정확하지 않지만, 분명하게 드러나는 것은 현재의 삶이 죽음으로 도배되어 있다는 사실이다. 그리고 그 세계 속으로, 시체들이 돌아왔다.

4. 시체의 진실

편혜영과 백민석의 소설이 보여주는 것은, 우리는 죽은 자의 시선을 획득한 다음에야 비로소 "우리가 우리 자신에게 이방인이라는 사실을 깨닫게 된다"(크리스테바)는 사실이다. 그리고 이때 우리는 주체와 타자를 기준으로 배치되어 있는 순수와 불순, 도덕과 부도덕, 자연과 인공, 질서와 무질서, 삶과 죽음, 건강과 질병 등등의 무수한 이분법적 범주가 녹아내리는 것을 목격한다. 이 녹아 일그러진 세계는 분명 원초적 혼돈을 야기하지만, 그 순간 우리는 그동안 애써 외면하고 억압해온 우리 삶의 또 다른 진실을 직시하게 된다. 우리는 물론 혐오스러운 실재(the Real)의 맨얼굴을 볼 수는 없다. 시체(혹은 괴물)의 진실이 감춰진 저수지의 물을 양수기로 퍼낸다고 해도 "저수지에는 다시 더러운 물이 가득 들어"(「저수지」, 34쪽)찰 것이기 때문이다. 그러나 비록 시체가 "아무리 물을 퍼내도 찾을 수 없는 곳, 지구의 핵을 지나 맨틀 가까이 다가간다고 해도 찾을 수 없는 곳"(34쪽)에 있다고 해도 그것은 언젠가 한번은 우리에게 역겨운 냄새를 풍기면서 귀환하여 우리의 안온하고 무사태평한 삶을 휘저어놓을지도 모른다.

아도르노가 적절하게 지적하는 것처럼, 가장 추악하고 비뚤어진 것 속에서만 역설적이게도 살아 있는 신성함이 반사될 수 있다. 편혜영과 백민석 소설에서 질병과 오물, 그리고 악취를 동반하는 시체들이 본질적으로 도착과 위반의 코드와 연결되는 것은 이 때문이다. 죽은 자만이 진정 왜곡되지 않은 살아 있는 것의 비유가 될 수 있으며, 시체로 상징되는 적대적 타자들이야말로 지금 현재 우리의 삶에 근본적인 질문을 던질 수 있는 존재가 된다. 그러나 현재 우리 사회에서 유행하는 '웰빙'은 자신의 건강하고 아름다운 삶을 위해 자기 안에 내재된 죽음의 표지들을 지워나간다. 그것은 자기 안에 내재된 타자의 흔적을 부인하는 것과 마찬가지일 뿐만 아니라, 나아가 자기 자신에 대한 성찰적 질문과 삶 전체에 대한 윤리적 질문 자체를 거부하는 것과 마찬가지다. '웰빙'이야말로 오늘날 가장 아름다운 얼굴을 한 부도덕한 자기기만의 한 전형이라고 할 수 있는 것은 그 때문이다.

포스트모던 보이의 고백

―김경욱론

1. 스타일로서의 '고백'

김경욱은 『누가 커트 코베인을 죽였는가』(문학과지성사, 2003)를 상재한 후 지금까지의 소설작법에 대한 고민을 솔직하게 '고백'하는 에세이를 몇 편 썼다. 그중, 예컨대 다음 구절.

고백의 경우 무엇을 쓸 것인가, 라는 질문은 무의미합니다. 그 무엇이 이미 정해진 까닭입니다. 다만 어떻게 쓸 것인가를 고민하면 됩니다. 하지만 문학적 순교에 값하는 삶이 뒷받침되지 못한 고백은 스타일에 불과합니다. 반면 '고백'이라는 매력적이고 유력한 소설적 장치를 포기할 경우 당장, 무엇을 쓸 것인가의 문제에 직면하게 됩니다. (……) 요즘 부쩍 무엇을 쓸 것인가의 문제에 대해 고민하고 있는 저는 그러니 '고백'과 '묘사'의 경계에서 서성이고 있는 셈입니다. 내면으로써 세계를 추궁하고 세계로써 내면을 충격한다면 그 경계에서 새로운 가능성을 발견할 수 있으리라 기대합니다만 그 결과는 섣불리 짐작할 수 없습니다.[1]

묘사(세계) 없는 내면(나)은 맹목이고 내면(나) 없는 묘사(세계)는 공허합니다. 지난 세기가 저물 무렵 제가 골몰했던 질문은 따지고 보면 위의 딜레마와 관련된 것이었나 봅니다. '고백'의 경우, 내면과 묘사는 배타적일 수밖에 없다는 것이 저의 생각이었습니다. 그러니 소설이란 무엇인가, 라는 질문은 고백하지 않고 내면성을 구축할 수는 없는가, 라는 질문으로 호환될 수도 있었을 것입니다.[2]

요약해보면 이렇다. '고백'이라는 소설적 장치는 일정한 스타일을 지정해주기 때문에 매력적이면서도 편리한 형식이다. 그러나 삶, 즉 세계가 뒷받침되지 못할 경우 '고백'은 공허한 스타일에 불과한 것이 된다. 그러니 '고백'이라는 장치를 가져다 쓸 경우, 고백 주체의 내면은 구축되지만 그 주체를 구성하는 세계는 소멸될지도 모른다. 그러나 세계 없이 이루어지는 내면은 공허하다. 따라서 이런 질문이 나올 법도 하다. "고백하지 않고 내면성을 구축할 수는 없는가?"

이 질문에 대한 답을 김경욱은 두번째 글의 앞머리에서 어느 정도 예비해놓고 있는데, "고백이 아닌 세계에 대한 묘사를 통해 내면이 차

---

1 김경욱, 「마지막 연애편지에 관한」, 『문학과사회』 2004년 봄호, 304쪽.
2 김경욱, 「하드보일드 소설을 읽으면 알게 되는 몇 가지 것들」, 『한국문학』 2005년 봄호.

곡차곡 구축될 수 있다는 사실"이 그 핵심이다. 즉 고백이라는 방식을 통하지 않고도 내면성을 구축할 수 있다는 말이겠다. 이로써 보건대, 그 자신이 명시적으로 밝히고 있진 않으나 그의 소설은 이제 고백과 내면의 단계에서 묘사와 세계의 단계로 나아가려고 하거나, 아니면 그 사이의 다른 가능성, 예컨대 세계에 대한 묘사를 통해 내면을 표현하는 방식을 고민하기에 이르렀다고 할 수 있다. 그의 '고백'의 내용을 그대로 따른다면 말이다.

그런데 돌아보면 사실 지금까지 김경욱의 소설에서 '고백'은 그 자신의 얘기처럼 내면성의 문제와 직접적으로 관련된 것이었다고 할 수는 없다. 정작 그의 소설의 핵심에 있었던 것은 고백되는 것의 내용이 아니라 '고백이라는 양식'인데, 특히 『누가 커트 코베인을 죽였는가』에 실린 소설들은 김경욱의 소설을 지탱하는 이 '스타일로서의 고백'의 성격을 매우 뚜렷하게 보여준다. 그동안 김경욱 소설은 종종 현대사회의 병폐나 신세대의 문화적 경향을 진단하는 텍스트로 해석되어왔지만, 사실 그의 소설에서 사회문화적 현실의 내용은 그다지 중요한 비중을 차지하고 있지 않다. 성공한 여배우의 어두운 과거, 자살을 원하는 사람을 도와주는 자살 사이트, 한강에 버려지는 시체들에 관한 풍문 등의 내용은 우리 귀에 익숙한 것들이다. 이런 익숙함은 때로 "명의 도용당한 휴대전화, 카드 빚, 억지로 매달리는 약혼녀, 배반한 첫사랑"(「거미의 계략」) 등의 코드가 암시하는 것처럼 전형적인 범죄 드라마의 플롯으로 반복되기도 한다. 이것은 익숙한 문화적 코드일 뿐, 삶이나 세계와는 아무런 관련이 없다. 그러니 "삶이 뒷받침되지 못한 고백"이란 정확히 그 자신의 소설을 향한 반성적 발언인 셈이다.

이때 고백이라는 장치의 역할은 이를테면 고백 주체의 내면과는 상관없이 소설의 형식을 선규정하는 것이다. 자살 사이트 문제를 다룬 「토니와 사이다」에서 자살을 위해 온갖 시련을 극복하는 '레밍이라는 게임'의 규칙이나,「고양이의 사생활」에 등장하는 동명의 게임,「만리 장성 너머 붉은 여인숙」의 '이메일' 등은 김경욱 자신의 말처럼 "매력 적이고 유력한 소설적 장치"의 역할을 한다. 그의 소설에 설령 고백이 있다 해도 그것은 대개 주체의 내면을 드러내는 데 봉사하기보다는 그 런 맥락의 소설적 장치로서 기능할 뿐이다. 김경욱의 소설에서 자주 발견되는 액자형 구조는 그런 장치와 형식적 틀에 대한 작가의 자의식 을 반영한 전형적인 사례라고 할 수 있다.

등단작인 「아웃사이더」(1993)부터 『누가 커트 코베인을 죽였는 가』에 이르는 김경욱 소설의 행보는 크게 보아 이런 고백이라는 형식 을 자신의 문학적 스타일로 확정한 일련의 과정이었다고 해도 무방하 다. 물론 『아크로폴리스』(1995)와 『모리슨 호텔』(1997)과 같은 장편소 설이나, 『바그다드 까페에는 커피가 없다』(1996)와 『베티를 만나러 가 다』(1999)와 같은 창작집을 지배하는 고백의 양식이 자기지시적이고 자기폐쇄적인 방식으로 작동되는 반면, 『누가 커트 코베인을 죽였는 가』에서 그것은 좀더 형식적이고 기법적인 차원에서 메타화되고 있다 는 점에서 차별화되고 있지만 말이다. 그럼에도 불구하고, 김경욱에게 '고백'이 그만의 문학적 스타일을 만들어내는 데 결정적인 역할을 해 온 것만은 부정할 수 없는 사실이다. 그런데 앞에서 보았듯이 이제 그 는 고백이라는 소설적 장치를 포기하는 문제에 대해 심각하게 고민한 다. 그는 심지어 고백하지 않고 내면을 구축하는 방법은 없는가, 라는 질문을 던진다. 내면은 이제 김경욱 문학의 새로운 화두로 떠오르고 있는 셈이다. 최근의 창작집 『장국영이 죽었다고?』(문학과지성사, 2005)

와 그 이후 발표된 단편들이 담고 있는 소설적 방법론에 대한 성찰은 이 연장선상에서 읽을 수 있다.

2. 타인의 취향

『장국영이 죽었다고?』의 표제작에서 가장 인상적인 구절 하나. "그 누구와도 관계하지 않음으로써 나는 겨우 존재할 수 있다." 이것은 사회적 관계 속에서 자기 존재를 최소화함으로써만 스스로를 증명할 수 있다는 역설을 표현하는 구절이다. 이 역설은 자의건 타의건 간에 사회적 자아를 거세당한 존재들이 선택할 수밖에 없는 실존 방식의 핵심이다. 소설은 이런 비실존의 실존이라는 역설을, '장국영'이라는 기호를 공유하는 70년대생 세대의 심리적 좌절과 사회적 소외감을 통해 단적으로 보여준다. 이러저러한 우여곡절 끝에 직업을 잃고 아내와 이혼한 뒤 PC방 아르바이트로 하루하루를 연명하는 '나'는 바로 이 세대를 대표하는 인물이다. 그런 '나'에게 PC방과 채팅은 사회적 관계를 절단당한 존재의 역설적 자기확인을 위한 최소한의 (탈)사회적 조건이다. 그러던 어느 날 '나'는 '자칭 이혼녀'와 채팅을 하게 되는데, 장국영의 자살이 화제가 되어 결국 그들이 같은 공간과 시간을 통과해왔을 뿐만 아니라 같은 날 같은 시각, 같은 극장에서 영화 「아비정전」을 보았으며, 똑같이 만우절에 결혼해 같은 호텔에서 투숙했고 비슷한 시기에 이혼했다는 사실이 밝혀지면서 미묘한 동질감을 공유하게 된다.

언뜻 대단한 것처럼 보이던 이 우연의 연속은, 그러나 그들이 단지 비슷한 문화적 취향과 감수성을 가진 존재라는 사실을 확인하는 계기에 불과한 것이었다. '나'는 '발 없는 새'라는 아이디로 온 이메일을 '이혼녀'가 보낸 것으로 오인해 그녀가 요구하는 복장을 하고 예전에 「아비정전」을 상영했던 극장을 찾아가지만, 그곳에서 '나'가 보게되는 것은 자기와 마찬가지로 검은 정장에 흰 마스크를 한 일군의 무리일 뿐이다. 그렇게 영문도 모른 채 다소 엉뚱하고 유치한 행동을 하는 무리 중의 하나가 된 '나'는 그들 무리와 "복제된 것처럼 비슷해 보임으로써 오히려 군중들 속에서 두드러졌다." 그렇게 '나'는 오래전같은 극장에서 「아비정전」을 함께 보았던 '47명'을 재연하게 된다. "나는 이미 '그들'이었다. 그들의 숫자는 50명 남짓으로 보였다." 이기이하고 우스꽝스런 불특정 다수는 스스로를 철저하게 익명화함으로써 자기 존재를 증명한다. 그리고 '나'는 역설적이게도 바로 그렇게 자신을 그림자처럼 되비춰주는 무리들 속에서 지금까지 느껴보지 못한 삶의 활력과 긴장감을 맛본다. 그럼으로써 '나'는 타인과 관계하기를 꺼리면서도 타인의 취향과 시선을 통해서만 겨우 자기 자신을 증명할 수 있는 모순적 존재로 스스로를 인식하는 것인데, 이때 타인은 자기의 부재증명인 동시에 존재증명이다.

　김경욱 소설 속의 주인공들은 그처럼 모두 자기 의지와는 무관하게 '불길한 신탁'처럼 쏟아지는 타인들의 시선에서 완전히 벗어나지못한다. 그리하여 타인의 시선은 때로 "한 여자의 운명"을 가두는 비가시적이지만 고압적인 힘—관습적 질서나 규율로 제도화되는—으로 작용한다.(「페르난도 서커스단의 라라 양」) 반면 타인의 시선은 자기의취향을 선택하고 결정하는 데 영향을 미치기도 한다. 그 결과 타인의취향과 자기의 취향은 구별이 불가능해진다. 예컨대 「타인의 취향」에서 '나'가 익살꾼의 태도를 선택하는 것은 작가지망생 J를 유혹하기 위한 것일 뿐이어서, 자기 취향과는 무관한 것이다. J 또한 마찬가지다. "또래의 여자아이들에 비해 명민하고 자존심 강하고 사려 깊은 줄 알았던" 그녀의 취향은 갑자기 등장한 '유치하고 혐오스러운' 남자친구 덕분에 결국 여기저기에 얻어들은 잡다한 지식에 그럴듯한 포즈가 결합된 것에 불과한 것으로 판명된다.

김경욱 소설에 따르면, 타인의 시선을 벗어난 사각지대는 어디에도 없다. 그 사실은 주인공들이 끊임없이 자기해체에 대한 불안을 겪는 원인으로 나타난다. 그러나 다른 한편 미디어를 통해 소통해온 존재들에게 그런 타인의 시선은 자기정체성을 규정하는 객관적 상관물로 기능하는 것이기도 하다. 그의 소설에서, 자기 존재의 확인은 더 이상 자율적이고 본질적인 '자기'만으로는 불가능하며 '나'는 그저 무리(mob) 중 하나일 뿐이라는 고독한 개인의 자의식은 타인과의 관계 속에서도 그대로 재연된다. '영원한 절대 사랑'이 불가능한 것도 타인들 또한 자기와 마찬가지로 수많은 거울 조각들에 비치는 존재에 불과하기 때문이다. 「낭만적 서사와 그 적들」의 '나'에게 '그녀'가 '덧니'나 '유니폼'과 같은 부분대상을 통해서만 비로소 사랑의 대상으로 포착되는 것도 그런 맥락이다. 스스로 단 하나의 정체성으로 규정되기를 거부하는 '나'는 사랑의 대상 또한 환유적인 기호놀이 속에서 '덧니-유니폼-사시미칼 등등'의 다른 이미지로 대체되기를 바란다. 김경욱 소설의 '나'는 대상의 고유성과 특이성을 견디지 못하는 것이다. 그럼에도 불구하고 '나'는 묻는다. "그녀와의 관계가 갖는 독창성의 정체는 과연 무엇일까. 왜 하필 그녀와의 관계일까." '나'는 만남과 이별을 반복하고 결혼과 이혼을 경험한 뒤에야 가까스로 '사랑의 본질에 관한 궁극적인 의문'에 사로잡히게 된 것이다. '본질'에 대한 김경욱의 질문이 시작되는 것은 바로 그 순간, 그 지점이다.

「나비를 위한 알리바이」에서 모든 것이 파편화되고 이미지화되는 이 세상을 구원할 수 있을지도 모를 어떤 '본질'에 대한 질문이 제기되는 것은 그 연장선상에서다. 회사에서 정리해고 당한 뒤 드러누워 텔레비전만 보던 '나'는 어느 날 문득 이런 의문에 사로잡힌다. "나비가 버린 세상은 무엇으로 그 무참한 공백을 가까스로 감당하는가." '나'는 오랜만에 찾은 서점에서 그동안 잊고 있던 '나비'라는 본질을 책에서 발견할 수 있을지도 모른다는 기대를 품는다. 그러나 그곳에서 우연히 만난 짝사랑하던 '그녀'의 몸에 남겨진 불륜의 흔적이 '나비'의 형상을 하고 있음을 보고 '나'는 자기의 기대가 진부한 통속드라마와 별반 다르지 않다는 사실을 깨닫는다. 그러니 이 빤한 이야기 속에서 '나'가 할 수 있는 일이란 다만 불륜을 다룬 "텔레비전 아침 드라마"를 보는 것뿐이다.

텔레비전 프로그램이나 영화 같은 대중문화의 조각들에 자신을 비추어봄으로써만 비로소 자기를 확인할 수 있는 존재들에게 '궁극적 의미'니 '본질'이니 하는 것은 어쩌면 이제는 불가능한 이상에 불과할지도 모른다. 이런 사회문화적 조건 속에서, 개인의 삶은 록 음악이나 영화, 드라마와 같은 대중문화를 모방한다. 문학이라고 예외는 아니다. 「성난 얼굴로 돌아보라」는 현실을 재현하는 소설이라는 장르가 거꾸로 실제 삶의 내용을 규정하고 틀 짓는 상부구조가 되고 있는, 소설과 현실의 전도된 관계에 대해 이야기한다. 소설에서 '그녀'가 쓴 「성난 얼굴로 돌아보라」라는 소설은 '나'에게 버림받은 '그녀' 자신의 불행한 과거를 토대로 한 것이지만, 다른 한편으로 그것은 현재 '나'가 처한 상황을 복사한 것처럼 닮아 있다. "그녀는 자신의 과거를 팔아 작가가 된 것이 아니라 나의 현재를 팔아 작가가 된 것이다. 정확히 말하자면 나의 불행한 미래를 팔아 작가가 된 것"이다. 이에 따르면 이제 소설도, 앞으로 그리 변할 것 같지 않은 그렇고 그런 빤한 우리 삶을 반복하는 진부한 드라마로 전락해 있을 뿐이다. 그리고 독자들은 그 소설이 제공하는 가이드라인에서 한 치도 벗어나지 않을 삶을 통속적으로 반복하게 될 것이다. 이제 소설은 '저주'이자 '악몽'이 될 것이며, 거울을 들여다보는 '나'는 다만 "웃는 얼굴로 흐느끼"는 "한 마리 원숭이"를 발견하게 될 것이다. '나'는 그렇게 모방과 짜깁기를 통해 구성된 자기 존재의 허구성을 깨닫는다. 김경욱의 소설은 말한다. 모든 존재의 미래가 이미 후일담이 되어버린 이 진부한 삶 속에서, 자기 존재의 고유성은 존재하지 않는다.

가라타니 고진에 따르면 대중문화와 소비문화가 팽배한 현대사회에서 개인은 일정한 객관적 규범을 지니지 않는다. 그렇다고 자율적이고 쉽게 변화하지 않는 '자기'를 지니지도 않는다. 그들은 타인의 욕망이나 취향에 의해 움직이는 존재들로, 언뜻 주체적인 듯 보이지만 사실은 무리 속에서만 자신의 존재를 발견하는 대중에 불과하다.[3] 김경욱이 『장국영이 죽었다고?』에서 던지는 질문은 이런 문화적 환경 속에 놓인 개인의 자기정체성과 관련되고 있으며, 그의 소설 주인공들이 겪는 상실감 또한 거기에서 오는 것이다. 그들은 스쳐 지나가는 영상이나 아름다운 문장과 같은 문화적 조각들에 반사되는 '나', 혹은 「맥도날드 사수 대작전」에서처럼 언어유희를 통해 재구성되는 '나'를 통해서만 거꾸로 자신을 확인할 수 있는 존재에 불과하다.

---

3 가라타니 고진, 「근대문학의 종말」, 『문학동네』 2004년 겨울호, 446~450쪽 참고.

　　그런 까닭에 '나'의 정체성은 바로 그 문화적 조각들에 반사된 '나'를 다시 들여다봄으로써만 비로소 어떤 윤곽을 부여받는다. 따라서 그 순간 '나'의 고유성은 모호해질 수밖에 없다. 수많은 문화적 거울 조각들에 둘러싸인 '나'는 그 조각들 하나하나에 반사된 수많은 '나'들의 콜라주된 모습일 뿐이기 때문이다. 이 '나'들은 분명 '나'이지만, 그런 것들과 내가 생각하는 '나' 사이에는 어떤 어긋남이 존재하게 마련이다. 김경욱 소설에 자주 등장하는 틈새나 구멍, 혹은 심연은 바로 이런 어긋남의 공간적 비유법이라고 할 수 있다. 그런데 역설적인 것은, 심연을 들여다보게 된 이 고독한 개인이 여전히 그 문화환경에 탐닉한다는 것이다. 그것을 보면 김경욱의 소설에서 이제 포스트모던 문화환경은 그 자체가 이미 개인이 필연적으로 향유할 수밖에 없는 개인 존재의 한계지점으로 작용하고 있는 듯하다.

　　그런 조건 속에서 김경욱의 '내면' 탐구의 방법론은 어쩌면 불가능한 미션일지도 모른다. 포스트모던 보이의 우수는 바로 거기에서 나온다. 이것이 우울이 될 수 없는 것은 우울은 타자의 시간이 나의 시간을 점유하는 순간 발생하지만, 김경욱 소설의 주인공들은 그와 반대로 자기 자신을 지배하는 타자의 시간 속을 유영하면서 그것을 탐닉하기 때문이다. 즉 그들은 군중의 탈존적 현실을 비교적 냉정하고 객관적인 시선으로 해부하다가도 돌연 어느 순간 그 자신이 세계와의 '접속-단속(斷續)'을 반복하는 군중의 일부로 편입되어버리는 것이다. 그렇게 미디어적 세계에 이미 포섭된 '나'에게 자신이 처한 조건에 대한 반성적 탐구는 애초부터 불가능할지도 모른다. 그들의 현실 비판이 가벼운 우수에 그칠 수밖에 없는 까닭은 거기에 있다.

3. 독창적 실패

김경욱의 최근작 「게임의 규칙」은 천재로 태어났지만 결코 천재로 살
수 없었던 한 남자에 관한 이야기다. 처음에 형이상학적인 언어로 자
신을 증명하고자 했던 '그'는 그런 언어의 현실적 무력함에 절망하면
서 줄기차게 외워대던 문장을 버린다. 그 뒤 '그'는 자신의 심연을 채
울 새로운 언어를 발견하는데, 그것은 바로 숫자다. "불결하고 위험한
문장과 달리 숫자는 그를 안도케 했다." 그러던 어느 날 '그'는 야구
경기를 관람하다가 심판의 고의적인 보크 판정에 항의해 패배를 자초
한 후 마운드를 떠난 투수를 보면서 "숫자들로 구현되는 완전한 질서
가 뒤틀리는 느낌"을 받는다. 숫자는 "그라운드를 떠돌았던 긴장과 탄
식, 분노와 번민"이라는 '진실'을 결코 보여주지 못했기 때문이다.
"문장이 위험하고 불결했다면 숫자는 뻔뻔하고 가증스러웠다." 그리
하여 그는 이제 숫자마저도 버리지만 그 뒤 "자신만의 새로운 언어를
발견하지 못한 채 시나브로 평범"한 존재가 되고 만다. 심지어 '그'는
평범하다 못해 열등해져서 "연고도 없는 낯선 도시"를 떠도는 신세로
전락한다.

　그러던 어느 날, '그'는 아버지를 위해 제주도 3박 4일 여행권과
42인치 벽걸이 텔레비전을 경품으로 내건 퀴즈 프로에 나가 결선까지
오르게 된다. 그런데 결정적으로 승패를 가르게 될 문제는 바로 '그'
에게 수학의 세계를 포기하게 만든 패전투수에 관한 것이었다. 그 순
간, 이미 답을 알고 있었던 그는 정답을 말해서 아버지에게 텔레비전
을 안겨주는 대신, 일부러 패배를 선택함으로써 자신의 독창성을 증명
하고자 한다.

그는 상투적인 승리 대신 독창적인 패배를 택했다. 난생처음 느낀 승부욕이 그에게 일깨운 것은 승리에 대한 강박이 아니라 오랫동안 잊고 지내던 독창성에 대한 열정이었다.[4]

불온하지만 무기력한 문장의 세계와 완전무결하지만 뻔뻔스러운 숫자의 세계에 기대어 자신의 운명을 점쳐보던 '그'는 자신의 독창성을 증명할 수 있는 길이란 이 세계에는 없다는 인식에 이른다. 그리하여 역설적이게도 독창성의 증명은 실패를 통해서만 가능한 것이 된다. 그런 의미에서 이 '독창적 실패'는 세상 사람들에게 자신의 천재성을 이해받지 못한 채 문장과 숫자를 모방하는 "한 마리의 원숭이"로 전락한 존재가 뒤늦게 사람들의 평균적 이해와 기대를 벗어나는 '실패'를 통해 비로소 자기 존재의 독창성을 증명하려는 의지의 표현이다. 그렇다면 실상, 원숭이로 전락한 천재의 '독창성에 대한 이 뒤늦은 열망'이란 끊임없이 영화, 록 음악, 드라마, 책을 참조하면서 자신의 소설세계를 발전시켜온 작가 김경욱의 "오랫동안 잊고 지내던 독창성에 대한 열정"에 관한 알레고리일지도 모르겠다.

지금까지 김경욱 소설은 "인터넷, 영화 등 대중문화에 접속하여 예술이나 대중문화를 모방한 현실을 모방하는 경향을 많이 보여왔"[5]으며, "세계를 영화적인 방식으로 이해하고 있"을 뿐만 아니라, '영화 도상학적인 구성법'을 자신의 소설작법으로 취하는 "젊은 영화 도상학자[6]의 일면을 보여왔다. 이 흥미로운 '독창적 실패'는 그렇게 영화

---

4 김경욱, 「게임의 규칙」, 『현대문학』 2006년 1월호, 197쪽.
5 우찬제, 「한없이 미끄러지는 접속」, 『장국영이 죽었다고?』 해설, 문학과지성사, 299쪽.
6 김형중, 『켄타우로스의 비평』, 문학동네, 61~66쪽.

나 문학이라는 제도적 장치에 몸을 실어 자기를 발화해온 지금까지의 문학적 방법론과, 그 속을 유영하며 살아왔던 포스트모던 멜랑콜리 보이들의 모순적 '내면'에 대한 일종의 역설적 자기반성이라고 할 수 있을 것이다. 그러니 이제, 바야흐로 김경욱 소설은 메타적 차원에서 자기 소설의 실패담을 독창성의 자양분으로 삼아 새로운 변신을 꾀하는 중이다.

무심결에 쓰는 소설

—하성란 소설의 기억술

1. 탈서사적 기억, 탈구된 서사

하성란의 네번째 창작집 『웨하스』(2006)는 기억의 분출 속에서 포착되는 삶의 순간들을 정지시킨 뒤, 이를 끈질기게 탐구하는 소설들로 이루어져 있다. 기억이란 과거에 지각한 것을 현재에 다시 이끌어내는 행위이다. 그래서일까? 하성란 소설의 주인공들은 언제나 과거의 기억에 사로잡혀 있으며, 그러한 과거의 사건과 사물, 사람은 현재에도 효력을 발휘한다. 그렇게 과거는 현재가 된다. 그리고 아마도 이변이 없는 한, 현재는 미래가 될 것이다. 시간의 어느 한 지점에 삶 전체가 고정된 듯이 말이다. 하성란 소설에서 시간의 격차와 단절을 경험한 인물들이 자주 등장함에도 불구하고 급격한 상황의 변화나 감정의 격변을 겪지 않는 것은 이 때문이다. "마치 시간이 블랙홀로 빨려 들어간 듯"(「1984년」) 혹은 '마을버스를 타고 같은 장소를 순환'(「웨하스로 만든 집」)하듯이, 하성란 소설의 인물들은 같은 직업과 같은 장소, 같은 인물 주위를 맴돈다. 출발점이 종점이 되는 그곳, 모든 시간이 소용돌이치는 그곳, 바로 그곳에서 하성란의 이야기는 시작된다.

그렇다 해서 기억에 관한 하성란 소설이 회고적이거나 과거 추수적인 것은 아니다. 기억이란 단순히 현재 시점에서 과거의 경험을 습관적이고 기계적으로 떠올리는 지각활동에 국한되는 것이 아니기 때문이다. 어떤 것에 대한 '기억'은 비록 과거의 것이라고 하더라도 현재의 관점에서 재구성된다. 따라서 기억이란 궁극적으로 현재의 상황에 현실적 효과와 영향력을 발휘하는 창조적 활동이다. 그 점에서는 하성란 소설의 기억도 마찬가지다. 하성란의 많은 소설에서 어떤 기억을 형성한 과거 사건은 현재의 시간과 공간 속에서 맥락화되고 재구성되며, 그것을 통해 과거는 기억을 통해 현재 속에서 의미 있는 것으로 다시 체험되고 재구성된다.

물론 이러한 기억의 재구성이 하성란 소설에만 고유한 특성일 수는 없다. 오히려 그것은 근대 이후의 서사문학을 특징짓는 공통 요소라고 할 수 있다. 왜냐하면 소설에서 기억이 그런 방식으로 서사화되지 못한다면 그것은 소설의 주인공에게 어떤 영향력을 발휘하지도, 지금 우리의 삶을 반성하게 하지도 못할 것이기 때문이다. 즉 서사적 기억은 소설의 주인공에게 현재 속의 과거를 의미 있는 것으로 체험하게 함으로써, 이질적이고 파편화된 현실을 다시 유기적 통일성을 갖고 바로 볼 수 있게 한다. 그런 점에서 기억, 특히 소설이라는 무대 위에 올려진 서사적 기억은 시간의 부정적인 측면을 긍정적으로 반전시켜, 이 빈곤한 세계를 풍요로운 것으로 회복시켜준다고 할 수 있다.[1] 기억 속

에서만 (서사적) 삶의 참의미와 그것의 참현실이 사후적으로 드러날
수 있다는 김우창의 지적 또한 이에서 그리 먼 것은 아니다.[2]

그러나 하성란의 소설에서 기억이라는 시간의 경험은 이러한 삶
의 총체성과 충만성을 획득하는 매개로만 나타나지 않는다. 오히려 대
부분 하성란 소설에서 기억은 통합적이기보다는 파편적이고 카오스
적이다. 그래서 기억의 내용은 과거, 현재, 미래라는 시간적 배치를 중
심으로 일종의 시간적 전망 하에서 전개되기보다는 시공간적 경계를
무너뜨리면서 콜라주된다. 그리고 이 부유하는 기억의 세계로 인해 현
실세계는 오히려 이질적이고 낯선 것으로 경험된다. 하성란의 네번째
창작집 『웨하스』는 이렇듯 시공의 경계를 넘어 콜라주되고 탈중심화
된 기억의 세계에 관한 이야기들로 가득 차 있다. 분명 기억의 저장고
속에서 꺼낸 이야기들임에도 불구하고, 『웨하스』의 이야기들은 사실
적이기보다는 상상적이거나 허구적이다. 그렇게 기억을 배반하는 기
억들로 인해 이 소설집에서 그려지는 시간 이미지는 기억의 혼란 내지
는 인지의 실패와 함께 나타나기도 한다. 여자는 과연 남자를 사랑했
을까? 남자가 기억하는 아이는 누구인가? 아니면, 사람들이 기억하는
'나'는 과연 진짜 '나'인가? 남편의 죽음은 자살인가, 사고사인가? 소
년의 진짜 부모는 누구인가? 기억을 하면 할수록 기억은 봉쇄되거나
희미해진다. 그리고 그것은 우리를 현실로부터 소외시키면서 삶의 자
명성을 휘저어놓는다. 그 결과 하성란 소설에서 기억은 현실에 영향을

---

1 게오르크 루카치, 『소설의 이론』, 심성당, 1985, 168쪽. 루카치가 베르그송의 지속적 시간 개
  념에서 빌려온 이 기억된 시간에 관한 좀더 상세한 논의는 이 책의 159~172쪽 참조.
2 김우창, 「회한, 기억, 감각」, 『외국문학』 1992년 봄호, 88쪽.

미치는 과거를 의미 있는 것으로 재구성함으로써 서사를 일관성 있고 논리정연한 한 편의 이야기로 만들어놓는 대신, 파편화된 현실을 더욱 흩뜨려놓음으로써 서사의 중심을 탈구시킨다. 탈서사적 기억이라고 부를 만한, 하성란 소설에 독특한 이 기억의 존재론이야말로 '하성란' 식 서사의 특성을 이해하는 중요한 실마리다. 그러니 다시, '어떤' 기억의 장면으로 돌아가 보자.

2. 사진, 사실이면서 허구인, 기억이면서 망각인

하성란 소설에 자주 등장하는 '사진'은 과거 회상의 매개물인 동시에, 외화된 기억의 형식 그 자체다. 즉 그것은 내적 경험의 비가시적 기록물이 아닌, 물질적 흔적을 남기는, 가시화된 기억의 저장소인 동시에 하성란 소설의 허구적 프레임이기도 하다. '사진'은 그동안 하성란 소설을 이해하는 중요한 두 가지 키워드로 해석되어온 '카메라 시선'과 '사진 이미지'[3]를 이해하는 중요한 매개물이 될 수 있는데, 『웨하스』에서도 이러한 사진 이미지와 카메라 시선 '들'은 여전히 출몰한다. 특히 작품집의 첫번째 소설인 「강의 백일몽」은 이십 년 전, 소설의 주인공인 '여자'가 근무하던 목재회사의 현판식을 기념해서 찍은 '한 장의

---

3 백지연은 하성란 소설에서 사물을 응시하는 카메라의 시선에서, 선택적으로 사물을 왜곡하고 변형함으로써 신의 시선에 버금가는 관찰자의 시선이라는 지위를 획득하는 작가의 '시선'을 발견한다. 그리고 황종연은 하성란 소설을 이미지가 현실을 포착하고 지배하는 시대에 형성될 법한 '도상애호증'의 한 양태로 지적한다. 이 두 논의는 이후 하성란 소설을 해석하는 중요한 기준점 역할을 한다. 백지연, 「전도된 시선의 비밀」, 『문학동네』 2001년 여름호, 황종연, 「대중사회의 도상학」, 『문학동네』 2002년 겨울호 참조.

기념사진'이 그 자체로 한 편의 소설을 이루는 독특한 형식의 소설이다. 즉 '여자'의 지난 이십 년간의 삶은 '사진'이라는 형태의 제한된 틀 속에서만, 그리고 그 사진을 응시함으로써만 비로소 파노라마처럼 펼쳐지는데, 그것을 통해 '한 장의 사진'은 그 파노라마를 담아내는 '한 편의 소설'로 전환되는 셈이다.

한 장의 사진은 '찰칵'하고 찍히는 순간만을 담아내지만, 사실 모든 사진은 포착된 순간으로서만 존재하지 않는다. 오히려 사진은 계속해서 흐르는 시간 속에서 어떤 맥락을 창조하면서 존재한다. 누군가의 일생일 수도 있는 무한한 시간으로 늘어나고 이어지면서, 사진은 사진 바깥의 시간과 장소로 확장된다. 사진이 찍히는 현재라는 시간은 그렇게 그 사진이 찍히기까지의 과거와 찍히는 순간 이후에 펼쳐지는 누군가의 삶에 대한 기억 모두를 포함함으로써, 찰나면서 영원인 '어떤' 시간, 소용돌이치는 모든 시간을 한순간 만나게 하는 결절점이 되는 것이다. 그렇게 본다면 사진이 찍힌 순간으로부터 이십 년이 지난 시점에서 그 사진을 바라보는 '여자'의 현재는 사진 이후의 시간을 포함할 수밖에 없다. 그러니 지금 들여다보는 사진은 단지 오래전 어느 한순간만이 아니라, 그 뒤로 흐른 이십여 년의 시간과 그 시간 속에서 만들어진 이야기를 담아내는 하나의 프레임이 된다. 이 한 장의 사진에서 "현재와 과거, 미래의 시간을 동시에 겹쳐 현상시키는 소설의 구성"[4]을 발견할 수 있는 것은 이런 사정과 관련된다. 다음을 보자.

4 정홍수, 「웨하스와 숟가락의 울림」, 『웨하스』 해설, 문학동네, 2006, 322쪽.

여자는 이사로부터 세 사람 건너뛴 곳에서 본사 여직원들과 나란히 서 있다. 줄곧 카메라를 의식하고 있었는지 여자의 눈은 현판을 걸고 있는 이사와 공장장 쪽이 아닌 사진 속에서는 보이지 않는 사진 밖의 풍경을 향하고 있다. 바로 그 두 눈에 빨간빛이 맺혔다. (……) 여자가 Y를 보고 있을 때 Y도 뷰파인더를 통해 여자를 보고 있었던 것이다. 사진 속 어디에도 Y의 모습은 없다. Y는 카메라를 들고 일행들로부터 오 미터쯤 떨어진 곳에서 카메라 셔터를 누르고 있다.[5]

여기에는 세 개의 시선이 존재한다. 하나는 기념사진을 찍는 Y의 카메라 시선이고, 다른 하나는 그 Y가 터뜨리는 카메라의 플래시 불빛을 바라보는 '여자'의 시선이다. 그리고 이십여 년의 세월이 지난 뒤에 자신을 하나의 피사체로 들여다보는 '여자'의 또 다른 시선이 있다. 우선 Y의 카메라 시선은 사진을 찍는 주체의 그것이라는 점에서 가장 우월하고 지배적인 지위를 차지한다. 특히 '여자'가 Y의 모습만을 쫓던 그 시절에, Y는 '여자'가 바라보았던 세계 그 자체이자 그 세계가 '여자'에게 되돌려주었던 하나의 시선이다. Y는 사진 속 어디에도 존재하지 않지만 그 사진 속 존재들(특히 '여자')을 바라보는 절대적 시선의 소유자라는 점에서, Y의 시선은 프레임화된 소설 속에서 일종의 지배력을 행사하는 비가시적 구심력이라고 할 수 있다.

그렇다면 Y의 카메라 시선을 응시하는 '여자'의 시선은 어떠한가? '여자'는 사진 속에 갇힌, 즉 카메라 시선에 의해 포획된 피사체

---

5 하성란, 『웨하스』, 문학동네, 2006, 11~12쪽. 이 글에서 다루는 하성란 작품은 『웨하스』에만 국한한다. 따라서 이후 소설을 인용할 때는 이 작품집의 쪽수 표기로 각주를 대신한다.

라는 점에서 시선의 주체가 되지 못하는 소외된 존재라고 할 수 있다. 그러나 동시에 '여자'는 단순히 그 시선에 사로잡혀 얼어붙은 사물로만 존재하지는 않는다. 왜냐하면 '여자'의 "두 눈에 맺힌 빨간빛"은 '여자'가 카메라의 투명하고 객관적인 (듯한) 시선을 되받아 돌려줌으로써 그것을 불투명하고 모호한, 분열적인 것으로 만들기 때문이다. 즉 사진 속에서 빛나는 '여자'의 붉은 두 눈은 사진을 망친 오점이지만, 바로 그 오점이야말로 카메라 시선의 전지전능성을 회의하게 한다. 그리고 그 때문에 '여자'는 프레임 안에서 보이는 대상이면서도 바깥의 시선을 획득할 수 있는, 부재이면서 존재이고 오브제이면서 주체인 이중적 지위를 얻게 된다.

그리하여 카메라의 시선을 받아 그 카메라를 응시하던 '여자'는 이제 그 카메라의 시선으로 자기 자신을 응시하게 된다. Y의 카메라로 상징되는 외부의 시선은 단지 한순간 '여자'를 응시하고 포착하는 데 그치지 않고, '여자' 안으로 들어가 돌이킬 수 없을 만큼 '여자'를 변형시킨 뒤 그 시선의 권능을 '여자'에게 돌려준다. 그 결과 이십 년이라는 시간 동안 시선의 대상이기만 했던 '여자'는, 그 시선에 포획되고 지배당하던 '여자'는, 물고 물리는 세상에서 걷잡을 수 없이 훼손되어 '개 같은 년'이 된 후에야 비로소 카메라–관찰자의 시선으로 피사체가 된 자기 자신을 담담하게 바라볼 수 있게 된다. 그것은 바로 '개의 잇자국'으로 상징되는 이 세계의 폭력 논리에 침해되지 않은 '여자'의 모습이다. 그리고 그 순간 Y의 카메라 시선을 중심으로 짜맞춰졌던 '여자'의 이야기는, Y의 카메라 시선과 부딪친 뒤 돌려받은 '여자'의 시선으로 새롭게 재구성된다.

Y가 '여자'를 버리고 떠난 현재의 시점에서 전혀 다른 방식으로

재구성된 과거에 대한 기억은, 그러나 기억 그 자체의 불확실성에서 기인하기보다는 오히려 그러한 기억을 불확실하고 불분명한 것으로 만들려는 '여자'의 의지에서 비롯된 것처럼 보인다. 그렇다면 그것은 Y에게 버림받은 '여자'의 현실도피 심리가 빚어낸 허구적 상황으로, 사실의 왜곡이라고 말할 수도 있을 것이다. 그리하여 소설이 끝날 무렵이 되면 불행한 현재는 재구성된 과거에 의해 지워지고, 대신 찬란했던 한 순간, 즉 "여자가 가장 아름다울 때"(34쪽)만이 부조된다. 그러나 사실 하성란 소설에서 한 장의 기념사진을 둘러싼 사실공방은 그렇게 중요하지 않다. 왜냐하면 하성란 소설은 사실적 기억의 증거물인 사진을 프레임 안과 바깥의 이중 시선으로 새롭게 조명함으로써 작가 특유의 허구적 이야기의 출발점으로 삼고 있기 때문이다. 따라서 하성란 소설에서 사진은 지금까지의 삶을 기억하게 해주는 기념물이 아니라, 거꾸로 허구적 충동을 불러일으키고 그러한 허구적 이야기에 알리바이를 제공해주는 도구로 해석될 수 있다. 사실 충동과 허구 충동이 교차하는 이러한 사진 이미지는 소공자 신드롬을 비극적으로 재구성한 「그것은 인생」에서 좀더 분명하게 나타난다.

「그것은 인생」은 주인공 '남자'가 즐겨보는 〈그 사람이 보고 싶다〉라는 텔레비전 프로그램의 한 장면으로 시작된다. 어린 시절 이런 저런 이유로 부모와 헤어졌던 출연자들은 일단 자신이 살던 집을 그려보는데, 그 집들은 대개 불완전한 기억 속에서 재구성된 까닭에 "세 칸짜리 일자집이 뒷산보다도 높고 교회당 건물보다도"(149쪽) 큰, 아주 기묘하고 불균형한 구도로 그려지는 경우가 많다. '남자' 또한 "수도 없이 자신이 살던 집을 그려"(161쪽)본다. 어린 시절부터 차력사의 폭력과 폭언에 시달리며 약을 팔던 '남자'가 기억하는 자신의 진짜 집은, 그러나 〈그 사람이 보고 싶다〉의 출연자들이 기억으로 그린 삐뚤빼뚤한 집과는 다르다. 그가 기억하는 집은 대문에 달린 '사자 모양의 문고리' 나 '새소리인 초인종 소리', 심지어 대문의 짙은 푸른색까지 매우 구체적이고 현실적으로 묘사된다. 심지어 '남자' 는 식모의 간계로 영문도 모른 채 집을 떠나야 했던 그날, 어느 일요일에 자신이 입었던 "검정색 신사복에 빨강 나비넥타이"(173쪽)까지 정확하게 기억한다. 그러나 '분홍색 한복을 입은 어머니' 나 '사자 모양의 문고리', 혹은 '검정색 신사복과 빨강 나비넥타이' 등등은 사실 얼마나 상투적인 전형인가. '남자' 가 기억한다고 믿는 유년기의 집과 가족의 모습은 대중적인 서사에서 반복적으로 재현된 상투적인 부잣집 이미지에 불과한 것이다. 게다가 소설에서 '남자' 의 유년에 관한 유일한 기록물로 제시되고 있는 사진에 담긴 내용은 '남자' 가 기억하는 유년기의 그것과는 아주 많이 다르다.

사진은 조금씩 변색된다. 그날 남자가 입었던 반팔셔츠의 색깔도 다 날아가버렸다. 사진 속에는 소년과 키가 크고 건장한 사내가 서 있다. 사내의 왼쪽 어깨에는 원숭이 한 마리가 올라타 있다. 커다란 국그릇을 엎어놓은 듯한 머리 모양의 소년은 여덟 살쯤 되었을 것이다. 소년은 곁에 선 사내를 두려워하고 있다. 곁에 선 사내를 증오하고 있다. 그런 감정들은 여덟 살짜리 꼬맹이가 가슴에 담아둘 수 없는 거라서 사진 속 소년의 얼굴은 종잇장처럼 구겨져 있다.(157~158쪽)

기억에의 집착은 사실 망각의 또 다른 모습이다. 남자가 집요하게 회상하는 '그날' , 즉 유복한 소공자에서 비루한 차력사의 아들로 전락한 '그날'에 대한 기억은 어쩌면 한 장의 사진으로 남아 있는 유년에 대한 불쾌한 기억에서 벗어나기 위해, 다시 말해서 고통스러운 유년기의 경험을 잊어버리기 위해, 상상 속에서 끊임없이 암기했던 전형적인 허구적 상황일 수도 있다. 그러나 어쩌면 "누렇고 거무스름한 이가 듬성듬성 박혀 있는"(158쪽) 술주정뱅이 차력사 '사내'는 '남자'의 아버지일 수도 있겠는데, 그것은 어린 시절 '사내'를 찾는 사람들의 "아버지 어디 가셨냐?"라는 질문에 대한 소년의 과장된 거부의 반응을 통해 짐작할 수 있다. "'우리 아버지 아녜요! 아녜요!' 사내는 결코 소년의 아버지가 아니다."(158쪽) 프로이트의 말대로 강한 부정은 긍정이다. 이것은 전형적인 가족 로망스의 상황이다. 다시 말해 이때 '남자'의 거짓 기억을 설명해줄 수 있는 것은 자신이 폄하하는 부모의 억압에서 벗어나 더 높은 사회적 지위를 가진 다른 부모에게 예속되려는 자식의 신경증적 환상으로서 가족 로망스다. 그러나 우리가 좀더 주목해야 하는 것은 '남자'의 허구적 기억이, 그가 살아온 삶의 기록물인 사진에서 비롯되고 있다는 점이다. '사내'를 두려워하고 증오하는 소년의 "종잇장처럼 구겨"진 얼굴은 시간이 흘러 변색된 사진처럼 '남자'에게 변색된 기억의 음화가 되어 소년을 소공자로 탈바꿈시킨다. 그리고 나서 부유한 부모와 유복한 소년에 대한 기억은 새롭게 창조되는 것이다. 하성란 소설에서 한 장의 사진은 이렇게 존재와 부재, 기억과 망각이 공존하는 소설적 틀이 된다. 하성란 소설에서 기억은, 그래서 언제나 틀 속에서의 기억이다.

3. 사물이 된 여자들, 다시 쓰는 이야기

그러나 어디 사진뿐이랴. 하성란 소설에서 과거의 기억은 대개 하나
의 그림이나 장면, 혹은 풍경으로 제시된다. 예컨대 기억상실증에 걸
린 '남자'가 문득 떠올리는, 다음과 같은 단편적인 기억의 장면이 그
러하다.

> 남자는 플라스틱 의자에 서너 살배기 아이를 앉히고 자전거를 달리는
> 자신의 모습을 상상해보았다. 솜털 같은 아이의 머리카락이 바람에 날
> 리고 살짝 살이 접힌 뒷목이 보인다. 자전거 바퀴가 돌을 밟을 때면 아
> 이의 엉덩이가 플라스틱 의자 위에서 가볍게 튀어오른다. 아이가 간지
> 럼을 타듯 까르륵 웃어댄다. 그런 상상 끝에는 얼토당토않는 노래 가
> 사가 떠올랐다. 아빠하고 나하고 닮은 데가 있어요. 눈 땡, 코 땡, 입 딩
> 동댕.(「그림자 아이」, 106쪽)

「그림자 아이」에는 '남자'를 사로잡는 몇 가지 기억 장면들이 제
시되지만, 이러한 장면들이 사실인지 아닌지는 확인할 수 없다. 왜냐
하면 그는 기억상실증 환자이기 때문이다. 그래서 '남자'가 떠올리는
과거의 단편적인 기억들은 종종 주변 사람들에 의해 교정되고 수정된
다. '남자'가 확신했던 이종도의 홈런볼에 대한 기억은 쌍둥이 이종
사촌들에 의하면 사실이 아니며, "그럭저럭 콩을 먹을 수 있었"던 '남
자'는 "너는 콩이라면 질색을 한다"는 엄마의 말을 들은 뒤로는 콩을
먹지 못하게 된다. '남자'의 기억은 이렇게 '남자'에 대한 주변 사람
들의 기억을 통해 재구성된다. 소설에서 '남자'가 가장 확실하게 기

억하는 위의 구체적인 기억 장면이 오히려 상상력이 빚어낸 허구로 간주되는 것은 이 때문이다. '남자'는 자신의 기억에 대해서조차 신뢰할 수 없는 주체, 예컨대 "다른 사람들의 기억으로 기워진 허수아비"(111쪽)가 된다. 따라서 대부분의 독자들이 소설 전개상 사실이라고 확신하는 위의 기억 장면조차 소설 속에서는 불분명한 것으로 모호하게 처리된다. 그러나 앞서도 지적한 것처럼, 하성란 소설에서 무엇이 사실인지 아닌지를 판단하는 것은 사실 그렇게 중요하지 않다. 오히려 중요한 것은 기억 장면이 누구의 기억을 거쳐 재현되는지, 혹은 누구의 시선으로 편집되는지 하는 것이다. 이러한 메타적 시선의 개입으로 인해 하성란 소설의 기억 장면에서는 사실이 허구가 되기도 하고 허구가 사실이 되기도 한다. 아니면 메타포가 현실이 되거나 악몽이 현실이 되기도 한다.

하성란 소설에서 기억이 연속적으로 전개되지 않고 단락(斷絡)된 채 하나의 장면이나 그림, 혹은 풍경으로 제시되는 것은 이 때문이다. 그것은 분명 우리의 기억이지만 우리는 기억의 전능한 서술자가 되지 못한다. 「그림자 아이」의 '남자'가 단편적으로 기억하는 과거의 사실들이 개연성 있는 것임에도 불구하고 사실성 여부를 의심받는 것은 그 때문이다. 그래서 하성란 소설의 인물들은 종종 자신의 기억 풍경 속에서조차 스스로를 풍경의 일부로 수동적으로 위치 짓는다. 그래서 기억의 주체는 기억의 대상이기도 한 것이다. 그리하여 보는 자는 보이는 자가 되고 풍경 속 무능한 정물은 그 풍경의 관찰자와 다르지 않은 것이 된다.

아주 가끔 이렇게 누군가 나의 일거수일투족을 감시하고 있다는 느낌이 들 때가 있었다. 도대체 여대생들은 어떻게 이런 구두를 신고 다니는 것일까. 발목이 휙 꺾였다. 순간 내 앞의 풍경들이 액자가 기울 듯 기우뚱했다. 1984년도 얼마 남지 않았다.(「1984년」, 58쪽)

「1984년」은 유리 겔라의 '숟가락 구부리기' 초능력에 대한 집단적 기억을 떠올리면서, 그 위에 숟가락을 구부리는 것만큼이나 어려웠던 '나'의 취업 과정에 대한 개인적 기억을 겹쳐놓고 있는 일종의 회고적 소설이다. 1984년을 회고하는 서술 주체인 '나'에게 숟가락은 최소한의 생계를 유지하기 위해 필요한 수단이라는 의미를 갖는다. 다섯 살로밖에 보이지 않는 일곱 살 된 막내동생을 보면서 안타까워하는 '나'의 독백("저 어린 것이 나중에라도 지금처럼 제 숟가락 정도는 쥐고 있어야 할 텐데⋯⋯.")이나 가족의 생계를 위해 평생을 힘겹게 사신 할머니가 입버릇처럼 하시는 말씀("숟가락 들 힘으루다 못 할 일은 읎다.")에 어김없이 숟가락이 등장하는 것은 이 때문이다. 따라서 1984년 유리 겔라의 숟가락에 대한 기억이, 자연스럽게 숟가락으로 상징되는 밥벌이의 어려움을 처음으로 실감하게 된 '나'의 곤경에 대한 기억으로 대체되는 것은 너무 당연하다. 그러나 기적과도 같은 '나'의 취업은 숟가락의 기적이 아니라 사실은 '나'를 T로 잘못 안 사장의 착각에 불과했으며, 때마침 유리 겔라의 초능력 또한 가짜였음이 밝혀진다. 숟가락에 관한 이러한 진실이 밝혀진 것은 1984년으로부터 꽤 오랜 시간이 지난 뒤다. 그럼에도 불구하고 "가끔 내 속에서는 낯선 목소리가 숟가락을 구부리라고 말한다."(60쪽) 물론 여전히 "숟가락은 생각보다 단단하"(60쪽)며 할머니, 어머니와 마찬가지로 '나' 또한 '숟가락 신앙'에서 벗어나지 못한다. 1984년의 풍경을 액자화한

'숟가락 신앙'은 그렇게 '숟가락 공포'로 굳어져 여전히 '나'의 삶을 통제하고 조정하는 '감시의 시선'이 된다. 따라서 위의 예문에서 '나의 일거수일투족을 감시하'는 시선에서 드러나는 것은 '나'의 숟가락 신앙을 촉발시킨 삶에 대한 두려움과 그러한 두려움의 내면화다. 내 앞에 펼쳐진 숟가락 풍경은 사실 '나'의 내부에서 만들어진 것이다. 그 속에서 '나'는 풍경 속에 놓인 숟가락과도 같은 사물인 동시에, 숟가락으로밖에 살 수 없는 자신을 바라보는, 아니 숟가락이 되어서라도 살아내야만 하는 자신을 감시하는 관찰자가 된다. '나'의 발목이 꺾이는 순간 "내 앞의 풍경들이 액자가 기울 듯 기우뚱"해진 것은 그 때문이다. 할머니로부터 바통 대신 숟가락을 받아 쥔 '나'의 꿈속 이어달리기가 암시하듯이, '나'는 할머니와 어머니의 숟가락과도 같은 삶을 이어받아 숟가락이 된 다음에야 비로소 숟가락 쥘 힘을 갖는 일이 숟가락을 구부리는 일만큼, 아니 그보다 더 어려운 일이라는 사실을 깨닫게 된다.

하성란 소설에는 이처럼 자신의 기억 풍경 속에서 주체가 되지 못하고 타자화·사물화된 존재가, 오랜 시간이 흐른 뒤에 그 타자화된 존재의 시선으로 자신의 곤경과 좌절, 실패를 액자화해서 재현하는 경우가 많다. 앞서 살펴본 「강의 백일몽」의 '여자' 또한 마찬가지다. 소설에서 '여자'는 사진 속 현판식이 있던 날 밤에 차에 치어 죽어가는 개에게 물린 뒤 "개의 타액이 핏속으로 들어갔고 어쩌면 자신도 반은 개가 되었는지도 모른다는 생각"(25쪽)을 하게 된다. 이제 '여자'는 "개처럼 어둠 속을 응시"하고 개처럼 "작은 벌레의 움직임까지 보이고 들리는 듯했다."(25쪽) 개의 감각과 개의 시선을 체화한 '여자'에게 '개 같은'이라는 비유어는 이제 현실이 된다. '개'가 된 여자의 현실이란 이런 것이다. 강간하려던 남자를 개처럼 물어뜯고 나서 오히려 지독한 상처를 입고 '개 같은 년'이라는 욕을 듣기도 한다. 오랜 동거남 Y의 아이를 임신하지만 Y는 '여자'에게 "이제 그만 날 놔줘라. 더 이상 물고 늘어지지 말고. 신물이 난다"(29쪽)는 메시지를 남기고 사라진다. 그렇게 '여자'는 문자 그대로건, 비유적 의미에서건 남자를 물고 늘어지는 '개 같은 여자', 아니 '개'가 된다. 그러나 그렇게 비인칭적 존재가 된 다음에야 비로소 '여자'는 자신이 속한 기념사진 속 풍경에서 스스로를 분리시켜 그 풍경의 관찰자가 된다. 이 세계의 폭력에 의해 수동적이고 피학적인 사물이 된 '여자'에게 그날의 풍경은 지금까지와는 다른 진실을 펼쳐놓게 된 것이다. 세계의 압박에 짓눌린 얼어붙은 존재야말로 두려움과 공포, 우울과 비애로 요약될 수 있는 세계의 또 다른 얼굴을 볼 수 있다. 이와 관련해 「웨하스로 만든 집」의 '웨하스로 만든 집' 또한 붕괴되기 직전의 혹은 붕괴되고 있는 세계상을 비유적인 직설화법으로 이야기하고 있다는 점에서 주목할 만하다.

바닥이 꺼지면서 자매들은 부모님이 자고 있는 안방으로 곤두박질쳤다. 이층까지의 높이가 채 이 미터가 되지 않았는데도 자매들은 어두운 바닥으로 한없이 한없이 떨어졌다. 자매가 내지르는 비명소리가 우물 속에서처럼 갇혀 울렸다. 어느 날은 무너지는 천장에 깔렸다. 나무판자가 무너져 내리면서 지붕을 받치고 있던 각목들이 떨어졌다. 쥐똥들이 쏟아지고 미처 달아나지 못한 쥐가 얼굴 위로 떨어졌다. 몸을 일으켜 세우려 했지만 기왓장들이 투두둑 끊임없이 떨어져 내려 옴짝달싹할 수 없었다. 자매들은 악몽을 꾸면서 키가 크고 초조를 시작했다. 자매들은 누가 시키지도 않았는데 첨족증에 걸린 사람처럼 발뒤꿈치

를 들고 걸었다. (「웨하스로 만든 집」, 72~73쪽)

견갑골 쪽이 배겼다. 모로 살짝 돌아눕는 순간이었다. 여자의 코 바로 옆으로 방 천장이 덜컹 떨어져 내렸다. 반듯이 누워 있었더라면 몸의 반이 천장에 깔렸을 것이다, 라는 생각을 하기도 전에 벽이 천천히 기울었다. 천장에 덧댄 널빤지들이 두두둑 떨어졌다. 집이 이제는 항복이라며 팔짱 낀 두 팔을 푼 것 같았다. 몸을 일으키려는 순간 반대편 벽이 무너지면서 여자를 덮쳤다. 하중을 견디지 못한 바닥이 꺼지면서 여자는 일층으로 떨어졌다. (85쪽)

「웨하스로 만든 집」에서 '여자'의 집은 두 번 무너진다. 한 번은 사춘기 시절 '여자'의 악몽 속에서, 다른 한 번은 이혼 후 십 년 만에 귀가한 '여자'의 현실 속에서. 사실 이미 집은 처음부터 붕괴될 운명이었던바, 동화 속 과자로 만든 집을 연상시켰던 이층집은 이사한 지 얼마 지나지 않아 책상의 무게조차 견디지 못하고 구멍이 난다. 그 구멍은 널빤지로 메워지지만 그날 이후로 딸들은 집이 무너지는 꿈을 꾸면서 성장한다. 붕괴된 집에 깔릴지도 모른다는 두려움 때문에 '첨족증(尖足症)'에 걸린 사람처럼 발꿈치가 바닥에 닿지 않게 발끝으로만 조심스럽게 걷던 '여자'는, 결국 붕괴의 악몽이 현실로 재연되는 비극적 상황을 목도하게 된다. 첨족증 걸린 사람처럼 살아도 '여자'는 붕괴에 대한 공포에서 결코 벗어날 수 없었던 것이다. 결국 무너진 집더미에 깔린 '여자'는 "두 눈을 뜨려 해도 자꾸 한쪽 눈이 감"기게 된 망가진 인형 같은 존재가 됨으로써, 동화 속에 등장하는 예쁜 집의 비유적 표현인 '웨하스로 지은 집'이 문자 그대로 부서지기 쉬운 '웨하스

집'에 불과했음을 깨닫게 된다. 소설의 앞부분에서 귀가한 '여자'의 눈길을 끌었던, "무거운 것에 한쪽 눈이 눌려" 한쪽 눈만 동그랗게 뜨고 있는 '금발 인형'은 결국 십 년 만에 귀가한 '여자'의 근미래적 모습에 다름 아니었던 것이다. 어린 시절 동화 속 공주님을 꿈꾸던 여자아이들이 가지고 놀 법한, '누우면 저절로 눈이 감기는 금발 인형'은 이제 폐허 속에 묻혀 누워도 눈이 감기지 않는 망가진 사물이 된다. '여자' 또한 마찬가지다.

하성란 소설에서 사물이 된 인간은 분명 극단적으로 소외된 존재임에 분명하다. 그러나 『웨하스』에서 이러한 인간의 사물화 방식은 단순히 시간이 삼켜버린 삶의 어두운 일면을 보여주는 데서 그치지 않는다. 오히려 이 소설집에서 인물들은 사물의 자리를 자발적으로 혹은 비자발적으로 선택함으로써, 사물화된 존재의 시선으로 이 세계를 새롭게 들여다보게 된다. 그리고 그렇게 해서 포착된 액자화된 세계 안에서, 비록 허구적 방식으로나마 지금까지와는 다른 시각에서 자신의 이야기를 다시 쓸 수 있게 된다. 그런데 눈에 띄는 것은 하성란 소설에서 사물이 되는 존재들이 대개 여자라는 사실이다. 아버지, 남편, 혹은 애인이라는 이름의 남자들은 대개 액자 속 풍경에 등장하지 않는데, 왜냐하면 이들은 일찌감치 실종되거나 가출하기 때문이다. 그러나 그렇게 서사 바깥으로 사라진 남자들은 바깥의 메타적 시선으로 여성을 응시함으로써 그녀들을 응고된 사물로 만든다. 한 번 더, 그러나 남성이 부재하는 풍경 속에 일개 사물로 남겨진 여자들은, 인간이기를 포기한 사물의 시선으로 환상과 현실, 허구와 사실의 경계를 무너뜨리고 지우면서 액자 속 풍경을 다시 그린다. 그리고 다시 쓴다.

4. 무심결에……

하성란 소설은 이렇듯 기억의 현상학과 사진 메커니즘, 그리고 인간의
사물화 방식을 통해, 자명한 세계를 낯설고 기괴하게 비틀어놓는다.
그러나 예상치 못한 낯선 시선으로 포착하고 인지한 세계의 풍경 속에
서 오히려 그동안 은폐되었던 삶의 진실은 발견될 수 있다. 이때 진실
이란, 무엇이 사실이냐의 문제가 아니라, 이 세계가 무엇을 사실로 만
드느냐의 문제와 관련된다. 그렇게 하성란의 소설에서는 누가, 왜, 어
떻게 보느냐에 따라 사실은 다르게 구성될 수 있는 것으로 나타난다.
그러니 따지고 보면 사실이란, 혹은 진실이란 어디에도 없는 것이다.
"진실이란 것은 쓰레기봉투 속에서 썩어"[6]갈 뿐이다. 쓰레기를 통해
발견된 일상의 뒷면을 들여다본다고 해서 삶이라는 "숨은그림찾기의
모범답안"(188쪽)을 찾을 수는 없는 것이다. 따라서 일상의 표층을 한
꺼풀 벗겨냈다고 해서 반드시 심연의 진실이 존재한다고 말할 수는 없
다. 그럼에도 불구하고 하성란 소설에서는 흐릿하게나마 '진실'이라
고 하는, 삶에 대한 새로운 인식의 가능성이 발견되는 순간이 있다. 그
것은 '쓰레기'로 상징되는, 현실로부터 소외된 사물적 존재들이 낯선
시선으로 우리를 안락하고 평온한 현실에서 떨어뜨려놓음으로써 낯
선 풍경을 우리 앞에 펼쳐놓을 때다. 세계와 우리 사이에 갑자기 놓인
이 불투명한 거리를 통해서만 우리는 어쩌면, 진실이라고 하는 것에
다가갈 수 있을는지도 모른다. 그러니 하성란 소설은 이렇듯 익숙하고
자명한 사실을 돌연 낯설고 두려운 것으로 만드는 오독의 과정에서 풀

---

6 하성란, 「곰팡이꽃」, 『옆집 여자』, 창작과비평사, 1999, 192쪽.

려나오는 것일지도 모른다. 「무심결」은 바로 이러한 하성란 소설작법
의 일면을 제목 그대로 '무심결에' 보여주고 있어 흥미롭다.

　소설의 주인공인 '남자'는 오랜만에 시인 K씨의 근황을 알려주는
잡지 기사를 읽다가, "두 자식을 앞세우고 뒤따라가는 산책길에서 자
꾸만 현기증이 인다. 햇빛마저 서글프다"는 원래의 문장을 "자식을 앞
세우고 걸어가는 산책길에서 자꾸만 현기증이 인다. 햇빛마저 서글프
다"로 잘못 읽는다. '자식을 앞세워 걷다'라는 사실적인 문장을 '자식
을 앞세우다'라는 비유적 의미로 해석하는 바람에, 남자는 그냥 흘려
버렸을 수도 있을 K씨와 관련된 몇 가지 단편적인 기억들을 '자식을
앞세운 시인'이라는 상상적 사실을 중심으로 재구성한다. 그러고 보
니 팔 년 전 시집 출간을 계기로 K씨 집을 방문했을 때 만난 순하면서
도 장난스러웠던 그의 어린 딸, 함께 산책 겸 산에 올라갔다가 우연히
보게 된 영단의 위패와 그 위패의 주인인 젊은 여자의 사진, 심지어 그
사진 앞에 놓인 인형까지, 남자가 떠올리는 그날의 기억 중 어느 하나
도 K씨에게 닥친 불행한 사건과 관련되지 않은 것은 없는 듯 보인다.
그렇게 재구성된 K씨와 그의 딸에 대한 기억 때문에 '남자'는 오랜만
에 잡지에 실린 K씨의 모습에서 "무언가를 견뎌내려고 이를 앙다물
고", "끊임없이 흘린 눈물 때문에 여린 눈가의 살갗이 짓"무른(204쪽),
불운한 노인을 발견하기에 이른다. 물론 이 모든 일들은 사실이 아니
다. 그저 갑작스럽게 늙어버린 K 시인에 대한 연민이 불러일으킨 상
상적 허구에 불과했던 것이다.

　그런데 '남자'의 오독은 여기서 그치지 않는다. 그는 원고를 교정
하는 과정에서 "여자와 남자는 실랑이를 벌였다"를 "여자는 남자에게
가랑이를 벌렸다"로 오독하고, 신문에서 급류에 휩쓸려 실종된 남자

의 인상착의를 '남자'의 아버지와 같은, 연초록빛 여름정장을 입은 키가 백칠십 센티미터쯤 되는 육십대 남자로 착각하기도 한다. 그러나 다시 읽어본 기사에서 사내의 인상착의는 방금 전 '남자가 읽은 것과 전혀 딴판'인 것으로 확인된다. '남자'는 왜 이런 오독을 반복하는 것일까? 어쩌면 '남자'의 오독은 홍수 때만 되면 집이 물에 잠기는 자신의 불안정한 처지나, 그에 대한 비관으로 안타깝게 놓쳐버린 여자를 향한 회한에서 비롯된 자신의 불행과 불운에 대한 무의식적 비관에서 비롯되었는지도 모른다. 그것이 엉뚱하게도 K 시인의 불행이나 아버지의 죽음 혹은 난잡한 성적 상상으로 비약되었을 것이다. 그러나 무엇이 진실인지는 모른다. 다만 하성란 소설의 작법에 대한 해명과 관련해서, 편집장의 다음과 같은 말은 그에 관한 해석의 실마리를 던져줄지도 모른다.

편집 일이 년차들은 틀린 글자만 보면 그냥 지나치질 못해. 화장실 낙서까지 교정을 본다니까. 편집 사오 년차들은 틀린 글자가 오히려 인간적으로 생각되는 거야. 그런데 편집 칠팔 년차들은 어떤 줄 알어? 지들이 소설을 쓴다니까.(217쪽)

문법에 맞지 않는 문장은 물론 단 하나의 오자도 지나치지 못하는 엄격한 교정주의자가, 틀린 글자에서 인간미를 발견하고 급기야 소설을 쓰게 되는 과정을 그대로 하성란 소설의 발생 과정에 대응해보는 것은 어떨까? 지나온 경험에 대한 엄격한 사실증명의 노력이 아이로니컬하게도 기억의 착각과 오해, 왜곡을 불러일으켜 급기야 기억 속 풍경을 허구적 장면으로 재구성하게 되는 과정에서 하성란 소설은

시작된다. 그렇기 때문에 하성란 소설에서 정교한 극사실주의적 탐색
이 대개는 현실을 뿌옇게 흐리는 효과를 낳았다는 기존의 판단 역시
넓게 보면 하성란식 소설의 생산과정을 설명하는 것으로 볼 수 있는
것이다. '무심결'은 이렇게 사실이 허구로, 현실이 상상으로, 세계가
풍경으로, 그리고 오독이 소설이 되는 그 무의식적 변화를 이를 터이
다. 그러니 우리는 이렇게 말할 수 있다. 하성란 소설은, 무심결에 쓴
소설이다.

제 4 부

1. 강영숙

강영숙은 여성 작가다. 그건 당연한 말이지만, 그렇게 말하는 건 작가에게 미안한 일이기도 하다. 1990년대 여성 문학이 '붐'을 이루었을 때 여성 작가라는 레테르는 비평적으로 옹호되었을 뿐만 아니라 작가들에게 환영받았다. 그러나 지금 작가들에게 '여성'이라는 말은 자신들의 문학세계를 협소하게 만들지도 모르는 부담스러운 것이 되었다. 법률상 여성인 작가들조차 이제는 그냥 작가로 불리기를 원한다. 누군가는 이렇게 말할지도 모른다. "아직도 여성? 웬 여성 문학?" 그러니 강영숙을 여성 작가라고 부르는 것이 미안할밖에.

그럼에도 불구하고 강영숙은 여성 작가다. 그런데 여성 작가이되, 관습적인 의미에서의 여성을 배반하는 여성 작가다. 그녀의 소설에 등

장하는 여성 인물들은 우리가 익숙하게 알고 있는 일반명사 여성과는
많이 다르다. 일단 그녀들은 덩치가 크지만 힘이 세지 않고 무신경하
면서도 섬세하다. 강하면서 나약하고 대범하면서 소심하다. 그들은 어
떤 특정한 인물 유형에도 속하지 않는 다면체적 존재들이라는 점에서
쉽게 포착되기 어렵다. "이쪽에도 저쪽에도 속하고 싶지 않았고 남자
도 여자도 아닌 일종의 중간자가 되고 싶었다"(「자이언트의 시대」)는 작
가의 고백은 관습적인 성별 범주에서 벗어나고 싶은 작가의 바람을 잘
보여준다.

그럼에도 불구하고 강영숙은 여성 작가다. 이즈음 강영숙만큼 여
성의 성과 육체를 문학적 사유의 매개체로 적극 활용하는 작가가 있
을까. 소설 「봄밤」의 마지막 구절인 "임신이었다"는 오정희의 「중국
인 거리」의 마지막 구절인 "초조였다"를 떠올리게 한다. 임신은 초조
(初潮)로 상징되는 사춘기 여자아이의 첫번째 성장통에 이어지는 제2
의 성장통을 암시한다. 오정희 소설에서 초조를 겪는 여자아이의 육
체적 변화가 그대로 중국인 거리로 상징되는 낡은 세계의 몰락과 미
군으로 상징되는 새로운 세계의 도래를 재연하는 것처럼, 강영숙 소
설에서 임신한 여자의 육체는 이 세계의 비극적 기미를 포착해냄으로
써 그러한 세계의 비극성이 빚어낸 사건이 되기도 한다. 이제 여성의
육체는 강영숙에 이르러 세계의 고통을 통각하고 재현하는 허구적 장
소가 된 것이다.

장편소설 『리나』의 '국경'은 그러한 여성의 육체적 감각법을 통해
구현한 허구적 장소를 상징한다. 일차적으로 『리나』는 고통스럽지만
이미 익숙해진 탈북자의 현실을 다루고 있다. 그러나 『리나』가 성취한
득의의 영역은 매춘과 중노동에 시달리는 탈북 여성의 현실을 고발하

는 데 있지 않다. 오히려 작가는 주인공 ‘리나’의 국적을 지우고 기원을 삭제함으로써, 탈북자 ‘리나’를 국경을 넘으면서 살아가야 하는 국경 탈출자 일반에 관한 이야기로 만든다. 그리하여 『리나』는 불법체류 노동자의 사연이거나 자본의 유통 경로를 따라 남하하는 매춘 여성에 관한 기록으로 읽을 수도 있다. 그러나 조금 과장되게 얘기하면 그것은 우리들의 삶 그 자체이기도 하다. 우리도 언제나 저쪽에서 이쪽으로 경계를 넘어가며 살아오지 않았는가. 그런 과정에서 이전의 ‘나’ 위에 다른 존재들이 겹치고 쌓이는 경험을 하지 않았던가 말이다. 그렇게 우리 모두는 복수적 존재가 된다. 리나의 ‘국경 넘기’는 바로 그런, 이쪽과 저쪽에도 포섭되지 않는 복수적 존재로서의 삶 자체를 의미한다.

결국 소설의 결말 부분에서 리나는 자발적으로 국경을 넘으면서 살아가는 삶을 선택한다. 그러한 ‘국경적 삶’은 고집스럽게 ‘나’를 주장하지 않는다. 오히려 국경 넘기를 통해 리나는 다른 무수한 국경적 존재들과 만나 그들의 비극적 상황을 자신의 육체 위에 허구적으로 구축한다. 우리는 그들을 타자라고 불러도 좋을 것이다. 그러나 이때의 타자는 주체의 바깥에 거주하는 이질적인 존재가 아니다. 그들은 ‘나’의 단단한 외피를 말랑말랑하게 만들면서 ‘나’ 안으로 들어와 종국에는 ‘나’와 구별되지 않는, 이미 ‘너’가 아닌 존재들이다. 강영숙에게 여성은 그렇게 ‘너’를 ‘나’ 안으로 들여와 섬길 수 있게 하는 문학적 출발점인 것이다. 그러니 강영숙은 어쩔 수 없이 여성 작가다.

2. 윤성희

우리가 자주 듣는 이야기에서부터 시작해보자. 아들을 군대에 보낸 부부는 우연한 기회에 세 가지 소원을 말하면 이루어준다는 원숭이손을 얻게 된다. 이들은 시험 삼아 백만 원을 갖고 싶다는 소원을 빈다. 그러나 그들이 받은 것은 아들의 죽음을 알리는 편지와 위로금 백만 원이다. 부부는 슬픔에 빠져 죽은 아들을 살려달라는 두번째 소원을 빈다. 죽은 아들은 좀비가 되어 돌아온다. 부부는 울면서 마지막 소원을 빈다. 아들을 다시 죽게 해달라고. 이 이야기가 우리를 섬뜩하게 하는 이유는 무엇인가? 초자연적인 파워를 가진 원숭이손? 좀비가 된 아들? 그러나 진짜 이유는, 이 세상에는 공짜가 없다는 사실의 확인이다. 그것은 당연한 말씀이며 세상의 이치다. 우리는 누구나 이 순환의 고리에서 벗어날 수 없는 것이다. 그럼에도 불구하고 그러한 냉혹한 경제적 순환의 논리는 우리를 불안하고 우울하게 한다. 세상에 공짜가 없다니! 따지고 보면 그렇다. 상품과 돈만 주고받는 것이 아니다. 언뜻 그러한 논리 바깥에 있는 것처럼 보이는 사랑이나 우정, 가족애조차 교환의 논리를 벗어나지 못한다. 아니, 이러한 진실한 감정조차 사실은 그러한 논리 속에서만 '제대로' 작동될 수 있다.

여기 어떤 사람이 있다. '그'는 우연한 사고로 자기 대신 죽은 사내의 한쪽 구두만 신은 발을 본 뒤부터 "이 세상에서 가장 쓸모없는 것들을 상상하지 않고는 깊게 잠"(「무릎」)들지 못한다. '그'는 죄책감 때문에 집을 떠나 자신에게 주어진 삶의 시간을 쓸모없이 소진한 뒤, 자신이 정원사로 일하던 집의 주인에게 꽃다발 타일을 선물로 준다. 『레고로 만든 집』과 『거기, 당신?』에서 주변부 마이너리티의 고단한 삶의 모습을 때로는 무거운 절망으로, 때로는 가벼운 유머로 포착해 온 윤성희의 최근작들은 이렇듯 죄책감과 선물의 테마로 우회하고 있다. 그런데 죄책감과 선물이라니?

윤성희 소설의 인물들은 거의 대부분 죄책감에 시달린다. 그들의 죄책감은 많은 경우 자신의 사소한 실수로 인해 누군가가 죽거나 자살하거나 이혼한 데서 생기는 것이지만(「무릎」, 「재채기」, 「저 너머」), 언제나 그런 것은 아니다. 그들은 "설명할 수 없는 죄책감"(「자장가」)에 시달리거나 임신한 담임선생님이 기형아를 낳으면 어쩌나 하는 '쓸데없는 걱정'으로 시험을 망치기도 한다.(「하다 만 말」) 이러한 죄의식은 되갚아주어야 한다는 부채의식으로 발전하면서 선물의 논리를 작동시킨다. 이때 선물은 우리가 통상적으로 정해진 답례나 경제적 계산에 얽매여 주고받는 것과는 다르다. 윤성희 소설에서 선물은 아무런 대가 없이 주어지거나 엉뚱한 대상을 향한다는 점에서 우리에게 낯설다. 「무릎」에서 '그'의 부채의식은 분명 죽은 사내로부터 촉발되지만 '그'의 선물은 죽은 사내의 가족이 아니라 엉뚱하게도 사건과는 무관한 사람에게 주어진다. 게다가 윤성희 소설에 등장하는 선물의 목록을 보면 꽃다발 타일, 달력, 늙은 말, 아무도 찾지 않는 허름한 카페, 혹은 틀니 등이다. 그것들은 아무런 의미도 가치도 없는 것이다.

선물은 그렇게 세상 이치와 계산법을 벗어난 곳에서만 존재한다. 그러나 현실은 완고한 경제적 이해관계의 논리 속에서만 구성될 수 있는 것이다. 그러니 사실상 현실세계에서 선물이란 불가능한 것이다. 그럼에도 불구하고 선물은 현실사회의 악무한적 원환구조를 찢고 느닷없이 무가치하고 무의미하게 주어진다. 부채의식을 떠안은 윤성희 소설의 인물들은 축적 대신에 무의미한 소진을 선택함으로써 살벌한 교환의 원환을 벗어나 "눈동자가 있는 곳 너머"(「등 뒤에」)에서나 펼쳐질 법한 낯설고 불가능한 세계를 응시한다. 그러한 응시가 윤리적인 것은 현실세계의 교환 과정에서는 포착되지 않는 이름 붙일 수 없는 것, 비가시적인 것들을 떠오르게 하기 때문이다. 그 순간 이 세계의 익숙한 현실논리는 낯설어지고 세계는 새롭게 구성된다.

그러니 '문학은 선물'이라고 해야 할 것이다. 냉혹한 현실논리에 두려워하고 삭막한 세상 이치에 불안해하는 고독하고 소심한 자의 부채의식으로부터 문학은 선물처럼 주어지는 것이다. 그렇게 윤성희 소설은 우리에게 주어졌다.

3. 정이현—아케이드 서울에서 소설 쓰기

일찍이 니체는 '여성의 위대한 재능은 거짓말이고 최고의 관심사는 외모'라고 말했다. 이 말에는 분명 여성비하적인 뜻이 담겨 있다. 그러나 모든 비난은 언제나 자기가 비난하는 대상에 대한 두려움을 감추고 있다. 거짓말하기와 외모 꾸미기가 여성의 본질이라는 비난 뒤에 있는 것은, 그래서 도대체 여자들의 진심이 무엇인지 알지 못하겠다는 체념 섞인 두려움이다. 여성은 심지어 완전히 발가벗었을 때조차 언제나 무언가를 입고 있다. 그렇다면 그 무언가는 무엇인가? 그 무언가마저 끝내 벗긴다면, 그때 여성은 '본모습'을 온전히 드러낼 수 있을까? 그래서 완전히 이해될 수 있을까?

정이현은 오래전부터 남성 철학자와 예술가들을 매혹시킨 여성이라는 알 수 없는 물자체(物自體)에 대해 말해왔다. '아니, 이삼십대 싱

글 여성들의 재치 발랄한 일상을 그린 트렌드 소설 『달콤한 나의 도시』를 쓴 그 정이현이?' 하고 반문할 사람이 있을지도 모르겠다. 그러나 첫 단편집인 『낭만적 사랑과 사회』에 실린 단편들을 보자.

소설 속 여성 인물들은 하나같이 가부장제가 요구하는 순결한 처녀, 무지하고 가련한 가정주부, 깔끔하고 지적인 커리어우먼, 세련된 프리랜서, 발랄하고 순진한 소녀처럼 보인다. 그러나 알고 보면 그녀들은 이기적 욕망에 사로잡힌, 속물적 계산법에 철저한 존재들로 판명된다. 자신의 욕망을 추구하기 위해 거짓말은 당연하고 심지어 살인과 시체유기까지 서슴지 않는다. 겉으로는 가부장제가 추구하는 이상적인 여성상을 연기하면서 궁극적으로는 그러한 가장(假裝)을 통해 자신의 욕망을 실현하려는 발칙한 여성들. 한마디로 그녀들은 배우다. 그녀들의 순진함, 순수함, 우아함, 섬약함, 섬세함 등이야말로 가장 그럴듯한 연기이자 가면이다. 그렇다면 여성다움이라는 가면 뒤에 가려진 것은 무엇인가? 거기에는 진실한 본질이라는 것이 숨어 있다고 할 수 있는가?

서둘러 말하면 '아니오' 다. 『달콤한 나의 도시』에서 찾아본 단서는 다음과 같다.

"솔직히 나도 가끔씩 내가 '오은수' 를 흉내 내며 사는 건 아닐까 궁금해요. 내 이름이 오은수가 맞는지, 내 이름과 진짜 나 사이에 뭐가 있는지…… ;-)"

가면을 벗긴다고 해서 그 속에 맨얼굴의 진실은 없는 것이다. 가면 속에는 또 다른 가면이 끝없이 포개져 있을 뿐이다. 소설 속 '오은

수'가 평균적인 삼십 초반 싱글녀를 흉내 내며 사는 것처럼, 그러다가
실연한 여주인공을 흉내 내기도 하는 것처럼, 우리 모두는 끊임없이
무언가를 흉내 내며 산다. 그렇다고 해서 어딘가에 본래의, 진실한
'오은수'가 존재하지는 않는다. '오은수'의 원본은 어디에도 없는 것
이다. 특히 상품들이 내쏘는 인공조명으로만 간신히 자신을 비추는 후
기자본주의 사회에서 자아란 바로 그렇게 조각난 상품의 그림자들로
이루어진 투명한 그림자일는지도 모른다. 그림자 바깥은 없다. 그러니
실체도 없다. '오은수'가 합리적인(?) 계산을 통해 "부유하는 먼지처
럼 하찮은 자신을 가장 튼튼하고 안전한 곳으로 데려가줄" '기준점'으
로 선택한 '김영수'가 사실은 실체 없는 그림자에 불과하다는 사실은,
그런 점에서 의미심장하다. 우리가 진짜라고 믿는 현실은 어쩌면 가장
진짜 같은 거짓말일지도 모른다.

정이현의 소설은 그런 진짜 거짓말의 세계에서부터 시작된다. 예
컨대 번쩍거리는 상품들로 가득 찬 삼풍백화점이거나(「삼풍백화점」),
거짓말로 꾸며낸 상품 사용후기로 도배된 인터넷쇼핑몰(「1979년생」)과
같은 곳 말이다. 과장된 꾸밈과 거짓말로만 이루어진 바로 그곳, 영혼
없이 그림자놀이를 하는 그곳, 아케이드 서울이야말로 우리 삶의 터전
이기 때문이다. 『달콤한 나의 도시』의 표지에 그려진 붕 뜬 싱글녀는
오늘도 아케이드 서울을 유영한다.

4. 천운영

천운영은 '바늘'의 작가다. 특히 2000년도 신춘문예에 당선된 「바늘」

이라는 단편은 바늘에 관한, 바늘에 의한, 바늘의 글쓰기라고 할 수 있다. 나아가 "예리한 바늘이 정곡을 찔러 육체에 음산하고 정교한 수를 놓으며 살 속에서 맴돌던 언어를 해방시킨다"는 신춘문예 심사평에서도 알 수 있듯이, '바늘'은 이후 '원색의 고통과 절규로 점철된 사실화'로 상징되는 '천운영'식 소설을 직조하는 중요한 글쓰기의 도구가 되었다.

전통적으로 바늘은 여성적 도구로 인식되었다. 시대극의 여성들을 보자. 그들은 언제나 바늘을 들고 있다. 밤늦게까지 돌아오지 않는 남편을 기다리며, 혹은 남편을 대신해 생계를 책임지느라, 그것도 아니면 그냥 자신들이 다소곳한 여성임을 보여주기 위해 그녀들은 바늘을 든다. 바늘은 그렇게 우리 사회에서 가부장제적 여성상을 상징하는 수동적 도구로 동원되어온 것이다.

그러나 천운영 소설에서 바늘은 '찌르고 꿰매는' 동작에서 연상할 수 있는, 다분히 가학적인 충동을 불러일으키는 능동적 도구다. 그리하여 이제 천운영 소설의 여성들은 더 이상 바늘을 바느질하는 데 사용하지 않는다. 대신 그녀들은 문신사가 되어 바늘로 남성의 몸에 야만적인 상처를 내고 그 위에 자신의 욕망을 그려 넣는다. 그 순간 "어린 여자아이의 성기 같은, (……) 가장 얇으면서 가장 강하고 부드러운 바늘"(「바늘」)은 펜을 대신할 새로운 글쓰기의 도구로 탄생한다. '펜은 페니스다(pen is penis)'라는 가부장제적인 동어반복적 명제는 그 순간 부정된다. 그러나 천운영의 바늘로 글쓰기를 단순히 남성 중심적 글쓰기를 부정하는 여성적 글쓰기라고 보기는 어렵다. 왜냐하면 바늘은 그 길쭉한 모양새 때문에 남성 성기의 상징물로 인식되기도 하지만, 동시에 구멍 난 바늘귀 때문에 여성 성기의 상징물이 되기도 하기 때문이다. 그것은 남성적이되 강하지 않고 여성적이되 결코 수동적이지 않다. 오히려 바늘로 글쓰기는 육체라는 텍스트를 찌르고 고통스럽게 함으로써 지금까지 우리가 알지 못했던, 혹은 우리가 애써 부정하고자 했던 익명의 감각과 욕망을 불러일으키는 도착적 글쓰기에 더 가깝다.

모든 욕망은 다 도착적이다. 그래서 모든 연애는 다 기괴하다. 우리는 모두 사랑을 욕망하지만 결코 사랑은 사랑으로 충족되지 않는다. 물고, 핥고, 빨고, 삼키는 사랑의 행위는 결코 충족되지 않을 사랑을 충족시키려는 불가능한 몸짓인 것이다. 사랑의 대상을 삼켜버림으로써 완전히 합체하기 전까지는 그 어떤 사랑도 만족스럽지 않다. 그러니 함부로 사랑한다는 말을 해서는 안 될 것이다. 천운영의 바늘을 통해 감각되는 사랑은 그렇게 자기상실의 위험을 감수하면서까지 대상과 합체하고자 하는 욕망에 불타오른다(「명랑」의 주인공은 할머니가 죽은 뒤 유골을 갈아서 먹기도 한다). 그래서 천운영 소설의 독자들은 자신들이 지금까지 머물러온 삶과 질서의 세계 바깥으로 밀려난, 낯설고 기이한 사랑의 감각을 체득하게 된다. 그 순간 우리의 감각과 욕망은 확장되고 심화되면서 죽음과 무질서의 세계에 견인된다. 천운영의 바늘은 그렇게 우리를 낯선 감각의 세계로 이끈다. 그 세계는 도착적이되 도착적이지 않으며, 추하되 결코 추하지 않다. 천운영의 바늘에 찔림으로써 새롭게 눈뜬 우리의 감각법에 따르면 말이다.

그러니 바늘을 든 작가 천운영을 두려워하지 말지니. 아무리 바늘에 찔려도 우리는 죽지 않으니. 물론 찔리는 순간 고통스럽지만 그 고통은 우리를 낯선 즐거움의 세계로 이끄노니. 고통을 동반한 쾌락의 경험이야말로 우리를 진정한 사랑에 눈뜨게 할지도 모르니. 더불어 이

권태롭고 나른한 세계에 새로운 활력을 불어넣을지도 모르니. 그러니 천운영의 바늘로 글쓰기는 계속되어야 한다.

5. 편혜영

여기 죽음의 수용소에서 떼죽음을 당한 유태인과 인간의 식탁에 오르기 위해 도살된 가축이 있다. 대개의 경우 학살된 유태인은 연민과 공감의 대상이 되지만, 도살된 가축은 그렇지 못하다. 왜 그런가? 아니, 어쩌면 인간의 죽음과 동물의 죽음을 비교한다는 사실 자체가 우리를 기분 나쁘게 할지도 모르겠다. 그러나 존 쿠체는『엘리자베스 코스텔로』에서 노작가의 말을 빌려 우회적으로 이 두 죽음이 다르지 않음을, 다르지 않아야 함을 주장한다. 흔히 공감(sympathy)이나 감정이입(empathy)은 주체의 타자에 대한 이해와 관련된 것으로 보지만, 사실은 전적으로 주체의 자기이해에 국한된 것에 불과하다. 나는 나를 연상시키는 존재만을 이해하고 상상할 수 있는 것이다. 나와 완전히 다른 존재란 상상의 대상조차 될 수 없는 것이다. 그러니 지금까지 우리가 알고 있다고 생각하는 동물의 마음이란 의인화와 동일시의 과정을 거친 이후의 것에 불과하다. 인간은 동물이 아니기 때문에 동물로 존재한다는 것이 어떤 것인지 결코 알 수 없다. 그런 맥락에서 인간성(humanity)이란 동물의 마음, 혹은 동물 됨을 이해하지 못하게 하는, 즉 진정한 의미에서의 공감과 감정이입을 불가능하게 하는 속성에 불과한 것이라고 할 수 있다.

　편혜영 소설에는 바로 그런 인간성이 실종된 존재들, 예컨대 다양한 혐오 동물(쥐, 바퀴벌레, 개구리, 구더기 등등)과 썩어가는 시체 혹은 시체나 다름없는 인간들이 쉴 새 없이 등장한다. 그것들은 '인간적으로' 참기 어려운 악취(얼마나 지독했으면 "다락의 쥐들조차 미처 날뛰게" 할까?)를 풍기고 '인간적으로' 표현하기 어려운 기괴한 모습을 지닌 존재들이다. 「아오이가든」에서 인간은 고양이를 삼키다가 개구리를 낳다가 급기야 개구리가 된다. 인간과 고양이, 개구리는 뒤섞이면서 인간을 인간 이상이거나 인간 이하가 되게 한다. 편혜영 소설에서 "이성적이고 정당한 것은 내가 아니라 개"(「만국 박람회」)라는 말이 하나도 어색하지 않고 자연스러운 것은 이 때문이다. 그러니 "우리는 결국 또 하나의 쓰레기가 되어 소각장에 던져질" 운명(「맨홀」)이라는 말에 충격받지 말기를. 오히려 편혜영 소설에 등장하는 인간들은 "다른 존재가 될 때까지" 변신을 거듭한다. 이제 인간은 도살한 가축, 인간의 잉여물에 기식하는 쥐, '부패하기 쉬운 단백질 덩어리'인 시체의 자리에 서게 된다. 그것은 이성기계로서의 인간종의 우월성을 입증하기 위해 그동안 타자화한 비인간종 혹은 사물의 마음을 이해하는 것이다.

그럼에도 불구하고 우리는 모른다. 아무리 시체 되기, 동물 되기 놀이를 한다고 해도 우리는 진짜 시체가 되기 전에는, 진짜 동물이 되기 전에는 시체와 동물의 마음을 알지 못한다. 그렇다면 정말로 시체와 동물이 된다면 어떨까? 그러면 우리는 시체와 동물의 마음에 공감할 수 있을까? 그러나 인간은 시체와 동물이 되는 순간 그저 시체와 동물에 불과한 존재가 된다. 게다가 시체와 동물은 말이 없다. 설령 있다고 하더라도 인간은 시체와 동물의 말을 알아들을 수 없다. 그리하여 우리는 나와는 다른 존재들, 흔히 타자라고 불리는 존재들을 영원히 알 수 없게 된다.

그러나 다시 한 번, 그럼에도 불구하고 편혜영은 시체, 동물, 사물 등과 같은 비인간이 되기를 포기하지 않는다. 그것은 인간이 비인간적 존재들의 총체임을, 즉 잡종적 존재임을 자각하는 것이다. 예컨대 썩어가는 시체의 살 조각은 물고기의 밥이 되고 다시 그 물고기는 '입맛 다시는 반찬'이 되는 순환구조를 상상해보자.(「시체들」) 그때 인간은 더 이상 인간이 아니다. 인간은 시체와 물고기가 뒤섞인 존재가 된다. 우리 인간이 시체와 물고기의 마음이 될 수는 없지만, 우리 안에 시체와 물고기가 있다는 자각에서부터 나와 다른 존재와의 불가능한 공감은 가능해질 것이다. 그러니 편혜영 소설의 불편함과 불쾌감을 '인간적인' 편함과 쾌감으로 바꾸려고 노력하지 말자. 그 '비인간적인' 불편과 불쾌야말로 '너'라는 불가능한 허구(fiction)에 이르게 할지도 모르니 말이다.

6. 김연수

한 편의 소설. 김연수의 「쉽게 끝나지 않을 것 같은, 농담」(『나는 유령작가입니다』)에서부터 시작해보면 어떨까? 소설에서 '평범한' 회사원 '나'는 지하철에서 우연히 전처와 만나 안국역 근처 일대를 걷다가 어정쩡하게 헤어진다. '나'는 '그녀'와 헤어진 후 안국동과 화동과 가회동과 재동이 나오는 북촌 근처의 지도를 산다. 그리고 그날의 행로를 지도 위에 그어나가기 시작한다. 안국동 175번지 앞에서 걷기 시작해서, 우리의 대화는 가회동 12번지 지날 즈음 끊기고, 그러다가 재동

83번지 헌법재판소 지날 즈음 그녀는 꿈 얘기를 하고……. 그러나 사실 그날의 행로는 아무 의미도 없다. 그녀와 내가 걸어 다닌 그 길의 행적이 무슨 의미가 있겠는가. 그것은 그녀와 내가 왜 헤어졌는지, 그날의 만남이 우연인지 필연인지 아무것도 얘기해주지 않는다. 그러나 '나'는 되풀이해서 지도를 들여다보다가 자신들이 나무 한 그루를 중심으로 걸었다는 사실을 발견한다. 그 나무는 박지원, 지구의, 홍영식, 갑신정변, 제중원 등과 같은 역사적 사실과 느슨하게 연결된, 이제는 천연기념물이 된 육백 년 된 백송이다. 소설에서 '나'는 질문한다. 과연 나무를 중심으로 그려진 그날의 동심원은 그저 우연에 불과한 것일까, 아니면 백송처럼 육백 년을 견디면 우리의 행로도 필연이 될까.

모든 의미는 사후적으로 결정된다. 무의미한 행로 중심에 놓인 육백 년 된 나무 한 그루 때문에 우연과 농담으로 치부될 수도 있는 일상은 어떤 의미의 빛을 띠게 된다. 이즈음 김연수의 장편소설(『밤은 노래한다』, 『모두이면서 하나인』)은 이 우연의 세계에 떨어진 개인의 삶의 여정을 따라가면서 흔히 역사라고 하는 필연과 진담의 세계가 어떻게 우연과 농담의 세계와 겹치면서 이어지는지 이야기하고 있다. 거기에는 허무한 농담의 세계를 견디려는 인간의 의지가 있다. 김연수 소설의 평범한 개인들이 결코 평범하달 수 없는 이유가 바로 그것이다. 그들은 자신이 놓인 우연한 삶의 자리에 대해 끝까지 질문한다. 명쾌한 답은 없지만, 결국 대답 없는 그 질문은 그들을 벽 앞의 절망으로 밀어가겠지만 그래도 질문은 멈추지 않는다.

김연수는 끊임없이 질문하는 자이자, 불가지적 세계의 암호를 풀려는 자이다. 그는 자기가 던지는 질문에 정답은 없으며 세계라는 수수께끼는 절대 풀리지 않는다는 것을 알고 있다. 그럼에도 그는 질문과 해석을 중단하지 않는다. 이를 위해 그는 모든 사실들을 동원한다. 그는 성균관대 동아시아 협동과정 석사과정에 있는 학뻐리 작가이자 『젠틀 매드니스』라는 번역서를 출간한 역자이기도 하다. 그러니 단편 하나를 쓰기 위해 수십 권의 책을 탐독한다는 그의 말에 저절로 고개를 끄덕일밖에. 그러나 사실을 그러모아 허구의 탑을 쌓는다면 그것은 참말일까, 거짓말일까. 그는 소설을 쓸 때 아무리 많은 자료를 읽어도 알 수 없는 부분이 나오면 그제서야 이 소설은 제대로 됐구나 하는 생각을 한단다. 그에게 사실에 대한 집요함은 결국 모든 사실을 동원해도 알 수 없는 것이 있다는 사실을 확인하는 일에 불과한 것이다. 그럼에도 그 '알 수 없음'의 세계를 향한 그의 질문은 멈추지 않는다.

그것이야말로 소설가의 운명이 아니겠는가. 농담 같은, 거짓말 같은, 우연 같은 우리의 삶을, 진담으로, 참말로, 필연으로 만들어주는 자가 아니겠는가. 이를 위해 작가는 자신의 삶을 통째로 문학으로 만들어야 한다. 그래서일까. 『꾿빠이, 이상』에서 삶 전체를 판돈으로 걸고 스스로를 천재 작가라는 허구적 텍스트로 변형시키고자 한 '이상'에게서 우리는 작가 김연수의 표정을 본다. 그것은 이 시대의 마지막 문학적 낭만주의자의 표정이다. 이토록 젊은 그가.

7. 박민규

박민규에게 소설가란 이를테면 '딴따라'에 가깝다. 진지한 예술가의 이미지? 찾기가 쉽지 않다. 그는 좋아하는 포르노스타와 프로레슬러의 이름 열두 개 정도는 기본으로 외울 수 있어야 한다고 주장하며, 예순 살까지만 소설을 쓰다가 그다음부터는 전직 소설가 기타리스트로 살고 싶어 하는 소설가다. 그는 마음에 안 드는 세상을 향해 "조까라 마이싱"이라고 외치기도 한다. 그러나 실제 그는 포르노스타처럼 대범하지도 프로레슬러처럼 폭력적이지도 않다. 그는 지나치게 수줍어하고 온순한 것처럼 보인다. 심지어 그는 성실하다. "술, 마시지 않는다. 담배, 피우지 않는다. 인간, 가까이하지 않는다." 게다가 아내를 도와 집안일도 잘한다. 그런데 그는 어떻게 '무규칙 이종 소설가'가 된 것일까. 어쩌자고.

그의 말을 따르자면, 그는 "멸망한 인류의 문명을 발견한 한 마리의 침팬지가 된 마음으로 글쓰기에 임한다." 그렇다. 그에게는 침팬지의 마음이 중요한 것이다. 침팬지의 마음이란 무엇인가. 그것은 우선 박민규가 애호하는 영화 〈혹성탈출〉에서도 알 수 있는 것처럼, 인류와 지구의 멸망 이후를 생각하는 마음이다. 그때 인간은 더 이상 사유의, 행위의 주체가 아니다. 그래서 그의 소설에는 유독 인간 아닌 것들이 자주 등장한다. 그 목록을 열거해보면 대충 다음과 같다. 냉장고(「카스테라」), 대왕오징어(「대왕오징어의 습격」), 개복치(「몰라 몰라, 개복치라니」), 너구리(「고마워, 과연 너구리야」), 기린(「그렇습니까? 기린입니다」), 핑퐁(『핑퐁』). 심지어 화성인, 금성인도 등장한다. 박민규는 이렇게 무생물계, 동물계, 탁구계, 그리고 우주계의 관점을 취함으로써 인간계를 낯설고 기이한 것으로 만들어버린다.

이러한 방법론을 우리는 통칭 우주론적 전략이라 부를 수 있을 것이다. 탐사선 보이저 1호가 명왕성 부근에서 촬영한 사진에서 지구는 단지 희미한 빛을 내는 '창백한 푸른 점'처럼 보인다. 우주인의 시각에서 봤을 때 지구는 그저 하찮은, 없어져도 그만인, 선도 아니고 면도 아닌 하나의 점에 불과한 것이다. 그러니 『핑퐁』의 결말처럼 이 지구가 언인스톨 되거나 소멸된다 한들 그것은 아무 의미 없는 사소한 일일지도 모른다. 우주인이 보기에 말이다. 이러한 우주론적 시각은 당연한 말씀이지만, 우리 지구인의 고통스러운 현실을 상대적으로 축소시키고 약화시킨다. 악다구니 치는 일상을 뛰어넘는 무한광대한, 그래서 순결한 우주적인 것을 일상적·속물적 삶과 견줌으로써 지금, 현실은 순간적이나마 아무것도 아닌 것이 될 수 있다. 박민규의 인간혐오증(그는 『핑퐁』에서 "인간은 싫다. 차라리 양이라면 나는 즐거이 관계를 맺었을지도 모른다"고 주장한다)은 크게 보면 세계전복의 망상으로까지 이어지지만, 작게 보면 비참하고 힘든 현실을 견딜 수 있게 하는 자기위안의 방법론이기도 한 것이다.

이러한 시각의 반전은 지구 내적인 삶에도 그대로 적용된다. 박민규 소설에서 일반적으로 중요하다고 여겨지는 일은 하찮게 다루어지거나, 반대로 하찮은 것들은 오타쿠적 탐구를 통해 우주에 맞먹는 의미를 부여받는다. 흔한 사물인 냉장고는 오사리잡탕의 세계를 쓸어 담는 거대한 그릇으로 팽창하거나, 반대로 그렇게 뒤섞인 세계는 카스테라로 압축되기도 한다.(「카스테라」) 냉장고와 카스테라라니. 초현실주의자들의 '우산과 재봉틀의 만남'에 비견될 만한 이 기이한 조우를 통해, 우리가 자못 거대하다고 믿어 의심치 않았던 세계는 작은 중고 냉장고의 세계 속에서 카스테라로 포맷된다. 그러니 낡아빠지고 물 빠진 스웨터를 입었다고 괴로워하지 말라. 우리에게는 냉장고와 카스테라만 있으면 될지니. 아니면 탁구대와 라켓, 공만 있으면 될지도. 그것도 아니면 쿨 앤 더 갱의 「셀러브레이션」을 들으면 될까. 그러면 '모든 것을 용서할 수 있'게 될까. 어쨌든 박민규는 고시원과 아르바이트와 왕따와 꼴찌 들에게 행복이란 '놀랍게도 따뜻한' 카스테라 맛일지도 모른다고, 그러니 슬퍼하거나 노여워하지 말라고 말하는 듯하다. 박민규는 카스테라를 좋아한다.

8. 한유주―읊조리다, 태초의 시간을 향해

'달로'. 한유주의 첫 소설집 제목이자 등단작 제목이기도 한 이 낯선 어휘는 한유주의 독특한 소설작법을 암시적으로 보여준다.

> 달로, 달로, 먼 옛날이야기로, 어느 왕들의 무덤은 무수한 바위를 깎아 만들어졌고, 그 안에는 끝이 없는 미로와 바닥이 없는 함정이 있다는, ……그런, 비정한 고대의 시간처럼, 달의 뒷면에는 어느 바다가 있고, 그곳에 발을 담그기 위해서는 비정한 긴긴 시간을 거꾸로 헤엄쳐서, ……, 그는 몸을 세워 일으켰고, 장대를 손에 쥐었다. (……) 그의 장대는 몽상을 걸고, 백일몽을 걸고, 환영을 걸고, 기억나지 않는 꿈들과 희미한 이야기들을 걸고, ……, 허공을 한 아름 휘돌다가, 땅으로 떨어진다.

달을 배경으로 장대높이뛰기를 하는 이 아름다운 장면에 대한 다른 설명은 필요 없다. 느리게 끝없이 이어질 것 같은 복문과, 우리를 잠시 침묵과 어둠 속에 붙잡아두는 생략부호, 그리고 규칙적이지는 않지만 미묘하게 느껴지는 문장의 리듬감. 우리는 그저 이 문장들을 읊조리면 되는 것이다. 그럴수록 현실은 우리로부터 점점 멀어지고 어느덧 우리는 낯선 시간과 장소로 가게 된다. 그곳은 "비정한 긴긴 시간을 거꾸로 헤엄"쳐야만 도달하는, 이 세계의 '뒤쪽'이자 '건너편'이다.

'달로'는 바로 태초의 신화적 말씀의 세계를 향한 한유주 소설의 어떤 지향성을 나타낸다. 그것은 단순히 과거지향적인 태도를 의미하지 않는다. 한유주에게 '달로' 가려는 의지란 훼손되지 않은 태초의 시간, 모든 매혹적인 이야기의 원형을 복원하고자 하는 바람에 다름 아니다. '달'이 태초의 시간과 옛날이야기의 세계라면, '로'는 그곳으로 가고자 하는 작가의 바람인 것이다.

그런데 왜 한유주는 시간을 거슬러 '달로' 가려고 하는 걸까. 왜냐하면 이 '세계의 사진첩'에는 슬픈 일만 가득하기 때문이다. 파울 첼란의 삶과 시를 좇아가며 쓴 「죽음의 푸가」에서 묵시록적으로 기록된 현대사의 비극은 지금의 문명세계에 대한 작가의 환멸과 그 세계의 변화 불가능성에 대한 절망이 고스란히 담겨 있다. 특히 독문학 전공자답게 독일의 과거와 현재를 두서없이 배회하는 과정을 기록한 「베를린 · 북극 · 꿈」에서도 이러한 문명비판적 독백은 반복된다. 그리고 이러한 절망과 슬픔이 한유주에게 태초의 과거를 향해 움직이도록 부추긴다.

한유주 소설이 탐색담의 성격을 띠면서도 자폐적이라는 인상을 주는 것은 그 때문이다. 대개 탐색담의 주인공은 세계를 향해 바깥으로 나아가는 반면, 한유주 소설의 화자들은 스스로를 "어두운 방 한구석" "좁다른 페이지들 안"(「그리고 음악」)에 유폐시킨다. 그래서일까. 고통스러운 현대사에 대한 작가의 진술은 직설적이기보다는 우회적이고, 현실적이기보다는 비현실적이다. 마치 통각(痛覺)을 상실한 자의 고통에 대한 진술과도 같다.

그러나 모든 고통에 대한 진술은 사실 간접적이고 매개적이지 않은가. 그래서 '말로 할 수 없는 고통'이란 말이 존재하는 것이다. 특히 미디어를 매개로 현실을 간접적으로 경험하는 세대에게 세계란 언제나 매개된 방식으로 존재할 수밖에 없다. 그들에게 떠돌던 인간을 한곳에 정착하게 하고 인간들이 가족과 사회를 이룰 수 있게 한 '뼈의 시대'는 지나갔다. "단단히 맞물려 있던 뼈들은 헐거워져서" 이제 "유령의 가벼운 몸, 없는 기억, 한없는 시간……(「뼈」)으로 변모하게 된 것이다.

그리하여 마침내 그들은 사랑을 사랑하고 기억을 기억하는, 혹은 두려움을 두려워하고 무서움을 무서워하는 유령이 된다. 마치 무표정하고 창백한 얼굴, 비현실적으로 가늘고 긴 팔다리 때문에 무게감이 전혀 느껴지지 않는 작가 자신을 연상시키는 이 유령들을, 미디어를 통해서만 세계를 경험하고 그 세계에 대해 진술하는 한유주 소설에 특유한 어떤 존재의 또 다른 이름이라고 할 수 있는 것은 이 때문이다.

9. 백가흠—끔찍한 진실 적나라한 서사

잠시, 불결한 육체가 죄악과 나뒹구는 장면을 감상해보자.

달구의 늙은 노모가 달구에게 매를 맞고 있다. 노모의 검버섯 곱게 핀 뺨이 벌그죽죽하다. 바람횟집의 남자가 막 여자의 질 안에 삽입을 시작했을 때, 달구분식의 노모는 가지런히 쪽 찐 머리가 일순 헝클어지도록 세차게 귀뺨 한 대를 얻어맞았다. 천장으로 넘어온 여자의 웃음

소리는 가는 신음 소리로 변하고 있다. 바람횟집 여자는 자신의 신음 소리가 새어나가지 못하게 엎드려서 손으로 입을 막고 있다. 달구의 노모도 비슷하다.(「귀뚜라미가 온다」 중)

백가흠의 첫번째 창작집 『귀뚜라미가 온다』의 표제작 「귀뚜라미가 온다」는 폭력과 섹스가 동거하는 기묘한 장면에서 시작된다. 같은 시간 한 집에서는 아들이 늙은 어미를 두들겨 패고 얇은 벽 너머의 다른 한 집에서는 젊은 남자가 '엄마'라고 부르는 여자와 교접한다. 장면은 계속된다. 가령 남편은 인터넷 채팅으로 아내의 몸값을 흥정한 뒤 아내에게 매춘을 강요하고, '아버지'처럼 보이는 고객은 아내의 음부에 "둘둘 말은 지폐를 끼워 넣는다."(「밤의 조건」) 혹은 자발적 매춘으로 생계를 유지해온 아내와 일가족 모두를 죽이고 자살하는 남편은 어떤가.(「구두」) 그도 아니면 어린 딸을 티켓다방에 팔아넘기는 아버지는(「배의 무덤」)는 또 어떤가.

백가흠 소설의 여자들은 그렇게 아버지 혹은 남편의 손에 속절없이 맞고 피 흘리고 죽어간다. 때리는 사람이나 맞는 사람이나 모두 인간이라는 자각은 일찌감치 접어둔 채, 아니 인간이기를 포기한, 마치 본능으로만 살아가는 동물과도 같다. 그러니 어떤 평론가의 말을 빌려와 이들이 상연하는 드라마를 '비루한 동물극장'이라고 부를 수도 있을 것이다.

그런데 이런 충격적인 장면들이 낯설지만은 않다. 불쾌하고 역겹고 끔찍한 병리적 가족 드라마는 이미 텔레비전의 고발 프로그램에서 익숙하게 봐온 것이기 때문이다. 예컨대 전능한 가학적 폭력을 휘두르는 주인 남자(유사 아버지)가 있어, 정신지체장애인인 '여자'를 남편이 보건 말건 수시로 강간하고 심지어 '여자'의 젖을 독점하기 위해 유아 살해까지 서슴지 않는 엽기적인 이야기는 어떤가.

실제로 백가흠의 「배꽃이 지고」는 모 프로그램에서 다룬 이러한 반인륜적 사건을 소재로 하고 있다. 그러나 이들 고발 프로그램이 상식적으로는 이해할 수 없는 낯선 개인들을 사회적 네트워크 바깥에 존재하는 예외로 괄호 침으로써 끔찍한 이야기를 충격적이지만 흥미로운 에피소드로 소비하게 하는 반면, 백가흠은 이러한 패륜과 악덕의 이야기를 사회병리적으로 서사화함으로써 좀더 두껍게 만든다. 그리하여 백가흠 소설의 신경향파적 에피소드는 우리 사회의 병리적 현실과 그러한 현실에 내장된 남근주의적 폭력을 진단하고 해부하려는 작가적 자의식을 거치면서 사회비판적 심리극으로 변모한다. 그리고 그 심리극의 중심에 아버지가 있다.

그런데 그 아버지는 생각만큼 권위적이고 파워풀하지 않다. 오히려 이즈음 인구에 회자되는 것처럼 연민을 자아내는, 가련하고 착하기까지 한 존재라고 할 수 있다. "한 번도 닦아 신지 않은 듯한 구두, 먼지와 때가 굳어 가죽의 일부가 되어버린 구두"(「구두」)는 그 자체로 왜소하고 빈약해져버린 이즈음의 아버지를 상징한다. 그러나 아무리 어머니의 외피를 두르고 어머니 같은 캐릭터를 연기한다고 해도, 여전히 아버지는 아버지다. 약한 척해도 사실은 힘이 세다. 그러니 지금 이 시점에서 필요한 일은 그들의 불쌍한 모습에 현혹되지 말고 그들의 가학과 폭력을 까발려, 아버지들의 무자비한 공격에 신음하고 피 흘리는 연약한 존재들의 존재함을 온전히 드러내는 것일는지 모른다.

때마침 백가흠 소설은 이 세계에서 여전히 자행되는 불쾌하고 불편한 진실을, 불쾌하고 불편한 방식으로 적나라하게 까발린다. 그리하여 여전히 종교와 법과 국가라는 상징적 아버지의 이름으로 무서운 일들이 벌어지고 있음을 고발한다. 「성탄절」에서 연출되는 신성모독의 이야기나 「루시의 연인」에서 주인공 남자의 변태적 상상력의 기원을 왜곡된 군대문화에서 발견하는 방식 또한 이에서 멀지 않다. 그러니 백가흠 소설에서 그려지는 지옥도가 우리를 힘들게 하더라도 노여워하지 말자. 그것이야말로 우리 삶의 끔찍한 실재의 모습이니. 그 모습을 외면하지 않고 직시하는 것이야말로 어쩌면 우리 독자가 갖춰야 할 윤리적 태도일는지도.

10. 박형서― '무색함' 뒤의 새로움이여

이야기가 주인공인 소설이 있다. 머리에서 하루 이백만 배럴의 원유에 해당하는 고농축 유분이 흘러나오는 두유(頭油) 청년에 관한 황당한 이야기(「두유전쟁」), 화재 현장에서 많은 인명을 구해낸 의로운 소방대원들이 사실은 불에 탄 신체의 일부를 즐겨 먹는 엽기적인 집단이라는 기이한 이야기(「불 끄는 자들의 도시」), 이 세상에는 망자들이 저승으로 넘어가는 길이 있다는 다소 엉뚱한 이야기(「노란 육교」), 바위구멍에 머리를 박고 죽게 된 어느 마을 사람들의 기막힌 이야기(「너의 마을과 지루하지 않은 꿈」). 여항(閭巷)의 가담항설(街談巷說)이나 전기수(傳奇叟)의 넉살 좋은 입담을 연상시키는 이 이야기들을 박형서는 '자정의 픽션'이라고 부른다. 작가의 말을 빌려 이에 관해 조금 들어보자.

　　내가 생각하는 '자정'이란 가라타니 고진이 그리워하는 '요란했던 근대' 이후의 시간이다. 동시에 서사문학이라는 대가족 안에서 소설이 태동하던, 태아처럼 웅크린 채 자신의 미래에 대해 홀로 자문해보던 근대 이전의 저 먼 '새벽'을 의미하기도 한다. 좀더 구체적으로 말하자면 '자정'은 사람들이 저마다의 얕은 꿈을 꾸거나 혹은 잠을 이루지 못해 고단하게 중얼거리는 시간이다. 어느 쪽이든, 아침은 바로 거기서 시작된다고 믿는다.(『자정의 픽션』 작가의 말 중에서)

여기서 '자정'은 근대 이후(post-modern)면서 근대 이전(pre-modern)을 의미한다. 즉 근대 이후의 시간은 근대 이전의 시간과 만난다. 박형서는 이 구부러진 원환의 시간띠 속에서 바로 지금이야말로 새로운 소설을 시작할 수 있는 때라고 말하는 듯하다. 모든 시간은 반복된다. 박형서의 『자정의 픽션』이 근대 이전의 이야기들, 우리가 패설(稗說)이라고 부르는 것들을 연상케 한 데는 이런 저간의 사정이 있는 것이다.

그러니 첫번째 단편집 『토끼를 기르기 전에 알아두어야 할 몇 가지 것들』에 이어 두번째 단편집인 『자정의 픽션』을 출간한 박형서에게, 소설은 이야기랄밖에. 그래서인지 그의 소설은 흔히 단편소설을 읽었을 때 얻게 되는 삶에 대한 새로운 통찰이나 어떠한 정서적 여운도 우리에게 주지 못한다. 아니, 주지 않는다. 작가는 최소한의 주제의식조차 거부한다. 그 대신 그는 소설이라는 미명 하에 "은근히 겁주고 얄밉게 웃다가 말 돌리고, 상대가 모르는 예를 들면서 정신없이 들이대고, 무턱대고 말허리를 자르더니 갑자기 반말하면서 몰아세우고, 그러다가 어느 순간 딴청을 부린다."(「논쟁의 기술」) 이 '막 나가기' 신공 끝에 누군가는 "피범벅이 되어 떡볶이마냥" 나뒹굴지만, 박장대소하며 웃던 독자들은 "그래서, 뭐?" 하면서 어깨를 으쓱한다. 그러거나 말거나다. 누군가의 말처럼 거장들(루카치, 골드만, 지라르 등등)의 소설에 관한 모모한 정의가 무색해지는 순간이다.

다시 한 번 말하거니와 이런 무색한 순간이야말로 작가에게는 새로운 소설의 아침을 열 수 있는 시간일 게다. 이 모든 무색함이야말로 작가가 의도한 것임을 잊지 말자. 만약 굳이 박형서 소설에서 주제를 끄집어낼 수 있다면 아마도 새로운 소설에 대한 이런 무색한 열망이 아닐까. 그것은 소설에 부과된 규범과 문법을 무색게 하면서 자기 자신마저도 하찮은 농담거리로 무색게 하고야 말겠다는 의지에 다름 아니다.

한국의 순수 서정소설을 대표하는 주요섭의 「사랑손님과 어머니」를 19금(禁)의 음란물로 만들어버린 「「사랑손님과 어머니」의 음란성 연구」는 이러한 작가의 의도를 가장 노골적이면서도 자기비하적으로 연출한 소설이다. 여기서 노골적이라 하는 것은 '달걀'을 '불알'로 재해석하거나, '달걀 먹기'가 옥희와 옥희 어머니가 '사랑손님'과 벌이는 성교행위임을 폭로한 것을 말하는 게 아니다. 오히려 이 소설이 노골적인 이유는 한국문학의 연구풍토와 모모한 문학론들에 대한 경멸과 야유를 퍼붓고 있기 때문이다. 그리고 그러한 경멸과 야유는 작가 자신에게도 그대로 돌아간다. 박형서의 이 거침없으면서도 다소 우울한 시도가 어디까지 이어질지는 아직 미지수다. 그러나 원컨대 끝까지 가보기를……

11. 이기호—삽질 같은 글쓰기

'소설 쓰는 노동자'. 어느 좌담에서 이기호는 스스로를 이렇게 정의했다. 이때 '노동자'란 샐러리맨으로 대표되는 임금 생활자라기보다는 육체노동을 하는 사람에 더 가깝다. 문자 그대로 '삽질하는 사람'이라고 할까. 아니나 다를까. 이기호의 단편소설 「수인(囚人)」은 삽질하는, 아니 소설 속 표현을 그대로 따르면 곡괭이질 하는 소설가가 등장한다. 소설에서 삽질, 아니 곡괭이질은 여러 가지 면에서 우리 시대 소설가가 처한 어떤 곤경 혹은 어떤 광경을 보여준다.

원래 '삽질하다'의 사전적 정의는 "삽으로 땅을 파거나 흙을 파내는 일"을 말하지만, 군대용어로 전용(轉用)되면서 요즘에는 대개 "엉뚱하거나 쓸데없는 일로 시간을 죽인다"는 뜻으로 사용된다. 소설을 '전구나 라디오' 같은 발명품과 같은 것으로, 아니 사실은 더 못한 것으로 보는 시대에 소설을 쓰는 일은 속된 말로 삽질에 불과한 것으로 취급받게 된 것이다. 이런 상황에서 마땅히 소설가라면 '삽질'을 거부할 것이겠지만, 「수인」의 소설가는 자신이 소설가임을 증명하기 위해 어쩔 수 없이 삽을, 아니 곡괭이를 든다. 문자 그대로의 삽질을 하게 된 것이다. 25미터의 시멘트벽을 뚫는 불가능한 소설 속 '괜한 짓'은 그렇게 시작된다.

삽질로서의 소설 쓰기. 그것은 '삽질하네!'라는 비아냥거림을 받을 만큼 무용하고 비실용적인 일인 동시에, "바늘로 우물을 파는 듯한"(오르한 파묵) 고행에 가까운 힘겨운 노동이기도 하다. 원고료와 인세만으로 간신히 생활을 꾸려가면서 홀로 죽을힘을 다해 소설을 써도, 소설가는 한심한 인간 취급을 받기 일쑤다. 그러나 언젠가 홈리스가 될지도 모른다는 공포감 속에서도, 아무도 자신의 소설을 읽어주지 않을지도 모른다는 불안감 속에서도, 소설가는 삽질 같은 소설 쓰기를 멈추지 않는다. 멈추지 말아야 한다.

그러나 삽질은 소설가만 하는 것이 아니다. 문자 그대로 삽질을 해서, 땅을 파서 그 흙을 먹고 사는 사람도 있다.(「누구나 손쉽게 만들어 먹을 수 있는 가정식 야채볶음흙」) 지하 벙커에 갇힌 채 육 개월을 지내야 했던 '나'는 극도의 굶주림을 견디지 못해 우연히 흙을 먹는다. 그러다가 '나'는 흙맛에 매료되고 급기야 '나'에게 흙은 밥이 된다. "그냥 삽으로 대충 몇 번 파헤쳐도" '나'는 먹고살 수 있게 된 것이다. 그렇다면 만약 소설 속 주인공처럼 흙만 먹을 수 있다면 우리는 '밥'을 위해 그렇게 악전고투하지 않아도 되는 걸까. 그러나 소설의 제목처럼 과연 '누구나 손쉽게' 흙을 먹을 수 있는 걸까. 사실은 그렇지 않다. 왜냐하면 우선 흙맛을 알기 위해서는 '흙은 먹을 수 없다'는 편견에서 벗어나야 하는데, 생각만큼, 아니 생각보다 훨씬 더 이러한 편견에서 벗어나는 것은 쉽지 않다. 왜냐하면 우리는 이미 우리의 감각을 천편일률적인 것으로 만드는 조미료의 맛에 길들여졌기 때문이다. 그러니 '땅 파먹기'도 쉽지 않은 것이다.

이기호의 소설에 이렇듯 자주 등장하는 삽질하는 사람들은, 당연하게도 대개는 보통의 사람들에게 이해받지 못한다. 그래서 "갈팡질팡하다가 내 이럴 줄 알았지"라고 스스로를 질책하지만, 그러면서도 자학과도 같은 삽질을 멈추지 못한다. 그 삽질은 대개 다음과 같은 양상으로 나타난다. 자해공갈을 하려다가 공갈(恐喝)은 못 하고 자해(自害)만 한 경우(「당신이 잠든 밤에」), 교통표지판을 잘라 고물상에 팔려고 하다가 되레 교통표지판을 수호하게 된 경우(「아무 의미 없어요」), 국기

게양대에 걸린 국기를 떼어서 팔려다가 국기 게양대와 이상한 사랑에 빠진 경우(「국기 게양대 로맨스」). 역시 삽질은 쉬운 일이 아니다.

　　이기호는 이들 모두를 '이시봉'이라고 부른다. 이 '시봉이들'은 분명 우리 사회의 낙오자들이다. 그들은 사기조차 칠 수 없을 만큼 멍청하며 하는 일마다 되는 게 없는 머피들이다. 그래서 그들은 남을 탓하는 대신 자기 머리를 쥐어박는 자학을 선택한다. 물론 그들의 자학은 병리적 마조히즘도 자기우월감의 반어적 표현도 아니다. 그런 멋부리는 자학을 하기에 그들은 너무 우직하다. 그러나 어쩌면 그들은, 아니 이기호는 그런 우직함으로 삽질을, 삽질 같은 소설 쓰기를 계속하는지도 모른다.

12. 김중혁—낯섦으로 문학을 완성해가다

『펭귄뉴스』라는 낯선 제목의 단편집 말미에 김중혁은 자신을 하나의 '레고 블록' 혹은 수많은 레고 블록들로 이루어진 '덩어리'라고 말한다. 이때 '레고 블록'과 '덩어리'는 다른 말이 아니다. '레고 블록'은 '덩어리'다. 수많은 '레고 블록'이 조립과 해체를 거듭하면서 하나의 '덩어리'를 만들고, 이 '덩어리'는 다른 누군가의 '레고 블록' 한 조각이 된다. 우리는 모두 누군가의 '레고 블록' 한 조각이자, 다양한 레고 블록들의 조합의 결과물이다. 그리고 그 순간 '나는 나'라는 오래된 자기동일적 명제는 부정된다. '나'는 '나 이외의 것'을 통해서만 구성되는 부정의 산물인 셈이다.

　　김중혁에게서 발견되는 이러한 자기인식의 메커니즘은 그대로 문학에도 적용된다. 그에 따르면 소설이란 "세상에는 아무짝에도 쓸모 없는 것들이지만 지구상에 존재하는 모든 기술을 집대성해야만 겨우 만들어낼 수 있는 물건"(「1925년산 축음기 크리덴저」)과도 같은 것이다. 사용가치와 도구성을 상실한 물건을 만들기 위해 '지구상에 존재하는 모든 기술을 집대성' 하는 일, 김중혁에게 소설이란 바로 그런 것이다. 소설은 엄청난 자기연마와 수양을 통해서만 이루어질 수 있는 것이지 만 이 세상에서는 '아무짝에도 쓸모없는 것' 이다. 문학은 무가치한 것 이다. 즉 문학은 '무엇을 위하여' 라는 실용적 · 도구적 목적을 벗어난 것이기 때문에 무가치한 것이다. 그러나 오래전 김현 선생이 지적한 것처럼 문학은 '그 써먹지 못한다' 는 사실 때문에 우리 사회의 실용 적 · 관습적 가치를 반성하게 할 뿐만 아니라 다른 가치와 의미를 꿈꾸 게 한다. 그러니 문학이 아무런 가치도 의미도 없다고 말할 수는 없을 것이다.

마찬가지로 '무엇을 위하여' 존재하는 도구는 그 도구성을 상실 한 뒤에야 본래의 모습을 드러낸다. 고장 난 타자기는 유용한 도구로 서의 실용성을 버린 다음에야 비로소 마흔아홉 개의 이빨을 가진 '회 색 괴물' 로 다시 태어난다.(「회색 괴물」) 타자기만이 아니다. 페달도 안 장도 없는 자전거(「바나나 주식회사」)나 촉각과 상상력으로만 읽을 수 있는 나무지도(「에스키모, 여기가 끝이야」)도 마찬가지다. 그것들은 모두 원래의 용도와는 전혀 다른, 현재의 관습적 시스템 속에서 제대로 작 동되지 않는, 그래서 제품 사용자를 불편하게 만드는 낯섦을 통해서 만, 무용하면서도 의미 있는 사물이 된다. 그러한 사물은 자명하고 투 명한 '제품' 혹은 '상품' 과는 달리, "도대체 그것은 무엇인가" 라는 질 문을 던지게 만드는 불투명하고 낯선 것으로 상품의 세계를 교란하고 반성하게 만드는 어떤 것이다. 김중혁 소설에 등장하는 다양한 '무용지물'을 문학의 알레고리라고 할 수 있는 것은 이 때문이다.

언뜻 몸 가벼워 보이는 김중혁의 문학적 행보를 결코 가볍다고 볼 수 없는 것도 이런 맥락에서다. 그는 월간 문예지 『현대문학』에 다소 엉뚱하고 쓸모없는 발명품을 소개하는 카툰(「인간개발 프로젝트」)을 연재한 바 있으며, 한겨레신문의 프리랜서 기자이기도 했다. 뿐만 아니라 그는 오디오 기기에 대해 깊이 있게 공부하고 다양한 장르의 LP판을 수집하는 컬렉터(collector)인 동시에, 컴퓨터나 전자제품을 누구보다 먼저 받아들이는 얼리어댑터(early adapter)이기도 하다. 사실 그의 '사물-소설'은 이러한 마니아적 취향과 감수성이 반영된 것이기도 하다.

그럼에도 불구하고 우리가 그의 소설을 단순히 취향의 세계로만 볼 수 없는 것은, 그러한 문학 아닌 것들의 뒤죽박죽 잡동사니를 통해 역설적이게도 '문학이란 무엇인가'라는 질문을 새롭게 제기하고 있기 때문이다. 무가치함의 가치라는 문학적 역설은 그렇게 '문학은 문학'이라는 자기동일적 순환논법을 거부하고, 문학 아닌 쓸데없는 짓거리와 결합하고 교환되는 순간 완성된다. 후기자본주의 시대에 문학은 생산, 유통, 소비되는 상품으로서의 운명을 거부할 수 없다. 그러한 사실은 결코 부정될 수 없을 것이다.

그러나 문학은 보통의 상품과는 다른 사용법과 가치를 갖는 '사물'이라는 점, 그러한 사물이야말로 상품으로서의 문학이 갖는 부정의 존재 방식이라는 점. 김중혁의 '사물-소설'은 그렇게 문학과 사물, 문학과 상품 사이를 넘나들면서 지금 우리 시대 문학의 존재 의미에 대해 질문한다.

소설, 혹은 상상력의 지도

―김중혁, 「에스키모, 여기가 끝이야」

박형서, 「날개」

1. 다시, 문학적 상상력으로

김중혁의 「에스키모, 여기가 끝이야」에는 에스키모들이 사용했던 나무지도에 관한 이야기가 나오는데, 이 나무지도를 읽는 방법은 다음과 같다.

이것은 눈으로 보는 지도가 아닙니다. 이것은 상상하는 지도입니다. 손가락을 나무 조각의 틈새에 넣은 다음 그 굴곡을 느껴야 합니다. 그 굴곡을 느낀 다음에는 깜깜한 어둠 속에서 해안선의 굴곡을 상상해야 합니다. 촉각과 상상력이 완벽하게 일치해야만 당신은 당신의 길을 찾을 수 있을 것입니다.

소설에 등장하는 에스키모의 나무지도는 우리가 흔히 알고 있는 지도와는 아주 다른 형태일 뿐만 아니라 그 지도를 읽는 방법 또한 낯설다. 그 방법이란 바로 감각하기와 상상하기다. 소설은, 현실의 지물 지형을 파악하기에는 다소 부적절해 보이는 이런 지도 독해법이야말로 "깜깜한 어둠 속에서"도 굴곡지고 복잡한 '당신의 길'을 찾을 수 있는 방법이라고 주장한다. 이때 나무지도는 가장 비현실적인 형태와 독법으로 재현된 현실에 대한 상징이 된다. 그럼에도 불구하고 이 나무지도만이 길을 잃은 우리에게 현실의 지리를, 혹은 가야 할 삶의 방향을 가장 적확하게 알려준다는 사실은 아이러니다. 이 아이러니야말로 김중혁의 「에스키모, 여기가 끝이야」에서 말하고자 하는 바인데, 그러한 아이러니를 만들어내는 원천은 바로 상상력이다.

상상력을 감각적 체험 재료에 형태와 질서를 부여함으로써 우리가 느끼고 인식한 바를 새롭게 창조하는 작업이라고 한다면, 이 나무지도야말로 그런 상상력을 동원해서 만들어낸 가장 적합한 결과물이라고 할 수 있을 것이다. 나무지도는 분명 현실에 대한 기억과 감각을 바탕으로 만들어지지만, 그것의 결과물은 현실과 동떨어지거나 현실을 초월한 것처럼 보인다. 그런데도 나무지도가 하나의 '지도'일 수 있는 까닭은 그것의 비현실적인 형태는 물론 그것을 읽는 방법이 '깜깜한 어둠' 속에 감춰진 삶의 진실 한 자락을 드러내 보여주기 때문이다. 우리가 이 나무지도에서 소설의 존재 의미를, 혹은 소설 그 자체에 대해 생각해보게 되는 것은 따라서 결코 우연이 아니다.

김중혁뿐만이 아니다. 박형서의 「날개」 또한 소설이라는 장르를 다시금 생각하게 한다. 「날개」는 한 걸음 더 나아가서 소설이 창작되는 과정 그 자체를 보여준다. 소설 초반부에 다소 생뚱맞아 보이는

"대머리가 멋진 내 친구 K"의 죽음과 관련된 짧은 에피소드는 소설가 서술자인 '나'의 창작의 모티프가 되어 2175년을 배경으로 한 SF소설, 즉 「날개」를 만드는 계기가 된다. 다음 인용문은 지금으로부터 백칠십 년 후에 일어나는 사건(이것이 곧 소설 「날개」의 내용이다)을 상상해서 소설로 창작하는 과정과 방법을 그대로 보여주는 대목이다.

> 그들의 삶으로부터 170년 전인 서기 2005년 시월의 지구에서 나는 그들을 보고 있다. (……) 나는 심심하다. 심심해서 책상 앞에 앉았다. 눈을 감고 원하는 만큼의 시간을 헤아린다. 자꾸 K의 상가에서 본 노파가 튀어나오려 하지만 그녀는 영안실을 잘못 찾아왔을 뿐이다. 아니면 육개장이 너무나도 먹고 싶었거나. 간신히 그녀를 몰아내고는 다시 시간을 헤아린다. 그렇게, 나는 170년 후의 미래를 본다. 미래를 본다는 게 이상한가? 뭐가? 그건 그다지 특별한 일이 아니다. 누구라도 원한다면 어느 장소든 어느 시대든 갈 수 있다. 정말로 간절히 원한다면 말이다. 눈을 감고, 팔을 벌리고, 간절히.

소설가 '나'는 친구 K의 상가에서 겪은 현실적 사건을 재료로 하여 백칠십 년 후를 배경으로 한 편의 소설을 쓰려고 한다. 이때 현실은 분명 소설의 재료로 활용되지만 그 현실은 완전히 다른 시간과 공간 속에서 완전히(혹은 조금) 다른 이야기가 된다. 간혹 현실 속 노파가 '튀어나오려'고 하지만 '나'는 눈을 감고 그 현실로부터 점점 벗어나 완전히 새로운 이야기 속으로 그 노파를 밀어 넣는다. 어떻게? "눈을 감고, 팔을 벌리고, 간절히" 원하는 방법으로. 그리하여 이제 "나는 미래를 볼 수 있"게 된다. 그렇게 해서 보게 된 미래가 바로 이 소설 「날개」인 셈이다. 이렇게 2005년의 소설가가 겪은 어떤 현실의 사건은 변용과 왜곡의 상상 과정을 거치면서 「날개」라는 허구적인 이야기로 재구성된다. 그 결과 소설 속에서 바로 그 소설 「날개」의 내용은 단순히 실제 경험을 반사하는 거울이 아니라 그 자체로 '상상력'이라는 창조적 원리에 따라 만들어진 새로운 세계라는 의미를 부여받는다. 그리고 그런 점에서 「날개」라는 제목의 '소설'은 김중혁 소설의 '나무지도'와 같은 맥락에 놓이게 된다. 박형서와 김중혁의 소설에서 상상력은 이렇게 그 자체 창작의 비밀이자 구성원리, 나아가 주제가 되고 있는 셈이다. 따라서 이들 소설에서 문학적 상상력이 '소설이란 무엇인가'에 대한 근본적인 질문과 맞닿아 있는 것은 자연스러운 일이다. 그리하여 다시, 문학적 상상력이 문제다.

2. 반성의 지도와 삶의 진실

김중혁의 「에스키모, 여기가 끝이야」에서 "지도와 실제 지형 사이의 오차를 찾아내고 그걸 수정"하는 일을 하는 '오차 측량원' '나'는 어머니의 죽음으로 인해, 그동안 "무언가 정의롭고 올바른 일"일 뿐만 아니라 "세상을 안전하게 보호하는 직업"이라고 생각했던 오차 측량원으로서 자신의 일에 회의를 느끼기 시작한다. 현실의 흔적을 쫓아다니면서 지도의 오차를 찾아내는 일은 더 이상 "생산적인 일"이 아닌 것이다. 아무리 오차를 찾아낸다고 하더라도 어차피 "오차를 되돌릴수도 없고 수정할 수도 없다." 그러니 악착같이 실제 지형과 재현된지도 사이의 오차를 찾아내는 일이 무슨 소용 있겠는가. "오차와 오류는 어디에나 있"으며 그것은 결코 '현실적으로', '객관적으로' 해결될 수 없는 것이다. 게다가 오차 측량원이 측정할 수 없는 오차도 있다. 이렇듯 '나'는 측정 불가능한 오차들로 인해 언젠가부터 자신의 삶이 "단단히 어긋나 있"다는 사실을 깨닫지만 결코 그 원인을 알아내지는 못한다. 그러다가 캐나다에 있는 삼촌에게서 받은 기이한 모양의 나무지도를 만지면서부터 '나'는 비로소 "아무리 떠올리려고 해도 떠오르지 않았던 어머니의 실체"를 느낄 수 있는 어떤 감각을 되찾게 된다. 그것은 결코 객관화될 수 없는 '매우' 주관적인 감각이다.

순전히 '촉각과 상상'만으로 만들어진 나무지도를 통해서 비로소 흔적 없이 사라진 존재에 대한 실감을 획득할 수 있다는 이 역설은 지도에 대한 우리의 통념을 뒤집는다. 이제 지도 작성에 필수적인 요소로 간주되었던 과학적 방법과 인과론은 현실 재현을 가로막는 장애물로 판명된다. 오히려 소설에서 좋은 지도는 자신이 경험한 세계를 주관적으로 상상할 때에만 만들어질 수 있다는 사실이 밝혀지는 것이다. 그것은 바로 어린 시절 '나'가 자신을 중심으로 머릿속에 그렸던 '상상의 지도'에 다름 아니다. 이 상상의 지도는 분명 현실을 '있는 그대로' 사실적으로 보여주지는 못한다. 그러나 마치 에스키모들이 자신의 감각과 상상력에 의존해서 만든 지도를 통해 해안선의 굴곡을 실감할 수 있었던 것처럼, 주관적 상상력으로 이루어진 새로운 지도는 우리 안에 잠들어 있는 현실에 대한 낯선 감각을 일깨워준다. 이 낯선 감각이 완전히 새롭고 이질적인 것이 아님은 분명한데, 왜냐하면 그것은 우리가 "잊고 있었던 것들, 지나치고 만 것들"의 상상적 복원을 통해서 획득되기 때문이다. 그리고 이렇게 상상력에 의해 재구성된 세계는 기존의 관습적이고 도식적인 '지도'를 반성하게 한다. 박형서에게 그렇게 작성된 '반성의 지도'는 바로 소설, 그 자체이다.

　박형서의 「날개」는 언뜻 황당하고 유치해 보이기까지 한 SF소설이다. 특히 액자 바깥에서 「날개」라는 소설을 상상하는 서술자-작가를 설정하는 방식은 지나친 유희적 제스처로 보이기까지 한다. 액자 안의 소설 내용을 요약해보면 그런 인상은 더욱 분명해진다. 지금으로부터 백칠십 년 후 주인공 '여자'는 "정규문장보다는 문장의 감정적 변용을 주로 가르쳤"던 '거인'을 만나 사랑에 빠지지만, 갑작스러운 사고로 '거인'이 죽자 '거인'의 '팔뚝 살점'으로 '거인'의 클론인 '아이'를 낳는다. 그러나 독자들이 '식민지 행성', '인공 항성 의회', '쌀알 행성', '합금 로봇', '혈류 정화 장치', '대류 측정기' 등과 같은 낯선 SF적 용어들을 나열하면서 전개되던 소설이 전혀 '미래적'이지 않을 뿐만 아니라 맞지 않는 옷을 입은 것처럼 어색하고 우스꽝스럽기까지 하다고 느끼는 순간, 소설은 돌연 '아이'와 관련된 어떤 에피소드를 통해 지금까지와는 다른 국면으로 우리를 이끈다. 그것은 바로 상상의 현실화라는 문제인데, 소설에서 '날기'는 바로 그런 현실화된 상상의 한 예다.

　그 에피소드는 이렇다. '여자'는 '아이'가 자신의 '혈류 정화 장치'를 망가뜨렸다고 억지를 부리는 '노파'에게서 '아이'의 결백을 증명해내기 위해 '대류 측정기'를 동원하지만, 그런 과학적 방법은 '아이'의 결백을 입증하지 못한다. 왜냐하면 '아이'는 엄마가 너무나 보고 싶은 간절한 마음에 "날아서 왔"기 때문이다. 인간이 난다는 것은 상상 속에서나 가능한 일이다. 특히 "더 이상 호기심을 갖거나 시도할 필요가 없는, 완벽하게 입증된 과학적 사실들"의 시대에 그러한 상상은 부적절할 뿐만 아니라 "불가능한 미덕"일 수밖에 없다. '여자'가

'아이'의 결백을 믿으면서도 그것을 증명하는 대신 결국 '노파'에게 더 비싸고 좋은 물건으로 변상한 것은 그 때문이다. 그럼에도 불구하고 현실적으로 입증될 수 없는 아이의 상상력은 "여자의 정신 중 통제되지 않은 일부"를 작동시켜서 "여자의 가장 아픈 곳에 밀봉되어 있던 추억을" 열어젖힌다. 그것은 예컨대 예정되지 않은 '거인'의 방문에 놀란 '여자'에게 했던 '거인'의 다음과 같은 말이다. "눈을 감고 팔을 벌린 채, 네가 너무너무 보고 싶다고 생각했어. 몸이 서서히 떠올랐어. 그렇게 하늘을 날아 나는 네게 온 거야." 그 순간 여자는 맹렬하게 '거인'을 그리워한다. "거인의 꿈꾸는 듯한 미소를, 넓은 가슴을, 저 괴상한 맹세를 돌려받고 싶"은 것이다. "그러나, 그러나 그게 끝이었다." 오랜 시간 "하늘을 난다는 건, 다른 시대로 간다는 건 불가능한 일"이라고 교육받았던 '여자'는 "자기에게 벌어지고 있는 일들을 받아들일 수 없기 때문이었다." 그래서 '여자'는 천진난만한 '아이'가 자신의 결백을 증명하기 위해 "날아서 엄마한테" 가겠다고 했을 때, 그 장면을 보지 않기 위해 "손으로 눈을 가린다." 왜냐하면 "불가능이라는 믿음은 너무 긴 세월 동안 여자를 간섭해왔"기 때문이다.

이처럼 「날개」에서 허구적 상상력은 '여자'의 과학적 사실들에 대한 믿음을 바꿔놓지는 못한다. 그러나 어쩌면 아이가 날 수 있는지 여부를 '사실적으로' 확인하는 것은 중요하지 않을지도 모른다. 날기에 대한 아이의 상상력 속에서 '여자'는 문득 잊었다고 생각한 '거인'의 사랑을 기억해내고 그 사랑의 기억이 자신의 삶을 지탱해왔음을 '무의식적으로' 깨닫게 되기 때문이다. '날기'를 상상하는 의식을 통해서만 '여자'는 비로소 자신이 의식적으로 은폐했던 자기 삶의 핵심을 정확하게 그려낼 수 있게 된 것이다. 물론 소설에서 그러한 삶의 진실은 정의할 수 없을 만큼 묘하고 특이한 감정을 불러일으키기 때문에 여전히 거부되지만, 우리는 '여자'가 언젠가는 상상을 통해 다시 그려진 자신의 현실을 인정하게 될 것이라는 사실을 안다. 마치 박형서의 상상력이 그려낸 엉뚱한 SF소설을 통해 불완전하고 흐릿하게나마 우리의 건조하고 빈약한 현실을 되돌아보고 반성할 수 있는 것처럼 말이다.

3. 새로운 몽상을 위하여

김중혁과 박형서 소설에서 상상력은 그렇게, 단순히 수사적인 차원이 아니라 소설의 존재 의미를 심문하는 본질적 차원에서 다루어지고 있다. 이때 상상력이란 상식과 습관의 시선 때문에 고정된 현실이라는 지도를 다시 그릴 수 있게 하는 방법이다. 김중혁과 박형서는 이처럼 '예술적 상상력이란 하나의 새로운 세계를 창조해내는 것'이라는 다소 진부한 명제를 끄집어내어 소설이라는 장르의 발생점을 더듬어 환기시켜준다. 이러한 모색은 사실 다소 뻔하고 그래서 도식적이라는 인상을 줄 수 있다. 김중혁과 박형서의 소설 또한 예외는 아닌바, 그들의 주장과는 달리 그들의 상상력이 그렇게 도발적이거나 낯설지 않다는 것은 안타까운 일이다. 그럼에도 불구하고 이들의 소설에 자꾸만 시선이 가는 것은 그들이 끊임없이 소설에 대한 근본적인 질문을 던지려고 하기 때문이다. 그것은 『꾿빠이, 이상』이나 『나는 유령작가입니다』에서 김연수가 고민했던 '대문자 문학'에 대한 질문과 맞닿아 있을 뿐만 아니라, 최근 발표된 몇몇 단편에서 보이는 이기호의 소설 읽기와 쓰기에 대한 고민과도 관련되는 것 같다. 물론 질문과 고민만으로 새로운 소설이 창조되는 것은 아닐 것이다. 그러나 어쩌면 소설에 대한 이러한 질문과 고민에서부터 진부한 현실은 부정되고 재정의될 수 있으며, 바로 그곳에서 새로운 문학적 몽상이 시작될 수 있을지도 모른다.

소문의 소설사회학

―임철우, 「나비길」
김경욱, 「맥도널드 사수 대작전」

우리는 수많은 소문에 둘러싸여 산다. 가장 흔하게는 연예계 X파일에서부터 독도에 관한 것까지, 세상사란 그 경중(輕重)과 시시비비를 떠나 입에서 입으로 전해지는 이야기들로 이루어진다. 그 가상의 허구화된 이야기들은, 그러나 그 어떤 사실보다 더 강한 사실 효과를 발휘한다. "처녀가 애를 뱄대"라는 소문은 1930년대 초반 미모의 여기자이자 여류 작가로 떠오르던 송계월을 죽음으로 몰아갔으며, 사치와 허영, 향락의 대명사로 매도되었던 김명순은 동경의 시립정신병원에서 쓸쓸하게 죽어갔다. 이들이 실제로 그랬는지 여부는 중요하지 않다. 다만 중요한 것은 이들이 보통의, 평범한 여성들과는 달랐다는 것이다. 남들과 다르다는 것은 그 자체로 이야깃거리가 되고, 그래서 쉽게 소문이라는 외피를 덧쓰게 된다. 소문의 진위를 따지는 일이 불가능할 뿐만 아니라 불필요한 것은 이 때문이다. 그래서 소문은 평범한 우리들과는 '다른' 사람들에 대한 인정투쟁이 될 수도 있다. 그리고 대개의 경우 '다른' 사람들은 '우리'라는 테두리 바깥으로 내쳐진다. 그들은 다만 '우리'라는 경계를 다시 확인하고 단속하기 위해 필요한 존재들일 뿐이다.

임철우의 「나비길」(『문학동네』 2005년 여름호)은 이렇게 '우리'로 일컬어지는 정상적이고 남성적이며 규범적인 것에 대한 통념이 어떻게 '차이'를 만들어내고 억압하고 제거하는지를 소문의 메커니즘을 통해 보여주는 진지하고도 흥미로운 소설이다. 이 소설의 도입부에 서술된 소문의 속성에 대한 다음과 같은 진술은 작가의 의도를 잘 보여준다.

소문이란 때로 낚싯바늘과 같다. 그건 눈도 없이 다만 이빨만 지녔으니까. 그 무엇이건 대상을 가리지 않는, 오로지 철저하게 맹목적이고 무차별적인 공격성. 일단 살 속에 갈고리째 깊숙이 찔러 박히면 끝끝내 상대를 유린해놓고야 마는 집요한 잔혹성과 폭력성. 그 때문에 소문과 낚싯바늘은 항상 어딘가에 피 냄새를 감추고 있다. 그리고 종종 예기치 못한 순간과 엉뚱한 장소에서, 그것은 은폐된 모종의 범죄 혹은 비밀의 피 묻은 옷자락 따위를 불시에 낚아채어 수면 바깥으로 끄집어내기도 한다.(193쪽)

소설은 고립된 산간지대에 위치한 황천읍에 부임해 온 생물선생, 일명 나비선생을 둘러싼 소문의 발생과 그것의 참혹한 결과를 회고적으로 펼쳐 보인다. 여기에, 나비선생을 흠모하지만 세간의 비난을 두려워하다가 결국 냉혹한 군중의 일부로 숨어버린 이발사 양씨, 파쇼적 남성성으로 무장한 자율방범대장 나씨가 나비선생을 죽음으로 몰고

간 주변 인물로 등장한다. 특히 나씨는 "나발통"이라는 그의 별명이 말해주는 것처럼, "세상 돌아가는 판 속은 모조리 꿰고 있는 양, 평소 떠벌리고 나서길 좋아하는"(199쪽) 험담꾼이자 떠벌이다. 나비선생, 이발사, 자율방범대장, 이 세 인물은 각각 소문의 대상이 되는 희생양, 소문을 두려워하면서도 퍼뜨리는 구경꾼, 소문을 만들어내는 주체를 대변한다. '나비는 완전변태동물'이라는 수업 내용에서 비롯되어, '기병대'라는 이름과 발음이 유사해서 불리기 시작한 '변태선생'이라는 별명은, 처음에는 "어찌 보면 재미있고 또 조금은 귀여운 별명"(221쪽) 이었다. 그러나 여기에 보통 남자와는 다른 나비선생의 여성적인 면모가 더해지면서 그의 '변태 이미지'는 부풀려지는데, 그 결과 그의 명칭은 어느새 "변태 새끼", "정신병자 새끼"로 굳어진다.

나비선생에 대한 소문은 바로 '변태'와 '정신병자'로 대변되는 비정상성에 대한 사람들의 불안을 가중시킨다. 선생이지만 권위적이지 않고, 남자지만 여자다운 나비선생의 모호한 정체성은 사람들에게 '이렇게 달라도 되나?' 하는 불안감을 야기한다. 그것은 달리 말하면, 정상성의 범주 바깥으로 밀려날지도 모른다는 공포심이다. 이발사 양씨가 나비선생의 "눈물과 공포와 외로움"(218쪽)에 공감하면서도 결국 구경꾼의 자리를 선택한 것은 남들과 다른 존재가 된다는 것에 대한 두려움 때문이다. 군대에서 여자답다는 이유로 따돌림과 구타를 당했던 양씨에게 남들과 같은 평범한 삶을 사는 것은 "추방되느냐 아니면 살아남느냐"(226쪽) 하는 생사를 건 싸움이었던 것이다.

그런데, 여기서 갑자기 드는 의문 하나. 그렇다면 평범한 삶이란 어떤 것인가? 그것은 혹 남성성의 신화나 이성애자 이데올로기의 유포를 통해서만 간신히 지탱되는 것은 아닌가? 혹은 비정상적인 존재

에 낙인을 찍는 자는 어쩌면 그 비정상성에 대한 강한 매혹 때문에 과
도하게 반응하는 존재는 아닌가? 나비선생이 다소 모자란 자신의 아
들을 씻겨주는 사진에 폭력으로 대응하는 나씨의 행동은 다소 과장된
면이 없지 않다. 그런 점에서 나비선생에게 가혹한 린치를 가하는 나
씨는 언뜻 영화 〈아메리칸 뷰티〉의 파쇼적인 이웃 남자를 연상케 한
다. 나치 숭배, 총 수집, 동성애 혐오를 통해 전체주의적 남성성을 과
시하는 이웃 남자의 태도는 기실 자신의 동성애적 욕망을 은폐하려는
어색하고 왜곡된 몸짓이었다. 나비선생에 대한 나씨의 과민반응 또한
이러한 해석에서 자유로울 수 없는데, 이는 특히 나비선생을 사랑하는
이발사 양씨의 구경꾼적 포즈가 기실 세상이 비정상적인 것으로 규정
한 자신의 욕망을 숨기려는 안타까운 노력이라는 사실과도 관련된다.

　소설에서는 양씨의 입을 빌려 이러한 정상적인 삶에 대한 추구를
"행여 한 발짝이라도 벗어날까 두려워 스스로를 끊임없이 부정하고
외면하려 애쓰면서, 세상이 정해준 길을 위태위태하게 따라가야만 하
는 삶"(217쪽)으로 규정한다. 그러나 그렇게 해서 이룬 정상적인 삶이
란 아이로니컬하게도 자신의 본성과 욕망을 위배하는 부자연스러운
것이다. '변태', '호모'로 명명되는 비정상적인 것에 대한 억압을 통
해 획득된 나씨의 폭력적인 과잉 남성성과 양씨의 "태연하고 냉정한
얼굴"(226쪽)이 결코 정상적일 수 없는 것은 이 때문이다.

　정상과 비정상의 범주를 가르기는 어렵다. 아니, 오히려 정상과
비정상의 스펙트럼은 다양하고 유동적이다. 과연 나씨의 과도한 남성
성은 나비선생의 여성성보다 더 정상적이라고 말할 수 있을까? 그러
나 소문은 그러한 스펙트럼의 다양성과 유동성을 거세하고 통념이라
는 익숙한 사회적 관습의 이데올로기를 통해 정상성의 신화를 창조해

냈다. 우리가 흔히 외쳐대는 "여자는 여자답게, 남자는 남자답게" 따위의 익숙한 구호 속에서 나비선생과 같은 다소 '다른' 존재에 대한 악취 나는 소문은 피어나는 것이다. 소설 속 썩어들어 가는 검은 늪에서 풍기는 악취는 그러한 소문에 대한 메타포다. 그러나 그 늪 속에서는 아무것도 발견되지 않는다. 악취는 그렇듯, 실체 없는 허구 속에서 생산되는 것이다. 그리고 정상적이고 평범한 삶이란 바로 그러한 악취에 익숙해지는 것이다. '우리'는 모두 조금씩 악취에 익숙하다. 그렇기 때문에 소설의 결말 부분에서 마을 사람들은 나비선생의 죽음에 무감각해지고 "단조롭고 밋밋한 일상의 시간으로 되돌아"(230쪽)가게 되는 것이다.

임철우의 「나비길」이 정상적인 삶에 대한 요구가 어떻게 소문이라는 허구화 방식을 통해 비정상적인 것에 대한 폭력과 억압으로 왜곡되는가를 알레고리적으로 폭로하고 있다면, 김경욱의 「맥도널드 사수 대작전」(『창작과비평』 2005년 여름호)은 맥도널드로 상징되는 자본주의의 표준적이고 규격화된 삶이 어떻게 풍문을 통해 유지되는가를 고발한다. 아버지의 실직으로 휴학을 하고 맥도널드에서 풀타임 아르바이트를 하게 된 '나'는 자본주의 사회에서 표준과 규범이 어떻게 제조되는가를 목격한다. 그것은 바로 '차이'를 무화하는 것을 통해서 성립된다. 소설에서 이러한 작가의 전언은 다국적기업 맥도널드의 표준화 시스템에 관한 설명을 통해 비교적 선명하게 전달된다.

성별과 나이와 계급과 신분에 상관없이 고객들은 전 세계 어디에서나 균일한 맛의 햄버거를 먹고 역시 성별과 나이와 계급과 신분에 상관없이 뒤처리를 위해 자신의 노동력을 제공했다. 햄버거를 먹고 나면 빌게이츠도, 실업자인 아버지도 스스로 쓰레기를 처리해야만 한다. 맥도널드의 상징인 황금 아치 아래서 이런저런 '차이' 는 무의미해져 매장에 들어서는 순간 사람들은 기꺼이 형제가 되고 자매가 된다.(201쪽)

인종, 언어, 종교, 이데올로기를 초월하는 이 표준화 전략, 일명 '맥도널드화' 는 합리성과 효율성을 강요하는 자본주의적 시장경제의 요구다. 그것은 소설에서 '맥도널드 가족' 이 되는 것으로 나타난다. 소설에서는 가족과의 의사소통과 가사노동, 뿐만 아니라 남자친구의 성욕조차 맥도널드화하는 것으로 희화화되고 있는데, 그것은 "강요된 결과가 아니었기에 그 누구의 탓도 아니"(208쪽)다. 이 자발적인 맥도널드화는, 그러나 그렇게 쉽게 이루어지지 않는다. '차이' 의 삭제는 역설적이게도 '차이' 의 부각을 통해서만 가능한 것이다. 소설에서 그것은 다소 생뚱맞은 '제3세계해방전선' 의 테러 위협으로 나타난다. "맥도널드화되지 않은 위협 앞에서 우리는 현저히 맥도널드화"(207쪽)될 수 있는 것이다. 소문이 위력을 발휘하는 것은 바로 여기서부터다.

제3세계해방전선은 처음부터 모호하게 등장한다. '나' 가 처음 길에서 주운 삐라는 물에 젖고 사람들의 발에 밟혀서 훼손되고 뭉개진 채로 발견되는데, 그 때문에 글자들이 군데군데 삭제된 삐라는 마치 냉전시대를 연상케 하는 "혹독한 검열을 묵묵히 감당한 문서"(202쪽)와도 같다. 그래서 'XXXXX방X선' 은 '청담동진단방사선' 부터 '각종수입가방수선' 이나 '물좋은노래방알선' 등으로 다양하게 해석된다. 이러한 해석의 다양성은 원본이 '제3세계해방전선' 이라는 사실이 밝혀진 뒤에도 마찬가지로 유효하다. 그것은 실체 없는 그림자이자, 연기처럼 피어올랐다가 사라지는 소문에 불과한 것이다. 어쩌면 중요한 것은 원본, 원형, 사실을 복구하는 것이 아니라 "본래의 형태를 잃어버림으로써 무의미해진"(204쪽) 어떤 사실에 그때마다 적합한 의미를 부여하는 것일지도 모른다.

그래서 '제3세계해방전선'의 실재 여부는 중요하지 않다. 오히려 중요한 것은 그에 관한 소문, 즉 '그들이 우리를 공격할 것이다'라는 위협에 대한 공포가 어떻게 현실적인 효력을 발휘하는가이다. 예컨대 소설의 후반부에 "동남아시아 쪽 같기도 하고 서남아시아 쪽 같기도"(211쪽) 한 외국인을 지나치게 경계해서 그의 햄버거에 쇠고기 패티를 넣지 못한 '나'의 사소한 실수를 두고 벌어지는 일련의 해프닝은 테러 위협에 대한 소문이 어떻게 현실적인 위력을 발휘하는가를 잘 보여준다. 그리하여 소설에서 풍문으로만 전해지는 테러 위협은 '나'의 일상은 물론 사고방식까지도 바꾸어놓는다. '언제 무슨 일이 일어날지 모른다'는 예측 불가능성에 대한 공포는 '나'의 삶의 태도를 예측 가능한 것, 계산 가능한 것, 그래서 안정된 것에 대한 희구로 이끄는데, 이러한 태도는 맥도널드의 목표—모든 차이를 지우고 우리의 삶을 표준화, 계량화, 규격화해야 한다—를 연상시킨다. 그 결과 "반복되는 일상 속에서 위험은 점차 예측 가능해지고 계산 가능해졌으며 경계는 효율적이고 자동화되었다. 위험마저도 맥도널드화된 것이다."(211쪽)

이 맥도널드라는 프로크루테스의 침대 위에서 모든 차이는 지워진다. 우리는 전 세계적으로 "한 치의 오차도 없이" 똑같이 만들어진 햄버거를 먹으면서 우리의 소망, 꿈, 욕망을 이야기하지만, 그 소망이라는 것 또한 자본주의의 규범을 벗어나지 않는 것이다. 맥도널드에서 함께 일하는 아르바이트생인 K, J, H, L 등이 열망하는 배낭여행, 최신 카메라폰, 쌍꺼풀수술, 연예인은 그 자체로 맥도널드라는 침대가 우리에게 제공하는 허상에 불과한 것이다. 그러나 허상은 현실보다 힘이 세다. 침대를 위협하는 무수한 소문을 통해 역설적이게도 그 침대의 효용성은 극대화되는 것이다. 모든 원인과 결과 사이에는 무수한 틈이 존재한다. 소문은 바로 그 틈 사이를 편견이라는 이름의 익숙한 사회적 관습들로 메우면서 허구적인 신화를 창출해낸다. 그러한 침대에 관한 신화는 우리의 진짜 욕망을 담보로 우리에게 평균적 삶에 대한 환상을 제공함으로써 혁명과 변혁의 불가능성을 역설한다. 그 결과 "'나' 라는 생각이 끼어들 틈은 없었고 '우리' 는 자신에게 부여된 임무를 군말 없이 감당"(206쪽)하게 된다. 그러니 이 지점에서 작가는 독자에게 다음과 같이 물을 수밖에 없다. "우리는 과연 누구인가?"

성공 없는 성장 또는 작은 기적 이야기
―하성란, 「1984년」·김애란, 「스카이 콩콩」

1

성장소설이라는 형식은 시대와의 교류 속에서 형성되어온 특수한 문학적 형식의 하나이다. 특히 가난한 옛시절에 대한 이야기는 대체로 한국사회의 급격한 변화와 그 속에서 개인이 겪을 수밖에 없는 다양한 갈등을 형식화하면서 그 변화의 시기를 현재의 시점에서 회고적으로 반추하는 전형적인 성장소설의 형식을 띠고 등장한다. 김원일의 『마당 깊은 집』에서부터 이문열의 『젊은 날의 초상』, 혹은 송기원의 『너에게 가마 나에게 오라』까지, 대개 가난한 유년기나 청년기에 관한 회고적 형식의 성장소설은 한국문학의 중요한 한 자리를 차지해왔다. 이들 소설은 대체로 주인공의 성장과정을 따라가면서 한국사회에서 소외된 개인이 나름의 방식으로 기성사회에 적응하거나 불응하는 선택의 경로를 보여준다. 그럼으로써 많은 경우 한국의 성장소설은 단순히 개인의 과거나 사회적 지위의 변화에 관한 이야기에 그치지 않고, 우리 사회의 다양한 사회 역사적 사건을 배경으로 사회적 부조리와 모순을 직간접적으로 폭로한다. 반(反)성장소설이라 일컬어지는 장정일의 『아담이 눈뜰 때』는 또 어떤가. 이 소설 또한 뒤집힌 방식이긴 하지만 기존의 성장소설 문법을 내용과 형식을 달리해 반복한다는 점에서 여전히 '성장소설적'이라고 할 수 있다. 신경숙의 『외딴방』과 은희경의 『새의 선물』은 물론이고, 그와 다른 방식으로 다양한 반(反)성장의 문법을 내세웠던 1990년대의 숱한 소설들 역시 그 점에서는 크게 다르지 않다. 한국문학에서 성장소설은 꽤 생명력이 긴 서사적 형식인 것이다.

이즈음 발표된 하성란의 「1984년」(『한국문학』 2005년 여름호)과 김애란의 「스카이 콩콩」(『문예중앙』 2005년 여름호) 또한 주인공이 가난했던 유년기나 청소년기를 거치면서 생에 대한 한 자락 인식과 감각을 얻을 뿐만 아니라, 그 시절을 회고하는 현재의 반성적 주체가 등장한다는 점에서 분명 성장소설의 형식을 띠고 있다. 그러나 그 성장의 내용은 이전의 성장소설들에서의 그것과 사뭇 다르다. 그것은 이를테면 건전한 사회구성원으로서의 자격을 획득하는 결말에 이르는 일종의 시민적 교양소설의 형식이라고 할 수도 없고, 그렇다고 반체제적이고 반사회적인 비판적 시각을 발산하는 반성장소설로서의 성장소설이라고 할 수도 없다. 하성란과 김애란 소설의 인물들에게는 그렇게 사회체계 속에 편입되기 위해 노력하는 열띤 고투도, 기성사회의 무능을 비판하는 격렬한 부정의 제스처도 없다. 그들은 다만 물처럼 변화 없이 흐르는 현실을 묵묵히 감내하거나 그저 주어진 삶의 테두리 안에서 자족하는, 어찌 보면 다소 안이하고(?) 무감각한 존재들이다.

　　물론 이런 방식의 삶이 더 현실적이긴 하지만 그들은 성장소설의 서사를 이끌어가는 주인공이라 하기에는 무언가 모자라 보인다. 그런 데 이런 현상은 비단 김애란과 하성란 소설의 경우에만 나타나는 것은 아니다. 최근 소설들에서 우리는 많은 경우 문제적 개인보다는 평범하거나 혹은 평범 이하의 인물들을 더 자주 발견하기 때문이다. 이처럼 평균적 혹은 평균 이하의 존재들이 주인공으로 등장하는 성장의 이야기는 이즈음 한국문학에서 눈에 띄는 경향으로 부상하고 있는 듯하다.

2

하성란의 「1984년」은 '1984년' 겨울에 상고 졸업을 앞둔 '나'가 그해 겪은 취직 체험담이다. 소설에서 1984년은 대내외적으로 많은 사건이 있던 해였다. 한국은 그해 여름 열린 LA올림픽에서 10위를 차지했으며, 요한 바오로 2세가 방한하기도 했다. 그리고 '유리 겔라'라는 초능력자의 숟가락 구부리기가 전국적으로 열풍을 일으키던 때이기도 했다. 그러나 무엇보다 이때는 아버지로부터 소식이 끊긴 뒤 엄마가 "재봉틀로 박을 수 없는 양복의 소매 진동이나 단 등을 손바느질해가지고 품삯을 받는 일"로 '나'까지 다섯 남매 뒷바라지를 해야 했고 그 외중에 '나'는 취직 시험을 위해 불필요한 상식문제를 달달 외워야 했던 시기였다. 그 시절 '나'는 "세상이란 반찬 국물과 콩나물 찌꺼기가 말라붙은 포마이카 밥상이고 취업이란 상 위에 놓은 제 숟가락을 재빨리 찾아 쥐고 놓지 않는 것인지도 모른다는 생각"을 한다. 소설은 이렇듯 1984년 당시의 풍속적 사건과 '나'의 가난한 현실을 두 개의 '숟가락'(초능력자의 유희적 대상/생존을 위한 최소한의 도구)으로 겹쳐 놓음으로써 1984년이라는 소설적 시간을 중층적으로 만들고 있다. 그 두 개의 숟가락은 당연한 얘기지만 '나'의 현실이 유리 겔라의 초능력을 필요로 할 만큼 절박하고 비참했음을 암시하는 것이다.

소설에서 '나'는 우연히 숟가락 구부리기라는 기적을 경험한 뒤, 취직시험 면접장에서 마치 주문을 외듯 이렇게 속으로 중얼거린다. "수우까락을 구부려어, 너어는 하알 수 있어. 수우까락을 구부려어……." 이 주문 때문인지 몰라도 '나'는 "성적과 외모 모두 나보다 뛰어난 T"를 제치고 취직에 성공하고 그곳에서 십이 년 동안 일한다. 그러나 오랜 시간이 흐른 뒤, '나'는 자신이 취직하게 된 것이 유리 겔라의 기적 때문이 아니라 다만 사장이 '나'를 T로 오해했기 때문이었다는 사실을 알게 된다. 유리 겔라의 초능력이 통했던 1984년 이후 유리 겔라의 초능력이 속임수라는 것이 밝혀졌듯이, '나' 또한 더 이상 기적에 대한 환상 없는 삶을 살아간다. '나'의 취업을 포함해 기적이라 하며 부산했던 1984년의 사건들은 다만 모든 사람에게 "숟가락이 신앙"이었던 시절의 해프닝에 불과했던 것이다.

김애란의 「스카이 콩콩」 또한 '나'가 '스카이 콩콩'을 타며 놀던 자신의 유년기를 회고적 관점으로 서술한 소설이다. 이 소설에서도 예외적인 개인은 등장하지 않는다. "평생 못 쓰게 된 물건들을 고치느라 시력과 항문 그리고 허리가 망가"진 아버지, 과학도가 되기를 바라지만 그에 걸맞은 재능을 갖추지 못한 형, 그리고 스카이 콩콩을 타면서 이 세계의 비밀을 조금씩 알아가는 '나'는 평균에도 못 미치는 평균 이하의 삶을 간신히 유지하면서 살아간다.

가끔은 '훌륭한 인물'이 되기를 바라면서도 그냥 인생이란 "놀다가 가끔 대들기나 하면" 된다고 생각하는 '나'가, 세 살 많은 형의 삶을 엿보고 그에 관해 기록하면서 소설은 시작된다. 형은 초등학교 시절 우연히 과학경시대회에서 만든 고무동력기로 일등을 한 뒤에, "자신에게 과학적 재능이 있다고" 철석같이 믿게 된다. 그래서 "과학자가 되기 위해 자신이 할 수 있는 모든 일을" 하지만, 그럼에도 불구하고 형은 결국 "라디오 하나 수리하는 데도 몇 년을 끙끙대"는, 고작 반에서 36등에 불과한 평균 미달의 존재일 뿐이다. '나'는 그런 형은 결코 "대학에서 천문학을 공부하고 있는 진짜, 과학도"인 사촌형과 같은 사람이 될 수 없다는 사실을 알고 있다. 다만 형의 입장에서는 그런 사촌형을 질투하고 시기하는 것밖에 할 수 있는 일이 없었으며, 당연히 대학입시에도 실패한다.

소설은 바로 이런 형의 실패에 관한 기록이다. '나'는 이 모든 사실을 스카이 콩콩을 타면서 관찰하고 그 사실에 대해 '사유'한다. 그런 점에서 소설에서 스카이 콩콩은 일종의 사유의 형식이자 도구라고 할 수 있다. 그러나 '나'는 형이 오래전에 이미 고장난 라디오를 고쳐 놓았으며 "형이 갖고 있는 세계의 두께"가 꽤 된다는 사실 또한 알게 된다. 그리고 형이 가출했다가 돌아온 뒤 내내 전구가 나갔던 가로등은 "잠시 깜빡하고 켜"진다. 물론 그런 기적이 일어났다고 해서 형이 진짜 과학도가 되는 것은 아니다. 형은 성장소설의 전형적인 주인공이 되기에는 너무 평범했던 것이다. 정말이지, 아무나 소설의 주인공이 되는 것은 아니다.

그러나 같은 이유에서 '나' 또한 이 모든 사실을 있는 그대로 기록할 만큼의 성숙한 관찰자나 서술자라고 하기도 어렵다. '나'는 소설 초반에 "세계의 소란스러움을 등지고 가로등 아래서 홀로 스카이 콩콩을 타는" 자신의 모습을 "고독하고, 또 우아"하다고, 그래서 "스카이 콩콩을 타는 나의 운동 안에는 뭐랄까, 어떤 '정신'이 들어 있"다고 서술한다. 그러나 형이 과학도가 되기에는 너무 평범하다는 '나'의 진단은 그대로 자신에게도 돌려진다.

하지만 내가 스카이 콩콩을 타며 본 것, 혹은 느낀 것들에 대한 이야기는 잘못되었다. 왜냐하면 스카이 콩콩의 점프 시간은 그렇게 길지도, 느리지도 않았기 때문이다. 스카이 콩콩은 '코오오오―옹' 하고 뛰어 올라 '코오오오―옹' 하고 착지하는 것이 아니었다. 그것은 말 그대로 '콩콩' 타는 것이었다. 스카이 콩콩에 장착된 스프링의 탄력은 생각보다 형편없었다. 그래서 스카이 콩콩 위에 오른 뒤 그 자세를 그대로 유지하려면, 정신없이 콩콩콩콩콩-거려야 된다. 그리고 그 모습은 우아하지도 아름답지도 않았다. 자세를 유지하려고 바둥대는 몸짓은 경박하고 우스워 보일 정도였다. 뿐만 아니라 스카이 콩콩은 스프링이 움직일 때마다 삐걱삐걱 괴상한 소리를 냈다. 그러나 그것은 살면서 누구나 내는 소음에 불과했다. 그러니 내가 붕-하고 떠올랐을 때, 가로등이 내게 슬쩍 보내온 윙크는, 그것만큼은 거짓말이 아니었는지도 모른다.

스카이 콩콩은 생각만큼 그렇게 대단한 사유의 도구가 아니었던 것이다. 따라서 스카이 콩콩을 타는 '나'의 행위 또한 그렇게 거창하게 의미 부여할 필요조차 없는, 그저 사소한 놀이에 불과한 것이었다고 말해야 한다. 그러나 아니, 그럼에도 불구하고 '나'는 스카이 콩콩의 '삐걱삐걱' 하는 소리가 단지 "살면서 누구나 내는 소음에 불과"하다는 사실을 깨닫게 된다. 그것은 누가 말해줘서 아는 것이 아니라 형의 실패를, 아버지의 누추한 삶을 목격하면서 자연스럽게 알게 된 것이다. 그러니 소설에서 '나'가 "가로등이 내게 슬쩍 보내온 윙크는, 그것만큼은 거짓말이" 아니라고 우기는 것을 우리는 이해해야 한다. 너무 평범하고 누추해서 비루해지지도 못하는 현실 속에서 가끔은 이런 거짓말 같은 기적을 바라는 것도 무리는 아니다.

3

지치고 힘든 현실 속에서 우리는 간혹 기적을 바란다. 그 기적이 인류 전체를 대상으로 하는 거창한 프로젝트일 필요도, 아니면 죽은 자를 살리는 예수의 기적일 필요도 없다. 그것은 다만 내가 힘들 때 누군가가 나에게 윙크해주는 것처럼 사소한 것이거나(그것이 비록 가로등일지라도 말이다), 아니면 가끔은 숟가락을 구부리는 초능력처럼 다소 믿기지 않는 능력을 발휘하는 것일지도 모른다. 아주 가끔은 말이다. 그러나 그렇다고 그러한 기적이 가난한 사람들의 고단한 삶을 획기적으로 바꿔주지는 못한다. 오히려 김애란의 「스카이 콩콩」에서도 보듯 "기적이란, 바로 그 눈감아주는 시간에 일어나는 일들"에 불과할 뿐이다. 기적이란 보통 사람들이 생각하지 못할 정도로 기이하고 놀랄 만한 일이 아니라 다만 누군가의 실수를 눈감아주는 것에 불과하다는 기적에 대한 이 새로운 정의는 사실 삶이란 지금까지 그랬던 것처럼 앞으로도 그렇게 다르지 않을 것이라는 다소간의 무기력한 체념에서부터 비롯된 것이다. 그것은 하성란의 「1984년」에서도 마찬가지다. 소설에서 '나'는 유리 겔라의 숟가락 구부리기를 보면서 밥을 먹다가 "음표 모양으로" 숟가락을 구부리는 놀라운 능력을 발휘하지만, 가난한 현실은 변하지 않는다. 아니, '나'가 조그만 오퍼상에 취직하는 기적(?)이 일어나기도 하지만, 그렇다고 삶이 근본적으로 바뀌지는 않는다.

하성란과 김애란의 소설을 포함한 최근의 몇몇 소설들에는 소박하다 못해 유치하기까지 한 기적들이 종종 등장한다. 그러나 「1984년」과 「스카이 콩콩」만 보아도 미루어 짐작할 수 있는 것처럼, 그런 기적들은 그 근원을 거슬러 올라가 보면 근본적으로는 자신의 운명에 대한 체념에서부터 비롯된 것이다. 「1984년」의 '나'는 궁핍이 정점에 달했던 1984년, 그래서 단 한 번의 기적이 일어났던 그때 이후로는 이 세상이 절대로 변하지 않을 거라는 사실을 이미 알아버린다. 그러니 '나'가 할 수 있는 일이란 "나를 지켜보고 있을 텔레스크린을 향해 김치, 하고 웃어" 보이는 것뿐이다. 「스카이 콩콩」의 '나' 또한 점점 자라면서 "훌륭한 사람이 되는 것이 어려운 만큼 형편없는 사람도 아무나 되는 것이 아니라는 것을" 알게 된다. 십 년이면 강산이 변한다는 말은 이제 옛말이 된 것이다. 적어도 이 두 편의 소설에서는 십 년이 지나도 아무 일도 일어나지 않는다. 물론 어린 동생들이 결혼을 하고 아이를 낳기도 하지만, 그럼에도 불구하고 그들 삶의 내용이 크게 바뀌지는 않는다. 그러나 역설적이게도, 우리는 이들 소설에서 기적은 바로 이러한 체념의 포즈에서부터 시작된다는 사실을 발견한다. 그것은 일반적으로 쓰는 기적이라는 말에 값할 만큼 거창하거나 대단하지는 않지만, 분명 우리가 이 비참한 현실을 자각하고 사소한 위안을 발견할 수 있게 해준다는 점에서는 기적이라 불러도 무방한 것이다. 하성란의 「1984년」과 김애란의 「스카이 콩콩」에서 보이는 소설적 인식이 어떤 측면에서는 소박한 현실인식과 자기위안적 태도에 머무는 한계를 갖는 것은 틀림없지만, 그럼에도 불구하고 많은 독자들에게 소박한 감동을 주는 것은 바로 이 때문이다.

공간과 사물, 그리고

—김숨, 『침대』

김숨의 신작 소설집 『침대』에는 언뜻 해독하기 어려운 수록 소설들을 해석할 단서가 될 만한 「작가의 말」이 있다. 들어보자. "내가 거주하는 공간의 모든 문(門)들은, 내가 '밖'에 존재할 때가 아니라 내가 '안'에 존재할 때 비로소 그 역할을 다 해낸다. 나를 낯선 자들로부터 격리시킴으로써." 이 진술에서 우리가 확인할 수 있는 것은 김숨 소설에서 '공간'의 문제가 매우 중요한 소설적 화제가 되고 있다는 것이다. 김숨 소설에서 공간은 단지 소설적 배경으로만 국한되지 않는다. 처음에 어떤 장소에 불과했던 공간은 점점 인물과 동화되다가 급기야 인물을 삼켜버리고 스스로 소설의 주인공이 된다.

「409호의 유방」에서 등장인물인 '그녀'와 '남편'은 마치 그들이 일용할 양식으로 삼고 있는 삶은 양배추처럼 끊임없이 삶아지고 허물어지고 흘러넘침으로써 마침내 자아의 경계를 상실하게 된다. 그와 동시에 집 또한 무너져간다. 소설에서 깨지고 갈라진 틈 사이를 비집고 들어가 종횡무진하는 '담쟁이넝쿨'은 결국 '그녀'의 온몸으로 뻗어가 그녀의 몸에 무성한 잎을 틔운다. 그렇게 '그녀'는 붕괴되고 몰락함으로써 비로소 어떤 '공간'이 된다. 그러므로 공간은 곧 운명이다. 「도축업자들」에서 '도축장'이라는 공간은 말 그대로 한 트럭 분량의 닭들이 도살될 운명을 의미한다. 그 공간으로 밀어 넣어진 닭들은 '도축'이라는 단어의 자장(磁場)에서 한 치도 벗어나지 못한다. 도축업자와 도축되는 닭들의 관계는 '도축장'에 의해 이미 결정될 수밖에 없는 것이다. 이렇듯 김숨 소설에서 붕괴되는 집 혹은 도축되는 장소는 문자 그대로 그 공간에 거주하는 존재의 운명을 암시한다.

김숨 소설에서 공간은 인물의 운명과 관련된 것이기 때문에 어떤 공간에 계속 머무르느냐 그렇지 않느냐를 결정하는 일은 매우 중요하다. 공간의 소멸과 실종에 관해 이야기하는 「손님들」은 철거가 풍문처럼 떠도는 어느 날, 익명의 손님들이 '그녀'의 집에 들이닥치면서 시작된다. 손님들은 철거로부터 그녀 혹은 그녀의 집을 보호해주겠다는 명목으로 그녀의 집에 머무른다. 그러나 "침입은 아니었지만, 손님들은 예고나 경고도 없이 들이닥"(96쪽)친다는 점에서 '멸실(減失)'을 외치는 철거단원과 다를 것이 없다. 철거건 보호건 이제 '그녀'는 '자기만의 공간'을 유지할 수 없게 된다. 결국 '그녀'는 손님들에게 자신의 집을 내주고 "가차 없이 집을 등지고 걷"(106쪽)는다. 이러한 결말은 안온하지만 고독한, 동화적 세계를 등지고 끝없이 악몽 같은 검은 길을 따라 걷는 「지진과 박쥐의 숲」(『투견』, 문학동네, 2005)의 결말을 연상시킨다. 이때 '집'은 격리의 공간이면서 보호의 공간이라는 점에서 이중적이다. 집은 "우르르"와 "일사불란"(「박의 책상」)으로 상징되는 집단의 무심한 폭력으로부터 우리를 지켜주는 곳이어야 하지만, 김숨 소설에서 집은 거꾸로 외부적 존재의 갑작스런 침입으로 결국 박탈될 수밖에 없는 불안한 공간으로 판명된다. 그런 점에서 김숨 소설의 '집 떠나기'는 외부의 폭력으로부터 스스로를 보호하기 위한 선택이라고 할 수 있다. 마치 「박의 책상」에서 '박'이 자신의 원래 자리에서 '관계자 외 출입금지 구역'인 보일러실로 쫓겨난 다음에야 비로소 평안을 얻는 것처럼 말이다.

그러나 문제는 그렇게 단순하지 않다. 왜냐하면 결국 박은 보일러실에서조차 '관계자 외'의 인물이 될 것이기 때문이다. 게다가 김숨 소설의 인물들은 폐쇄된 좁은 공간에 존재하는 자폐적 자아라고 하기에는 '관계'에 대한 열망이 없지 않다. 그러나 '관계에 대한 열망'이라는 말은 김숨 소설의 인물들에게는 너무 부담스러울는지도 모르겠다. 왜냐하면 김숨 소설의 인물들에게는 서로 "소통 따위는 필요하지 않"(97쪽)기 때문이다. 그런데도 "그녀는 불현듯 '관계'가 궁금해졌다."(81쪽) 그리고 바로 이러한 관계에 대한 탐구는 '사물들'의 등장과 관련된다. 예컨대 다음과 같은 구절을 보자.

사무실에는 그의 철제 책상 말고도 다섯 개의 책상이 더 있었다. 다섯 개의 책상들은 그의 철제 책상과 적절한 거리를, 그리고 그보다 적절한 방향을, 그리고 그보다 적절한 각도를 유지하며 각각의 고유한 영역에 놓여 있었다.(「박의 책상」, 115쪽)

김숨 소설의 인물들은 다른 존재들과 언제나 '적절한 거리와 각도'를 유지함으로써 자기만의 '고유한 영역'을 확보한다. 그 혹은 그녀는 다른 사람들과 기본적으로 '열 발자국'(김숨 소설에서 '발자국 수'는 관계의 거리를 재는 기본 단위이다) 이내의 거리를 유지한다. 그러나 이러한 거리 유지가 언제나 가능한 것은 아니다. 갑작스러운 '손님들'의 침입은 내 쪽에서 간신히 유지했던 관계의 거리를 무너뜨린다. 그리하여 그 혹은 그녀와 다른 사람들 사이에 사물이 존재하게 된다. 이 사물은 종종 등장인물을 대신한다.

「박의 책상」에서도 소설은 '박'이 아니라 '박의 철제 책상'을 중심으로 구성된다. '철제 책상으로, 철제 책상을, 철제 책상은, 철제 책상의, 철제 책상과, 철제 책상으로부터.' 서사의 주체는 철제 책상인 것이다. 물론 이때의 철제 책상은 그냥 철제 책상이 아니다. 그것은 박의 분신이자 박 자신이기도 하다. 그리하여 사람들이 철제 책상에서 컴퓨터와 모니터와 전화기를 들어낼 때, 박은 "간과 심장을 들어내기라도 하"(123쪽)는 듯한 고통을 느낀다. 따라서 이제 중요한 것은 박의 운명이 아니라 박의 책상의 운명이 된다. 그 순간 '조기 퇴직'이라는 사회적 문제는 전면에 드러나지 않고, 대신 감정이입된 책상의 운명만이 중요해진다. 그 때문일까. 독자들은 '박'에게 한줄기 연민의 감정을 갖다가도 '박의 책상'의 그 견고함과 무심함으로 인해 박에 대한 관심과 연민을 거둬들인다. 그렇게 책상이나 침대와 같은 사물은 붕괴될 위기에 처한 열 발자국 이내의 거리를 간신히 유지해준다. 김숨 소설에서 사물이 만들어내는 이 열 발자국 이내의 거리는 매우 중요하다. 그것은 주체를 '손님들'이나 '그들'로 지칭되는 어떤 집단의 폭력으로부터 보호해주기 때문이다. 그러니 그 거리가 무화될 때 주체는 심각한 위기를 겪을 수밖에 없을 터. 그런 점에서 「도축업자들」의 무차별적인 폭력에 살육당하는 닭들의 운명은 김숨의 다른 소설에서 사물과 인간 사이에 설정된 열 발자국 내외의 거리가 좁혀지거나 무화되었을 때 어떤 끔찍한 결과를 가져오는지를 보여주는 예라고 할 수 있다.

그러니 김숨 소설에서 주체의 사물 되기는 이러한 거리의 유지를 위해 당연히 요구될 수밖에 없다. 원래 김숨 소설의 인물들은 천성적으로 "움직이는 것을 좋아하지 않았"(47쪽)던 데다가 "정물처럼 극도로 움직임이 정지된 상태"(68쪽)를 유지함으로써 점점 사물이 된다. 거의 움직이지 않고 최소한의 음식만 먹으면서 간신히 삶을 유지하는 존재라는 점에서 노인이야말로 김숨 소설에 가장 적합한 캐릭터라고 할 수 있다. 「침대」, 「손님들」, 「409호의 유방」, 「쌀과 소금」 등 이번 소설집에 실린 소설의 주인공 대부분이 노인으로 설정된 것은 그 때문이다. 그들의 딱딱하고 마른 육체야말로 사물에 가깝지 않은가. 게다가 그들은 쉽게 체념하고 홀로 동떨어져 있기 때문에 세상이 개개인에게 요구하는 '하나의 권리, 하나의 의무, 하나의 도덕, 하나의 희생 혹은 하나의 축복, 하나의 믿음'(「침대」)에 무심할 수 있다. 무심한 사물이 되는 일이야말로 김숨 소설의 인물들이 이 세상의 공포와 고통으로부터 스스로를 보존하는 일이다. 그러니 어쩌면 김숨 소설의 인물들에게 중요하다고 여겨지는 세상일이란 하찮은 것일지도 모른다. 예컨대 그것은 '두 번째 서랍'과 같은 것이다.(「두 번째 서랍」) 즉 모든 것이면서 아무것도 아닌 것, 상상할 수 없을 정도로 가치 있는 것이면서 무가치한 것이다. 그러니 김숨 소설의 인물들에게 두 번째 서랍을 여는 일은 세상에서 가장 쉬운 일이면서 가장 하기 힘든 일일 게다. '그저 두 번째 서랍을 여는 일일 뿐인데?' 라고 누군가는 반문할지도 모르지만, 사물들에게는 그럴 수 있다. 그러니 사물의 세계,

그 고독하면서도 우아한 낯선 세계를 들여다보는 일이야말로 김숨 소
설을 읽는 재미인 것이다.

누가 고향을 잃은 사람들인가

―천운영, 『잘 가라, 서커스』(문학동네, 2005)

천운영의 첫 장편소설인 『잘 가라, 서커스』는 언뜻 우리 사회의 타자로 새롭게 부상한 조선족 문제를 다루고 있는 것처럼 보인다. 림해화라는 조선족 처녀가 국제결혼으로 한국에 왔다가 남편의 폭력을 견디지 못하고 도망쳐 불법노동자로 살다가 죽는다는 뻔한 스토리는 우리가 늘상 신문이나 잡지에서 혹은 텔레비전에서 자주 듣던 조선족 처녀의 수난담이다.

그러나 소설은 그렇게 간단하지 않다. 림해화의 수난담과 겹쳐져 제시되는 것은 바로 림해화의 시동생인 이윤호의 가출과 방랑의 이야기로, 소설은 작중화자로 설정된 이 두 사람의 목소리가 교차되면서 전개된다. 그렇게 작가는 중국에서 한국으로 온 림해화와 거꾸로 한국에서 중국으로 가는 이윤호의 엇갈린 행보를 보여주며 고향을 잃은 조선족의 현실은 물론 중국 보따리상인 '따이공'의 고단한 삶을 함께 펼쳐놓는다. 그러나 실제로 『잘 가라, 서커스』의 서사는 줄곧 림해화보다는 이윤호에 의해 주도된다는 인상을 준다. 무엇보다 소설의 서사가 이윤호의 시점에서 시작해서 어머니, 림해화, 형 인호의 죽음을 차례로 거치면서 다시 이윤호의 목소리로 종결되고 있기 때문이다. 이 소설이 조선족 처녀 림해화의 수단담이기보다는 오히려 이윤호의 (반)성장담으로 읽히는 까닭은 거기에 있다.

어떤 위험한 묘기가 펼쳐진다 해도 나는 감동받지 않을 준비가 되어 있었다. 몸을 기이하게 접고 구부려 탄성을 자아내는 중국 기예단의 묘기는 안쓰러울 뿐이었다. 서커스는 위험을 내포한다. 지독한 훈련을 통해 육체적 한계에서 벗어나는 것이 서커스다. 그러니 서커스에서 얻는 것은 감동이 아니라 측은함이다.(5쪽)

소설의 프롤로그 역할을 하는 이 서커스 장면은 우리에게 소설 전체의 분위기와 작가의 주제의식을 단적으로 보여준다. 형 인호의 결혼을 위해 중국에 와서 관람하게 된 서커스, 즉 온갖 위험을 내포하고 육체적 한계를 벗어나는 '곡예(曲藝)'란, 결함이 있는 한국 남자와 결혼하는 것을 성공이라고 생각하는 저개발 국가의 소수민족 처녀인 림해화의 파란만장한 삶 그 자체를 상징한다. 이는 서커스를 본 뒤 여러 처녀와의 맞선 끝에 형의 배우자로 림해화를 선택한 윤호의 꿈에서 "작고 예쁘고, 위험해 보이기도"(18쪽) 하는 서커스 단원 '여자애'가 림해화의 모습과 겹쳐지면서 윤호를 불가해한 삶의 수수께끼로 밀어넣게 되는 것에서도 암시된다. 따라서 서커스에 대한 윤호의 이중적인 태도, 즉 무감동의 포즈와 안쓰러움(혹은 측은함)은 림해화에 대한 매혹과 거부라는 양가감정을 그대로 복제해 보여주는 것이다.

그렇다면 림해화는 어떤 존재인가. 처음에 림해화는 자본주의의 폭력에 훼손되지 않은, 여전히 자기 안에 "착한 어린애"(41쪽)를 가진, 그래서 윤호나 인호처럼 상처 입은 남성을 치유할 수 있는 구원의 여성으로 그려진다. 그러나 그녀는 시어머니의 죽음 이후 "포악스러운 짐승"(104쪽)이 된 남편 인호의 폭력을 견디지 못해 돌연 가출한 뒤 온갖 고난을 겪으면서 파괴적인 자본주의 근대에 의해 훼손되는 존재로 변화한다. 림해화가 이윤호와 똑같이 작중화자로 설정되어 있으면서도 이윤호와 같은 서사적 주도권을 갖지 못하는 것은 폭력의 희생자라는 그녀의 수동적 이미지 때문이다. 게다가 림해화가 자주 환각에 빠지는 '무덤' 이라는 비현실적 공간이 그녀에게 부여하는 죽음의 이미지는 그녀를 더욱 무기력하고 나약한 존재로 만든다. 림해화에 대한 욕망이 윤호에게 "죽음처럼 어둡고 차가운 곳이라 할지라도 언제까지 추락할 수 있"(74쪽)을 것 같은 죽음에 대한 충동을 불러일으키는 것도 그 때문이다. 이렇듯 림해화는 소설 전반에 걸쳐 죽음의 이미지를 반복함으로써 우리에게 불길하고 모호하고 낯선 느낌을 불러일으킨다.

소설에서 윤호의 가출은 형의 아내인 림해화에 대한 죽음 충동과 근친상간적 욕망으로부터 벗어나기 위한 것으로 그려진다. 그런데 윤호에게 이러한 근친상간적 죄의식은 림해화에게 자신의 짐―다소 모자라고 목소리까지 괴상한 형과 당뇨병으로 다리까지 자른 어머니를 돌봐야 하는 책임―을 떠맡겼다는 부채의식과 겹쳐짐으로써 그녀에 대한 윤호의 감정을 더욱 복잡하고 뒤틀린 것으로 만든다. 그리고 그 때문에 그것은 소설 초반에 서커스에 대한 양가감정을 다시 연상시키는 것이기도 하다. 그런 맥락에서 윤호가 가출 후에 새로 시작한 일이 중국을 오가는 '따이공'이라는 것은 의미심장하다. 마치 범죄를 저지른 범인이 범행현장을 다시 찾는 것처럼, 윤호 또한 자신의 부채의식과 죄의식을 불러일으키는 림해화의 고향으로 되돌아가는 것이다. 그리하여 '따이공'은 조선족 처녀의 고향 상실과는 다른 의미에서 고향을 잃어버린 사람들이라고 할 수 있다. 그들은 전도된 조선족들인 것이다.

그렇다고 해서 따이공을 조선족 사람들과 같다고 할 수는 없다. 물론 조선족 사람들의 삶은 윤호에게 연민과 안타까움을 불러일으키지만 그러한 감정은 무감동과 무감각의 포즈 뒤로 숨어버린다. 그것은 림해화를 통해 자기 안에 있는 "미끈미끈한 점액질", "콧물처럼 더럽고 부끄러운 액체"(91쪽)를 발견하면서도 애써 그것을 '더러운 자국'으로 지워버리고 싶어 하는 윤호의 태도와도 관련된다. 이렇게 윤호는 림해화를 비롯해서 자신에게 오점으로 남을 존재들—어머니와 형—로부터 점점 멀어져 자신을 "중력이 다른 낯선 행성에"(129쪽)에 던져 넣는다.

바로 이 순간, 가족을 버렸다는 죄책감은 버림받았다는 자기연민으로 전도된다. 거기에다가 윤호는 따이공으로서의 삶을 통해 치열한 자본주의적 경쟁을 몸으로 겪어내고 그 과정에서 자기 생존을 위해 가차 없이 다른 사람을 짓밟을 수 있는 비열함을 습득하게 된다. "밟히기 전에 밟아야 된"(132쪽)다는 친구 상원의 충고는 윤호로 하여금 이 세계의 비정함을 습득함으로써 비정한 세계의 일부가 되어가는 반성 장담의 주인공이 되게 한다. 보따리장사를 위해 타고 다니는 동춘호가 "고래 뱃속"(135쪽)에 비유되는 것은 그런 점에서 의미심장하다. 『잘 가라, 서커스』에서는 이렇듯 윤호의 가족으로부터의 이탈 체험을 주체의 자유를 위해 어쩔 수 없는 것으로 간주한다. 따라서 가출 이후에 윤호가 느끼는 고아의식은 어쩌면, 개인의 자유를 위한 것이기에 기꺼이 감당해야 할, 감당할 수 있는, 혹은 감당하고 싶은 불편함에 불과한 것일 수 있다. 그러니 이제 남은 서사는 윤호를 진짜 '고아'가 되게 하는 것뿐이다.

윤호가 진짜 고아가 되기 위해서는 세 개의 죽음이 있어야 한다. 바로 어머니, 형, 림해화의 죽음이 그것이다. 당뇨 합병증으로 다리까지 절단한 어머니의 죽음은 이후 형에게 극도의 분리불안을 불러일으키고, 형의 불안감은 림해화에 대한 과도한 집착과 폭력으로 분출된다. 이 때문에 림해화는 가출을 하고 가출 뒤 소외감과 상실감을 견디지 못하고 환각의 세계로 빠져들다가 죽는다. 그리고 형 또한 자살한다. 이들은 윤호와는 다른 세계를 이루는, 동물적이고 비문명적이며 비언어적인 타자라는 점에서 같은 존재들이라고 할 수 있다. 그런 의미에서 어머니의 죽음이 형과 림해화의 죽음을 불러올 것이라는 점은 소설 초반에서도 이미 짐작되었던 바다. 그리고 창경궁에 꽃나들이를 갔다가 갑작스럽게 쓰러진 림해화를 두고 윤호는 "꼭 붙어 걷고 있는 그들의 등은 침범해서는 안 될 성벽처럼 견고하고 단호해 보였다"(76쪽)라고 말하는데, 이와 유사한 맥락의 진술은 다음과 같은 소설의 마지막 구절에서 다시 반복된다.

여자의 목소리는 슬그머니 형의 목소리가 되었다. 그러더니 꿈결처럼 엄마 목소리도 들렸다. (……) 그동안 나를 힘들게 했던 것은 형과 여자와 엄마가 없다는 것이 아니었다. 모두가 죽어갈 때, 나 혼자 살아남아 슬픔을 견뎌야 한다는 현실이었다. 하지만 이 작은 법랑 속에 모두 살아 있었다. 엄마와 형과 여자가 모두 살아 내 머리를 쓰다듬고 어깨를 다독이고 있는 것을 나는 느낄 수 있었다.(247쪽)

이제 윤호에게 모든 죽은 존재들은 한편으로는 진정으로 그를 자유롭고 가볍게 하기도 하지만, 다른 한편으로는 자신을 위안하는 슬픔이라는 정서로 남는다. 즉 살아서는 자신을 옭아매던 혹은 자신을 죽음으로 견인했던 이들은 비로소 죽은 다음에야 윤호의 "머리를 쓰다듬고 어깨를 다독이는" 위안의 손길들이 된 것이다. "나 혼자 살아남아 슬픔을 견뎌야 한다는 현실"은 분명 윤호에게 아련한 그리움과 묵직한 통증을 남겨주겠지만 그 대가로 그는 자신의 자유로운 삶을 얻었으므로, 당연히 견딜 만한 것임에 분명하다.

소설은 윤호에게 죄책감과 부채의식을 불러일으키는 타자적 존재들을 제거함으로써 우리에게 모호한 상실감과 아련한 향수를 남겨준다. 이러한 감상성은 분명 서사 밖으로 사라진 존재들에 대한 연민과 안타까움을 불러일으킨다. 그러나 과연 그들에 대한 연민은 정당한 것일까. 그것은 조선족과 장애인과 같은 타자에 대한 우리의 죄의식을 표백시키는 것은 아닌가. 스스로 집을 박탈한 다음에야 집을 동경하는 이 왜곡된 심리는 무엇인가. 소설에서 윤호는 자신을 '고향 잃은 사람'으로 만듦으로써 진짜 고향을 잃은 사람들의 울부짖음을 외면한 것은 아닌가. 누가 고향을 잃은 사람들인가.

떠도는 목소리들

ⓒ 심진경, 2009

초판 1쇄 인쇄일 | 2009년 12월 7일
초판 1쇄 발행일 | 2009년 12월 9일

지은이 | 심진경
펴낸이 | 강병철
주   간 | 정은영
편   집 | 이수경, 배성은
디자인 | 배형원, 배현정
제   작 | 시명국, 조윤회
영   업 | 조광진, 김상윤, 이금성
마케팅 | 김영웅, 박대성, 이준석, 백수영

펴낸곳 | 자음과모음
출판등록 | 2001년 5월 8일 제20－222호
주소 | 121－817 서울시 마포구 동교동 165－1 미래프라자빌딩 7층
전화 | 편집부 (02)324－2347, 영업부 (02)325－6047
팩스 | 편집부 (02)324－2348, 영업부 (02)2654－7696
E－mail | erum9@hanmail.net
Home page | www.jamo21.net

ISBN 978－89－5707－475－6 (03800)